U0068930

日語語法系列

日語類義表現

改訂版

黃淑燕 著

鴻儒堂出版社發行

推 薦 序

　　日本文化的基本特色就是「多層性」。現代的日本文化，最底層是日本的固有的文化，奈良時代（8世紀）以後開始大量吸收中國文化，形成日本文化的第二層。室町時代末期（16世紀）開始和西方接觸，陸續引進西洋文化，成為日本文化的的第三層。這三種文化在發展的過程中相輔相成而又層次分明，塑造出今日日本文化的多層性。

　　這種文化上的多層性也反映在日本的語言體系上。日語的體系基本上可分為固有語、漢語和外來語三個次體系，形成日語的多層性。這種語言上的多層性遍及於語音、語法、詞彙等各個層面。換言之，日語在語音、語法和詞彙層面都呈現和語成分（固有成分）、漢語成分以及外來語成分各自不同的特徵。這一點顯然與華語大相逕庭。

　　就日語的詞彙而言，有和語、漢語、外來語之分，但在日常生活上，這三種詞語雜然並存，扮演不同的角色，所造成的結果就是出現為數眾多的近義詞（即日語所謂「類義語」）。這些近義詞，雖然詞義相近，卻因為在日常語言生活中功能各自不同，發揮一定的表達作用，所以並沒有相互排擠造成某些近義詞遭到淘汰的現象，反而成為豐富日語表達方式的重要因素之一。

　　造成近義詞大量存在的另一個重要因素，就是日本人講求細膩表達的語言心理。這種心理在語言上的呈現就是細膩表達人際關係的敬語、細膩表達男女措詞的句尾助詞、細膩表達語感微妙差異的近義詞。大量的近義詞已經成為日語細膩表達的重要手段。也正因為如此，精確掌握近義詞相互之間的微妙差異（包括詞義徵性上的差異、語法徵性上的差異、體裁徵性上的差異乃至於文化徵性上的差異）就成為日本人以及日語學習者提升其理解及表達能力的主要關鍵。

　　由於近義詞在日語的表達上扮演重要的角色，日本的學者專家對日語近義詞的研究向來不遺餘力，坊間也出版了不少有關近義詞的書籍，包括專

書及各種近義詞詞典。但這些書籍幾乎都是以日語撰寫，未必適合初學者閱讀。這次東海大學日文系的黃淑燕老師將其多年來發表於雜誌上有關近義詞研究的心得集結成書出版，供國內有志學好日語的讀者參考，對國內日語許多日語學習者而言，實在是一大福音。這些文章在連載過程中博得甚多好評，這次得以重新校訂成書付梓，令人欣喜。

黃淑燕老師是活躍於國內日語學界的中堅學者，早年就讀文化大學日文系，畢業後進入該校日本研究所深造，專研日語的接續詞，完成碩士論文後考取日本交流協會前往日本御茶水女子大學繼續鑽研日本語言學，卓然有成。學成歸國後旋即應聘至東海大學執教，積極培育後進並繼續研究日語。從詞義學的觀點探討近義詞之間的微妙差異是黃淑燕老師的研究主軸之一，本書可說是她多年研究累積的具體成果。

本書探討的近義詞，涵蓋了日語一些基本的動詞、副詞、形容詞以及名詞。作者採取的手法是徹底的用例主義，透過實際例句的比較和觀察，來凸顯並分析彼此之間的詞義的異同之處。對於母語並非日語的外國學者而言，這種研究方法可避免流於主觀，保持客觀性並加強結論的可信度與說服力。因此，作者所提出的結論都可以讓各位透過實際的例句加以檢驗，這也是本書的可貴之處。換言之，透過本書不只可以得到近義詞彼此之間有何不同的答案，也能讓讀者了解得到這些答案的推論過程。這一點是坊間的近義詞詞典所無法取代的。

黃淑燕老師是典型的才女，思路敏捷，語感銳利，具備研究語言的天分，尤其擅長近義詞的比較分析。她除了從事教學及研究工作之外，還在任教大學擔任重要行政工作，學養及能力素有定評。本人自三十多年前返國任教以來，目睹她踏入日語界不斷成長的過程，對她今天的成就一直頗覺欣慰又不勝欽佩，很樂意利用這次機會將本書推薦給各位有志學好日語的青年學子及社會人士利用，相信對增進各位的日語能力一定能產生不少幫助。

黃國彥　謹識

作 者 序

人類的語言非常奇妙，語彙有限，卻總是可以靠著多樣化的組合，細膩傳神的表達我們的心思意念及一些全新的事物與概念。但是也正由於細膩，當表達與理解跨越不同的語言時，難免的就會有一些部份不易傳達，這時就造成了語詞間、句型間、用法上的類義關係。

語言是人們用以分類這個世界的道具，使用不同語言的人，在觀察同樣的狀況時，有可能會有不一樣的切入點。如日語用「いる」「ある」區分「動」與「不動」，而中文的「有」卻不需要這樣的區別，中文用「酸」「痛」區分「疲累」與「傷害」，日語卻不區分。「一件衣服」「一張桌子」顯示用漢語的人可能較常藉「功用」來分類物品，「Ｔシャツ一枚」則顯示用日語的人可能比較多採型態分類的，諸如此類。因此以非母語者的角度去觀察另一個語言，等於是用一個不同於母語者的角度去切割對象語言，總是會有一些極為新鮮的發現。

例如「保つ」和「持つ」，這兩個詞在日語中恐怕不容易產生相似詞的聯想，可是從中文來看

1. このお菓子は一週間ぐらい {持つ／×保つ}

2. 品質を {保つ／×持つ}

分別應該是「這個點心可以〈保存／放〉一個星期」以及「保持品質」之意，「持つ」是〈拿〉，「保つ」是〈保存〉，所以自然的前者我們容易選擇「保つ」，後者因為中文有個〈持〉字，還比較有可能會選用「持つ」，但是實際卻剛好相反。此時我們不得不探究「持つ」和「保つ」是否有什麼相通之處？然後我們會發現

{が} 持つ（自動詞）／{を} 保つ（自動詞・他動詞）

而且

持つ＝主體本身自己保持。／保つ＝利用其他手段進行保持。

如

3．保冷剤を入れて、お菓子の鮮度を保とう。

　〈放些保冷劑來保持點心的鮮度吧！〉

用的就是「保つ」而不是「持つ」。

同樣的「保つ」〈保持〉和「守る」〈保守〉，也是如此

4．チャンピオンの座を｛守る・保つ｝。〈維護、保持〉

5．チャンピオンの座を｛守る・×保つ｝ために戦う。〈保衛〉

6．90キロの制限速度を｛守る・保つ｝。〈遵守、保持〉

例5有人來挑戰的時候就要用「守る」，等到成功的「守る」完了之後才是「保つ」「保てた」。「守る」是守護自己（或其他）以防外侵破壞，或自己遵守規定不壞規定之意，「保つ」則是自己持守在某一個狀態中之意。又，

7．安静を｛×守る・保つ｝。〈保持靜養狀態。〉

8．沈黙を｛守る・×保つ｝。〈保持緘默。〉

例7乍看之下似乎可以解釋爲中文〈保持安靜〉的意思，但是這裡又出現了一個要素，即名詞「安静」，它中、日文的意思並不相同，「安静を保つ」是〈保持在靜養的狀態下〉即人持續留在一個安靜的環境或狀態之中的意思，而中文的〈安靜〉則是一種不要講話的規定。另外，例8乍看也似乎可以解釋〈保持沉默〉，但是中文〈沉默〉表示的是沒有說話的狀態，日語的「沈黙」卻是一個關係到法律權利的用語〈緘默〉，於是便造成其間選擇

6

使用「守る」或「保つ」的關鍵。

　　這樣的「守る」又會和「防ぐ」〈防止〉產生交集。

　　9. よく手を洗うことで新型インフルエンザから身を守る。

　　10.よく手を洗うことで新型インフルエンザを防ぐ。

　　例9與10大致上都是〈勤洗手以防止A型流感侵襲〉的意思，但是若要仔細將例9「守る」的意思翻出來則可能就必須像〈勤洗手保護自己以免遭A型流感侵襲〉這樣，另加入許多字眼在裡面。這關係到的就是「…から…を守る」和「…を防ぐ」兩個動詞句型不同，以及「保守」「防止」都只接一個受詞有關。

　　像這樣，用自己的角度來觀察一個新的語言，真是為我們提供了無盡的新鮮發現。

　　而，我自己的這個發現，其實是來自一個初學日語的同學。

　　剛回台教書時，遇到了一個非常認真的女孩，我不曾在課堂上教過她，但是發現她總有許多問題無法自行解決，於是我告訴她「妳有日文方面的問題，可以隨時來找我。」結果她每兩三天來一次，除了助詞用法等有明顯答案的以外，最令我困擾的竟然是「習う」和「学ぶ」有什麼不同？「大変」和「とても」、「昨夜」和「夕べ」又有什麼不同？等等，我發覺我只能給她一些連我自己都不滿意的，非常感覺式的回應。感覺上是有明顯的差異的，但為什麼就是沒法解釋清楚？正好那時恩師黃國彥老師希望我在『階梯日本語雜誌』寫一個相關單元，為了正面挑戰這個問題，也為了調整自己內面的那個不協調的音符──感覺得到不同卻說不清楚兩者差異的那份尷尬，從1995年6月至2002年1月連續80個月，在『階梯日本語雜誌』連載了「類義表現」這個專欄。

近七年的連載，來自讀者的許多鼓勵與疑問，讓我持續堅持，但是屢次遲交的稿子，明顯造成編輯者極大的困擾，及至後來行政工作大增，最後使我不得不放棄繼續探究。

連載截止至今已經過了8年，期間陸陸續續總是有一些讀者會來信詢問，而在知道曾經有這個專欄之存在的人越來越少的現在，最近竟然還有讀者捎來電子郵件，詢問相關資訊，著實令我感動，也激勵我再用一點時間對它做一番整理。

天性懶散，不知怎的卻總是除了每天的教學工作之外，還鎮日要被行政業務等無關教學、研究的工作追趕，結果總是讓我有理由把教學、行政、與人的互動關係處理完畢之後，最後才把最需要放心思的研究放到我的行事曆中，結果研究相關的事情常常就是起個頭做完了口頭發表，就再沒有時間繼續完成它。

今天這些文章能夠付梓，要感謝恩師黃國彥老師給我磨鍊的機會，感謝東海大學日本語文學系碩士班劉逸強先生不厭其煩的督促，感謝同研究生黃雅芬小姐、陳麗秋小姐以及顏廷恩小姐繕打及校稿。當然更要感謝鴻儒堂出版社黃成業先生願意不計成本的出版這樣一本大部頭的書。希望這樣的一本書問世，能對拿起她的人有一些幫助，為大家帶來一點點解惑的快樂，希望它不是只是在浪費地球的森林資源而已。

黃淑燕　謹記

目　　錄

11

§1.「思う」VS「考える」(1)

1　**A** 私はそうは思わない。〈我不這麼認為。〉

　　B 私はそうは考えない。〈我不這麼認為。〉

2　**A** 私は彼を正直者だと思っている。〈我認為他是個老實人。〉

　　B 私は彼を正直者だと考えている。〈我認為他是個老實人。〉

3　**A** この浮世絵は歌麿が画いたものだと思います。

　　　　〈我認為這張浮世繪是歌麿畫的。〉

　　B この浮世絵は歌麿が画いたものだと考えます。

　　　　〈我認為這張浮世繪是歌麿畫的。〉

4　**A** 春美さんは先生の説明がどこかおかしいと思った。

　　　　〈春美覺得老師的說明有點奇怪。〉

　　B 春美さんは先生の説明がどこかおかしいと考えた。

　　　　〈春美覺得老師的說明有點奇怪。〉

5　**A** 明日は暑くなると思います。〈我認為明天會變熱。〉

　　B 明日は暑くなると考えます。〈我認為明天會變熱。〉

6 Ⓐ 彼は一番難しい問題が片付いたと思っている。

〈他認爲最困難的問題已經解決了。〉

Ⓑ 彼は一番難しい問題が片付いたと考えている。

〈他認爲最困難的問題已經解決了。〉

7 Ⓐ このやり方をどういうふうに思いますか。

〈你認爲這個做法怎麼樣？〉

Ⓑ このやり方をどういうふうに考えますか。

〈你認爲這個做法怎麼樣？〉

8 Ⓐ 世話になった人のことを思え！〈你也想想有恩於你的人吧！〉
Ⓑ 世話になった人のことを考えろ！〈你也想想有恩於你的人吧！〉

9 Ⓐ 私は来年彼女と結婚しようと思っている。

〈我打算明年要和她結婚。〉

Ⓑ 私は来年彼女と結婚しようと考えている。

〈我計劃明年要和她結婚。〉

10 Ⓐ 明日医者に行こうと思っている。〈我想明天去看醫生。〉
Ⓑ 明日医者に行こうと考えている。〈我打算明天去看醫生。〉

11 Ⓐ 病気は思ったほど重くないから安心した。

〈安心了，病沒有想像中嚴重。〉

Ⓑ 病気は考えたほど重くないから安心した。

〈安心了，病沒有想像中嚴重。〉

12 Ⓐ 昨日君に言ったことを思うと本当に恥ずかしいです。

〈一想到昨天對你講的話就覺得很差愧。〉

Ⓑ 昨日君に言ったことを考えると本当に恥ずかしいです。

〈一想到昨天對你講的話就覺得很差愧。〉

「思う」和「考える」兩者都是我們初學日語時就會碰到的動詞，句型用法類似，意思也很相近，中文都可以譯成〈認為〉〈想〉，甚或〈打算〉⋯⋯等等，光看辭典中記載的意思就有十餘個之多，而且語義彼此重疊，難以區分。是我們初學者很早期就會遭遇到的一個難以釐清的問題。

其實「思う」和「考える」兩者雖然都是屬於人類的精神活動之一，但是用法上有幾個明顯的相異處。如人在做「思う」或「考える」行為時，所使用的器官不同。

13 Ⓐ ○ 心の中で思う。〈在心裏想。〉

Ⓑ × 心の中で考える。

14 Ⓐ × 頭の中で思う。

Ⓑ ○ 頭の中で考える。〈在腦子裏想。〉

「思う」用的的是「心」、「考える」用的是「腦」。

又「考える」可以有手段──即〈用⋯⋯來思考〉，但是「思う」則無。

15 Ⓐ × 日本語で思うのは難しいことです。

Ⓑ ○ 日本語で考えるのは難しいことです。

〈用日語思考是很困難的。〉

兩者進行的方式也有不同。

16 Ⓐ × 論理的に思う。

Ⓑ ○ 論理的に考える。〈有條理的思考。〉

時間的長短也不一樣。

17 Ⓐ ○ はっと思った。〈突然想到。〉

Ⓑ × はっと考えた。

18 Ⓐ × 暫く思った。

Ⓑ ○ 暫く考えた。〈想了一會兒。〉

有關時間的長短這一點我們從有「考え中」〈思考中〉這個詞，而沒有「思い中」這個說法也可以見到一些端倪。另兩者的「～ている」形意義不同也反應出這個事實。即「考えている」可以表示動作正在進行，也可以表示動作結果的持續，即可以表示〈正在思考〉也可以表示思考完了之後想的結果。而「思っている」卻只能表示想完之後的結果，這也是由於「思う」是瞬間的行為，而「考える」是可以持續的行為之故。

在此或許你也已經發覺，這個時間長短的問題，和前面的手段、方式其實也是相關連的。

「思う」既是瞬間的心理活動，它所使用的或許可以稱得上是工具或手段的就只會是「心」而已，而且既是瞬間當然也就沒有了過程，因此也就不

會有所謂的方式。這一點也反映在兩者的複合詞上，有「考え方」〈想法〉的說法而沒有「思い方」的說法的原因便是在此。

　　另，「思う」和「考える」的內容也有不同。

19　Ⓐ ○ さびしいと思う。〈覺得好寂寞。〉
　　Ⓑ × さびしいと考える。

20　Ⓐ × 金融政策を思う。
　　Ⓑ ○ 金融政策を考える。〈想金融政策。〉

　　「考える」的內容或對象必須是要經過腦筋思考的內容或對象才可以，因此反射性的感覺，如「痛い」〈痛〉、「寒い」〈冷〉、「暑い」〈熱〉、「かゆい」〈癢〉、「つらい」〈辛苦〉、「悲しい」〈悲傷〉、「うれしい」〈高興〉、「恐ろしい」〈可怕〉、「悔しい」〈懊惱〉……等等就不太適合用「考える」。

　　相對的，明顯地無法靠感覺、直覺等，而必須要經過大腦的思考行為，如例20的「金融政策」等，就無法適用「思う」了。

　　像這樣「思う」和「考える」在實際使用上有許多不同，而這些不同當然便是源自於兩者的語義內涵，下面我們就先來討論一下「思う」的情形。

　　「思う」原本是「顯現出一種表情」之意，而當這個表情指的不是人的表情而是事物顯現出來的樣態，而且如例13「心の中で思う」所示，是用「心」來看這個樣態，那麼，「思う」表示的就是〈事物顯現在「思う」的人的心上的樣態〉換個角度來說便是「浮現在心上的影像」了。例如：

21　A 思うことをそのまま言う。〈想到什麼說什麼。〉

　　指的就是浮現在心上的事，不經過大腦，判斷是否正確或該說直接就將它全部說出來之意。而相對的，

21　B 考えたことをそのまま言う。〈把想到的事全部說出來。〉

　　指說出來的是經過大腦分析、釐清之後的内容之意。

　　在「思う」現代的諸多用法中，除像例21A那樣，直接用「思う」本身意義者之外，有比較固定的句型傾向且最接近原來意義的應該就是採「〜を思うと〜」「〜を思えば〜」句型的表現了。

22　事故でなくなった友人のことを思うと涙が出てくる。

　　〈一想到因交通事故而亡故的朋友，眼淚就掉了下來。〉

23　卒業後のことを思うと不安になる。〈一想到畢業後的事就很不安。〉

24　中間テストのことを思うと気が重いです。

　　〈一想到期中考就心情沉重。〉

25　もうすぐやってくる夏休みを思うと心が躍ります。

　　〈一想到即將來臨的暑假，心中就雀躍不已。〉

26　その事件を思えば今もぞっとする。

　　〈一回想起那個事件，至今仍覺得毛骨悚然。〉

　　例22〜26指的都是「思う」的對象：「朋友」「畢業後的事」「期中考

的事」「暑假」「那個事件」浮現到心上來就會有某種反應之意。

其次是採「～を思う」句型的句子。這個句型中置於「を」前面的名詞，幾乎全都是「人」或「祖國」。

27 彼女<ruby>かのじょ</ruby>のことを思<ruby>おも</ruby>う。〈想她。〉

28 娘<ruby>むすめ</ruby>は恋<ruby>こい</ruby>しい人<ruby>ひと</ruby>を思<ruby>おも</ruby>いながら、ひたすら待<ruby>ま</ruby>っていた。

〈女孩想著思念的人，一味地等待著。〉

29 子<ruby>こ</ruby>を思<ruby>おも</ruby>う親<ruby>おや</ruby>の心<ruby>こころ</ruby>はいつの世<ruby>よ</ruby>でも変<ruby>か</ruby>わらない。

〈天下父母心，不管在哪個時代，都是一樣的。〉

30 エプロン姿<ruby>すがた</ruby>の女性<ruby>じょせい</ruby>に、ふと母<ruby>はは</ruby>のことを思<ruby>おも</ruby>った。

〈看到穿著圍裙的女性，突然想起了母親。〉

31 このごろは国<ruby>くに</ruby>を思<ruby>おも</ruby>う人<ruby>ひと</ruby>が少<ruby>すく</ruby>なくなった。

〈最近會懷念祖國的人愈來愈少了。〉

又前示之例8A亦屬於此類。

這一類的「思<ruby>おも</ruby>う」並不是單純只是心中浮現出一個影像而已，而是在浮現影像的同時附帶了某種情感之意。前示之「～思<ruby>おも</ruby>うと～」是在「と」之後將浮現影像後的感覺說出來。「～を思<ruby>おも</ruby>う」這個句型則省略掉「と」之後的感覺。而之所以可以省略，原因便是它所附帶的感情傾向是固定的之故，〈思念〉指的是這個人的影像總是出現在心上，揮之不去，和〈喜歡〉有著必然的連帶關係，因此這個句型所附帶的感情通常是正面的如〈懷念〉〈喜歡〉〈為……著想〉等，而這個附帶意義甚至融入了「思<ruby>おも</ruby>う」的語彙意義中。

32 二人は思い思われる仲だ。〈二個人彼此相思相愛。〉

33 僕は陽子さんから思われている。〈陽子喜歡我。〉

34 あなたには思う人がいるの？〈你是有喜歡的人嗎？〉

　　會融入「思う」的語彙意義中的，通常是〈喜歡〉的感情，〈為……著想〉則反而常常會被補足上去。

35 君のためを思うからこそ、忠告しているんだ。

　　〈我就是為你著想才這樣忠告你的。〉

36 国のためを思う。〈為國家著想。〉

　　「思う」另外還有許多用法，待下個單元再繼續與「考える」做比較和分析。

§2.「思^{おも}う」VS「考^{かんが}える」(2)

上個單元我們談到「思^{おも}う」原義本是「浮現在臉上的表情」。只是在現代「思^{おも}う」這個部份的語義已消失，取而代之的是將之抽象化之後的「事物浮現在心上的樣態」。「思^{おも}う」時間上是瞬間的，無所謂手段，進行「思^{おも}う」這個動作的機構是「心」，而也因此「思^{おも}う」的內容自然也必須是能以「心」來感受的東西。

在上個單元，句型方面我們提到「（こと）を思うと（感覺）」和「（人、国）を思う。」「（人、国）のためを思う」。而其中「（人、国」を思う。」句型，中文譯成〈思念〉，表示某人或祖國、家園不斷反覆的浮現心頭，自然的就帶出並不只是〈想〉而含有正面的〈喜歡、情愛〉之意。

下面我們繼續要談的是「（人・こと）を（感覺修飾語）思う／と思う」的句型。

1 私^{わたし}は別^{わか}れた彼^{かれ}を恋^{こい}しく思^{おも}った。〈我很想念我已分手的男友。〉

2 与^{あた}えられた境遇^{きょうぐう}をありがたく思^{おも}う。〈感謝自己所得的人生境遇。〉

3 自分^{じぶん}の言^いったことを恥^はずかしく思^{おも}う。

〈對自己所說過的話感覺到羞愧。〉

4 わがままな彼を快く思っていない人も多かった。

〈也有很多人對他我行我素的行徑不以為然。〉

5 ふるさとを懐かしいと思う。〈覺得很懷念家鄉。〉

6 先生を父親のように思う。〈視老師如父親。〉

　　這個句型和「〜を思うと〜」句型一樣，將自己的感覺明示出來，基本上也不用「考える」。

　　「思う」還常常用在「（動詞）たいと思う」的句型中，這是當「思う」浮現在心上的對象不是一個人或物，而是自己心中的意念時會利用到的。

7 今日12時には寝たいと思う。〈今天我希望十二點可以睡。〉

8 明日の講演を是非聞きに行きたいと思う。

〈明天那個演講，我一定要去聽。〉

9 二度と逢いたくないと思った。〈我再也不想見到那個人了。〉

　　與此類似的還有意志形的「（動詞）うと思う」句型。

10 Ａ 明日医者に行こうと思っている。〈我在想明天要去看醫生。〉
　　Ｂ 明日医者に行こうと考えている。〈我在考慮明天要去看醫生。〉

11 Ａ この連休に田舎へ帰ろうと思っている。

〈這個連續假期，我在想要回鄉下。〉

B この連休に田舎へ帰ろうと考えている。

〈這個連續假期，我在考慮回鄉下。〉

12 **A** 無駄遣いをやめて、もっと倹約しようと思っている。

〈我想不要亂花錢，要更節省一點。〉

B 無駄遣いをやめて、もっと倹約しようと考えている。

〈我在考慮不要亂花錢，要更節省一點。〉

13 **A** 卒業したら、アメリカに留学しようと思っている。

〈我想畢業之後要去美國留學。〉

B 卒業したら、アメリカに留学しようと考えている。

〈我在考慮畢業之後要去美國留學。〉

14 **A** 私は来年彼女と結婚しようと思っている。

〈我在想和她明年結婚。〉

B 私は来年彼女と結婚しようと考えている。

〈我在考慮和她明年結婚。〉

由例10～14也可以看出，與表想望的「Vたいと思う」句型不同的是，表意志的「Vうと思う」可以代換成「考える」——注意到「Vうと思う」句尾，亦可採單純的「思う」形態，「考える」基本上卻多採「考えている」形態。——之所以「Vうと思う」句型可以代換成「考える」而「Vたいと思う」卻不行的原因，可能是「たい」只是一種浮上心頭的意念、想望，不需經過「思考」；而意志決意要做一件事情則有可能是一時興起的決意，也

22

有可能是經過一番思慮，考慮過各種情況之後才做出的決定。而事實上，用了「考える」確實就是帶出了如上述這樣的意思。還有一點必須注意到的是我們在上個單元也提到過的「思っている」和「考えている」的不同——即「思っている」只能表示影像浮現後之結果的持續，「考えている」卻既可以表示行為的正在進行，也可以表示其結果的持續。——這個不同仍然反映在這個句型中。

前述的這些「思う」和「考える」的不同，當然也反映在兩者最容易混淆的，表示「判斷」的「～と思う／考える」句型中。

15 Ａ 自分ではひとかどの画家だと思っている。

〈自以為是個獨當一面的畫家。〉

　　Ｂ 自分ではひとかどの画家だと考えている。

〈自認為是個獨當一面的畫家。〉

16 Ａ 実は先生の説明をどこかおかしいと思った。

〈阿實覺得老師的說明不知哪兒有點怪怪的。〉

　　Ｂ 実は先生の説明をどこかおかしいと考えた。

〈阿實認為老師的說明有點哪兒怪怪的。〉

17 Ａ 洋子は黒板に書かれた答えは間違いではないかと思った。

〈洋子覺得寫在黑板上的答案應該是錯的。〉

　　Ｂ 洋子は黒板に書かれた答えは間違いではないかと考えた。

〈洋子思索著寫在黑板上的答案似乎應該是錯的。〉

18　**A** 彼は一番難しい問題が片付いたと思っている。

〈他認爲最困難的問題已經解決了。〉

　　B 彼は一番難しい問題が片付いたと考えている。

〈他認爲最困難的問題已經解決了。〉

19　**A** 私は彼を正直だと思っている。〈我認爲他是個老實人。〉

　　B 私は彼を正直だと考えている。〈我認定他是個老實人。〉

20　**A** 病気は思ったほど重くない。〈病沒想像的那麼嚴重。〉

　　B 病気は考えたほど重くない。〈病沒像先前認定的那麼嚴重。〉

「考える」表示的是經過一番思考之後的判斷，「思う」則是浮現在心上的較直覺式的判斷。

當然說話者實際在使用「思う」和「考える」時，或許不見得是那麼有意識的在做區分，但是當說話者實際選擇了「思う」或「考える」時，從「思う」和「考える」的原義來看，就已經顯現了這種區分才是。

另外，從下示例21～26可以看出「思う」的使用範圍似乎是比「考える」廣。這也是因為即使經過探討、比較、思考之後才想出來的，只要文句中沒有明顯指出，我們仍是可以以一副「這種想法是沒有經過比較、對照，而是一個單純浮現出來的想法而已」──即「思う」的方式來表達。但若是由文句內容可以看得出來它明顯是一個單純浮現出來的想法時，就無法以「這種想法是經過比較、探討、對照才釐清出來」的「考える」方式表達了。

表示判斷的「～と思う」句型中，無法以「考える」代換的，有如下例

21～26。

21 **A** ○ しまったと思った時はもう手遅れでした。

〈發覺到「糟了」時已經來不及了。〉

B × しまったと考えた時はもう手遅れでした。

22 **A** ○ つらいと思ったことなど一度だってありません。

〈從來不曾覺得痛苦。〉

B × つらいと考えたことなど一度だってありません。

23 **A** ○ いつも不思議だと思うんだけど、超能力というのは本当にあるのだろうか。

〈我常常會覺得很不可思議，眞的有所謂的超能力嗎？〉

B × いつも不思議だと考えるんだけど、超能力というのは本当にあるのだろうか。

24 **A** ○ 始めて台北に来た時、なんて人が多いのだろうと思った。

〈第一次來台北時，覺得這裡人眞是多。〉

B × 始めて台北に来た時、なんて人が多いのだろうと考えた。

25 **A** ○ 君の英語を聞くと英国人かと思った。

〈聽你說英文還以爲你是英國人呢！〉

B × 君の英語を聞くと英国人かと考えた。

26 **A** ○ 母は私の就職を喜んでくれることと思う。

〈我想母親會很高興我上班了。〉

B × 母は私の就職を喜んでくれることと考える。

　　和「思う」單純的僅是一個影像浮現心上的情況不同，「考える」基本上表示的是自複數情形或可能性中選擇出一個最好的。因此像下示這些例句，從修飾語中明顯可以看出是有複數的方案時，就不用「思う」。如例31的「次々に」，例30「いろいろな角度から」，例29「新しい」，例28「もっと良い」，和例27「解決策」（需找出一個能夠解決問題的方法）。

27　解決策を考えよう。〈我們來想個解決方案吧！〉

28　もっと良い治療法を考える。〈想個更好的治療方法。〉

29　彼女は新しい洋服のデザインを考えている。〈她在設計新款的服裝。〉

30　一方的に悪いと決め付けないで、いろいろな角度から考えてみようよ。

　　〈你不要單方面的就認定它是不好的，多從各個角度來考量看看嘛！〉

31　会社の経営が危なくなったので、次々に打つ手を考えたが、結局だめだった。

　　〈由於公司的營運出了狀況，所以連續的想了許多法子要來解決，但是結果還是挽回不了。〉

　　當然上示例27～31也還關係到一點就是「思う」採「～を思う」句型時，「を」前面之名詞常常必須是「人」或「國」。

32 Ⓐ × 彼はあまりお金のことを思わない。

Ⓑ ○ 彼はあまりお金のことを考えない。〈他不太考慮錢的問題。〉

33 Ⓐ × 頭が痛くなるほど思ったが、その問題は解けなかった。

Ⓑ ○ 頭が痛くなるほど考えたが、その問題は解けなかった。

〈想得頭都痛了，還是沒法解決這個問題。〉

所以你現在當然已經知道下示兩例的不同了。

34 Ⓐ もう人妻なんだから、いくら思ってもしようがないでしょう。

〈已經是別人的妻子了，你再怎麼想也沒輒啦！〉

Ⓑ 受験勉強しなかったので、この問題はいくら考えてもわからない。

〈應考前沒唸書，這個問題再怎麼想都搞不清楚。〉

§3.「余る」VS「残る」

1　Ⓐ 金が余る。〈錢多出來。〉

　　Ⓑ 金が残る。〈錢剩下來。〉

2　Ⓐ お弁当が二人分余った。〈便當多出兩人份。〉

　　Ⓑ お弁当が二人分残った。〈便當剩下兩人份。〉

3　Ⓐ 試験時間が15分余った。〈考試時間多出十五分鐘。〉

　　Ⓑ 試験時間が15分残った。〈考試時間剩下十五分鐘。〉

4　Ⓐ 切符が売り切れずに300枚余った。〈票沒賣完多剩了三百多張。〉

　　Ⓑ 切符が売り切れずに300枚残った。〈票沒賣完剩了三百多張。〉

5　Ⓐ 余ったりんごは机の上に置いてある。〈多出來的蘋果放在桌上。〉

　　Ⓑ 残ったりんごは机の上に置いてある。〈剩下的蘋果放在桌上。〉

　　由上示數例看來「余る」或「残る」似乎可以各自分別譯為〈多出〉和〈剩下〉。那麼〈多出〉和〈剩下〉的區別又在何？又是否所有的「余る」皆可以譯為〈多出〉，所有的「残る」皆可以譯為〈剩下〉呢？

6　彼の身長は2メートルに余る。〈他的身高超過兩公尺。〉

7 あの<ruby>老人<rt>ろうじん</rt></ruby>の<ruby>年齢<rt>ねんれい</rt></ruby>は90に<ruby>余<rt>あま</rt></ruby>る。〈那個老人的年齡超過九十歲。〉

8 この<ruby>問題<rt>もんだい</rt></ruby>はわれわれの<ruby>力<rt>ちから</rt></ruby>に<ruby>余<rt>あま</rt></ruby>る。〈這個問題超出我們的能力範圍。〉

9 <ruby>身<rt>み</rt></ruby>に<ruby>余<rt>あま</rt></ruby>る<ruby>光栄<rt>こうえい</rt></ruby>です。〈無上的光榮。〉

10 <ruby>目<rt>め</rt></ruby>に<ruby>余<rt>あま</rt></ruby>る<ruby>残虐<rt>ざんぎゃく</rt></ruby>な<ruby>行為<rt>こうい</rt></ruby>です。〈令人看不下去的殘虐行徑。〉

「<ruby>残<rt>のこ</rt></ruby>る」無法用在表示比較的句型「～に～」中。

11 <ruby>私<rt>わたし</rt></ruby>は<ruby>教室<rt>きょうしつ</rt></ruby>に<ruby>残<rt>のこ</rt></ruby>る。〈我留在教室。〉

這個句子看似也有「に」字，但是這一個「に」表示的是「地點」，而不是「比較」的對象。

相對的，「<ruby>余<rt>あま</rt></ruby>る」不用在下列例句中。

13 <ruby>心<rt>こころ</rt></ruby>が<ruby>残<rt>のこ</rt></ruby>る。〈遺憾、不捨。〉

14 <ruby>彼女<rt>かのじょ</rt></ruby>の<ruby>顔<rt>かお</rt></ruby>には<ruby>母親<rt>ははおや</rt></ruby>の<ruby>面影<rt>おもかげ</rt></ruby>が<ruby>残<rt>のこ</rt></ruby>っている。〈她臉上留有母親的影子。〉

15 <ruby>別<rt>わか</rt></ruby>れた<ruby>女<rt>おんな</rt></ruby>に<ruby>未練<rt>みれん</rt></ruby>が<ruby>残<rt>のこ</rt></ruby>る。〈對分手的女人還留有依戀。〉

16 <ruby>鹿港<rt>ルーカン</rt></ruby>には<ruby>昔<rt>むかし</rt></ruby>の<ruby>港町<rt>みなとまち</rt></ruby>の<ruby>雰囲気<rt>ふんいき</rt></ruby>が<ruby>残<rt>のこ</rt></ruby>っている。〈鹿港留有昔日港都風情。〉

例句13～16的特色是主語「<ruby>心<rt>こころ</rt></ruby>」「<ruby>面影<rt>おもかげ</rt></ruby>」「<ruby>未練<rt>みれん</rt></ruby>」「<ruby>雰囲気<rt>ふんいき</rt></ruby>」皆屬不可數名詞。此類名詞當主語時不用「<ruby>余<rt>あま</rt></ruby>る」。

17 <ruby>不満<rt>ふまん</rt></ruby>が<ruby>残<rt>のこ</rt></ruby>る。〈留有不滿。〉

18 倒産して借金だけが残った。〈破產後只剩下債款。〉

19 彼の手には事故の傷跡が残っている。〈他的手上留有車禍的傷痕。〉

20 この洋服は洗濯屋に出したが、まだしみが残っている。

〈這件衣服送洗了，但是還留有黃斑。〉

　　例句17～20的特色是主語「不満」「借金」「傷跡」「しみ」等都是屬於負面評價的名詞。「余る」也不用在以表示負面評價的名詞為主語的句子中。

21 夫は毎日遅くまで会社に残って仕事をしている。

〈我先生每天都留在公司工作到很晚。〉

22 三年生は残って掃除を手伝いなさい。〈三年級留下來幫忙打掃。〉

23 彼の後には未亡人と息子が残っている。〈他死後撇下了寡婦和兒子。〉

　　例句21～23的特色是「夫」「三年生」「未亡人と息子」等都是「人——有意志的主語」，「余る」不用在有意志的人或動物當主體時。

24 家族は5人ですから、マージャンする時いつも一人余ってしまいます。

〈我們家有五個人，所以打麻將時總是多出一個。〉

　　例24「余る」的主體看似「人」，但是其實它是把人當成被計算的對象，而不視為是一個有意志的主體。

25 Ａ ○ とても全部は食べ切れなくて少し余った。

〈實在是吃不了全部，剩了一點。〉

Ⓑ ○ とても全部は食べ切れなくて少し残った。

〈實在是吃不了全部，剩了一點。〉

26 Ⓐ × 手付かずにそっくり余った。

Ⓑ ○ 手付かずに残った。〈碰都沒碰，完全留了下來。〉

例25在吃完之前與之後「量」上面有了變化，而例26則無。「余る」不用在「量」未產生變化的句子中。

27 Ⓐ ○ お正月の餅が余った。〈過年的年糕多出來了。〉

Ⓑ ○ お正月の餅が残った。〈過年的年糕剩下來了。〉

28 Ⓐ × お正月の餅が15日まで余った。

Ⓑ ○ お正月の餅が15日まで残った。〈過年的年糕留到十五號。〉

例27單純指現象，例28則強調時間的經過。「余る」不適用於強調時間經過的例子。

「余る」和「残る」的基本含義各為

「余る」：超越某一個量或程度

「残る」：某種條件下的存在

「超越」以「比較」這個動作為前提；而「比較」是瞬間的行為，所以不適用於太強調時間經過的例句。「比較」必須有比較的對象，因此量上面若無變化就沒有了比較的對象，「余る」便無法成立。這一點同時也可以解

釋何以「余る」很適用於表示比較的「～に～」句型。且「比較」應是一種數量或程度，所以不能顯示此二者的抽象性名詞就不適用「余る」。又「超越」是「多於、大於」故而不用於負面評價的主語。

相對的「残る」的「存在」在其主語的性質上就沒有什麼特別的限制。「存在」的前提是必然有某一個特定的空間和特定的時間，因此明示、強調時間經過的句子就很適用。

而表示比較的「～に～」句型，因存在與比較沒有關係，故「残る」無法使用。

「残る」是某種條件下的存在。那麼所謂某種條件下指的又是什麼呢？

29 料理はもう食べてしまいましたが、お菓子はまだ残っていますよ。

〈菜是都吃光了啦，但是點心還有喔！〉

不管「吃菜」之前後，點心的量是否有變化，「吃菜」之前的點心還不稱為「残る」，須在「吃菜」這個動作之後才可以說「お菓子は残る」。又如例28B「お正月の餅が15日まで残った」，不論年糕的量在過年時和十五號時是否相同，一旦經過一段時間便可以稱為「残る」了，也就是說這裏所謂的「某種條件」指的是某個行為或某一段時間的經過之意。

下面我們在釐清一下何以除法之後的餘數用「余る」，減法之後的餘數用「残る」。

30 30を7で割ると、4立ち、2余る。〈30除以7等於4，餘2。〉

31 10から7を引くと3残る。〈10減7等於3。〉

　　由於例30、31的中譯〈等於4〉〈等於3〉可知除法和減法各自重心所在。「余る」是和7的倍數28比較過後所得到的數字2；而「殘る」則是做了減去7這個動作之後所「存在」的量「3」。

§4.「燃える」VS「焼ける」(1)

翻開日華辭典，「燃える」中譯〈著火〉〈燃燒〉……，「焼ける」中譯也是〈著火〉〈燃燒〉……，看它們的用例，也確實有很相似的地方。

1　Ａ 消火活動が遅れて、家が燃えた。〈由於灌救不及，房子燒掉了。〉
　　Ｂ 消火活動が遅れて、家が焼けた。〈由於灌救不及，房子燒掉了。〉

2　Ａ 本や資料、書類なども燃えてしまった。

　　〈書、資料、文件等也燒掉了。〉

　　Ｂ 本や資料、書類なども焼けてしまった。

　　〈書、資料、文件等也燒掉了。〉

3　Ａ 昨夜遅く、不審火で近くに止まっていた車は全部燃えてしまった。

　　〈昨天深夜，停在附近的車全部被燒掉了。起火原因不明。〉

　　Ｂ 昨夜遅く、不審火で近くに止まっていた車は全部焼けてしまった。

　　〈昨天深夜，停在附近的車全部被燒掉了。起火原因不明。〉

4　Ａ ガスの爆発でタンスも洋服も燃えてしまった。

　　〈由於瓦斯爆炸，衣櫥、衣服都燒掉了。〉

　　Ｂ ガスの爆発でタンスも洋服も焼けてしまった。

　　〈由於瓦斯爆炸，衣櫥、衣服都燒掉了。〉

5 Ⓐ 森林火災で山が燃えた。〈森林火災燒起了（整座）山。〉
  Ⓑ 森林火災で山が焼けた。〈森林火災燒起了（整座）山。〉

但是下示諸例的「燃える」卻無法代換成「焼ける」。

6 Ⓐ ○ 炎が燃える。〈火焰在燃燒。〉
  Ⓑ × 炎が焼ける。

7 Ⓐ ○ 燃える火に油を注ぐ。〈火上加油。〉
  Ⓑ × 焼ける火に油を注ぐ。

8 Ⓐ ○ 暖炉の中で、薪が勢いよく燃えている。

    〈暖爐中，劈柴燒得火勢正旺。〉

  Ⓑ × 暖炉の中で、薪が勢いよく焼けている。

9 Ⓐ ○ この石炭は、湿っていてよく燃えない。

    〈這些炭太濕了，燒不太起來。〉

  Ⓑ × この石炭は、湿っていてよく焼けない。

10 Ⓐ ○ 流出した重油が燃える。〈流出的重油燒了起來。〉
   Ⓑ × 流出した重油が焼ける。

相對的，下例的「焼ける」也無法代換成「燃える」。

11 Ⓐ × 鉄が真っ赤に燃えている。
   Ⓑ ○ 鉄が真っ赤に焼けている。〈鐵燒得火紅。〉

又，一樣是「焼ける」，下示諸例不譯成〈燒〉，而譯成〈烤〉〈烤好〉。

12 Ⓐ × パンがおいしそうに燃えた。

Ⓑ ○ パンがおいしそうに焼けた。〈麵包烤得看起來很好吃。〉

13 Ⓐ × ケーキが燃えました。

Ⓑ ○ ケーキが焼けました。〈蛋糕烤好了。〉

14 Ⓐ × 台所で魚の燃えた匂いがする。

Ⓑ ○ 台所で魚の焼けた匂いがする。〈廚房傳來烤魚的味道。〉

15 Ⓐ × 薄く切った肉は早く燃える。

Ⓑ ○ 薄く切った肉は早く焼ける。〈切薄的肉比較快熟。〉

以上諸例都屬食品。另外，下示2例中文雖然同樣譯成〈燒〉，但是和例1～5不同的，這裏的「焼ける」並不是表示負面意義的〈燒燬〉，而是正面意義的〈烤好〉，這一點和例12～15有共通之處。

16 Ⓐ × この急須はとてもうまく燃えていますね。

Ⓑ ○ この急須はとてもうまく焼けていますね。

〈這個茶壺燒得非常好。〉

17 Ⓐ × 面白い色の茶碗が燃えました。

Ⓑ ○ 面白い色の茶碗が焼けました。

〈燒好了一個顏色很特別的茶碗。〉

由上示例6～10我們可以發現「燃える」的用法中，無法以「焼ける」

代換的句子，它們燃燒的主體〈火焰〉〈劈柴〉〈炭〉〈重油〉等都是火本身或是燃料。相對的「焼ける」的例句中，無法以「燃える」代換的例11～17，它們的主體〈鐵〉〈麵包〉〈蛋糕〉〈魚〉〈肉〉〈茶壺〉〈碗〉依例句所示的方法，則都是不會產生火焰的。另外，例1～5「燃える」「焼ける」兩者都可以用的，其燃燒主體本身〈房子〉〈書本、資料、文件〉〈車子〉〈衣櫥、衣服〉〈山（上的樹木）〉等，本身雖然並燃料，但是卻都是能夠著火燃燒的物品。由此可知，燃燒過程中，主體本身是否有火焰產生是能否使用「燃える」的主要關鍵。「燃える」的主體本身就是火焰的產生源。

那麼「焼ける」的關鍵又是什麼呢？要「焼ける」並不一定要透過火燄，也可以透過日光，或相當於日光的方式。

---

18 Ⓐ × 真昼の砂浜は日に燃えていて、とても素足では歩けない。

Ⓑ ○ 真昼の砂浜は日に焼けていて、とても素足では歩けない。

　〈正午的沙灘被陽光曬得火燙，赤著腳根本沒辦法走。〉

---

19 Ⓐ × 日に燃えたアスファルトの道が延々と続く。

Ⓑ ○ 日に焼けたアスファルトの道が延々と続く。

　〈綿延著一條被太陽曬得火燙的柏油路。〉

---

20 Ⓐ × 日盛りにはトタン張りの庇が燃えてしまうので、時折庇の上に水を撒いたりした。

Ⓑ ○ 日盛りにはトタン張りの庇が焼けてしまうので、時折庇の上に水を撒いたりした。

〈陽光強的時候白鐵皮棚架會被曬得火燙，所以有時候會在棚架頂上灑點水什麼的。〉

---

21 Ⓐ × 海で日に真っ黒く燃えた。
　　Ⓑ ○ 海で日に真っ黒く焼けた。〈在海邊被太陽曬得很黑。〉

---

22 Ⓐ × 肌はきれいな小麦色に燃えた。
　　Ⓑ ○ 肌はきれいな小麦色に焼けた。〈皮膚曬成漂亮的古銅色。〉

---

23 Ⓐ × 体は人工灯で燃える。
　　Ⓑ ○ 体は人工灯で焼ける。〈身體用人工燈烤曬。〉

---

24 Ⓐ × 白いレースのカーテンが一年で黄色く燃えてしまった。
　　Ⓑ ○ 白いレースのカーテンが一年で黄色く焼けてしまった。

　　〈白色蕾絲窗簾，一年就被曬得泛黃了。〉

---

25 Ⓐ × カーペットの表面が白く日に燃えている。
　　Ⓑ ○ カーペットの表面が白く日に焼けている。

　　〈地毯表面被太陽曬得泛白。〉

---

26 Ⓐ × 着物が日に燃えて色が褪せる。
　　Ⓑ ○ 着物が日に焼けて色が褪せる。〈和服被太陽曬得褪了色。〉

　　火和日光的共通點是具加溫的作用。亦即「焼ける」是主體經加熱、加溫而產生變化的一個動詞。和「燃える」不同的是「焼ける」的主體不是加熱源本身，而是被加熱的對象。其變化結果大致可以歸納成3大類：1.質的

變化：如木材燒毀炭化、肉烤熟、土變陶等。2.溫度的變化：如柏油路、白鐵皮、沙灘變燙。3.顏色的變化：如皮膚變黑、衣物褪色等。

　　除了火焰和日光，「焼ける」還有下示方式。兩者皆某種程度的具有使溫度昇高的作用。

27 写真はもう焼けましたよ。〈照片洗好了喔！〉

28 酒で赤く焼けた鼻。〈紅色的酒槽鼻。〉

　　例27是屬化學藥品、質的變化。例28是酒、顏色的變化。其中例28並不用在因喝酒而一時變紅的情況，而只用在因長期大量喝酒以致皮膚顏色發生變化時，這一點和衣物被曬褪色有相通之處。

　　只是，當我們看到「カーテンが焼けた」「服が焼けた」「本の背表紙が焼けた」「写真が焼けた」的時候，我們怎麼會知道它們到底是被火燒掉了，還是被太陽曬變色或相片洗好了呢？

　　事實上若沒有其它文脈上的提示，我們確實是無法辨別。只是由於日曬變色是一個較日常會出現的不知不覺的緩慢過程，所以我們一般多會傾向於取日曬的意義。另〈照片洗好了〉一般雖然並不常用「焼ける」而多是用「写真ができました」，但是若用了「焼ける」，我們通常也多會取〈洗好了〉的意思。因為〈燒毀〉畢竟是比較特別的情況，要表示這個意思時多會加以明示強調。

　　由以上的分析我們可以發現「焼ける」其實並不適合譯成中文的〈著火〉或〈燃燒〉，因為「焼ける」的描述重點並不在燃燒時之火燄、火勢的情形，而是在燃燒過後，或日曬後的變化結果。〈著火〉〈燃燒〉應該是屬

於「燃える」的中譯才是。這一點由兩者「〜ている」形所表示意義的不同
也可見一斑。

29　Ⓐ ○ 「火事だ！」という叫び声に駆けつけてみると、家が赤い炎
に包まれて、燃えていた。

〈聽到「失火了」的叫聲，跑去一看，房子已被熊熊燒著的火
焰所包圍。〉

　　Ⓑ × 「火事だ！」という叫び声に駆けつけてみると、家が赤い炎
に包まれて、焼けていた。

30　Ⓐ ○ 火事です！私の家が燃えているんです！消防車を呼んでくだ
さい！

〈失火了！我家失火了！麻煩叫消防車！〉

　　Ⓑ × 火事です！私の家が焼けているんです！消防車を呼んでくだ
さい！

「燃えている」表示的是正在進行〈正在燃燒〉的意思，但「焼けてい
る」所表示的則是和「焼けた」相近的結果狀態的持續之意。因此例30B房
子燒掉了，再叫消防車也來不及了。

31　Ⓐ ？ 肉が燃えている。〈？肉著火燒了起來。〉

　　Ⓑ ○ 肉が焼けている。〈肉烤好了。〉

32　Ⓐ ○ ？ 本は表紙が燃えている。〈？書的封面在燃燒。〉

　　Ⓑ ○ 本は表紙が焼けている。

〈書的封面被曬得變色了。／書的封面被燒掉了。〉

33 Ⓐ × 肌が燃えている

Ⓑ ○ 肌が焼けている。〈皮膚曬黑了。〉

不知道大家有沒有過這種經驗，前一陣子發生了這麼一件事。

34 オーブントースターでお餅を焼いたら、燃えてしまいました。

〈用烤麵包機烤年糕，沒想到（年糕）竟然著火燒了起來。〉

以上我們談到的是「燃える」和「焼ける」用在表示實際燃燒或加熱、加溫的用法。那麼

35 Ⓐ 燃えるような暑さ。

Ⓑ 焼けるような暑さ。

這兩者又有什麼不同呢？

下個單元我們就來談談兩者用法的擴張。

§5.「燃える」VS「焼ける」(2)

　　上個單元我們談到「燃える」的燃燒主體本身是否產生火焰是能不能使用「燃える」的主要關鍵。「燃える」的主體即是加熱源本身，而「焼ける」的主體則不一定要能產生火焰。「焼ける」行為中是需要有使溫度昇高的作用。但是，它的主體並不是加熱源，而是被加熱的對象。「焼ける」的主體會因為這個加熱作用產生變化。它的變化方式可以分為三類：

　　A：質的變化（如車輛燒毀炭化、蛋糕烤熟、土燒成陶、照片洗好……等）

　　B：顏色的變化（如皮膚變黑、鐵變紅、衣物褪色……等）

　　C：溫度的變化（如柏油路、鋼架、沙灘變燙……等）

　　當然這三類變化也有可能彼此重疊。

　　本單元我們要談它們的比喻用法。

1　夕焼けで山々が赤々と焼けている。

　　〈晚霞中連綿的山脈被染得一片火紅。〉

2　日の出が近づくと東の空が真っ赤に焼けて美しい。

　　〈要日出的時候，東方的天空一片火紅，美麗極了。〉

3　大火事で町の夜空は赤く焼けていた。

　　〈大把火把城市的夜空染得一片火紅。〉

　「焼ける」的比喻用法最常使用在表示天空變紅的意思。由「夕焼け」〈晚霞〉「朝焼け」〈朝霞〉等詞的存在，我們也可以窺知它頻繁使用的程度。比喻用法的「焼ける」失去了前示原有用法中一定存在的加溫作用。正午的太陽顯然比朝陽或夕陽炙熱，但是沒有變紅的正午太陽就不能用「焼ける」。

　比喻用法的「焼ける」不但失去了加溫作用，它的變化結果也由三類減少成一類──即顏色的變化。甚至連顏色的變化也由原有的變黑、變紅、褪色，減少到只剩下「變紅」部分。比喻用法的「焼ける」顯然比它原來的用法狹窄很多。

　另一方面，「燃える」也有比喻用法。

4　真っ赤な夕焼けで空の雲が燃えるように輝いている。

　〈火紅的晚霞裏，天空的雲彩燦爛得像著了火一般。〉

5　燃えるような夕日。〈火紅的夕陽。〉

　又，前示「焼ける」的例1、2、3，也可以改變成

6　夕焼けで山々が燃えるように輝いている。

　〈晚霞中連緜的山脈著了火般璀璨火紅。〉

7　日の出が近づくと東の空が燃えるように焼けて美しい。

　〈要日出的時候，東方的天空像著了火般，一片通紅，美麗極了。〉

8　大火事で町の夜空は赤く燃えているようだった。

〈大火使得城市的夜空一片通紅，像著了火一般。〉

比喻用法中的「燃える」也失去了原本用法中一定存在的「火焰的產生」，而只保留了象徵火焰的顏色——紅色。

除了天空的紅以外，「燃える」還可以用來比喻其它東西的紅。

9　Ａ ○ 山の紅葉が真っ赤に燃えている。〈滿山紅葉，一片火紅。〉
　　Ｂ × 山の紅葉が真っ赤に焼けている。

10　Ａ ○ 燃えるようなバラの花に目を奪われる。

〈視線被火紅的玫瑰所吸引。〉

　　Ｂ ？ 焼けるようなバラの花に目を奪われる。

11　Ａ ○ 庭一面燃えるようなサルビアが咲いている。

〈庭院開滿火紅的一串紅。〉

　　Ｂ ？ 庭一面焼けるようなサルビアが咲いている。

12　Ａ ○ パーティー会場の中でも、燃えるような真っ赤なドレスを着た彼女の姿は一段と人目を引いた。

〈即使在宴會場上，身著火紅連身禮服的她更是引人注目。〉

　　Ｂ ？ パーティー会場の中でも、焼けるような真っ赤なドレスを着た彼女の姿は一段と人目を引いた。

但是這些通常就不用「焼ける」。同樣是表示〈火紅〉，為什麼天空的紅可以用「焼ける」，而植物、衣物的紅就不行了呢？

　　我們前面提到過「燃える」的主體是產生火焰的物體本身。也就是說「燃える」的主體本身就是熱源，是發光體。它甚至存在著有「火が燃えている」〈火在燒〉的說法。但是「焼ける」的主體則是被某一個熱源所加熱的對象。換句話說就是被燃燒的對象。例如烙鐵時，我們是用「火」（加熱源）來使鐵（「焼ける」的主體）變燙的。所以比喻用法中，如例6，我們可以用「燃えるような夕日」，可是就不能說「焼けるような夕日」，因為太陽就是產生熱源的物體本身，是光源。無法視為被加熱或照射的對象。

　　又，一樣是房子燒掉了，「家が燃えた」是把房子視為出現火焰的物體本身。「家が焼けた」則是把房子視為被火燃燒的對象物體。

　　紅色的楓葉、花，連身的禮服是它們原本就是紅的，並不是因為別的加熱源或照射變紅的，所以也就無法使用「焼ける」。

　　而「燃える」「焼ける」可以適用的「山々」「雲」「東の空」「夜空」則是像「家が燃えた」「家が焼けた」一樣，可以視它們為發光體，也可以視它們為被染紅的對象。當然截然不同的是一個是實際的燃燒，一個是比喻的火紅。

　　像這樣，「焼ける」表達重點在被加熱或燃燒之對象的變化結果。「燃える」在其本身產生火焰或發光、變紅；兩者這種性質上的差異，由下述現象也可以窺見一斑。

　　例如像例4的「雲」和例6的「山」，在我們一般的概念裏它本應是「白」和「綠」，它的紅並不是由自己本身產生的。因此當我們要用「燃える」來形容這類物體時，要加上「輝く」〈發亮〉一類的字眼才會比較自然。如例6，原本是例1「焼ける」的句子，若不是我們對它稍做了一番改

變，原本是不能適用「燃える」的。

13 Ⓐ × 夕焼けで山々が赤々と燃えている。

　　 Ⓑ ○ 夕焼けで山々が燃えるように輝いている。

　　藉由「輝く」的輔助，才能把「燃える」中發亮的要素帶入，表示雲和山是被晚霞照得像自己在發光一般。

　　還有一點值得我們注意的是，比喻用法的「焼ける」常可以直接當述語使用。但是上示「燃える」則多採修飾的形態「燃えるように」。如「山々が赤く焼けている」「空が真っ赤に焼けて」「夜空が焼けている」和「雲が燃えるように輝く」「燃えるような夕日」「夜空が燃えているようだ」。「燃える」只有在象徵性相當強烈的時候才會用到如例9「紅葉が真っ赤に燃える」的述語用法。此時「燃える」的主體「紅葉」就顯得非常具有生命力與躍動感，與熊熊躍動的火焰具有異曲同工之妙，又與另一個「萌える」〈發芽、生長〉也有相通之處。後面我們還會談到「燃える」的述語用法。

　　上述這個特點反映出「焼ける」的比喻用法比較接近「焼ける」原本的用法。「燃える」在沒有真正火焰產生的情況下時，多半就僅如字面「像……一樣」所示，止於比喻而已。

　　另「焼ける」之所以只能用來表示透過陽光和火照射下的紅，則應該是因為「焼ける」原本的加熱源雖然還有化學藥品，油類和模擬日光的人工燈，但是主要加熱源還是陽光和火，所以自然也就有所限制。

　　下面我們再來看一下不採「燃えるように」形態的「燃える」的比喻用

法。這個「燃える」表示精神方面某種情感非常強烈之意，與「焼ける」完全無法代換。

---

14 彼女への愛が彼の心の中に激しく燃えている。

〈他的心中充滿著對她的愛。〉

---

15 少女はその小さな胸に、若者への燃える思いを秘めていた。

〈少女在她小小心靈中，隱藏著對年輕人如火的熱情。〉

---

16 私は希望に燃えて大学に入った。〈我充滿希望的進入了大學。〉

---

17 向学心に燃える彼は、昼は家のために働き、夜は夜間学校へ通った。

〈充滿好學之心的他，白天爲家庭而工作，晚上上高中的夜間部。〉

---

18 研究への情熱に燃える。〈充滿對研究的熱忱。〉

---

19 この学校に赴任してきた当時は、私もまだ若く、理想に燃えていました。

〈剛赴任到這個學校的那個時候，我也還年輕，充滿理想。〉

---

20 彼の胸の中には政治への野心が燃えている。

〈他的胸中充滿著對政治的野心。〉

---

21 ライバル意識に燃える。〈充滿競爭意識。〉

---

22 彼の心は復讐の念に燃えている。〈他的心裏充滿著復仇之念。〉

語義上與「燃える」主體本身有火焰產生之原本意義頗有相通之處。但句型上有一個特色，就是多了一個「に」項，採「AはBに燃える」的句

型。其中，A的部份多半是人，但也可以是人的心理情感（只是心理情感時助詞多用「が」）B的部份用的多半是人們的心理情感，但也可以是「燃える」的地點。而由於是心理情感，所以「燃える」的地點也必然都是心裏或胸中。

「やける」語義中也有這種表示人的心理情感的意思。漢字寫成「妬ける」。表示〈嫉妒〉之義。

23 あの二人の仲のよさに妬ける。〈眞嫉妒他們兩個人感情那麼好。〉

這個「妬ける」中的「に」項，放的多半是引發人嫉妒之心的要素。「妬ける」的主語多是說話者本人。和「焼ける」原本的語義一樣，「妬ける」也是在表示被某一個加熱源——即引發說話者嫉妒之心的要素，即例23中，二個人感情很好的情形——加溫後，主體產生變化——即產生嫉妒的情感——的情形。

經過這樣一番說明，你可以稍稍感覺到我們上個單元提的問題——「焼けるような暑さ」和「燃えるような暑さ」的不同了嗎？

「焼けるような暑さ」比較常用，因為以日光為熱源時較常用「焼ける」，表示的是皮膚被太陽曬得炙熱，好像要烤熟了似的。「燃えるような暑さ」則表示空氣熱得好像要著火了似的之意。

§6.「燃<small>も</small>やす」VS「焼<small>や</small>く」

　　「燃やす」與「焼く」的區別，與前兩單元我們提到的「燃える」「焼ける」的區別頗為相似。而「燃やす」與「燃える」、「焼く」與「焼ける」之間的區別，當然主要就是他動詞與自動詞的區別了。

　　日語中有許多意義相近的，成對的自・他動詞組，是我們初學日語時的一大難關。下面就來複習一下自動詞和他動詞的區別吧

　　日語的自動詞和他動詞採用的基本句型不同。

　　「（名詞A）が（自動詞）」

　　「（名詞A）を（他動詞）」

　　那麼「が」「を」這兩個助詞的不同到底顯示著什麼呢？

　　有許多初學者會誤以為「自」「他」指的是說話者自己和別人之意，當然並不是如此。試看下例：

1 　**A** <u>バス</u>が<u>止まった。</u>〈車子停下來了。〉
　　　（名詞A）　　（自動詞）

　　　B <u>運転手</u>が<u>バス</u>を<u>止めた。</u>〈司機將車子停下來。〉
　　　（名詞×）　（名詞A）　（他動詞）

　　請注意他動詞的句型其實應該是「（名詞X）が（名詞A）を（他動

詞）」才算完整。

1B的他動詞句，即使我們將動作的名詞X改成「私」，用的仍然是他動詞。

1 　C 私がバスを止めた。〈我把車子停下來。〉
　　　(名詞X)　(名詞)　(他動詞)

- -

又例如：

2 　A 電気がついた。〈燈亮了。〉
　　　(名詞A)　(自動詞)

　　B 妹が電気をつけた。〈妹妹把燈打開了。〉
　　　(名詞X)　(名詞A)　(他動詞)

　　C 私が電気をつけた。〈我把燈打開了。〉
　　　(名詞X)　(名詞A)　(他動詞)

- -

　　因此這裏所謂的「他」指的是有人把車子停下來、把燈打開。車子不是自己（自）停，燈不是自己（自）亮，而是被「人」（他）停下或打開的。

　　但是車子怎麼可能自己停，燈怎麼可能自己亮呢？除非情況特殊，否則通常是要有人去停車或開燈的。我們再看下例：

3 　A 映画が始まった。〈電影開演了。〉
　　　(名詞A)　(自動詞)

　　B 監督がその映画を始めた。〈導演開始拍那部電影。〉
　　　(名詞X)　(名詞A)　(他動詞)

50

C ？ <ruby>私<rt>わたし</rt></ruby>が<ruby>映画<rt>えいが</rt></ruby>を<ruby>始<rt>はじ</rt></ruby>めた。〈我開始拍？演？學？放……電影了。〉
　　（名詞×）（名詞A）　（他動詞）

　　電影當然也是沒有人放的話不會開演。但是，平常我們看電影的人根本不會在意是誰在放，而只管電影開始演了沒有。這裏還有一點有趣的是，使用自動詞的「<ruby>映画<rt>えいが</rt></ruby>が<ruby>始<rt>はじ</rt></ruby>まった」這一句，我們最先理解的絕對是〈電影開演了〉，但是使用他動詞的「<ruby>映画<rt>えいが</rt></ruby>を<ruby>始<rt>はじ</rt></ruby>めた」這一句，卻有許許多多的理解方式。若像3B般，動作者（名詞×）明顯是一個拍電影的人，意思就很容易了解；但若是一個一般的人就可能有學、演、看、拍……等意思，而其中最後一個才會聯想到的可能就是〈放映〉電影了。原因是在我們的意識裏「電影」和「放映」這個動作是最後才會將它們連接上的。

　　像這樣，當我們注意的焦點是在對象本身的變化──如電影開演、燈亮、停車──的時候，就用自動詞；如果注意的焦點是在動作者施力使對象產生變化──有人開始放電影（？）、有人打開燈、有人把車停下──的時候就用他動詞。

　　麻煩的是日語自動詞的數量和使用頻率顯然比中文多。如我們中文會說：

4 **B** <ruby>お金<rt>かね</rt></ruby>を<ruby>貯<rt>た</rt></ruby>める。〈存錢。〉（他動詞）
　　A <ruby>お金<rt>かね</rt></ruby>が<ruby>貯<rt>た</rt></ruby>まる。〈？存錢。〉（自動詞）

　　這關係到中、日文敘事方式的不同，問題相當複雜，待有機會再做詳述。這裏我們再來觀察一下日語中成組的自他動詞對與中文之間的關係。

日語成組的自他動詞對，譯成中文時大致上可以分為三大類。

第一類是如例1A〈車停〉（主語+自動詞）、1B〈停車〉（他動詞+受詞），中文用同一個動詞（停），而只以句型——這裡指詞序（自動詞句：名詞+動詞；他動詞：動詞+名詞）來區分自·他。

第二類是如例2A〈燈亮〉，2B〈開燈〉一般，中文用不同的動詞來區分自·他。這一類和第一類同樣也是採自動詞句：名詞+動詞；他動詞句：動詞+名詞的形式。

第三類則是如例4〈存錢〉一般，只有他動詞用法而沒有自動詞用法。因此像例4的自動詞句要譯成中文就必須看前後文，以完全不同的方式如〈有很多錢〉〈存夠了錢〉等等來表達。

當然，不可以忘記的是日語也並非所有的動詞都是自·他成對的。和其他語言一樣，也是有絕對的自動詞，例如：

・あの人が走っている。〈那個人在跑。〉

和絕對的他動詞，例如：

・李さんがご飯を食べている。〈李先生在吃飯。〉

或是自·他兩者可以通用的（不過數量較少）。

・ドアが開く。〈門開了。〉

・ドアを開く。〈開門。〉

以上是一般自動詞與他動詞的概況。那麼「燃える（自）」「焼ける（自）」和「燃やす（他）」「焼く（他）」是否也顯示著相似的情況呢？

前兩單元我們已提到過「燃える」與「焼ける」的用法，現在我們來介紹一下，「燃やす」和「焼く」的使用情形。

「燃やす」和「燃える」一樣，使用在燃料或燃燒時會產生火焰的物體上，即火（例5）、燃料（例6、7）和可著火物（例8、9……），所不同的是他動詞「燃やす」表示的是有人特意使火燃燒或放火燃燒某樣物體之意。

而也由於是有人特意的，也就是為了某一個目的而放火去燒，所以若是燃燒的目的或原因不是很清楚就會比較難使用他動詞「燃やす」，而要使用較客觀的，只描述火焰在燃燒的自動詞「燃える」。（請參照前兩單元「燃える」的用法。）

5　Ⓐ○ もっと薪を入れて、もっと火を燃やしなさい。

　　　　〈再放劈柴進去，讓火燒得再旺些。〉

　　Ⓑ× もっと薪を入れて、もっと火を焼きなさい。

6　Ⓐ○ あの工場は重油を燃やしている。

　　　　〈那家工廠燒重油。——以重油為燃料之意。〉

　　Ⓑ× あの工場は重油を焼いている。

7　Ⓐ○ わらを燃やしてご飯を炊く。〈燒稻草煮飯。〉

　　Ⓑ？ わらを焼いてご飯を炊く。

8　Ⓐ○ わらを燃やして灰を作る。〈燃燒稻草做稻灰。〉

　　Ⓑ○ わらを焼いて灰を作る。〈燃燒稻草做稻灰。〉

9　Ⓐ○ 母は庭で落ち葉を燃やしている。〈媽媽在院子裡燒落葉。〉

　　Ⓑ○ 母は庭で落ち葉を焼いている。〈媽媽在院子裡燒落葉。〉

10 **A** ○ 彼女は秘密文書を燃やした。〈她把秘密資料燒燬。〉
   B ○ 彼女は秘密文書を焼いた。〈她把秘密資料燒燬。〉

11 **A** ○ 彼が（放火して）自分の家を燃やした。

   〈他放火把自己的房子燒了。〉

   B ○ 彼が（放火して）自分の家を焼いた。

   〈他放火把自己的房子燒了。〉

　　另外，「焼く」也和「焼ける」相似，必須要有兩個要件才能成立即 (一)加熱作用和(二)被加熱之物體的變化，物體本身是被加熱的對象，不一定要產生火焰。其加熱方式有(1)火（如例8、9、10）、(2)日曬（如例17）、(3)化學藥品或雷射光線等（如例18、19）。物體變化的方式也有三大類：A.質的變化（如垃圾成灰、魚烤好、傷口病菌死亡…）；B.顏色的變化（如皮膚變黑）；C.溫度的變化（如鐵變熱）。

　　其中，在自動詞「焼ける」用法中常見的單純的溫度變化方面，如柏油路被太陽曬得火燙等用法，由於我們無法說是有人故意將柏油路讓太陽曬得火燙，所以此類情況不會出現在「焼く」的用法中，要出現的話也只會有如「鉄を熱く焼いた」等，而燒熱的鐵通常連帶的顏色也會變紅，所以亦可歸入B.顏色的變化裏。

　　又，在加熱方式的(2)日曬方面，「焼く」也是比「焼ける」用法少得多，如「カーテンが焼けた」〈窗簾被曬得褪色了。〉「畳が焼けた」〈榻榻米被曬褪色了。〉等，由於通常無法說是有人故意將它拿去讓太陽曬得褪色，所以通常就不會用到「焼く」。

12 Ⓐ ○ 道端でごみを燃やしてはいけません。

　　〈不可以在道路旁燒垃圾。〉

　Ⓑ ○ 道端でごみを焼いてはいけません。

　　〈不可以在道路旁燒垃圾。〉

13 Ⓐ ○ 畑を燃やす。〈放火燒田。〉

　Ⓑ ○ 畑を焼く。〈放火燒田。〉

14 Ⓐ × 電子レンジで魚を燃やす。

　Ⓑ ○ 電子レンジで魚を焼く。〈用微波爐烤魚。〉

15 Ⓐ × その店はパンとケーキを燃やす。

　Ⓑ ○ その店はパンとケーキを焼く。〈那家店烤麵包和蛋糕。〉

16 Ⓐ × 窯でつぼを燃やす。

　Ⓑ ○ 窯でつぼを焼く。〈用窯燒壺。〉

17 Ⓐ × 真由美は肌をきれいに燃やした。

　Ⓑ ○ 真由美は肌をきれいに焼いた。〈眞由美把皮膚曬得很漂亮。〉

　　在C.以化學藥品或雷射光線加熱使對象產生變化方面，「焼く」的用法就比「焼ける」稍廣了。除了例18洗相片的例子以外，由於描述的重點是在採取何種手段「焼く」，而不是在描述被燒的對象變成什麼樣，所以通常不用「焼ける」。

18 Ⓐ ？ 兄は暗室で写真を燃やしている。〈？ 哥哥在暗房燒相片。〉

Ⓑ ○ 兄は暗室で写真を焼いている。〈哥哥在暗房洗相片。〉

19 Ⓐ × 硫酸で燃やす。

Ⓑ ○ 硫酸で焼く。〈用硫酸燒。〉

20 Ⓐ × 患部をレーザー光線で燃やす。

Ⓑ ○ 患部をレーザー光線で焼く。〈用雷射光線照射患部。〉

21 Ⓐ × 薬で燃やして化膿を止める。

Ⓑ ○ 薬で焼いて化膿を止める。〈用藥燒阻止化膿。〉

「焼く」還有一個比較特別的用法。

22 Ⓐ × 家を戦災で燃やした。

Ⓑ ○ 家を戦災で焼いた。〈房子被戰火燒毀。〉

怎麼會有人故意讓自己的房子被戰火燒掉呢？照理說22B句應該是「家が戦災で焼けた」比較合理。可是日語裏是有如22B句這類說法的，例如：

23 息子を戦争で死なせた。

直譯是〈我讓兒子死於戰爭。〉但其實表示的就是〈我兒子死於戰爭。〉之意，只是還多加了一層意思：我沒有好好盡到為人父母的責任而讓兒子死於戰爭。這種含義中文無法以單句表達，而必須用前後文的描述來讓讀者體會。

　　22B表示的也是這種懊惱的心境。但是要注意到的是「燃やす」並不適用於這類句子。可見雖然同樣是他動詞，「燃やす」動作者的意圖性還是比「焼く」強的。

　　「燃える」「焼ける」「燃やす」「焼く」四個中文字都可以譯成〈燒〉，彼此關係相當錯綜複雜，經過連續三個單元的討論，不知道各位是否有了大致的概念了。

§7.「過ごす」VS「暮らす」

1 　Ａ 毎日楽しく過ごしたい。〈希望能每天過得很快樂。〉
　　Ｂ 毎日楽しく暮らしたい。〈希望能每天過得很快樂。〉

2 　Ａ ぶらぶらと遊んで過ごす。〈無所事事玩樂過日子。〉
　　Ｂ ぶらぶらと遊んで暮らす。〈無所事事玩樂過日子。〉

3 　Ａ 3年間東京で過ごした。〈在東京住了三年。〉
　　Ｂ 3年間東京で暮らした。〈在東京住了三年。〉

4 　Ａ 10万円で一か月過ごす。〈10萬日幣過一個月。〉
　　Ｂ 10万円で一か月暮らす。〈10萬日幣過一個月。〉

5 　Ａ 子供たちも元気に過ごしております。〈孩子們也都過得很好。〉
　　Ｂ 子供たちも元気に暮らしております。〈孩子們也都過得很好。〉

6 　Ａ 彼女は一生一人で幸せに過ごした。〈她一個人幸福的過了一輩子。〉
　　Ｂ 彼女は一生一人で幸せに暮らした。〈她一個人幸福的過了一輩子。〉

　　「過ごす」和「暮らす」許多時候都可以互相通用，很不容易區分。中文也都可以譯成〈過〉〈住〉〈生活〉等等。但是兩者仍然是有無法互換的

時候。如下示諸例是「暮らす」無法換成「過ごす」的例子。

7 **A** × 彼はアパートの収入で過ごしている。

  B ○ 彼はアパートの収入で暮らしている。

    〈他靠公寓房租的收入過活。〉

8 **A** × 李さんは親の仕送りで過ごしている。

  B ○ 李さんは親の仕送りで暮らしている。

    〈李小姐靠父母親的匯款過活。〉

9 **A** × こんな安い給料じゃ過ごせない。

  B ○ こんな安い給料じゃ暮らせない。〈這麼一點薪水沒辦法過活。〉

10 **A** × 家もないし、金もない。失業後はどう過ごしていけばいいの

    だろう。

  B ○ 家もないし、金もない。失業後はどう暮らしていけばいいの

    だろう。

    〈既沒房子又沒錢，失業後要怎麼活下去才好呢。〉

11 **A** × 〈度日〉は困難の中で過ごす意に多く用いる。

  B ○ 〈度日〉は困難の中で暮らす意に多く用いる。

    〈《度日》多用在表示生活於困境中之意。〉

    表示〈以……為生〉〈靠…….過活〉之意時，即表達的重點在生活方面的經濟來源時，一般不用「過ごす」而用「暮らす」。

    像這樣「暮らす」常常帶有〈生計〉的意味在，會蘊含到主體的經濟

生活情形。或許是由於這個緣故，敬語表現通常就不太用「暮らす」而多用「過ごす」。如書信文中的

12 Ⓐ ○ いかがお過ごしでしょうか。

〈不知您近況可好？（過得如何？）〉

　 Ⓑ × いかがお暮らしでしょうか。

13 Ⓐ ○ お元気でお過ごしのことと存じます。〈我想您一定過得很好。〉

　 Ⓑ × お元気でお暮らしのことと存じます。

相對的，談到自己的情形時就兩者都可以使用，如上示例5和下示例14。

14 Ⓐ ○ どうにか無事に過ごしております。

〈算是平安無事的過著日子。〉

　 Ⓑ ○ どうにか無事に暮らしております。

〈算是平安無事的過著日子。〉

「過ごす」也有一個情況是無法代換成「暮らす」的。

15 Ⓐ ○ 久しぶりに学生時代の友だちと会って、楽しいひとときを過ごした。

〈與學生時代多年不見的友人碰面度過愉快的幾個小時。〉

　 Ⓑ × 久しぶりに学生時代の友だちと会って、楽しいひとときを暮らした。

16 Ⓐ ○ 僕は生まれて初めて雪に閉ざされた電車の中で一晩を過ごした。

　　　〈我有生以來第一次被雪困在電車中過了一夜。〉

Ⓑ × 僕は生まれて初めて雪に閉ざされた電車の中で一晩を暮らした。

17 Ⓐ ○ 一人でさびしくバレンタインデーを過ごした。

　　　〈一個人寂寞的度過西洋情人節。〉

Ⓑ × 一人でさびしくバレンタインデーを暮らした。

18 Ⓐ ○ お正月を故里で過ごす。〈在家鄉過年。〉

Ⓑ × お正月を故里で暮らす。

　　與前示例7～11，不是那麼強調時間要素的例子相較，例15～18明顯將時間要素置於最重要的第1受詞「～を」的位置上，而且「ひととき」「一晩」「バレンタインデー」「お正月」基本上都不算是很長的時間。

　　「暮らす」表達的重點在生活，人生活通常要有據點。而既然是生活據點，待在這個據點的時間通常就不會太短，因此「時間短」便成為無法使用「暮らす」的因素之一。又，生活當然需要時間要素，但是它卻並不是「暮らす」的重點，所以像例7～11，沒有列入時間要素的句子，也是依然可以使用。即，對「暮らす」來說「時間」並不是一個必要的構成要素。

　　而相對的，「過ごす」只單純在表示度過一段時間之意，因此「時間」便成為「過ごす」句中最重要的構成要素。如例15～18一般。而由於「時間」對「過ごす」句是如此重要，因此即使實際上句子裏並沒有出現，讀者或聽者也會自動將它補足，例如：

19 Ⓐ ○ 原稿を書いて過ごす。〈寫稿過日子。〉
　　Ⓑ ○ 原稿を書いて暮らす。〈寫稿過日子（維生）。〉

- -

　　中19B「暮らす」可能較為自然，表示的是靠稿費生活之意。但是當讀者看到19A「過ごす」句時，由於會自動補上時間，表示某幾天這個人是以寫稿的方式度過的，所以也不會造成理解上的困難。

　　我們再來看一次例19B「暮らす」的句子。事實上「原稿を書いて」〈寫稿〉中也並沒有包含任何〈以……為生〉的意義在內的。我們之所以會把它自動補上去也是因為「暮らす」本身具有這個效果之故。

　　試再舉數列：

20 Ⓐ ○ 言葉も分からないのに、どうにか無事に外国で過ごすことができた。

　　　〈雖然語言不通，但總算能平安無事的度過在國外的時光。〉

　　Ⓑ ○ 言葉も分からないのに、どうにか無事に外国で暮らすことができた。

　　　〈雖然語言不通，但總算能平安無事的在國外過活。〉

- -

　　「過ごす」表示的是在國外度過那一段日子。「暮らす」表示的是在國外的生活情形。

21 Ⓐ ○ あの丘の中腹にあるのが、私たちが6年間過ごした家だ。

　　　〈山坡上的那棟房子，是我們住了六年的家。〉

Ⓑ ○ あの丘の中腹にあるのが、私たちが6年間暮らした家だ。

〈山坡上的那棟房子，是我們住了六年的家。〉

也是一樣，「過ごす」表示度過的日子，「暮らす」強調在其間的起居生活。這個句子只要稍改一下被修飾語，例如：

22　Ⓐ ○ あの丘の中腹にあるのが、私たちが6年間過ごした小学校だ。

〈山坡上的那棟房子是我度過六年時光的小學。〉

Ⓑ × あの丘の中腹にあるのが、私たちが6年間暮らした小学校だ。

就不能使用「暮らす」了。因為一般我們是不會在學校裏過日常起居生活的。

23　Ⓐ ○ 気ままに過ごす。〈自由自在的過日子。〉

Ⓑ ○ 気ままに暮らす。〈自由自在的過日子。〉

「気まま」這個副詞不偏「過ごす」也不偏「暮らす」。但是若加上時間要素：

24　Ⓐ ○ 気ままに余生を過ごす。〈自由自在度過餘生。〉

Ⓑ × 気ままに余生を暮らす。

「暮らす」就不太適用。加上經濟要素，例如：

25 Ⓐ ？ 彼は親の遺産で気ままに過ごしている。

　 Ⓑ ○ 彼は親の遺産で気ままに暮らしている。

　　〈他靠父母親的遺產自由自在的生活著。〉

....

　「暮らす」就比較恰當了。當然更恰當的可能是名詞形式「彼は親の遺産で気ままな暮らしをしている」。

　而像下示例句「過ごす」和「暮らす」就可以各取重心了。

26 Ⓐ ○ 乏しい食料で一か月を過ごす。

　　〈在糧食匱乏的情況下度過一個月。〉

　 Ⓑ ○ 乏しい食料で一か月を暮らす。

　　〈在糧食匱乏的情況下度過一個月。〉

....

　「過ごす」重心在「一か月」，「暮らす」重心在「乏しい食料で」。

　當然「過ごす」自動補足時間和「暮らす」自動補上生活的效果並不是萬能的。像例7～11這類的句子，由於它們已將重點很明顯的擺在敘述生活經濟來源的角度上，因此便阻礙了「過ごす」自動補上時間要素的反應。因此「過ごす」就變得不能適用了。

　相對的例15～18則用前述理由，阻礙了「暮らす」自動補上生活情形的反應，而使「暮らす」不能適用。

27 1年を十日で暮らすいい男。〈幹十天活，就可以吃一年的好男兒。〉

....

　知道為什麼這個句子只做這個解釋，只能用「暮らす」嗎？（這一句話

是在描述以前的相撲力士。以前的力士每年只出賽十天，不像現在要比賽四個場所各十五天。）因為「１年を過ごす」是過一年的時間的意思，既是過一年當然就不會只有十天，所以十天就只能解釋成是十個工作天之意了。

　　「過ごす」「暮らす」的主體原則上都是「人」，但是將動物擬人化的時候，也會出現如下述例句。

28　Ａ セミの幼虫は土の中で７年も過ごすという。

　　　〈據說蟬的幼蟲可以在土中住上七年。〉

　　　Ｂ セミの幼虫は土の中で７年も暮らすという。

　　　〈據說蟬的幼蟲可以在土中住上七年。〉

- -

　　另外「過ごす」和「暮らす」都各有另一個用法。「過ごす」比較單純，表示「過度」之意。例如：

29　勉強も度を過ごすといけない。〈書也不可以唸得太過度。〉

- -

　　「暮らす」則是它的本意，「白晝漸入夜晚」之意。現在的用法譯成中文和本單元主題中的「暮らす」完全相同。只是時間可以是一天。例如：

30　一日テレビを見て暮らした。〈看電視過了一整天。〉

- -

　　它的限制是，這個用法只能用在須是從白天到晚上之意。

§8.「違う」VS「異なる」

依一般辭典的解釋，「違う」主要有下列數個意思。

① 錯誤、不對

1 佐藤春夫の「お」の字が違っている。〈佐藤春夫的「夫」字錯了。〉

2 きのうのテストは自信があったのに、後で調べたら、二か所ほど答えが違っていた。

〈昨天的考試自信考得很好，後來一查才知道有兩個地方錯了。〉

3 何度計算し直しても無駄だよ。やり方が違っているのだから。

〈再怎麼重算也沒有用的啦。算法錯了嘛！〉

② 不同、不一樣

4 大きさの違う二つの箱があります。〈有兩個大小不同的盒子。〉

5 二人は話す言葉は同じですが、生まれた国は違います。

〈二個人說的是同一種語文，但是是在不同的國家出生的。〉

6 この間とは通る道が違うので、今どのあたりを走っているのか見当が付かない。

〈這和上一次我們走的路不一樣，所以我搞不清楚我們現在在哪裡。〉

③ 比起來程度較高、較好

7 さすが名人は違うな。この彫刻の鳥は今にも飛び立ちそうだ。

〈不愧是名人，就是不一樣！刻的這隻鳥就像要飛起來似的。〉

8 君は慣れているから、手際が違うね。

〈你做得好熟練，手法硬是不同。〉

9 ちょっと髪形を変えただけで、ずいぶん感じが違ってしまうものだ。

〈只改變了一下髮型，感覺竟然這麼不同！〉

④ 違反、不符

10 君の話は事実と違うよ。〈你說的話和事實不符喔。〉

11 あれだけ働いて一日四千円とは、最初の約束と違うよ。

〈做這麼多，一天才四千日幣？這違反當初的約定喔！〉

12 雨天でもやるって言っていたのに、急に中止するなんて、話が違うじゃないか。

〈說好即使下雨也要做的，卻突然說什麼中止，這不是違反約定嗎!?〉

⑤ 不正常

13 母親は二人の娘をなくしたショックで、気が違ったようになってしまった。

〈母親由於失去兩個女兒，驚嚇過度，精神變得不正常。〉

⑥ 扭（筋）

14 首の筋が違った〈脖子扭了筋了。〉

然而，我們在初學日語時，都學過像這樣的句子。

15 Ａ：あなたは日本人ですか。〈你是日本人嗎？〉

Ｂ：いいえ、違います。中国人です。〈不、不是。是中國人。〉

16 Ａ：これはあなたのですか。〈這是你的嗎？〉

Ｂ：いいえ、違います。〈不、不是。〉

所以許多初學者都有一個印象，就是「違う」是〈不對、不是〉之意。再加上一些字型相似的字如「間違う」「間違える」表示的又都是〈錯誤、不對〉因此「違う」表示〈錯誤、不對〉的印象就更加深刻。但是由上示「違う」①～⑥的整體意義來看，我們可以發覺「違う」的基本意義是〈不同、不一樣〉，而非〈錯誤、不對〉。它之所以會衍生出〈錯誤、不對〉的意思，是因為在說話者心目中事先已存在著一個「標準答案」，而被比較的主體，顯現出的結果卻與此「標準答案」不符，故而才會產生〈錯誤、不對〉之意的。例如：

例1：「お」音之漢字寫法，可以有許多，如「男」「雄」「夫」

「尾」⋯⋯等。但是「佐藤春夫」的「お」就只能寫成「夫」字，而不可以寫成其他。「お」字之所以錯誤的前提是與標準答案「夫」字不同之故。

　　例2：考試當然會有固定的、正確的答案，而當寫出來的與正確答案不同時，即是錯誤。

　　例3：實際的計算方法與正確的算法不同時，便會產生錯誤。

　　此處所指「標準答案」當然不是說話者個人認定即可，而必須是一個約定成俗，在社會上或是某一輩人中公認、通行的答案。

　　「違う」的基本義既是〈不同、不一樣〉，自然必須有一個可供比較的對象。而這個比較的對象卻常會因可以很容易由前後文脈推演出來而遭省略。茲整理上示各例之比較對象如下。

　　例1：「夫」的寫法。

　　例2：考試的正確答案。

　　例3：正確的計算方法。

　　例4：二個箱子的大小。（此既是比較對象也是被比較的主體）

　　例5：二個人出生的國家。（不同）

　　例6：上一次走過的路。

　　例7：平常人的雕刻。

　　例8：平常人的手法。

　　例9：變化髮型前予人的感覺。

　　例10：原來的事實。

　　例11：原本的約定。

　　例12：原本的約定。

例13：一般正常的精神狀態。

例14：筋路原本正常的位置。

例15：原本的事實。

例16：原本的事實。

在此，我們可以發現，除了表示〈不同、不一樣〉的例4、5、6，其比較的對象是屬於個別的情況以外，其它都是「正確的……」「平常的……」等，社會上通行、共同的概念或常識，或者如例10、11、12、15、16「原本的約定、事實」等，說話者雙方的共識。

而其中，可與本單元的類義詞「異<ruby>な<rt>こと</rt></ruby>る」代換的便是例4、5、6這類個別情況者。

17 Ⓐ あの<ruby>姉妹<rt>しまい</rt></ruby>は<ruby>性格<rt>せいかく</rt></ruby>が<ruby>違<rt>ちが</rt></ruby>う。〈那對姐妹個性不同。〉
　　Ⓑ あの<ruby>姉妹<rt>しまい</rt></ruby>は<ruby>性格<rt>せいかく</rt></ruby>が<ruby>異<rt>こと</rt></ruby>なる。〈那對姐妹個性不同。〉

18 Ⓐ その<ruby>点<rt>てん</rt></ruby>は<ruby>他人<rt>たにん</rt></ruby>と<ruby>違<rt>ちが</rt></ruby>うところだ。

　　〈那一點是與他人不同的地方。〉
　　Ⓑ その<ruby>点<rt>てん</rt></ruby>は<ruby>他人<rt>たにん</rt></ruby>と<ruby>異<rt>こと</rt></ruby>なるところだ。

　　〈那一點是與他人不同的地方。〉

19 Ⓐ <ruby>実行期間<rt>じっこうきかん</rt></ruby>については<ruby>意見<rt>いけん</rt></ruby>が<ruby>違<rt>ちが</rt></ruby>う。

　　〈在執行期間方面意見不同。〉
　　Ⓑ <ruby>実行期間<rt>じっこうきかん</rt></ruby>については<ruby>意見<rt>いけん</rt></ruby>が<ruby>異<rt>こと</rt></ruby>なる。

　　〈在執行期間方面意見不同。〉

20 Ⓐ 値段によって性能が違う。〈依價格，性能不同。〉

   Ⓑ 値段によって性能が異なる。〈依價格，性能不同。〉

21 Ⓐ 言葉だけでなく、国によって習慣が違うのは当然のことです。

   〈不僅是語言，依國家而習俗不同是理所當然的事。〉

   Ⓑ 言葉だけでなく、国によって習慣が異なるのは当然のことで
   す。

   〈不僅是語言，依國家而習俗不同是理所當然的事。〉

「異なる」的基本義也是〈不同、不一樣〉所以也是須要有一個比較的對象。但是和「違う」不同的是「異なる」不含有其比較的對象是「正確的」「正常的」「平常的」，亦即被比較的主體是「不正確的」「不正常的」或「不平常」的意思。「異なる」的語義、用法較「違う」窄。

語義、用法稍廣的「違う」之基本義，除了和「異なる」形成交集的〈不同、不一樣〉之外，似還可以再添些什麼，即〈不同、不一樣+α〉。這個「α」的內容視比較對象而定，可以是一種批判，也可以是一種評價。若比較的對象是〈正確的……〉〈正常的……〉，是一種批判。比較的對象是〈平常的、一般的、平凡的……〉則α是一種評價，而當這個「α」淡化成無時，「違う」和「異なる」在語義上便相通了。

「α」淡化無蹤之後的「違う」和「異なる」最大的相異處在它們使用的文體上。

一般來說「違う」較屬於口語體；「異なる」則較屬於文章體。

71

22 これは露西亜の景で、而も林は樺の木で、武藏野の林は楢の木、植物帯からいうと、甚だ異なって居るが、落葉林の趣は同じ事である。（国木田独歩）

〈這是俄羅斯的景觀，而且林木屬樺木，武藏野的林木則是枹樹，就

植物分布地帶來看是相當不同的；但落葉林的情趣卻是一般。〉

23 たまには違う店で昼ごはんを食べませんか。

〈偶而我們到別的店去吃中餐，好嗎？〉

「違う」因為使用頻率高，傾向不似「異なる」那般明顯，「異なる」則是許多時候一經使用便會自然顯示出較正式的感覺。試比較例24用「違う」和「異なる」的不同。

24 人間と動物のもっとも異なる点は文明を持っているかどうかではないでしょうか。

〈人類和動物最大的不同應是在是否持有文明一點上。〉

§9.「<ruby>養<rt>やしな</rt></ruby>う」VS「<ruby>育<rt>そだ</rt></ruby>てる」

「<ruby>養<rt>やしな</rt></ruby>う」是養，「<ruby>育<rt>そだ</rt></ruby>てる」是〈育〉。但是〈養〉和〈育〉又有什麼不同呢？

1　Ａ <ruby>子供<rt>こども</rt></ruby>を<ruby>養<rt>やしな</rt></ruby>う。〈扶養孩子。〉
　　Ｂ <ruby>子供<rt>こども</rt></ruby>を<ruby>育<rt>そだ</rt></ruby>てる。〈養育孩子。〉

2　Ａ <ruby>彼女<rt>かのじょ</rt></ruby>は<ruby>親<rt>おや</rt></ruby>のない<ruby>子<rt>こ</rt></ruby>を<ruby>養<rt>やしな</rt></ruby>う。〈她扶養孤兒。〉
　　Ｂ <ruby>彼女<rt>かのじょ</rt></ruby>は<ruby>親<rt>おや</rt></ruby>のない<ruby>子<rt>こ</rt></ruby>を<ruby>育<rt>そだ</rt></ruby>てる。〈她養育孤兒。〉

3　Ａ <ruby>子<rt>こ</rt></ruby>を<ruby>養<rt>やしな</rt></ruby>うのは<ruby>親<rt>おや</rt></ruby>の<ruby>義務<rt>ぎむ</rt></ruby>である。〈扶養孩子是父母親的義務。〉
　　Ｂ <ruby>子<rt>こ</rt></ruby>を<ruby>育<rt>そだ</rt></ruby>てるのは<ruby>親<rt>おや</rt></ruby>の<ruby>義務<rt>ぎむ</rt></ruby>である。〈養育孩子是父母親的義務。〉

4　Ａ <ruby>小<rt>ちい</rt></ruby>さい<ruby>時<rt>とき</rt></ruby>に<ruby>両親<rt>りょうしん</rt></ruby>を<ruby>失<rt>うしな</rt></ruby>って<ruby>叔父<rt>おじ</rt></ruby>に<ruby>養<rt>やしな</rt></ruby>ってもらった。

　　〈自小失去雙親，是叔父把我帶大的。〉

　　Ｂ <ruby>小<rt>ちい</rt></ruby>さい<ruby>時<rt>とき</rt></ruby>に<ruby>両親<rt>りょうしん</rt></ruby>を<ruby>失<rt>うしな</rt></ruby>って<ruby>叔父<rt>おじ</rt></ruby>に<ruby>育<rt>そだ</rt></ruby>ててもらった。

　　〈自小失去雙親，是叔父把我養育成人的。〉

5　Ａ <ruby>母<rt>はは</rt></ruby>は<ruby>私<rt>わたし</rt></ruby>たち５<ruby>人<rt>にん</rt></ruby>の<ruby>子供<rt>こども</rt></ruby>を<ruby>女手<rt>おんなで</rt></ruby><ruby>一<rt>ひと</rt></ruby>つで<ruby>養<rt>やしな</rt></ruby>ってくれた。

　　〈媽媽一手扶養我們五個孩子長大。〉

　　Ｂ <ruby>母<rt>はは</rt></ruby>は<ruby>私<rt>わたし</rt></ruby>たち５<ruby>人<rt>にん</rt></ruby>の<ruby>子供<rt>こども</rt></ruby>を<ruby>女手<rt>おんなで</rt></ruby>で<ruby>一<rt>ひと</rt></ruby>つで<ruby>育<rt>そだ</rt></ruby>ててくれた。

〈媽媽一手養育我們五個孩子長大。〉

像例1、5這樣，養育小孩時「養う」「育てる」兩者皆可以使用，但是奉養長輩時就只用「養う」而不用「育てる」。

6　Ⓐ ○ 親を養う。〈奉養雙親。〉
　　Ⓑ × 親を育てる。

其實只要扶養的對象不只是晚輩，而包括了長輩甚或同輩，如妻子、丈夫，就都不用「育てる」。

7　Ⓐ ○ 大家族を養う。〈養一個大家族。〉
　　Ⓑ × 大家族を育てる。

8　Ⓐ ○ この給料では一家を養えない。

　　　　〈這一點薪水養不活一家人。〉
　　Ⓑ × この給料では一家を育てられない。

9　Ⓐ ○ 妻子を養う。〈養妻子和兒女。〉
　　Ⓑ × 妻子を育てる。

10　Ⓐ ○ 病気の夫と３人の子供を養う。

　　　　〈養生病的丈夫和三個兒女。〉
　　Ⓑ × 病気の夫と３人の子供を育てる。

養動物時兩者都可以用，只是含意會稍微有些不同。

11 Ⓐ ○ 牛や馬を養う。〈養牛、馬。〉
　　Ⓑ ○ 牛や馬を育てる。〈養育牛、馬。〉

「養う」單純的只是予以食物餵養；「育てる」則較含有要養大牠來獲得成就感、做伴、出售、培育新品種等等目的意識在內。因此若句中加入了表示養育方式的語句，尤其是表示一種慎重的養育方式時，通常就只用「育てる」而不用「養う」。

12 Ⓐ × 少年は小鳥を籠に入れて大切に養った。
　　Ⓑ ○ 少年は小鳥を籠に入れて大切に育てた。

〈少年將小鳥放入籠中很珍惜的餵養著。〉

當然不僅是動物，養育對象是小孩也是一樣，只要句中有表示特意的，有心促成的養育方式或目標，就只用「育てる」。

13 Ⓐ × 子供はのびのびと養いたい。
　　Ⓑ ○ 子供はのびのびと育てたい。〈希望把孩子帶得悠然茁壯。〉

14 Ⓐ × 手塩にかけて養った娘です。
　　Ⓑ ○ 手塩にかけて育てた娘です。〈是我精心教養出來的女兒。〉

15 Ⓐ × 息子を音楽家に養った。
　　Ⓑ ○ 息子を音楽家に育てた。〈培養兒子成為音樂家。〉

假設養育者為Ｘ，被養育者為Ｙ；則基本上「養う」較傾向於Ｘ扶養Ｙ

的需要，餵養以使之存活，通常比較無關乎目標或目的。而「育てる」行為中，X的目的性較強，較傾向於X育養Y，使Y發揮資質朝向某一個方向發展之意；若「育てる」行為已經完成，則表示的是X使Y成長成某種結果，X的「育てる」行為造成Y長成的結果。這個結果可以是X預計希望達到的目標、目的，如前示例15的「音楽家」或下揭例16的「一流チーム」、例17「一流企業」、例18「大木」；也可以單純的是一個X達成的結果，如例19的「わがままに」。此時所用的句型是表示目的、結果的「～に育てる」。這個句型也是「養う」所沒有的。

16 Ⓐ × その監督はだめなチームを一流チームに養った。
   Ⓑ ○ その監督はだめなチームを一流チームに育てた。

   〈那個教練把一個糟糕的球隊訓練成一流的勁旅。〉

17 Ⓐ × 小さな町工場を一流企業に養った。
   Ⓑ ○ 小さな町工場を一流企業に育てた。

   〈把一家小鎮工廠發展成一流企業。〉

18 Ⓐ × 栗の苗を立派な大木に養う。
   Ⓑ ○ 栗の苗を立派な大木に育てる。　〈將栗樹苗培育成漂亮的大樹。〉

19 Ⓐ × ひとりっ子でわがままに養われている。
   Ⓑ ○ ひとりっ子でわがっままに育てられている。

   〈獨生子嬌生慣養的。〉

又如

20 Ⓐ？ 後継者を養う。〈？供繼承人吃住。〉

  Ⓑ○ 後継者を育てる。〈培養繼承人。〉

21 Ⓐ？ 人材を養う。〈？供應人材吃住。〉

  Ⓑ○ 人材を育てる。〈培育人材。〉

22 Ⓐ？ あのコーチは多くの名選手を養った。

    〈？那個教練供應很多有名的選手吃住。〉

  Ⓑ○ あのコーチは多くの名選手を育てた。

    〈那個教練培育出了許多有名的選手。〉

這類置於「～を」之前的名詞同時具有養育對象與目的雙重身份，通常也很少用不具目的意識的「養う」。若用「養う」，就會變成如譯文所示之意。

養育植物也不用「養う」。

23 Ⓐ× 蘭を養う。

  Ⓑ○ 蘭を育てる。〈養蘭。〉

24 Ⓐ× 稲を養う。

  Ⓑ○ 稲を育てる。〈種稻。〉

25 Ⓐ× 子供は花壇で花を養う。

  Ⓑ○ 子供は花壇で花を育てる。〈孩子們在花壇種花。〉

26 Ⓐ× 防雪林を養う。

  Ⓑ○ 防雪林を育てる。〈培植防雪林。〉

這可能是因為一般不認為植物會有所需求，而認定它是自然生長的。而且若是我們將它從大自然中移植成盆栽，或特意為某些作用或目的（如例26「防雪林」培植它，那麼就更適用目的性強的「育てる」了。

　　培育組織、思想、主義、技能時，當然也不會由組織等自己主動要求供養，而是培育者有目的的培養，所以也只用「育てる」。

27 **A** × みんなの力で会社をここまで養ってきた。
　　B ○ みんなの力で会社をここまで育ててきた。

　　〈靠著大家的力量才把公司發展到現在的這個樣子。〉

28 **A** ？ 政党を養う。〈？供養一個政黨。〉
　　B ○ 政党を育てる。〈扶植一個政黨。〉

29 **A** × 民主主義を養う。
　　B ○ 民主主義を育てる。〈培養、發展民主主義。〉

30 **A** × 伝統芸能を養う。
　　B ○ 伝統芸能を育てる。〈培育傳統技能。〉

「養う」和「育てる」都可以表示培養一個人的能力、感覺之意。

31 **A** ○ ものを見る確かな目を養う。〈培養確實的觀察能力。〉
　　B ○ ものを見る確かな目を育てる。〈培養確實的觀察能力。〉

32 **A** ○ 情報収集と選択の力を養う。〈培養收集與選擇資訊的能力。〉
　　B ○ 情報収集と選択の力を育てる。〈培養收集與選擇資訊的能力。〉

但是，一般說來，若明顯地培育者Ｘ與被培育者Ｙ是屬於不同個體時，如：

33 Ⓐ ✕ 教師は子供たちの才能を養わなければならない。
　　 Ⓑ ○ 教師は子供たちの才能を育てなければならない。

　　　〈老師必須培育孩子們的才能。〉

34 Ⓐ ✕ 彼女の両親は、彼女のピアノの才能を養うために、留学させた。
　　 Ⓑ ○ 彼女の両親は、彼女のピアノの才能を育てるために、留学させた。

　　　〈她的父母為了培育、發展她鋼琴方面的才能，讓她去留學。〉

通常就只用「育てる」，但若ＸＹ是否同屬一個個體並不明確，即如例31、32般是培養自己的能力或別人的能力，不是很清楚時，就常常兩者皆可以使用。只是還要注意到的是有一些事是一定要靠本人自身的努力才能達到的，如：

35 Ⓐ ○ 早起きの習慣を養う。〈養成早起的習慣。〉
　　 Ⓑ ✕ 早起きの習慣を育てる。

36 Ⓐ ○ 彼は空手によって体力を養う。〈他用空手道培養體力。〉
　　 Ⓑ ✕ 彼は空手によって体力を育てる。

37 Ⓐ ○ 休養して英気を養う。〈休息以養精蓄銳。〉
　　 Ⓑ ✕ 休養して英気を育てる。

只用「養う」相對的，一定得借助外力的就只用「育てる」。

38 Ⓐ × 子供の夢を大きく養う。

Ⓑ ○ 子供の夢を大きく育てる。〈讓孩子們的夢想遠大。〉

39 Ⓐ × 二人の愛を養う。

Ⓑ ○ 二人の愛を育てる。〈培育兩人的愛情。〉

「養う」還有一個比較特殊的用法。

40 Ⓐ ○ 老いを養う。〈養老。〉

Ⓑ × 老いを育てる。

41 Ⓐ ○ 自宅で病気を養う。〈在家養病。〉

Ⓑ × 自宅で病気を育てる。

42 Ⓐ ○ 仰臥したまま付き添いの人に食事も養ってもらう。

〈平躺著連飯都要看護的人餵。〉

Ⓑ × 仰臥したまま付き添いの人に食事も育ててもらう。

　並不是把「老い」或「病気」養大，而是把身體養好以遠離病痛。之所以會有這個用法，可能和「養う」有強烈的供應食、住等生活上、經濟上的需要之含意有關。

§10.「通る」VS「経つ」VS「過ぎる」(1)

1 **A** ○ 電車は新竹駅を通った。〈電車通過新竹車站。〉

  B ○ 電車は新竹駅を過ぎた。〈電車通過新竹車站。〉

  C × 電車は新竹駅を経った。

2 **A** ○ 新幹線は熱海を通る。〈新幹線經過熱海。〉

  B ○ 新幹線は熱海を過ぎる。〈新幹線要經過熱海。〉

  C × 新幹線は熱海を経つ。

3 **A** ○ 本屋を通ってデパートへ行く。〈經過書局到百貨公司去。〉

  B ○ 本屋を過ぎてデパートへ行く。〈經過書局往百貨公司去。〉

  C × 本屋を経ってデパートへ行く。

4 **A** ○ 中山路を通って、うちへ向かう。

  〈經過中山路往回家的路上去。〉

  B ○ 中山路を過ぎて、うちへ向かう。

  〈越過中山路往回家的路上去。〉

  C × 中山路を経って、うちへ向かう。

5 **A** ○ 中山路を通って、うちへ帰る。〈經過中山路回家。〉

  B × 中山路を過ぎて、うちへ帰る。

Ⓒ × 中山路を経って、うちへ帰る。

6 Ⓐ ○ 台風が沖縄を通った。〈颱風通過了沖繩。〉

　 Ⓑ ○ 台風が沖縄を過ぎた。〈颱風通過了沖繩。〉

　 Ⓒ × 台風が沖縄を経った。

7 Ⓐ ○ 裏道を通った方が早い。〈走小路比較快。〉

　 Ⓑ × 裏道を過ぎた方が早い。

　 Ⓒ × 裏道を経った方が早い。

8 Ⓐ ○ 避雷針から入った強い電流は太い電線を通って地中へと放電

　　　 されます。

　　　　〈強烈的電流從避雷針流入後，通過粗的電線把電放到地下去。〉

　 Ⓑ × 避雷針から入った強い電流は太い電線を過ぎて地中へと放電

　　　 されます。

　 Ⓒ × 避雷針から入った強い電流は太い電線を経って地中へと放電

　　　 されます。

9 Ⓐ × 時間が通るのは早い。

　 Ⓑ ○ 時間が過ぎるのは早い。〈時間過得很快。〉

　 Ⓒ ○ 時間が経つのは早い。〈時間過得很快。〉

10 Ⓐ × 刻一刻と時間が通っていく。

　 Ⓑ ○ 刻一刻と時間が過ぎていく。〈時間一分一秒的過去。〉

　 Ⓒ ○ 刻一刻と時間が経っていく。〈時間一分一秒的過去。〉

11 Ａ × 買い物に出かけた母がいつまで通っても帰ってこないので、心配になってきた。

　　 Ｂ × 買い物に出かけた母がいつまで過ぎても帰ってこないので、心配になってきた。

　　 Ｃ ○ 買い物に出かけた母がいつまで経っても帰ってこないので、心配になってきた。

　　　　〈媽媽出去買東西過很久都沒回來，讓我不禁擔心了起來。〉

12 Ａ × 切符売り場を離れ、しばらく通ってから、買ったばかりの切符がないことに気がついた。

　　 Ｂ ? 切符売り場を離れ、しばらく過ぎてから、買ったばかりの切符がないことに気がついた。

　　 Ｃ ○ 切符売り場を離れ、しばらく経ってから、買ったばかりの切符がないことに気がついた。

　　　　〈離開買票窗口，過了一會兒，才發現剛買的票不見了。〉

13 Ａ × 春が通って夏が来る。

　　 Ｂ ○ 春が過ぎて夏が来る。〈春天去夏天來。〉

　　 Ｃ × 春が経って夏が来る。

14 Ａ × 約束した3時をとっくに通った。

　　 Ｂ ○ 約束した3時をとっくに過ぎた。〈早過了約定的三點了。〉

　　 Ｃ × 約束した3時をとっくに経った。

「通る」「経つ」「過ぎる」三個動詞，中文都常可以譯成〈過〉。但是用法卻各有許多的不同。尤其是「通る」和「経つ」，由上示例1～8和例9～12，我們也可以發現兩者絕對的不同是「通る」只用在表示經過某一個「地點」，「経つ」則只用來表示經過某一段時間。而「過ぎる」是介於兩者之間，可以表示經過某一地點，也可以表示經過某一段時間；但是由上示例5～8和例11～14我們也可以發現它與「通る」和「経つ」又各自有錯綜的異同關係。

　　下面我們先來看一下「通る」與「過ぎる」的關係。

　　前示「通る」可以用的例1～9中，例2B的「過ぎる」只有一個意思就是：說話者坐在車上，車子正要經過「熱海」車站時。但「通る」卻可以有兩個意思，即除上示「過ぎる」的意思外，另一個是指一般恒常的狀況，即〈這輛車會經過熱海車站〉之意。因此我們若在車站問站務員時，就只能用下列說法。

15　この電車は熱海を通りますか。〈這一班車會不會經過熱海車站？〉

　　而不能用「過ぎる」。當然這也關係到「通る」用在第二個意思，且它通過的對象是一個車站時，則指的是該電車在那一站停不停之意。因此我們可以解釋成：因為「過ぎる」不停，而買票的人不會特意去問會不會經過一個不停的站，所以就不用「過ぎる」。但是如下例：

16　東海道新幹線は富士山の横を通りますが、上越新幹線も通りますか。

　　〈東海道新幹線會經過富士山旁，上越新幹線也會嗎？〉

　新幹線經過富士山時，當然不會停，但仍是可以用「通る」而不用「過ぎる」，因此在「通る」的語義中，停與否似乎並非關鍵。

　例4和例5非常相近，但卻是一個可以用「過ぎる」一個不行。關鍵在於後半句之「うちへ向かう」和「うちへ帰る」會使前半句的「て」形中止產生不同的意義。

　例4「うちへ向かう」前面的「て」形，表示的是兩個動作的連續發生，亦即繼起，〈過中山路，然後往家的方向去。〉，做到「うちへ向かう」的階段時，「中山路を過ぎて」「中山路を通って」都已經完成了。

　但是例5「中山路を通って」是「うちへ帰る」的手段。也就是說，即使現在還在中山路上，他仍然是在進行「うちへ帰る」的動作，並不一定要過完中山路才可以進入回家的動作。

　總括而言就是「過ぎる」的「て」形只能表示「繼起」，必須要「て」形動作終了之後，才可以進行下面的動作。而「通る」則可以是「繼起」，也可以是手段。

　這裏還有一點比較特別的是「中山路を通る」〈經過中山路〉指的是：順著中山路走的意思，而「中山路を過ぎて」指的卻多半是〈橫越中山路〉之意。

　例7、8兩例都不可以用「過ぎる」，下示各例亦同。

17 Ⓐ ○ 車は道路の左側を通る。〈車子行駛於道路的左側。〉
　　 Ⓑ × 車は道路の左側を過ぎる。

18 Ⓐ ○ 貨物列車が線路を通る。〈貨物列車通過鐵軌。〉
　　 Ⓑ × 貨物列車が線路を過ぎる。

19 **A** ○ この道は夜あまり自動車が通らない。

　　　〈這條路晚上很少有車經過。〉

　　B × この道は夜あまり自動車が過ぎない。

20 **A** ○ この鉄条網に電流が通っている。〈這個鐵絲網有通電。〉

　　B × この鉄条網に電流が過ぎている。

　　例7、8和例16～20，它們的共通處是，經過的都是一些線狀的通過點。如例7「裏道」、例8「電線」、例17「道路」、例18「線路」、例19「道」、例20「鉄条網」。

　　我們再來看看兩者可以通用的句子。例1、2「車過車站」在電車行駛的路線中，車站可算是它經過的一個點。例3，「經過書局往百貨公司去」，在往百貨公司途中，所經過的書局，也可以視為一個點。例5「過中山路」，前面我們提到例5的「通る」感覺上是順著中山路走，而「過ぎて」則傾向橫越過中山路之意。而橫過馬路和順著路走，在整個過程中，明顯的一個是點，另一個是線——注意到這個點和線的認定是相對的。當我們以巨視的角度來看的時候，某個程度的線可以變成一個點，而以微視的角度來看時，點也可以成為線。如車站對快速行駛的電車來說是點的距離，但對走路的人來說可能就是線的距離了。其它可依此類推。

　　由以上我們可以大略推論出「過ぎる」傾向於經過一個點，而「通る」則可以是經過一個點，也可以是經過一段線狀的通道。

　　但是下示例21、22：

21 Ⓐ ○ 糸が針穴を通る。〈線穿過針孔。〉

Ⓑ × 糸が針穴を過ぎる。

22 Ⓐ ○ 針の穴に糸が通らなくて、いらいらしてきた。

〈線怎麼都穿不過針孔，不禁煩燥了起來。〉

Ⓑ × 針の穴に糸が過ぎなくて、いらいらしてきた。

這兩個句子，〈針孔〉明顯是個點，而不是個線狀通道，何以無法使用「過ぎる」？

問題在「過ぎる」〈過〉，基本上表示的其實應該是〈超過〉的意思，是兩點──基準點與實際所在位置的點──比較所產生的關係。如例1，基準點＝新竹車站，實際所在位置＝現在列車所在位置，現在所在的位置已超過新竹車站之意。而「通る」表示的則只是〈通過〉〈經過〉的地方。它可以是點狀的，也可以是線狀的。但是如前示例5，照理說「通る」應該可以是經過線狀的中山路〈順著中山路〉，也可以是經過點狀的中山路〈橫越中山路〉，但是這裏表示的卻是〈順著中山路〉之意。可見得在可以選擇的情況下，「通る」基本上傾向於選擇線狀的管道作為它經過的地方。這一點由「通る」其它許多具體的、抽象的用法中都可見其端倪，我們會發現「通る」的基本義還仍屬於線狀的。

詳細情形，下個單元再做討論。

§11.「通る」VS「経つ」VS「過ぎる」(2)

上個單元我們提到過一些「通る」「過ぎる」和「経つ」在用法上和語義上的異同。這一次我們先分別觀察它們各自的基本義，在思考它們產生交集時的情形。

首先來談「通る」的情況。

構成「通る」〈通過〉這個行為需要有幾個要素，亦即：

1.〈通過〉的主體S。

2.主體S要〈通過〉的地點P。

3.做〈通過〉這個行為時的起點A和終點B。

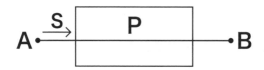

當然這三者的重要性並不是等值的，因為〈通過〉這個行為本身的重點是在「主體S通過地點P」這個過程，因此起點A與終點B雖然是必備要素，但通常不會是重點。

能夠成為主體S的，包括有人、物、交通工具、風、光、水、火、熱、意見、論文、法案、聲音、道理、意思等等，範圍極廣。通過的地點也包括了車站、房間、管子、喉嚨、針孔、甚至一般我們不會認為它是表示一個地

點的議會、衣物、魚、肉、考試、檢查等等。

　　而這些複雜的主體和地點又可以做出各種排列組合，更造成了「通<ruby>通<rt>とお</rt></ruby>る」極多樣化的意思。而且不同的組合還會造成敘述焦點的不同，其中最常成為敘述焦點的就是通過的地點P，其次是主體S，有時也會有將敘述焦點擺在終點B的情形。此外，焦點擺在通過的地點P時，又會衍生出使這個地點轉成一個關卡或難關等的意思，諸如此類，「通<ruby>通<rt>とお</rt></ruby>る」的基本概念本身雖然單純，表象上卻顯得異常複雜。

　　下面我們就從它最易於瞭解的用法開始談起。

　　當「通<ruby>通<rt>とお</rt></ruby>る」只是單純表示通過，沒有特別將敘事的焦點擺在某個部位時，此時「通<ruby>通<rt>とお</rt></ruby>る」所通過的地方可以是某個地點的內部或上面（如例1～5）也可以是它的旁邊。注意到「通<ruby>通<rt>とお</rt></ruby>る」是自動詞，「を」格表示的並不是受詞的對象，而是通過的地點。

1　泥棒は職員専門通路を通って、裏から逃げたらしい。

〈小偷好像是穿過從業員專用道，從後門逃逸了。〉

2　汚水は土管を通って流れ出た。〈污水經過缸管流出來了。〉

3　ウイルスはリンパ管を通って、他の場所に転移します。

〈濾過性病毒通過淋巴腺轉移到其它地方去。〉

4　お前が入院中、お母さんは心配で食べ物がほとんど喉を通らなかった。

〈你住院期間，媽媽擔心得都幾乎食不下嚥了。〉

5 列車が鉄橋を通っている。〈列車正通過鐵橋。〉

6 うちの前をたくさんの自動車が通る。〈家門前車輛往來頻繁。〉

7 駅を出るには警察の前を通らなければならない。

　　〈要離開車站必須經過警察局前面。〉

「通る」用在表示通過某地點的旁邊的用法（如例6、7）種類其實並不多，通常只有在主體是人、動物或交通工具時才會出現。但是由於這種用法在初級日語時就會學到，且日常生活中又常出現，所以常讓人誤以為它是「通る」的主要用法。又，這也是它與「過ぎる」較易混淆的地方。

上示例1～5中，主體S所通過的地點P都是一個呈管狀或線狀的通道。另外，也有主體S本身即是管狀或線狀物體的情形，如下示例句：

8 水道管はこの下を通っている。〈水管通過這底下。〉

9 林の中を通っている道。〈一條穿過林間的道路。〉

10 高速道路が町の中を通る。〈高速公路穿過城裏。〉

11 糸が太くて針穴を通らない。〈線太粗穿不過針孔。〉

例11〈針孔〉雖然也是通道，但是比較特別的是它是呈點狀的。這和下示例12，列車通過車站的感覺其實頗為類似，即列車的移動本身和穿過針孔的線一樣，可視為是一種線狀的移動，一個是穿過車站，另一個則是穿過針孔。

12 電車が東京駅を通った。〈電車通過東京車站。〉

　　這個線狀性的移動，所通過的空間地點的形狀，有時不那麼明顯的呈管狀或線狀。如下示例句：

13 私は出かける時、大家さんの応接間を通らなければならない。
　　〈我出門時必須穿過房東的客廳。〉

14 この部屋は風が通るから涼しい。〈這個房間通風，很涼快。〉

　　下示例15與例14「風」的例子相似，但是敘事的焦點稍有轉向「通る」之終點B的情形。

15 冷たい風が窓の隙間を通って部屋に入り込んでくる。
　　〈寒冷的風穿過窗戶的隙縫鑽進屋內來。〉

　　敘事的焦點更明顯的轉移到終點B的例子有：

16 レンコートを通って、雨が染み込んでくる。
　　〈雨水透過雨衣滲了進來。〉

17 カーテンを通って明かりが差し込んでくる。
　　〈光線透過窗簾照了進來。〉

18 こちらの肉は熱が中まで通っている。〈這邊這些肉裏面已經熟了。〉

19 この魚はまだ中まで火が通っていない。〈這魚裏面還沒有熟。〉

例19，當然不是指火真的傳到魚的內部去的意思，而是借用〈火〉來代表可以煮熟魚、肉的熱度而已。

在此我們可以發現在例11〈線穿過針孔〉，例12〈電車經過車站〉中所提及的線狀性移動，已不再那麼具體，例17〈光〉、例18〈熱〉、例19〈火〉的移動，已漸次變得抽象了。下面數例是更加抽象化的例子。

20 手紙はいったん事務局を通って各人に渡っていく。

〈信先透過辦公室再交到各個人手上。〉

21 今度の計画に関しては、私の意見が通ったので、満足しています。

〈有關這一次的計畫，我的意見有被採納，所以相當滿足。〉

22 四番テーブルのお客さんの注文は通っていますか。

〈第四桌的客人點的菜，廚房知道了嗎？〉

23 原告の主張が通った。〈原告的主張被採納了。〉

下示例句一樣是「通る」抽象化的用法，但是敘事焦點有轉向通過地點P的傾向。

24 大学を新設する法案が議会を通って、いよいよ建設が始まるらしい。

〈新設立大學的法案在議會已通過，好像是終於要開始動工了。〉

25 予算案は国会を通った。〈過會已通過預算案了。〉

像上示例24之議會、例25之國會對案件的審查，就可以說是一種關卡。而下示各例，在一般觀念中更是一些較為明顯的難關。

26 明日の二次試験に通れば、彼の合格は内定します。

〈只要明天的複試過了，他的合格就內定了。〉

27 私の論文は審査に通った。〈我的論文通過審查了。〉

28 当社の製品がやっと面倒な検査に通りました。

〈我們公司的產品終於通過麻煩的檢查。〉

以上三個例句中，「通る」的地點，所用的助詞是「に」而不是「を」，這可能和「に」所標示部分為一種標準有關。

最後，將敘事的焦點擺在〈暢通無阻〉的時候，就有如下例：

29 先生の声がよく通る。〈老師的聲音很宏亮（傳很遠）。〉

30 役者にとって大切なのは、遠くまで聞こえるよく通る声です。

〈對一個演員來說，傳到很遠都聽得到的宏亮聲音是很重要的。〉

像這樣「通る」用在表示一個主體S通過一個通道的用法已經非常的多樣化了，但還有一些是主體本身就是通道，表示的是原本存在主體內部的阻礙物清除之後，主體內部暢通之意。例如：

31 掃除をしたら煙突が通るようになった。

〈經過一番掃除，煙囪通了。〉

32 浩は詰まっていた鼻が通ってすっきりした。

〈浩塞住的鼻子通了之後，非常清爽。〉

33 この町にもやっと鉄道が通るようになった。

〈這個城市終於也有火車通行了。〉

因此若句子只單純是「水道管が通った」「鉄道が通った」就可能有兩個意思，即有可能是〈水管通過某地〉〈鐵路通過某處〉，也有可能是〈水管通了〉或〈鐵路可以行駛火車了〉之意。

這種主體本身暢通無阻之意的抽象化用法有如下例句：

34 君の言っていることは筋が通っていないから、僕は反対だね。

〈你所說的不合道理（道理不通）所以我反對。〉

35 この文章はどうも意味が通らない。〈這篇文章似乎是文意不通。〉

與「声が通る」相似，但主體是暢通的地點本身的有下示例句：

36 困ったら誰が助けてくれるだろうなんて、甘い考えで世の中が通ると思うかね。

〈遇到困難時總會有人伸出援手的，你以爲你這種天眞的想法在世上眞的行得通嗎？〉

下面數例中的主體並不是一個名詞，而是表示在某一個狀態下可以在世間暢通無阻之意。

37 彼女は二十歳と言っても通るほど若く見えた。

〈她看起來很年輕，說是20歲人家也會相信。〉

38 電車で二時間ほど行くと、この辺では名の通った海水浴場がありま
す。

〈坐電車兩個小時就可以到附近著名的海水浴場。〉

39 田中さんは学校一の変人で通っています。

〈田中先生以全校第一怪人著稱。〉

最後這個例句40，則是將用來表示內部暢通的「通る」拿來表示外觀挺
直之意的用法。

40 彼の妹は、鼻筋が通った美人です。

〈他的妹妹是個鼻梁挺直的美人。〉

§12.「通る」VS「経つ」VS「過ぎる」(3)

　　上個單元討論過「通る」的基本義，這個單元我們來看看「過ぎる」和「経つ」的情形。

　　在「通る」「経つ」「過ぎる」(1)和(2)中，我們提到過「通る」只用在通過某一個地點時，「過ぎる」可以用在地點，也可以用在時刻，而「経つ」則只能用在時間方面的經過。所以在中文裏，雖然三者都可以譯成〈過〉，但是實際上「通る」和「経つ」基本用法上並沒有共通點，「過ぎる」才是介於兩者之間，與兩者互有交差的語詞。本單元要討論的主要就是「経つ」和「過ぎる」時間方面的用法及其他相關用法。

　　「経つ」的用法非常狹隘，只能用在時間方面的經過。

1　🅐 ○ 試験が始まってから40分経った。

　　　〈自考試開始之後已過了四十分鐘。〉

　　🅑 ○ 試験が始まってから40分過ぎた。

　　　〈自考試開始之後已過了四十分鐘。〉

2　🅐 ○ 2、3時間経ったら、迎えに来てくれ。

　　　〈二、三個小時後你再來接我。〉

　　🅑 ○ 2、3時間過ぎたら、迎えに来てくれ。

〈二、三個小時後你再來接我。〉

3 Ａ ○ 水槽に入れたおたまじゃくしは、三、四日経つと足が生えて
きた。

〈放在水槽裏的蝌蚪，過了三、四天後腳就長了出來。〉

Ｂ ○ 水槽に入れたおたまじゃくしは、三、四日過ぎると足が生え
てきた。

〈放在水槽裏的蝌蚪，過了三、四天後腳就長了出來。〉

4 Ａ ○ 育児に追われているうちに一年が経った。

〈在照顧小孩的忙亂中，（轉眼間）就過了一年。〉

Ｂ ○ 育児に追われているうちに一年が過ぎた。

〈在照顧小孩的忙亂中，（轉眼間）就過了一年。〉

5 Ａ ○ 台湾へ帰ってきて5年経った。〈回台灣已經過了五年。〉

Ｂ ○ 台湾へ帰ってきて5年過ぎた。〈回台灣已經過了五年。〉

6 Ａ ○ あの悲惨な事件から10年という月日が経った。

〈從那悲慘的事件發生以來已經過了十年的歲月。〉

Ｂ ○ あの悲惨な事件から10年という月日が過ぎた。

〈從那悲慘的事件發生以來已經過了十年的歲月。〉

但是同樣是時間，如下示各例卻無法使用「経つ」。

7 Ａ × 9時が経ったのに、まだ妹は起きていない。

Ｂ ○ 9時を過ぎたのに、まだ妹は起きていない。

〈已經過了九點，妹妹還沒起床。〉

8 Ⓐ × 集合時間が経った。

　 Ⓑ ○ 集合時間を過ぎた。〈（已經）超過集合時間了。〉

9 Ⓐ × すでに時計は２時を回り、待ち合わせの時刻がとうに経った。

　 Ⓑ ○ すでに時計は２時を回り、待ち合わせの時刻をとうに過ぎた。

〈時鐘已過兩點，已過約定的時間很久了。〉

10 Ⓐ × 早くしないと12時経ってしまうよ。

　 Ⓑ ○ 早くしないと12時過ぎてしまうよ。

〈不快點的話會超過十二點喔！〉

　　例7～10和可以用「経つ」的例1～6，時間上的不同是例7～10的時間是屬於時刻性質的東西，例1～6的卻是屬於時段性質的。由此我們可以推論出一個假設，那就是「経つ」只能用在時段，不能用在時刻。但是下示諸例又做何解釋呢？

11 Ⓐ × 寒い冬が経って、暖かい春がやってきた。

　 Ⓑ ○ 寒い冬が過ぎて、暖かい春がやってきた。

〈寒冷的冬天過去，溫暖的春天來臨。〉

12 Ⓐ × 梅雨が経つと、本格的な夏がやってくる。

　 Ⓑ ○ 梅雨が過ぎると、本格的な夏がやってくる。

〈梅雨一過，眞正的夏天就來臨。〉

13 Ⓐ × お盆も経って日に日に秋らしくなってきた。

Ⓑ ○ お盆も過ぎて、日に日に秋らしくなってきた。

〈盂蘭盆節也已過去，一天一天的漸有秋意。〉

14 Ⓐ × みかんの出荷は最盛期が経った。

Ⓑ ○ みかんの出荷は最盛期を過ぎた。

〈橘子已過了出貨的最盛產期。〉

「経つ」也不能用在這些如春天、梅雨、季節、盂蘭盆節期間、盛產期等，一般我們會認為可以代換成時段或期間的名詞。

與「経つ」不同的，如例句所示上面的三種情況「過ぎる」都可以適用。在「経つ」的用法中，唯一一個「過ぎる」無法適用的，就是下面各例所示的這種情況。

15 Ⓐ ○ 買い物に出かけた母がいつまで経っても帰ってこないので、心配になってきた。

〈母親出去買東西，過了很久卻都還沒回來，我不禁擔心起來了。〉

Ⓑ × 買い物に出かけた母がいつまで過ぎても帰ってこないので、心配になってきた。

16 Ⓐ ○ 切符売り場を離れてしばらく経ってから、買ったばかりの切符がないことに気がついた。

〈離開賣票窗口一會兒之後才發現剛買的票不見了。〉

B ？ 切符売り場を離れてしばらく過ぎてから、買ったばかりの切符がないことに気がついた。

何以這個情況下不能適用「過ぎる」呢？

「過ぎる」的語義，基本上必須經過兩個點的比較之後才能成立，用來表示時間之經過的「過ぎる」當然也是如此，如例1～14就分別是例1：開始考試的時刻／過了四十分鐘之後的時刻。例2：說話的時刻／過二、三個小時之後的時刻。例3：放蝌蚪入水槽的時刻／過了三、四天之後的時刻。例4：開始育兒時（如生了小孩時）／過了一年之後的時候。例5：回台灣時／過了五年之後時。例6：悲慘事件發生時／過了十年之後時。例7：九點／說話時。例8：集合時間／說話時。例9：約定時間／說話時。例10：十二點／做完某件事時。例11：冬天／冬天結束，即春天來臨時。例12：梅雨時／梅雨結束，夏天來臨時。例13：盂蘭盆時節／令人感覺到秋意時。例14：盛產期／說話時。比較的對象，有時是指特定的某一個時刻，有時是指某一個時間的結束經過比較，確定了時間上的先後順序之後，才能判定是否是「過ぎる」，而後「過ぎる」的語義才能夠成立。

但是無法適用「過ぎる」的例15，「いつまで経っても」〈不管過了多久。〉，即一直的都沒有一個終點，也就是缺乏另一個可供比較的終點，所以就不能用「過ぎる」。而例16之所以是「？」的原因就是這個「しばらく」〈一會兒〉的界定比較困難所以其判定就會因人而異。

反觀「経つ」的特色又是如何呢？

「経つ」可以用在像例15、16這種界限模糊的時候，也可以用在界限清

楚的用法中以時間單位（時、分、日、年……）來界定的情形下。

　　而時間單位和季節、春、夏、梅雨等等到底有什麼不同呢？何以「経つ」可以適用於前者，卻無法適用於後者？春天過了，結束了以後，就不再是春天，而是夏天；但是一年結束了之後仍是另一年，並沒有改變成其它的。年，可以用來表示某一段時間的結束，因此可以用「過ぎる」；但是同時卻也是一個計算時間，區劃時間的單位，時間本身並不會結束。從這裏我們可以發現，其實「経つ」並不是也不能表示某種事物的結束，而只是在表示時間的流動。相對的「過ぎる」則一定需要有某一事物的終點才能與原來的點做比較，之後「過ぎる」的語義才能成立。

　　「過ぎる」除了我們前兩期討論過的，表示經過某個地點的用法，和本期談到的，表示經過某一個時間的用法之外，還有一些表示程度之比較的用法。如下列：

17 あの子供はいたずらが過ぎる。〈那個孩子太過頑皮了。〉

18 何ですか、親に向かって、少し口が過ぎますよ。

〈做什麼！對父母說出這種話！你說話太沒禮貌了！〉

19 彼の金遣いは度が過ぎる。〈他花錢花得太無節制了。〉

20 彼女の化粧は度が過ぎる。〈她粧化得太濃了。〉

21 親切も度が過ぎると、時としておせっかいになります。

〈親切過度，有時就會變成多管閒事。〉

　　還可以接在動詞、形容詞、形容動詞後面當接尾的補助動詞。

22 晩ご飯を食べ過ぎて、気持ちが悪い。〈晚飯吃太飽很不舒服。〉

23 テレビを見すぎて、目が痛くなった。

〈電視看太多，看得眼睛發痛。〉

24 20分早く来すぎた。〈早到了二十分鐘。〉

25 髪の毛が長すぎた。〈頭髮太長。〉

26 高すぎて手が届かない。〈太貴買不起。〉

27 この辺は静か過ぎて、さびしいぐらいだ。

〈這一帶靜得有點荒涼。〉

「過ぎる」用在這些情況時通常表示的都是一種〈過於～〉的不好評價；但是偶而也會有用來表示〈太過於好〉的意思的情況，只是用法固定，而且從另一個角度來看，也未嘗不可說是一種負面的說法。

28 この金額は私には過ぎた報償です。

〈這個金額的報償對我來說是太過多了。〉

29 彼女はあなたには過ぎた奥さんだ。〈她當你的太太是你高攀了。〉

30 あれほどの賛辞は我が社には過ぎたものです。

〈您這麼稱讚我們公司，真是太過獎了。〉

此外還有如下所示配合否定的用法，這個用法與中文也極相近，學習起來應該是不成問題。

31 大臣の答弁は言い逃れに過ぎない。

〈大臣的答辯只不過是推託其辭。〉

32 彼の言うことは空論に過ぎない。〈他說的只是空論而已。〉

33 今お話したことは、ほんの一例に過ぎません。同じようなことは他にもたくさんあります。

〈上面所提的僅是其中的一例，其他還有許多類似的情形。〉

§13.「通る」「通す」VS「通じる」(1)

　　在本書§10、§11、§12單元裏，我們曾經提到過「通る」「経つ」和「過ぎる」用法上的異同。那時候的焦點是在三個詞表示〈過〉的意思時。而本單元，我們則要把焦點放在〈通〉的意思上。

　　本單元的三個動詞中，「通る」是自動詞，「通す」是他動詞，「通じる」則是自他兼用的動詞。只是三個詞的句子中都會出現助詞「を」。當「を」出現在「通る」的句子裏時，表示的是「通過的地點」。出現在「通す」的句子中時，有時是「對象」有時候是「通過的地點」，只不過兩者不會同時出現。又出現在「通じる」的句子裏時，表示的都是「對象」。下面我們就先來看例句。

1　A 北の島までトンネルが通る。〈隧道一直通到北島。〉
　　B 北の島までトンネルを通す。〈隧道打通到北島。〉
　　C 北の島までトンネルが通じる。〈隧道一直通道北島。〉

2　A 山を鉄道が通る。〈鐵路穿過整座山。〉
　　B 山に鉄道を通す。〈鐵路穿過整座山。〉
　　C 山に鉄道が通じる。〈鐵路通到山上。〉

3 　Ⓐ バスが通った。〈公車通過。〉

　　Ⓑ 警官がバスを通した。〈警察讓公車通過。〉

　　Ⓒ バスが全国各地に通じている。〈公車暢通全國各地。〉

4 　Ⓐ 電流が通る。〈電流通。〉

　　Ⓑ 銅が電流を通す。〈銅會導電。〉

　　Ⓒ 電流が通じる。〈電流能通。〉

5 　Ⓐ あの二人が通った。〈他們兩個人走過去了。〉

　　Ⓑ 先生があの二人を通した。〈老師讓他們兩個過了。〉

　　Ⓒ あの二人を通じて知らせを受けた。

　　　〈透過他們兩個人接到消息。〉

　　Ⓓ あの二人が通じている。〈他們兩個人有關係。〉

6 　Ⓐ 受付を通って中へ入った。〈通過詢問處進入。〉

　　Ⓑ 受付を通して中へ入った。〈透過詢問處進入。〉

　　Ⓒ 受付を通じて中へ入った。〈透過詢問處進入。〉

由上示6個例句，我們就可以看到這三個詞的關係，確實是錯綜複雜。例1，三者的意思算是蠻接近的，只有B「通す」採他動詞的用法而稍有不同。例2，也是三者意思非常接近，只是C「通じる」的「に」只能表示抵達點而不可以表示通過的地方——雖然兩者都是最終的出現地——因此語義也就略有不同。例3則各有些許不同，A「通る」單純表示〈通過〉，B「通す」是他動詞表〈使通過〉，C「通じる」則需有抵達點意義才會比較明

確。例4則是A「通る」、C「通じる」非常接近，B「通す」是他動詞的用法。例5ABCD四個用法都不一樣。A「通る」仍是和前面各例一樣，單純表示通過，B「通す」表示老師讓他們合格，C「～通じて」表示的是得知消息的方法，D以人為主語，又是複數時，便產生了彼此相通，兩個人彼此間有關係之意。這個意思一般多採「～が～と通じている」的句型，但D由於條件適合所以自然的也產生了這個意義。例6A「通る」可以是單純表示經過這個地點，也可以表示經過詢問處的手續後進入之意。B「通す」表示經過詢問處的手續，C「通じる」表示辦完必經的詢問處的手續之後才進入之意。

　　當然還有許多是只有其中兩者可以通用的例子。例如：

7 　Ⓐ ○ カーテンを通って光が差し込む。〈光透過窗簾照了進來。〉

　　Ⓑ ○ カーテンを通して光が差し込む。〈光透過窗簾照了進來。〉

　　Ⓒ ？ カーテンを通じて光が差し込む。

8 　Ⓐ ○ 彼の論文が通った。〈他的論文過了。〉

　　Ⓑ ○ 審査員が彼の論文を通した。〈審查員通過了他的論文。〉

　　Ⓒ ？ 彼の論文が通じた。

9 　Ⓐ ？ 党の方針が末端の党員に通った。

　　Ⓑ ○ 党の方針を末端の党員に通した。

　　〈將黨的方針傳達至最下層的黨員。〉

　　Ⓒ ○ 党の方針が末端の党員に通じた。

　　〈黨的方針已傳達至最下層的黨員。〉

10 Ⓐ ○ この文章の意味が通らない。〈這篇文章文意不通。〉

Ⓑ ？ この文章の意味を通さない。

Ⓒ ○ この文章の意味が通じない。〈這篇文章文意不通。〉

上示例7～10中，7A的「を」表示的是通過的地點，7B的「を」表示的是對象，又10A「通らない」〈文意不通〉指的是文章本身的意思有矛盾，不通之意。10C「通じない」〈文意不通〉指的則是看的人無法理解寫文章的人要表示的是什麼意思。因此雖然中文翻譯起來字面上一樣，但是涵義上仍有所不同。

「通る」和「通す」是成對的自・他動詞，它們兩者與「通じる」最大的不同就是「通る」「通す」皆可以表示移動通過，「通じる」卻不能。這一點由「通る」「通す」的「を」可以表示「通過的地點」，「通じる」只能表示「對象」即可窺知。

11 Ⓐ ○ 隣の家の庭先を通って家へ帰った。〈通過鄰家的庭院回家。〉

Ⓑ ○ 隣の家の庭先を通してもらった。

〈請鄰居讓我通過他們的庭院。〉

Ⓒ × 隣の家の庭先を通じて家へ帰った。

12 Ⓐ ○ けさ学校の正門を通ってきた。〈今天早上經過學校正門來的。〉

Ⓑ ○ けさ車で来たが、守衛さんは正門を通してくれた。

〈今天早上我開車守衛讓我從正門進來。〉

Ⓒ × けさ学校の正門を通じてきた。

而當然自動詞「通る」和他動詞「通す」最主要的區別關鍵也在助詞「を」，也就是說當「通す」的「對象」出現在句子中時，「を」就要用來表示「對象」，而由於一個動詞，基本上只能有一個「を」，因此此時，「通す」通過的地點就必須改用「に」。

13　Ａ ガス管があの下を通っている。〈瓦斯管通過這底下。〉
　　　Ｂ 家はガス管をこの下に通している。

　　　　〈我們家把瓦斯管做在這底下。〉

　　　〈移動〉屬動態，比較具體；〈通過〉則可以是動態也可以是靜態，可以表示具體的通過也可以表示抽象通過。以下這些例子都是「通じる」所無法用的。

14　Ａ 糸が針の穴を通る。〈線穿過針孔。〉
　　　Ｂ 糸を針の穴に通した。〈把線穿過針孔。〉

15　Ａ パイプが通った。〈水管通了。〉
　　　Ｂ 父がパイプを通した。〈父親把水管弄通了。〉

16　Ａ 詰まった鼻が通った。〈塞住的鼻子通了。〉
　　　Ｂ やっと詰まった鼻を通した。〈終於把塞住的鼻子弄通了。〉

17　Ａ 彼の話は筋が通っている。〈他說的話有道理。〉
　　　Ｂ もっと筋を通して話しなさい。〈說話請有條理一點。〉

18 Ⓐ この肉は火が中まで通っていない。〈這肉還沒煮熟。〉

Ⓑ 火を中まで通してから食べましょう。〈我們把它煮熟再吃吧。〉

19 Ⓐ 雨がコートを通った。〈雨滲進外套。〉

Ⓑ 雨がコートを通した。〈雨滲進外套。〉

20 Ⓐ 予算案は国会を通った。〈預算已經通過（國會）了。〉

Ⓑ 国会は予算案を通した。〈國會已通過預算了。〉

21 Ⓐ 真由美は試験に通った。〈眞由美通過考試了。〉

Ⓑ 真由美を試験に通した。〈讓眞由美通過考試。〉

像這樣表示移動或通過的通常就不用「通じる」。「通じる」基本上表示的是〈相通〉的意思。需要有複數的主體才能成立。這一點是「通じる」和「通る」「通す」最大的不同。也就是說要有複數的主體才能成立的，就不用「通る」「通す」，而要用「通じる」。

22 Ⓐ × 電話が通らない。

Ⓑ × 電話を通さない。

Ⓒ ○ 電話が通じない。〈電話不通。〉

23 Ⓐ × 冗談が通らない。

Ⓑ × 冗談を通さない。

Ⓒ ○ 冗談が通じない。〈（對方）沒聽懂（我）的笑話。〉

24 Ⓐ × 心が通らない。

　 Ⓑ × 心を通さない。

　 Ⓒ ○ 心が通じない。〈心靈沒溝通。〉

25 Ⓐ × 気持ちが相手に通った。

　 Ⓑ × 気持ちを相手に通した。

　 Ⓒ ○ 気持ちが相手に通じた。〈對方了解我的心意。〉

　　除了上示之外還有許多其它用法須要再詳加說明。待下個單元再做詳述。

§14.「通る」「通す」VS「通じる」(2)

　　上個單元我們談到「通る」「通す」和「通じる」一些表象用法上的差異。而這些差異正源自三者表達重點的不同，本單元就從這個角度來觀察看看。

　　「この道は通っている」「この道は通じていない」這兩個句子乍看之下都會讓人覺得不夠完整，須要補足。如「この道は川岸を通っている」〈這一條路會經過河岸邊。〉「この道は隣の村に通じている」〈這一條路可通到隔壁村去。〉「通る」的句子很自然的會補上的是「～を」經過的地點。而「通じる」的例句很自然會補上的部份是「～に」通往的地方，即目的地、抵達點。

　　事實上「通る」「通す」語義的基本結構就是〈什麼東西經過什麼地方〉。

　　它經過的地方大致可以分成兩種，一個是比較具體的地點，如「電車がトンネルを通った。」〈電車穿過山洞。〉一個是比較抽象的基準或關卡，如「論文は審査を通った。」〈論文通過審查。〉當然也有介於兩者之間的，如「正門の守衛さんは私たちを通した」〈正門的守衛讓我們進來。〉

　　其中，會經過那些較具體的地點的東西，即主體，主要有會移動的人、車、動物或物質，如水、電或風、光線等。和本身不會移動，但是人會移動它，使它穿過某些地方的主體，如線、食物、衣物、手等，及不會移動，但

具線狀延長性的主體，如道路、鐵路、山洞、瓦斯管等。

　　這些主體所經過的具體地點還可再細分成各式各樣，如城市、道路、建築物附近。

◎ 私は東京を通って仙台へ行く。〈我經過東京到仙台去。〉

◎ このバスは高速道路を通って台北へ行く。〈這班車經過高速公路往台北。〉

◎ 姉の家の前を通って郵便局へ行った。〈經過姊姊家前到郵局去。〉

　　或貫穿過地底下、山裏面。

◎ ガス管をこの地下に通す。〈讓瓦斯管穿過這地底下。〉

◎ この山にトンネルが二本通っている。〈有兩條隧道穿過這一座山。〉

　　或是穿過人群、山洞、牆壁、電線、食道、針孔、窗簾、玻璃等等。

◎ 人ごみを通っていく。〈穿過人群。〉

◎ 汽車がトンネルを通った。〈火車穿過山洞。〉

◎ このパイプは壁を通して次の部屋へとつながっていく。〈這條管子穿過這一道牆連到隔壁房間去。〉

◎ この電線に電気が通っている。〈這條電線有通電。〉

◎ 心配で食べ物はのどを通らない。〈擔心得食不下嚥。〉

◎ 糸を針に通す。〈將線穿過針孔。〉

◎ 風がカーテンを通って入ってきた。〈風透過窗簾吹進來。〉

◎ 朝日が窓ガラスを通して差し込んでくる。〈朝陽透過窗戶照了進來。〉

　　這些地點距離有長有短，經過的方式也很多樣，有的經過旁邊，有的貫穿中間。

另外比較抽象的主體或地點的例子則有

◎ 例の法案が立法院を通った。〈上次的那個法案，立法院已經通過了。主體＝法案、地點＝立法院。〉

◎ 我々の考えは下部組織までよく通っている。〈我們的想法一直到基層組織都連絡得很清楚。主體＝想法、地點＝從我們一直到基層組織間。〉

◎ 店長は応募者全員を通した。〈店長錄取了所有來應徵的人。主體＝應徵的人、地點＝店長的評選。〉

◎ 正門を閉ざして部外者を通さない。〈關閉正門不讓外面的人進來。主體＝外面的人、地點＝正門。〉

◎ 申し込みは受付を通してください。〈請透過詢問處申請。主體＝申請、地點＝詢問處。〉

◎ カーテンを通して外の景色が見える。〈透過窗簾可以看到外面的景色。主體＝視線、地點＝窗簾。〉

　　另一個令人困擾的是主體、地點助詞的使用不是很固定。如「通す」基本的句型結構，本應該是「〈地點〉に〈主體〉を通す」如「二つの町の間に鉄道を通す」〈在兩個城市間建設鐵路〉但是也常把主體意志化成「〈主體〉が〈地點〉を通す」如「雨がコートを通した」〈雨滲進外套裏〉或單純只用「地點を通す」「窓口を通す」〈透過窗口作業〉或「〈地點〉に通す」「（食物を）熱湯に通しておく」〈（將食物）川燙一下。〉「に」有時表示通過的地點，有時也會是終點，如「A市からB市に高速を通す」〈把高速公路從A市開通到B市。〉，終點此外又還可以用「へ」「まで」等表示。另外還有將地點主體化的情形「〈地點〉は〈主體〉を通す」「この紙

は水を通さない」〈這張紙不透水。〉這麼複雜的情形再加上原本即採「〈主體〉が〈地點〉を通る」和它的許許多多變換使用，真是讓人眼花瞭亂。

但是不管句型等是以怎麼樣的形態出現，通常「通る」「通す」的句子中一般都可以找得到它們的主體和地點。

相對於此「通じる」基本上是〈兩點相連〉之意。相連的兩點可以是地點、時刻、電話的兩端、兩個東西同性質的部份（如讀音）、兩個人的心意、想法。連接兩點的可以有道路、交通工具、電線、語言、傳達行為、機密等等，其中與「通る」「通す」相交集的是道路、交通工具、電線等。

◎ すべての道はローマに通じる。〈條條大路通羅馬。〉

◎ これは現代にも通じる問題である。〈這個問題與現代有相通之處。〉

◎ 地震で電話が全く通じなかった。〈由於地震，電話完全不通。〉

◎ 「紙」と「神」の読みが通じている。〈紙和神的讀音相通。〉

◎ あの時の表情からすると、彼には話が通じなかったらしい。〈從當時的表情來看，他似乎沒聽懂我說的話。〉

◎ あの人には冗談が通じません。〈他聽不懂人家說的笑話。〉

◎ 私の考えは皆に通じた。〈大家都理解了我的想法。〉

◎ フランスでは英語が通じない。〈英語在法國講不通。〉

◎ 二人の気持ちが通じ合っている。〈兩人的心意相通。〉

◎ あの男は敵と通じている。〈那個男的通敵。〉

◎ 彼は人妻と通じている。〈他與有夫之婦有姦情。〉

像這樣，由於「通じる」重視兩者的相連，而不甚在意兩者是如何連結上的，因此即使兩者連結的方式隱晦——如例句中的〈通敵〉〈通姦〉也都

可以使用「通じる」。又也由於在意有連結上了與否，所以很自然的重點就容易擺在被連結的終點，因此句型上也較常見「（終點）に」的句型，甚至發展成下示例的用法。

◎ Mさんはその辺の内情に通じている。〈M先生很熟那方面的内情。〉

◎ あの人は日本歴史に通じている。〈那個人對日本歷史瞭若指掌。〉

　　也因此

A ○ 東京にも大阪にも環状線が通っている。

　　　〈東京大阪都有環狀市內鐵路。〉

B × 東京にも大阪にも環状線が通じている。

　　這種沒有起終點的句型無法用。且

A ○ この文章は意味が通らない。〈這篇文章不通──本身有矛盾。〉

B ○ この文章は意味が通じない。〈這篇文章不通──別人看不懂。〉

　　兩者的意義明顯不同。甚至可以有如下的例子。

◎ 自分の中ではかなり論理が通っていると思っていたが、結局他人には全く通じなかった。〈在自己是自認為很有道理啦，但是完全得不到別人的理解。〉

　　有了這個基本概念後我們再來看兩者最易混淆的〈藉由…方法〉〈透過…方法〉到底有何不同。

🅐 受付を通して申し込む。〈透過受付申請。〉

🅑 受付を通じて申し込む。〈透過受付申請。〉

🅐 事務局を通して提案する。〈透過辦公室提議。〉

🅑 事務局を通じて提案する。〈透過辦公室提議。〉

🅐 奥さんを通して頼んだ方がいい。〈透過夫人去拜託比較好。〉

🅑 奥さんを通じて頼んだ方がいい。〈透過夫人去拜託比較好。〉

🅐 テレビやラジオを通して宣伝する。〈透過電視和收音機宣傳。〉

🅑 テレビやラジオを通じて宣伝する。〈透過電視和收音機宣傳。〉

🅐 実験を通して学ぶ。〈透過實驗學習。〉

🅑 実験を通じて学ぶ。〈透過實驗學習。〉

　　兩者主要的不同就是「通して」重點在採用什麼方法，「通じて」的重點在要達到什麼目的。

　　「通る」「通す」和「通じる」在另一個用法上也呈現出有趣的交集。

🅐 ○ 彼女は二十歳と言っても通るほど若く見えた。

　　〈她看起來很年輕，說她20歲也沒有人會懷疑。〉

🅑 × 彼女は二十歳と言っても通すほど若く見えた。

🅒 ○ 彼女は二十歳と言っても通じるほど若く見えた。

　　〈她看起來很年輕，說她20歲人家也會相信。〉

A × 生涯を通って独身だった。

B ○ 生涯を通して独身だった。〈他一輩子沒結婚。〉

C ○ 生涯を通じて独身だった。〈他一輩子沒結婚。〉

A × 生涯独身で通った。

B ○ 生涯独身で通した。〈他一輩子沒結婚。〉

C × 生涯独身で通じた。

　　我們若把第2、3組「生涯」的例子當成時間的例子，第1組當空間的例子，那麼可以說「通る」只用在空間，「通す」只用在時間，而「通じる」則是兩者都可以使用。只是第3組例子「通じる」不能用的原因是牽涉到「通す」還有一個表示〈從頭貫徹實行到尾〉的意思是另外兩個詞所沒有的。

◎ 全曲を通して聞いた。〈全曲從頭聽到尾。〉

　　又，前面我們提過「通る」「通す」是要有通過的主體與地點，可是有些例子看起來似乎還是與主體或地點無關的。如上示「独身で通す」和

◎ 書類に目を通す。〈大致看了一下文件。〉

◎ あの人は我を通す人だ。〈他是個堅持己見的人。〉

◎ そんな無理を通してはいけない。〈不可以這樣蠻橫進行。〉

　　上示第1例可視「目」為主體、「書類」為地點，至於第2、3例，我們前面曾提到過「通す」有經過審查，及克服困難堅持到底的意思。只是這裡所要強行通過的是負面的「我」和「無理」而已，因此這個用法仍是沒有違背「通す」的基本義。

§15.「教える」VS「知らせる」

1 Ⓐ 到着時間と便名を教えた。〈告訴（他）抵達時間與班機名稱。〉
  Ⓑ 到着時間と便名を知らせた。〈通知（他）抵達時間與班機名稱。〉

2 Ⓐ 犯人のいる場所をまだ誰にも教えていません。

   〈我還沒告訴任何人犯人的下落。〉
  Ⓑ 犯人のいる場所をまだ誰にも知らせていません。

   〈我還沒告訴任何人犯人的下落。〉

3 Ⓐ 本当のことを教えよう。〈告訴你事實吧。〉
  Ⓑ 本当のことを知らせよう。〈告訴你事實吧。〉

4 Ⓐ 結果がわかったら教えてください。

   〈知道結果的話告訴我一聲。〉
  Ⓑ 結果がわかったら知らせてください。

   〈知道結果的話通知我一聲。〉

5 Ⓐ 事故があったことを教えた。〈告訴（他）有交通事故。〉
  Ⓑ 事故があったことを知らせた。〈通知（他）有交通事故。〉

「教える」和「知らせる」的共通點是：傳達。兩者都是某一個人（傳

達主體）傳達某一件事給另一個人（接受傳達的對方）之意。

一般我們看到「教(おし)える」，馬上會聯想到（教）這個意思；但是它也常用來表示〈告訴〉之意，如上示之例1A、2A、3A、4A、5A「知(し)らせる」原則上中文譯為〈通知〉，但是〈通知〉和〈告訴〉的分界，其實又甚為模糊，因此造成二者的混淆。

在這裡我們首先可以發現上示之例1～5，所傳達的內容，如時間、場所、結果、事情等都是屬於一種資訊、訊息。

但是當傳達的內容轉為知識、技能等，需要經過學習的行為才能完成傳達的東西時，就只能用「教(おし)える」而不用「知(し)らせる」了。

6 学校(がっこう)は生徒(せいと)にいろいろな知識(ちしき)を教(おし)える。〈學校教授學生各種知識。〉

7 外国人(がいこくじん)に中国語(ちゅうごくご)を教(おし)える。〈教外國人中國話。〉

8 弟(おとうと)に平仮名(ひらがな)の書(か)き方(かた)を教(おし)える。〈教弟弟寫平假名。〉

9 友(とも)だちに運転(うんてん)のこつを教(おし)える。〈教朋友開車的技巧。〉

需要經過學習才能完成的傳達。

換句話說，接受傳達的對象，必須是個具有學習該內容的的能力的對象才可以。如前示之「外国人(がいこくじん)」「弟(おとうと)」「友(とも)だち」「生徒(せいと)」等，但不限於人。例如：

10 ○ 野生動物(やせいどうぶつ)に芸(げい)を教(おし)える。〈教野生動物雜技。〉

11 ○ 猫(ねこ)に料理(りょうり)を教(おし)えても無駄(むだ)だ。〈教貓作菜也沒用。〉

當然也有可能是原本以為對方有這個能力，但教的結果證明沒有該項學習能力而歸於失敗的例子。

12 犬に人間の考え方を教えようとしましたが失敗してしまった。

〈本來想把人的想法教給狗的，但失敗了。〉

而「知らせる」因為只是在傳達資訊、訊息而已，所以接受傳達的對象，只要具有能夠理解該傳達方式的能力即可。

13 Ａ ○ 鐘を叩いて猿に食事の時間を教える。

〈敲鐘告訴猴子吃飯的時間到了。〉

Ｂ ○ 鐘を叩いて猿に食事の時間を知らせる。

〈敲鐘通知猴子吃飯的時間到了。〉

14 Ａ × 鐘を叩いて、蟻に食事の時間を教える。

〈敲鐘告訴螞蟻吃飯的時間到了。〉

Ｂ × 鐘を叩いて蟻に食事の時間を知らせる。

〈敲鐘通知螞蟻吃飯的時間到了。〉

因為一般認為螞蟻不具有聽鐘聲獲取資訊的能力，所以例14就是一個語意上不對的例子。

「知らせる」還有一個特色是只要傳達出去就算完成「知らせる」的工作，並不包括抵達點，亦即接受傳達的對方是否收悉已不在「知らせる」的範圍內了。

15　**A**○ パーティーの日時を往復はがきで教えたが、何の連絡もしない。

　　　〈我已用附回函明信片告訴他餐會的日期、時間，可是沒有任

　　　　何消息。〉

　　B○ パーティーの日時を往復はがきで知らせたが、何の連絡もない。

　　　〈我已用附回函明信片通知他餐會的日期、時間，可是沒有任

　　　　何消息。〉

因此就無法用於以接受傳達者得到消息為前提的方式要求「知らせる」了。

16　**A**○ 結果を今ここで私に教えてください。

　　　〈請你現在在這裡就把結果告訴我。〉

　　B× 結果を今ここで私に知らせてください。

　　　〈請你現在在這裡就把結果通知我。〉

17　**A**○ 「あれっ、眼鏡どこに行ったんだろう」と言ったら、「ほら
　　　頭に乗っかってるじゃないか」と教えてくれた。

　　　〈「奇怪，眼鏡跑哪兒去了？」說完，（他）告訴我「不就在

　　　　你頭上嗎？」〉

　　B× 「あれっ、眼鏡どこに行ったんだろう」と言ったら、「ほら
　　　頭に乗っかってるじゃないか」と知らせてくれた。

　　　〈「奇怪，眼鏡跑哪兒去了？」說完，（他）通知我「不就在

　　　　你頭上嗎？」〉

最多只能要求傳達主體確實執行傳達出去的這個行為而已。

18 Ａ ○ 今ここで電話であの人に結果を教えてください。

〈請你現在在這裡就打電話把結果告訴那個人。〉

Ｂ ○ 今ここで電話であの人に結果を知らせてください。

〈請你現在在這裡就打電話把結果通知那個人。〉

結果當然是「あの人」得到消息最好，沒聯絡上也沒辦法了。

再回到有關傳達內容方面，當然所傳達的都是主體者已知而接受傳達的對方未知，或者是主體認為對方尚未得知的消息。但是不同的是「教える」原則上傳達的是主體要對方知道的，或者是對方想要知道的知識或消息。而「知らせる」基本上是對方想要知道的或是主體認為對方會想要知道的消息。

又，由於「教える」原本是〈教導〉之意，連帶的也使表示〈告訴〉的「教える」形成一種上下關係，即傳達消息的主體較佔上位之意。因而就會有許多情況不適用「教える」而用「知らせる」了。如對大眾傳達消息時。

19 新聞は読者に世の中の動きを知らせる。

〈報紙告訴讀者這個世界的動態。〉

20 そのことはもっと世間に知らせなければならない。

〈這件事情要多讓讀者知道。〉

將希望對方知道的，自己的消息通知對方時：

21 転居先を郵便局に知らせる。〈通知郵局辦理住所遷移。〉

22 お家へ行く時は、電話で知らせます。

〈去你家時我會以電話通知你。〉

有時候不見得是不可以用「教える」，只是用起來會予人以傲慢的感覺。

23 Ⓐ 目撃者は事件の経過を警察に教えた。

〈目擊者「告訴」警察事件的經過。－有點自大〉

Ⓑ 目撃者は事件の経過を警察に知らせた。

〈目擊者告訴警察事件的經過。〉

24 Ⓐ 結果はあとで教えます。〈我待會「告訴」你結果。－有點自大〉

Ⓑ 結果はあとで知らせます。〈我待會告訴你結果。〉

相對的，若要麻煩別人告訴你一件你想要瞭解的事情時，就要用「教える」比較好了。

25 すみません。間違った所を教えてください。

〈對不起，請告訴我我做錯的地方。〉

在傳達的方式方面：「知らせる」可以透過別人，而「教える」則必須直接傳達。

26 Ⓐ × 宮内さんは先輩を通して台湾へ来ることを私に教えました。

〈宮內小姐透過學長告訴我她要來台灣。〉

Ⓑ ○ 宮内さんは先輩を通して台湾へ来ることを私に知らせた。

〈宮內小姐透過學長通知我她要來台灣。〉

因而用下例之「教える」和「知らせる」兩者雖然都可以用，語感就有稍許的不同。

27　Ａ　人に脱税の方法を教える。〈教人家逃稅的方法。〉
　　　Ｂ　人に脱税の方法を知らせる。〈告訴人家逃稅的方法。〉

27A感覺上比較傾向是傳達的主體者自己研究出一套方法，而將這個方法傳授予人。27B則較傾向於現成的存在著一套方法，傳達的主體者只是將之轉知他人而已。

「教える」除可站在傳達主體者主動傳達的立場外，亦可站在感受者的立場積極接受傳達，故傳達主體不一定非得是具有傳達意志者。

28　今回の地震が再び自然の恐ろしさを我々に教えた。
　　　〈這一次的地震再度的告訴了我們大自然的可怕。〉

29　「うさぎと亀」の話は人間の生き方を教えている。
　　　〈「龜兔賽跑」的故事在告訴我們人生活的態度。〉

但是「知らせる」則除了表示第六感或自己的預感等者外，都必須是傳達主體具有傳達意志或明顯顯示出某一訊息的現象者的才能成立。表示自己的預感或第六感的典型的例子有：

30 虫が知らせたのか、いつもは駅までバスに乗るのに、あの事故の日に限って歩いて行ったのです。

　〈大概是冥冥之中有什麼預感吧，我通常到車站是搭公車的，就發生車禍那一天我用走的。〉

　　「教える」和「知らせる」在句型上也有不同。「知らせる」原則上都採「〈対象（人）〉に〈内容〉を知らせる」的句型；但「教える」則除「〈対象（人）〉に〈内容〉を教える」之外，另有「〈対象〉（人）を教える」的句型。例：

31 大学生に日本語を教える。〈教大學生日文。〉

32 大学生を教える。〈教大學生。〉

　　後者的句型通常表示的是一個人的職業或工作，所以當「對象（人）」的部分帶入其他動物，如「猿を教える」則表示這個人的工作是專門在教育猴子的。「教える」另還有「〈場所〉で教える」，如「東海大学で教える」表示的也是一種職業或工作。

§16.「終わる」「終える」VS「やめる」

　　在此我們應先稍微釐清一下「終わる」和「終える」用法上的微妙異同。

　　「終わる」和「終える」原本是「終わる」：自動詞；採「～が終わる」的形態。「終える」：他動詞；採「～を終える」的形態。例如：

1　江戸時代が終わって明治のご時世になった。

〈江戸時代結束，進入了明治的時代。〉

2　健次が学期末の試験を終えた。〈健次期末考考完了。〉

　　但是「終わる」用法擴大，和「終える」相同的，也常可以當他動詞使用。例如：

3　今日は三時で仕事を終わった。〈今天三點做完了工作。〉

4　昨日11時に宿題を終わってから寝ました。

〈昨天11點做完功課後睡覺。〉

　　而相對的雖然並不常見，但「終える」也偶而會有自動詞用法。

5　試験が終えるまで頑張る。

〈拼到考試結束─參考『大辭林』三省堂出版「終える」項〉

甚至在某些情況下，雖是他動詞用法「終わる」還比「終える」用起來恰當。例如：

6　以上で私の挨拶を終わります。〈以上是我的幾句話。〉

7　これでニュースを終わります。〈今天的新聞報導到此結束。〉

原因是非過去形他動詞的使用通常可以顯示說話者做某一動作的意願。即「終わる」和「終える」的他動詞用法皆可顯示說話者結束某一行為的意願。然而，由於「終わる」所顯示的意願程度低於「終える」，所以當說話者意願不是很明顯時用「終わる」就會比「終える」適當了。

像這樣，由於「終わる」「終える」用法上有許多交錯之處，所以下面我們比較「終わる」「終える」和「やめる」的異同時，會不固定的選用「終わる」或「終える」。

「終わる／終える」和「やめる」有一個最重要的不同之處是「終わる／終える」同時具有自、他動詞用法，且傾向於多用自動詞用法；而「やめる」則僅有他動詞用法。

8　A　この番組の放送も今日で終わります。

〈這個節目的播送就到今天結束。〉

B　この番組の放送も今日でやめます。

〈這個節目的播送就到今天爲止。〉

9 Ａ 監督はあの映画の撮影を終えました。

〈導演結束了那部電影的拍攝。〉

Ｂ 監督はあの映画の撮影をやめました。

〈導演停止了那部電影的拍攝。〉

10 Ａ 彼らにすぐに工事を終わらせる。〈我叫他們馬上結束工程。〉

Ｂ 彼らにすぐに工事をやめさせる。

〈我叫他們馬上停止工程的進行。〉

11 Ａ 小説の連載を終える。〈結束小説的連載。〉

Ｂ 小説の連載をやめる。〈停止小説的連載。〉

我們再來看下面的句子。

12 Ａ ○ 小学校を終える。〈唸完小學。〉

Ｂ ○ 小学校をやめる。〈小學不唸了。〉

13 Ａ ○ 6年で小学校を終えた。〈6年唸完小學。〉

Ｂ ！ 6年で小学校をやめた。〈唸到小學6年級。〉

不唸了。—或是「小學唸了6年後不唸了。」

14 Ａ ！ 1年で小学校を終えた。〈1年唸完小學。〉

Ｂ ○ 1年で小学校をやめた。〈小學唸了1年，不唸了。〉

　　「終わる／終える」表示的是某件事抵達了它的終點〈終了〉〈完了〉之意。一般小學要讀6年，所以例13A很自然；但是例14A一年讀完平常人要讀6年的小學，就相當特別了，主語必定是個天才兒童。另一方面「やめる」則是停止做某個本應或本能持續下去的事情之意。而因為它是中止一件持續的事，所以已「終わった」的事，就無法「やめる」了。例14B小學本應唸6年，卻唸了1年就沒繼續。例13B小學唸了6年沒唸完〈未終了〉還決定不繼續唸；這就有些異於常人了。─當然此句若解釋成〈唸到6年級時輟學了〉那就比較容易理解。

　　「終わる／終える」和「やめる」在敘事態度上也有所不同。例如：

15　🅐 ○ 討論を終わって採決に入る。〈終止討論，進入表決。〉
　　　🅑 ○ 討論をやめて採決に入る。〈停止討論，進入表決。〉

　　又如：

16　🅐 ○ 実験が終わった。〈實驗結束。〉
　　　🅑 ○ 実験をやめた。〈實驗結束。〉

　　16A，實驗是自然結束，「終わった」顯示的是一個結果狀態。16B，實驗是被中斷的，「やめる」顯示的是動作者決意的行為。

17　🅐 ○ 実験が失敗に終わった。〈實驗以失敗結束。〉
　　　🅑 × 実験を失敗にやめた。

18 🅐 × 実験に二回失敗したので終わった。

🅑 ○ 実験に二回失敗したのでやめた。

〈實驗失敗了兩次，所以停止不做了。〉

假設例17A的實驗也是做了兩次失敗後才「終わる」的，那麼實際上例17A的（結束）和例18B的（停止）具體過程應該相等，但是兩者彼此不能互換。因為「失敗に終わった」只顯示一個靜態的結果狀態。而「失敗したのでやめた」顯示的則是促使動作者決意採取某一行為的動態流程。

生命是可以動作者決意之自殺行為結束的，但是何以

19 🅐 ○ 短かい一生を終わった。〈結束了短暫的一生。〉

🅑 × 短かい一生をやめた。

呢？問題在「一生」這個詞，是在某一個終點之後才能使用。如生命的終點。另外，年紀比較大的人有時會說〈我這一生〉，所指的也是當事人在說這一句話的前一刻為止的一輩子之意。在我們採取某一行為將生命畫上句點的那一刻我們還不能稱之為「一生」。

20 ○ 生きていくのをやめた。〈決意不再活下去。〉

21 🅐 ○ 戦争が終わった。〈戰爭結束。〉

🅑 ○ 戦争をやめた。〈放棄戰爭。〉

何以21B不會是〈停止戰爭〉呢？癥結在日語的「やめる」和中文的〈停止〉語義範疇仍有差距。（當然「終わる／終える」和〈終止、結束〉

也會有異同）。〈停止戰爭〉中包含了〈停止〉的主語S1和〈戰爭〉的主語S2，即〈S1停止S2做戰爭這個行為〉；但是「戦争をやめた」中則只存在著有「やめる」的主語。

以上略述了「終わる／終える」和「やめる」的區別。由於這些不同，有些時候兩者並不能代換。如上示之例19，和

22 夏も終わって、季節は秋に入りました。〈夏天結束，轉爲秋季。〉

23 国会の会期はあと十日で終わります。〈國會會期再十天結束。〉

24 しばらく続いた町並みも終わって、辺りは畑に変わる。

〈持續了好一會兒的街景也轉爲田園。〉

等時間、期限、景色的終了，無法使用只有他動詞用法的「やめる」。

25 彼は20年間勤めた会社をやめて、故郷に帰った。

〈他辭去做了20年的工作，回故郷。〉

26 責任をとって会長をやめる。〈辭去會長職務表示負責。〉

27 彼は医者に言われてタバコと酒をやめた。

〈他聽醫師指示戒了煙酒。〉

我們無法〈終了〉公司、會長、抽煙、喝酒等習慣，而只能「やめる」。又

28 練習を途中でやめる。〈中途停止練習。〉

既有「途中で」就無法〈終了〉了。

「やめる」另外還有一個「在行動開始之前便取消該行動」的用法。此時當然也不能〈終了〉了。因為〈終了〉須以〈開始〉為前提。

29 あの山は危険だから、登るのはやめた方がいい。

〈那座山很危險，還是別去爬比較好。〉

§17.「終^おわる」VS「済^すむ」

1 Ⓐ 8月^{がつ}のプロジェクトが無事^{ぶじ}終^おわった。〈八月的計畫順利結束。〉

   Ⓑ 8月^{がつ}のプロジェクトが無事^{ぶじ}済^すんだ。〈八月的計畫順利結束。〉

2 Ⓐ 宿題^{しゅくだい}は全部^{ぜんぶ}終^おわった。〈作業全部做好了。〉

   Ⓑ 宿題^{しゅくだい}は全部^{ぜんぶ}済^すんだ。〈作業全部做好了。〉

3 Ⓐ 手術^{しゅじゅつ}は三時間^{さんじかん}で終^おわった。〈手術三個小時結束。〉

   Ⓑ 手術^{しゅじゅつ}は三時間^{さんじかん}で済^すんだ。〈手術三個小時結束。〉

4 Ⓐ お祭^{まつ}りが終^おわって町^{まち}はもとの静^{しず}けさに戻^{もど}った。

   〈祭典結束小鎮恢復原有的寧靜。〉

   Ⓑ お祭^{まつ}りが済^すんで町^{まち}はもとの静^{しず}けさに戻^{もど}った。

   〈祭典結束小鎮恢復原有的寧靜。〉

5 Ⓐ この車^{くるま}のローンはまだ終^おわっていない。〈這車的貸款還沒還完。〉

   Ⓑ この車^{くるま}のローンはまだ済^すんでいない。〈這車的貸款還沒還完。〉

　　由上示諸例可知「終^おわる」和「済^すむ」都表示中文〈結束〉之意。但是下示的這些〈結束〉卻只能譯成「終^おわる」而無法說成「済^すむ」。

6 Ⓐ ○ 後一週間で夏休みが終わる。〈再過一個星期暑假就要結束。〉

Ⓑ × 後一週間で夏休みが済む。

7 Ⓐ ○ 今日も一日が終わる。〈今天一天也將尾聲。〉

Ⓑ × 今日も一日が済む。

8 Ⓐ ○ 一夏を過ごし産卵を終えると短かいかげろうの一生が終わる。

〈過一個夏天，產卵過後浮游短暫的一生也就結束。〉

Ⓑ × 一夏を過ごし産卵を終えると短かかげろうの一生が済む。

9 Ⓐ ○ 汚職が発覚して、彼の政治生命も終わった。

〈貪污被揭發，他的政治生命也隨之告終。〉

Ⓑ × 汚職が発覚して、彼の政治生命も済んだ。

10 Ⓐ ○ 高速道路はこの先で終わる。〈高速公路在前面不遠處結束。〉

Ⓑ × 高速道路はこの先で済む。

11 Ⓐ ○ しばらく続いた町並みも終わって辺りは畑に変わる。

〈延綿的街景結束後，四周變成一片旱田。〉

Ⓑ × しばらく続いた町並みも済んで辺りは畑に変わる。

　　觀查一下例句，我們可以發現例6～11結束的主體有時間（例6、7）、生涯（例8、9）和地理景觀（例10、11）。其中用在生涯的主體當然都是有生命的，尤其以「人」為主體的情況最多，且不論是真實的一生或抽象意義的生涯（如政治生命等）都可以使用。表示這些主體的結束時，都只能用「終わる」而不用「済む」。

下面這些「終わる」也無法以「済む」代替。

12 Ⓐ ○ われわれの計画は夢で終わった。〈我們的計畫成了泡影。〉

Ⓑ × われわれの計画は夢で済んだ。

13 Ⓐ ○ これまで何人かの登山家が登頂を試みたが、みな失敗に終わった。

〈到目前為止已有數位登山專家嘗試登峰，但是都失敗了。〉

Ⓑ × これまで何人かの登山家が登頂を試みたが、みな失敗に済んだ。

14 Ⓐ ○ 漱石の『草枕』は未完に終わった。

〈夏目漱石的『草枕』結果沒寫完。〉

Ⓑ × 漱石の『草枕』は未完に済んだ。

15 Ⓐ ○ 議論は水掛け論に終わった。〈議論在無意義的爭論中結束。〉

Ⓑ × 議論は水掛け論に済んだ。

16 Ⓐ ○ 交渉は不調に終わった。〈交渉結果不理想。〉

Ⓑ × 交渉は不調に済んだ。

17 Ⓐ ○ 会談は物別れに終わった。〈會商結果決裂。〉

Ⓑ × 会談は物別れに済んだ。

18 Ⓐ ○ 祝賀会は盛会裏に終わった。〈祝賀會於盛會中結束。〉

Ⓑ × 祝賀会は盛会裏に済んだ。

19 Ⓐ ○ 今回のプロジェクトは成功裏に終わった。

〈這一次的計畫圓滿成功的結束。〉

B × 今回のプロジェクトは成功裏に済んだ。

　　例12B～19B，其實我們若將句中表示結果狀態的副詞去掉，就不見得一定不能用「済む」了。「計画が済んだ」、「登山が済んだ」、「小説が済んだ」、「議論が済んだ」、「交渉が済んだ」、「会談が済んだ」、「祝賀会が済んだ」、「プロジェクトが済んだ」。可見得表示結果狀態之副詞的存在，正是不能使用「済む」的原因。

　　「済む」源自「澄む」〈（混濁的水）變清澄〉，用在表示某件事情結束之意時，自然便含有事情結束後，做這件事的人心情變澄澈輕鬆之意。換句話說事情本身對做事的人來說本來是一種負擔。而會對人造成負擔的，多半不會是享受型的事，而是不得不做的事，例如義務、責任等。因此像「楽しいパーティーも終わった」〈快樂的聚會也已結束。〉通常就不會用「済む」，但主辦聚會的人由於責任所在，討厭聚會的人由於無法享受，當然也有可能會說「パーティーもやっと済んだ」〈聚會也終於結束了。〉

　　另外，我們還可以觀察歸納到一點就是「済む」只用在表示人所做的行為的結束或終了，而不用在如例6～11等時間、生命、場面的終了上。這也是為什麼「済む」中〈清澈澄明〉的意思要解釋成做事的人心情澄明輕鬆之意的緣故。

　　至於它何以不用在有結果副詞出現的句子，應該也與這一點有關。因為「済む」的重點是在表示做完該做的事後心情輕鬆之意，表達的焦點在人的心情狀況，而不在事情結束時的情形或結果。

　　相對的，句中若有表示手段的成分出現，即用某種方法解決某件事情，或以比預期不費力的方式解決某件事的時候，就只用「済む」而不用「終わる」。

20　Ａ ×　電話で話が終わるような簡単な用件です。
　　Ｂ ○　電話で話が済むような簡単な用件です。

　　　〈這件事很單純，用電話就可以解決了。〉

21　Ａ ×　3000円の罰金で終わった。
　　Ｂ ○　3000円の罰金で済んだ。〈用3000日元的罰款解決了。〉

22　Ａ ×　真一の起こした事故は示談で終わった。
　　Ｂ ○　真一の起こした事故は示談で済んだ。

　　　〈眞一造成的事故以和解方式解決。〉

23　Ａ ×　風邪に罹ったが、軽くて終わった。
　　Ｂ ○　風邪に罹ったが、軽くて済んだ。〈得了感冒但沒太嚴重。〉

24　Ａ ×　大事に至らずぼやで終わった。
　　Ｂ ○　大事に至らずぼやで済んだ。〈小火災幸好沒釀成大禍。〉

25　Ａ ×　私は彼が代わりに行ってくれたので、彼女に電話を掛けずに
　　　　　終わった。
　　Ｂ ○　私は彼が代わりに行ってくれたので、彼女に電話を掛けずに
　　　　　済んだ。

　　　〈因爲他代替我去了，所以我不用再打電話給她。〉

26 Ⓐ × 秋といっても暖かいから、上着無しで終わった。

Ⓑ ○ 秋といっても暖かいから、上着無しで済んだ。

〈雖說已是秋天，但是還彎暖的，不用外套也沒關係。〉

27 Ⓐ × あの雨にもかかわらず、洪水にもならずに終わった。

Ⓑ ○ あの雨にもかかわらず、洪水にもならずに済んだ。

〈雖然下了那麼大的雨，但是還好沒造成水災。〉

「以某種手段或方式結束某事」中的「結束」自然而然會含有「解決」的意思，而「解決」當然就會帶來心情放鬆，暢快的感覺。

「済む」這種事情結束後負擔減輕，心情暢快的基本義還衍生了如下示的一些慣用說法。

28 借りが済む。〈還了人情。〉

29 父さんは何も言わないから、お前の気が済むようにしなさい。

〈爸爸我什麼都不說，你就照你的意思放手去做吧！（做到你不想做吧！）〉

30 本当に済みません。〈眞是對不起（不好意思）。〉

下面這些也是相當固定的說法。

31 それだけで済むはずがない。〈不可能那樣就可以解決。〉

32 大事な花瓶を割って謝って済むと思っているのか！

〈把我寶貴的花瓶摔破，你以爲只要道個歉就能了事了嗎！〉

33 「そんなことをすると只では済まないぞ」と脅かされた。

〈被威脅說：「你若做出那種事，我可不饒你。」〉

　　注意到從例20～33，這些不能夠代換成「終わる」的句子都不譯成〈結束〉。這一點更明顯反映出「済む」並不只是單純表示事情的結束而已。

　　另一方面，「終わる」則只單純表示時間的終了。前示例6～11，我們說過當主體是時間、生涯、場面時，只用「終わる」，不用「済む」。其中「生涯」當然是指某一段時間，「場面」其實指的也都是說話的人坐在車上或在一個可移動的情況下觀察四周的景觀，而後說明「過了一會兒（再往前走一點，汽車行駛了一段時間後）某個景觀結束」之意，仍然帶有時間的觀念。

　　像這樣「終わる」和「済む」雖然意思極為相近，但是其實表達焦點相當不同。因此，「用事」〈（要做的）事〉雖然兩者都可以使用，但還是較傾向於用「済む」。「仕事」〈工作〉就比較傾向於用「終わる」。因為「済む」中所含有的鬆一口氣的感覺，似乎較沒有預期到已解決的事情會再發生的樣子。而「仕事」若明天不會再有的話，可能就有點不太妙──當然「済む」只是表達重點不在於是否會再度發生，並不是指不會再發生，所以當表達重點在於「鬆一口氣」時就可以用「済む」了。

　　只是「食事」〈（吃）飯〉，多半是傾向於用「済む」。為什麼呢？又，我們是在什麼樣的情況下會用「食事が終わりました」呢？或許你也可以思考看看。

§18.「乾かす」VS「干す」

1 Ⓐ 濡れた傘を乾かす。〈弄乾濕的傘。〉

    Ⓑ 濡れた傘を干す。〈晾乾濕的傘。〉

2 Ⓐ 洗濯物を乾かす。〈弄乾洗好的衣服。〉

    Ⓑ 洗濯物を干す。〈晾衣服。〉

3 Ⓐ たたみを乾かす。〈弄乾榻榻米。〉

    Ⓑ たたみを干す。〈晾榻榻米。〉

4 Ⓐ ふとんを乾かす。〈弄乾棉被。〉

    Ⓑ ふとんを干す。〈晾棉被。〉

5 Ⓐ 冬着を乾かす。〈弄乾冬衣。〉

    Ⓑ 冬着を干す。〈晾冬衣。〉

6 Ⓐ 本を乾かす。〈把書本弄乾。〉

    Ⓑ 本を干す。〈晾書。〉

上示各例,「乾かす」和「干す」彼此可以互換,但是從它們的中文翻譯看來,意思似乎有些不同。

　　如「干す」的例子，大致上都是將對象如、傘、衣物、棉被等攤展在陽光下曝晒之意。當然1B傘及2B衣物除了用日晒還是可以是自然風乾或陰乾方式。

　　相對的「乾かす」的例子，1A及2A弄乾傘或衣物的方式，除了晒乾，自然風乾，陰乾之外還可以是擦乾或用烘乾機烘乾等。更明顯的是例3、4、5、6，「干す」例中的榻榻米、棉被、冬衣、書本可能並沒有真正弄濕而只是含有濕氣而已，但是「乾かす」例中的這四者顯然都是有被弄濕的現象。

　　像這樣「乾かす」和「干す」用中文來想似乎還蠻容易區別的。「干す」用日晒、自然風乾、陰乾的方式弄乾。「乾かす」則不限用什麼方法，只要把對象弄乾即可。因此下示各例不是用日晒法的就不適用「干す」。

7　Ａ ○ ストーブでシャツを乾かす。〈用暖爐烘乾襯衫。〉

　　Ｂ × ストーブでシャツを干す。

8　Ａ ○ ドライヤーで靴下を乾かす。〈用吹風機吹襪子。〉

　　Ｂ × ドライヤーで靴下を干す。

9　Ａ ○ 乾燥機で洗濯物を乾かす。〈用烘乾機烘衣服。〉

　　Ｂ × 乾燥機で洗濯物を干す。

10　Ａ ○ 靴をあぶって乾かす。〈烤乾鞋子。〉

　　Ｂ × 靴をあぶって干す。

　　而且，由於「干す」方法固定，即使用的是日晒法，我們若將方法寫出來就無法用「干す」了。「干す」甚至還可以是「乾かす」的方法。

11 **A** ○ 服を日に当てて乾かす。〈把衣服讓太陽晒乾。〉

B × 服を日に当てて干す。

12 **A** ○ 干して乾かす。〈晒乾。〉

B ○ 乾かして干す。〈弄乾了再拿去晒（後述）。〉

另外像頭髮，我們通常不會用日晒方式弄乾的，通常也不會用「干す」。

13 **A** ○ 髪を乾かす。〈弄乾頭髮。〉

B ？ 髪を干す。〈？晒乾頭髮。〉

14 **A** ○ 手を乾かす。〈弄乾手。〉

B ？ 手を干す。〈？晒乾手。〉

15 **A** ○ 濡れた体を乾かす。〈弄乾溼的身體。〉

B ？ 濡れた体を干す。〈？把弄溼的身體晒乾。〉

16 **A** ○ フライパンを乾かす。〈弄乾炒菜鍋。〉

B ？ フライパンを干す。〈？晒乾炒菜鍋。〉

17 **A** ○ 食器を乾かす。〈弄乾碗盤。〉

B ？ 食器を干す。〈？晒乾碗盤。〉

18 **A** ○ 床を乾かす。〈讓地板乾。〉

B × 床を干す。

可是我們說過「干す」也可以採自然風乾、陰乾等方式。

19 洗濯物を室内に干す。〈把衣服晾在室內。〉

　　那麼我們若是讓手、頭髮等自然乾是否就可以用「干す」了？答案是仍然是不行。因為「干す」還有幾個要件必須配合。其中之一是必須攤展開來放在一個固定的地方，而通常我們不會把手、頭髮、身體等攤展在固定的地方等它乾。那麼炒菜鍋、碗盤、地板不用「干す」，又如何解釋呢？請再看下例。

20 Ⓐ ○ 大根を乾かす。〈把蘿蔔（擦）乾。〉
　　 Ⓑ ○ 大根を干す。〈晒蘿蔔干。〉

21 Ⓐ ○ 竹の子を乾かす。〈把竹筍（擦）乾。〉
　　 Ⓑ ○ 竹の子を干す。〈晒筍乾。〉

22 Ⓐ ○ 昆布を乾かす。〈（擦）乾昆布。〉
　　 Ⓑ ○ 昆布を干す。〈晒昆布。〉

23 Ⓐ ○ 洗ったりんごをちょっと横に置いて乾かしておく。
　　　　　〈把洗好的蘋果稍微放在旁邊讓它乾。〉
　　 Ⓑ ○ りんごを干す。〈晒蘋果干。〉

24 Ⓐ ○ イースターエッグを作る時、先ず卵をきれいに洗って、よく乾かしてから絵筆で絵を書く。

〈做萬聖節的蛋時，要先將蛋洗乾淨，放到相當乾了之後再用
畫筆畫上圖畫。〉

B × 卵を干す。

上示各例通常「乾かす」表示的是蘿蔔、筍子等外表摸起來沒有濕濕感
覺的情形，蘿蔔、筍子等本身可以是新鮮的蔬果。當然也有可能——雖然並
不多——弄乾得像薯片一樣。

而「干す」中的這些蔬果卻不指新鮮蔬果而是在做蘿蔔干、筍干、水果
干的過程。擦乾了（乾かす）的蘿蔔、蘋果還是可以拿去晒（干す）成蘿蔔
干、蘋果干。做好的蘿蔔干、筍干摸起來是否是溼的並無妨，只要晒的人認
為晒好了就可以。

也就是說「干す」不一定要乾，只要內含的水分減少即可，而「乾か
す」，則必須觸覺上是乾的。

再回顧一下例3～6，我們說過從中間可以明顯感覺出不同，其中「乾か
す」的例子都明顯表示榻榻米、棉被、冬衣、書本是溼的，但「干す」則不
一定，若情況是這些東西並沒有弄濕，只是潮掉帶溼氣，我們就只能用「干
す」。因為摸起來是乾的表示「乾かす」的程序已經結束，無法再「乾か
す」了。

現在我們當然已經可以瞭解何以炒菜鍋、地板等不用「干す」囉。因為
水份並不含在炒菜鍋、碗盤等裡面，而是附在上面的。其實手（例14）和身
體（例15）的情況也是如此。

下示各例，由於摸起來觸覺上是濕的，所以也用「乾かす」。

25 Ⓐ ○ ペンキを乾かす。〈把油漆弄乾。〉

　 Ⓑ ？ ペンキを干す。

26 Ⓐ ○ のりを乾かす。〈把漿糊弄乾。〉

　 Ⓑ × のりを干す。

27 Ⓐ ○ インクを乾かす。〈（吹）乾墨水。〉

　 Ⓑ × インクを干す。

這些例子不用「干す」。可是我們似乎很難說水分不是含在油漆、漿糊、墨水裏而是附在上面的。這又如何解釋呢？

28 Ⓐ ○ 水を乾かす。〈把水弄乾。〉

　 Ⓑ × 水を干す。〈（另有一義，後述）〉

連「水」本身都不用「干す」。結論就是「干す」的對象無法是液體，當然也無法是氣體，而必須是固體。

29 Ⓐ ○ 空気を乾かす。〈弄乾空氣。〉

　 Ⓑ × 空気を干す。

「乾かす」和「干す」的不同還有一點必須指出的是：

30 Ⓐ × ベランダに乾かす。

　 Ⓑ ○ ベランダに干す。〈晾在陽台上。〉

31 Ⓐ × 室内に乾かす。

   Ⓑ ○ 室内に干す。〈晾在室內。〉

32 Ⓐ × 竿に乾かす。

   Ⓑ ○ 竿に干す。〈晾在竹竿上。〉

33 Ⓐ × 天日に乾かす。

   Ⓑ ○ 天日に干す。〈晾在太陽下。〉

這些句子都無法使用「乾かす」。若要使這些名詞出現在「乾かす」的句子裏，助詞「に」都必須改成「で」，有的才勉強可以用。

34 Ⓐ ？ ベランダーで乾かす。

   〈在陽台上用某種方法弄乾某種東西。〉

   Ⓑ × ベランダーで干す。

35 Ⓐ ？ 室内で乾かす。〈在室內用某種方法弄乾某種東西。〉

   Ⓑ × 室内で干す。

36 Ⓐ × 竿で乾かす。

§19.「勉強(べんきょう)する」VS「習(なら)う」VS「読(よ)む」

1 Ａ 日本語(にほんご)を勉強(べんきょう)する。〈唸日文。〉

　Ｂ 日本語(にほんご)を習(なら)う。〈學日文。〉

　Ｃ 日本語(にほんご)を読(よ)む。〈唸日文。〉

2 Ａ 一日(いちにち)に一時間(いちじかん)勉強(べんきょう)する。〈一天唸（讀）一小時。〉

　Ｂ 一日(いちにち)に一時間(いちじかん)習(なら)う。〈一天學一小時。〉

　Ｃ 一日(いちにち)に一時間(いちじかん)読(よ)む。〈一天唸（讀）一小時。〉

3 Ａ クラスで勉強(べんきょう)する。〈在班上學。〉

　Ｂ クラスで習(なら)う。〈在班上學。〉

　Ｃ クラスで読(よ)む。〈在班上讀。〉

4 Ａ 坊(ぼう)さんはお経(きょう)を勉強(べんきょう)する。〈和尚讀經。〉

　Ｂ 坊(ぼう)さんはお経(きょう)を習(なら)う。〈和尚學讀經。〉

　Ｃ 坊(ぼう)さんはお経(きょう)を読(よ)む。〈和尚唸經。〉

　「勉強する」〈努力學習、用功、讀、唸〉、「習う」〈學習、練習〉、「読む」〈唸、讀〉。我們在初學日語的入門階段，大約就都會碰到這三個詞。譯成中文，尤其是譯在句中時，常用的就是〈唸〉〈讀〉或

〈學〉。其中國語用〈唸〉〈學〉，而台灣話常用〈讀〉〈學〉。三種語文的三個類義詞的交錯，使得這三個日語基本詞彙誤用頻仍。

5　Ⓐ ○ 芝居を勉強する。〈唸戲劇。〉

　　Ⓑ ○ 芝居を習う。〈學戲劇。〉

　　Ⓒ × 芝居を読む。

6　Ⓐ ○ 医学を勉強する。〈讀醫學。〉

　　Ⓑ ○ 医学を習う。〈學醫學。〉

　　Ⓒ × 医学を読む。

5C和6C若分別改為「脚本を読む」〈唸劇本〉，和「医学の本を読む」〈唸醫學的書〉即可成立。由於「読む」原是透過文字、文章或其它媒介工具來理解、獲得知識之意，故和中文的〈唸〉〈讀〉不同，「読む」的閱讀對象必須是記載文字的書本、報紙或是其它傳達知識、訊息的工具，而不是知識、訊息本身。相對的「勉強する」和「習う」的對象則是知識或技能本身，而非工具。

7　Ⓐ × 本を勉強する。

　　Ⓑ × 本を習う。

　　Ⓒ ○ 本を読む。〈讀書。〉

8　Ⓐ × 新聞を勉強する。

　　Ⓑ × 新聞を習う。

　　Ⓒ ○ 新聞を読む。〈看報紙。〉

9 A × 手紙を勉強する。

 B × 手紙を習う。

 C ○ 手紙を読む。〈看信。〉

　　而前示1C「日本語」和4C「お経」之所以可以使用「読む」的原因是，當我們看到這兩個句子時會自動的將影像轉化為〈拿著日文書在唸（讀）〉〈和尚在讀（唸）經書〉或者將「読む」自動轉解為「読む」的另一個意思〈發出聲音來唸〉之故。

　　「勉強する」和「習う」的對象雖皆是知識本身，但是範圍仍有所不同。「勉強する」的對象並不包括純技巧性的技能。而「習う」則無此限制。

10 A × 運転を勉強する。

 B ○ 運転を習う。〈學開車。〉

 C × 運転を読む。

11 A × テニスを勉強する。

 B ○ テニスを習う。〈學打網球。〉

 C × テニスを読む。

12 A ？ ピアノを勉強する。〈？研究鋼琴。〉

 B ○ ピアノを習う。〈學彈鋼琴。〉

 C × ピアノを読む。

　　照以上看來，似乎「習う」的運用範圍較「勉強する」為廣。的確，就

學習的對象來說是比較廣，但是「習う」也有它的限制。

　　由於「習う」源自「倣う」〈模倣〉，本是模倣某個對象所做某件事情之意。故「習う」基本上須具備有受模倣的對象才可。假設我們稱這個被模倣的對象為A，模倣的內容為X，則「習う」的句型譯成中文即為〈向A學X〉（註：注意到「倣う」的對象是A；「習う」〈學習〉的對象則是X。）而這個A換個角度來稱呼它即是「教授者」。也就是說「習う」必須是在確定有教授者的情況下時才能夠使用。故像例13這類特別強調沒有教授者存在的例子時，就不用「習う」。

13 Ａ ○ 教わったのではありません。自分で勉強したのです。

　　　〈不是人家教的，是自己唸會的。〉

　　Ｂ × 教わったのではありません。自分で習ったのです。

　　因此，一旦使用了「習う」則即使不明白標示出教授者，它也會自動顯示教授者的存在。

14 ○ 習ったのではありません。独学でできたのです。

　　　〈不是（向人家）學的，是自己學會的。〉

　　相同的1B即是〈（跟老師）學日文〉。2B〈每一天（跟老師）學一個小時〉，3B〈在課堂上（跟著老師）學〉，4B〈和尚（跟著老和尚）學讀經文〉，5B〈跟著（老師）學戲劇〉，10B〈（跟著教練）學開車〉，12B〈（向老師）學彈鋼琴〉等等。「習う」一般說來採取的都是上課的形式。

　　而「勉強する」就沒有這一層暗示。可以是上課，也可以是自修。由於

「勉強する」和「読む」相同的，重點都在知識的吸收，故明示教授者之存在的句子反而不恰當。

15 🅐 × フランス人にフランス語を勉強します。

　　🅑 ○ フランス人にフランス語を習います。〈向法國人學法文。〉

　　🅒 × フランス人にフランス語を読みます。

16 🅐 × しっかり先生に勉強します。

　　🅑 ○ しっかり先生に習います。〈跟老師好好學。〉

　　🅒 × しっかり先生に読みます。

茲整理各詞用法如下：

「勉強する」

　　對象：知識內容本身

　　教授者：不明示

「習う」

　　對象：知識、技能

　　教授者：有

「読む」

　　對象：傳達知識、訊息的媒介、工具

　　教授者：無

　　或許是不同民族表達互異的關係，同樣是「學習」，中文較常說〈我最近在學日文〉，而日文則較常講〈この頃、日本語の勉強をしています〉當然也有可能是中文〈學〉和「習う」，意義範疇不同之故。

§20.「結ぶ」VS「縛る」

「結ぶ」和「縛る」都可以譯成〈綁〉。也都常用到繩子之類的東西為工具。但是兩者對於繩子的處理態度卻截然不同。

1　Ａ 靴ひもを結ぶ。〈綁鞋帶。〉

　　Ｂ 靴ひもで縛る。〈用鞋帶綁。〉

「結ぶ」常把繩子類當成對象，基本上〈綁鞋帶〉是把鞋帶當成對象使它改變形狀；而「縛る」則通常只是把它當成工具，用來綁其它的東西。當然並不是說「結ぶ」不可以也把繩子當做單純的工具使用。例如：

2　Ａ 古新聞をひもで結ぶ。〈用繩子把舊報紙綁起來。〉

　　Ｂ 古新聞をひもで縛る。〈用繩子把舊報紙綁起來。〉

2A句中「〜を」是對象，「〜で」是道具。只是相對於2B常可以省略成「古新聞を縛る」來說，2A「結ぶ」中的道具「ひもで」就較難有省略的現象。也就是說在「結ぶ」這個行為中，繩子等這種連結物的角色是相當重要的。

「縛る」的用法中，「〜を」擔任的角色顯然多是對象而已。因此即使「〜を」前出現的是可以用做綁的道具的細長帶狀物，它也只會是被綁的對

象,而不會是綁的道具。

3　Ⓐ ○ ネクタイを結ぶ。〈打領帶。〉

　　Ⓑ ？ ネクタイを縛る。〈？ 把（一大捆的）領帶綁起來。〉

‥‥‥‥‥‥‥‥‥‥‥‥‥‥‥‥‥‥‥‥‥‥‥‥‥‥‥‥‥‥‥‥

　　即3B句中,〈領帶〉並不是在綁,而是被用其它東西綁住。

　　「結ぶ」「縛る」兩者都有「～を～に」的句型,但是對「～を」的處

理方式仍是各有不同。

4　Ⓐ 黄色いリボンを木に結ぶ。〈把黃色絲帶綁在樹上。〉

　　Ⓑ 巣箱を木に縛る。〈把鳥巢箱綁在樹上。〉

‥‥‥‥‥‥‥‥‥‥‥‥‥‥‥‥‥‥‥‥‥‥‥‥‥‥‥‥‥‥‥‥

　　4A「結ぶ」的「黄色いリボン」同時既是對象也用來綁的道具。而4B

「縛る」的對象「巣箱」則只能是被綁的對象而已;若要明示道具,則必須

再加上「～で」的成分;如「ひもで」「繩で」等等。

　　4A4B兩句之「～に」所標示的都是場所,而且它們的「～を～に」順序

也可以自由調換成「～に～を」。

　　「結ぶ」「縛る」還有另一種「～を～に」的用法,但是「～を」「～

に」的位置通常就不作自由的調換。

5　Ⓐ リボンを蝶々結びに結ぶ。〈把絲帶打成個蝴蝶結。〉

　　Ⓑ 父は私の両手を後ろ手に縛った。〈父親把我的雙手綁在後面。〉

‥‥‥‥‥‥‥‥‥‥‥‥‥‥‥‥‥‥‥‥‥‥‥‥‥‥‥‥‥‥‥‥

　　5A、5B兩個句子「～に」表示的並不是「場所」而是結果。5A表示的是

絲帶結成的結果・形狀。5B表示的是兩隻手被綁後的狀態。此時的「～を～

に」尤其是5A的順序通常不作調換，以免將「～に」誤解成地點。

綜合以上我們可以發覺「結ぶ」「縛る」這兩個動作與繩子類的關係，分別是：

「結ぶ」：對繩子類所做的動作。

「縛る」：用繩子類所做的動作。

所以（注意到兩者相對應的句型不同：「結ぶ」的句型是「～に～を結ぶ」，而「縛る」的句型則是「～を～で縛る」。

6 🅐 薪にロープを結ぶ。〈把木柴用（粗）繩子綁起來。〉
   🅑 薪をロープで縛る。〈用（粗）繩子把木柴綁起來。〉

- -

兩者在實際的動作上雖然幾乎是一模一樣的，但是視點角度卻有不同：6A「結ぶ」的焦點是在將繩子的兩端連結、綁起時的動作上；6B「縛る」的焦點卻是在將被綁的對象用繩子捆住‧束縛住時的情形上。也因此只表示連結，而不表示束縛的情形，就只能用「結ぶ」，不能用「縛る」。

7 🅐 ○ 手を結ぶ。〈攜手。手牽手。〉
   🅑 × 手で縛る。

- -

因為「縛る」的動作‧目的相當明確，自然道具也就頗受限制。例如：

8 🅐 髪にリボンを結ぶ。〈在頭髮上繫上絲帶。〉

- -

這個很自然；但是，

8 Ｂ 髪をリボンで縛る。〈用絲帶把頭髮捆綁起來。〉

　　就相當的不搭調。因為用絲帶綁頭髮，目的原本應是一種裝飾，應該要繫得很美才對。可是用「縛る」來綁，就完全失去了美感；好像只是為了讓頭髮不要掉下來，而把頭髮緊緊的捆似的。所以若把道具換成〈橡皮筋〉等就會比較恰當一些。

8 Ｂ' 長い髪を輪ゴムで縛る。〈用橡皮筋把長髮綁住。〉

　　「縛る」講究實用，這與裝飾性較強的絲帶互有衝突矛盾。但如綁犯人等，目的是在將對方綁得非常緊，以免他掉落或逃脫時，就只用「縛る」，而不用「結ぶ」。

9 Ａ × 刑事が泥棒を結ぶ。
　 Ｂ ○ 刑事が泥棒を縛る。〈警察綁住小偷。〉

10 Ａ × 強盗が子供を柱に結ぶ。
　　 Ｂ ○ 強盗が子供を柱に縛る。〈強盜把孩子綁在柱子上。〉

11 Ａ × 人質をロープで椅子に結ぶ。
　　 Ｂ ○ 人質をロープで椅子に縛る。〈用繩子將人質綁在椅子上。〉

　　正因「結ぶ」的焦點在〈連結〉，「縛る」的焦點在〈束縛〉；所以「結ぶ」連結兩個地點的用法，就是「縛る」所沒有的。

12 トンネルで北海道と本州を結ぶ。〈用隧道連結北海道與本州。〉

13 東京と台北を衛星で結ぶ。〈以衛星連結東京與台北。〉

14 遠く離れた二つの場所を電波で結ぶ。〈用電波連結遠隔的兩地。〉

此時連結的道具不用「～を」，但除了「～で」之外，還可以有其他的表示方法。

15 東名高速道路は東京と名古屋を結ぶ。

〈東名高速公路連接了東京與名古屋。〉

16 この飛行機は成田と台北を3時間で結んでいる。

〈這架飛機飛行台北、成田間，所需時間三小時。〉

而下示例17則是稍微抽象化的連接兩地的用法。

17 A点とB点とを直線で結ぶ。〈將A點和B點用直線連結。〉

「結ぶ」「縛る」除了表示具體的、動作性的連接・束縛之外，亦可以表現較抽象化的意義。例如：

18 敵と結ぶ。〈通敵。與敵人聯手。〉

19 業者と結んで私腹を肥やす。〈勾結業者，中飽私囊。〉

另如例7A「手を結ぶ」〈手牽手〉也可以表示抽象的〈聯手〉之意。

在意義抽象化的同時，我們可以發現到「結ぶ」的意義焦點稍有轉移。

即從具體的連結動作本身，漸次轉向成立於兩者間的連接關係上。例如：

20　彼と私は深い友情で結ばれている。

　　〈我和他之間有著很深的友誼。〉

21　保険会社と契約を結ぶ。〈和保險公司訂定契約。〉

22　日本とソ連が不可侵条約を結んだ。

　　〈日本和蘇聯訂定互不侵犯條約。〉

23　田中家は山田家と縁を結ぶ。〈田中家和山田家成親。〉

24　世界を結ぶ衛星中継放送。〈連接全世界的衛星連線現場報導。〉

25　とうとう二人は結ばれた。〈兩人終成眷屬。〉

　　而後焦點再轉為因連結而產生之一體感、整體感、整體性的完成時，使產生了如下示之〈完結〉〈結果〉的意思。

26　綿が実を結ぶ。〈結棉花。〉

27　長年の努力が実を結ぶ日も近いことだろう。

　　〈長年的努力似乎終將就要結果了。〉

28　先生は講演をことわざで結んだ。

　　〈老師用一句成語結束了他的演講。〉

29　この物語は、感動的な場面で結ばれている。

　　〈這個故事以一個感人的情景收場。〉

焦点在〈束縛〉的「縛る」當然也有抽象化的用法。

30 勤めに出るようになると時間に縛られて、学生時代みたいには行きません。

〈一旦開始工作，時間上就要受約束，不能像學生時代那樣了。〉

31 政府が法律で国民を縛る。〈政府用法律來約束國民。〉

32 細かい規則が生徒の自発的行動を縛っている。

〈過細的規則束縛了學生們自動自發的行為。〉

33 私は子供がまだ小さいので、育児や家事に縛られてなかなか自由に出かけられない。

〈我因為孩子還小整天被家事和孩子綁住，很難能隨意的出門。〉

34 私は古い規則や慣習には縛られたくない。

〈我不想被老舊的規則、習慣等束縛。〉

35 世の中はいろいろな人間関係に縛られて、思い通りに行かないものだ。

〈人在這世上總要受到各種人際關係的束縛，而無法事事隨自己的意。〉

36 金で女を縛る。〈用金錢束縛女人。〉

在以上的這類句子中，代替繩索來束縛人的是各種規則、時間、環境等等。

§21.「繫ぐ」VS「結ぶ」

上個單元我們討論到「結ぶ」和「縛る」的異同時，曾提到「結ぶ」意義的焦點在「連結」，而「縛る」意義的焦點在「束縛」。這裡又延伸出一個問題，就是那麼「結ぶ」與中文譯為〈連起；接上〉的「繫ぐ」又如何區分呢？

的確，「繫ぐ」「結ぶ」兩者皆可以表示〈連接〉之義。

1　Ａ 短いひもを繫いで長くする。〈把短繩子接起來使它變長。〉
　　Ｂ 短いひもを結んで長くする。〈把短繩子接起來使它變長。〉

1A、1B都是把「短いひも」當對象來連接。當然兩者也都可以拿這些繩子類當道具。

2　Ａ 馬をロープで繫ぐ。〈用繩索把馬拴住。〉
　　Ｂ① 箱にリボンを結ぶ。〈在盒子上繫上絲帶。〉
　　Ｂ② 古新聞をひもで結ぶ。〈用繩子綁舊報紙。〉

但是這裡我們卻很明顯的可以發現2A的「繫ぐ」是將馬用繩子綁在樹上、欄杆或其他東西上，即它總共連接了三樣東西。而2B1 2B2的「結ぶ」則只連接了〈盒子〉與〈絲帶〉〈繩子〉與〈舊報紙〉兩樣東西。

像2A這樣「繫ぐ」不需要明示另外一個被連接的對象就可以表示它是「用繩子連接住甲和乙兩樣東西」。而下例3A則是不必明示繩子類的道具（即「～で」部分）就可以表示同樣的意思。像這樣做了省略還能不改原意，可見得「繫ぐ」的意義是很清楚的。

3　Ａ 馬を木に繋ぐ。〈把馬栓在樹上。〉

　　Ｂ ① リボンを木に結ぶ。〈把絲帶綁在樹上。〉
　　Ｂ ② リボンを蝶々結びに結ぶ。〈把絲帶打成蝴蝶結。〉

- -

和「縛る」相同的，在「繫ぐ」「結ぶ」皆有的「～を～に」句型中，「繫ぐ」對「～を」的處理方式也和「結ぶ」不一樣。（註：這一點「繫ぐ」和「縛る」相近。請參照上個單元。）

在這個句型中3B1、3B2「結ぶ」的「～を」必須兼具被綁的「對象」與用來綁的「道具」兩樣功能；但3A「繫ぐ」的「～を」則只需也只能表示「對象」。

又「結ぶ」的「～に」可以表示「地點」（如例3B1）也可以表示「結果」（如例3B2：「リボン」本身變化的結果是「蝶々結び」）；但是「繫ぐ」的「～に」則只能表示「地點」。（註：這一點又是「結ぶ」「縛る」相異的地方。）

下示所例，通常只用「繫ぐ」而不用「結ぶ」。

4　Ａ ○ 犬は必ず繋いでおきましょう。〈請把您的狗栓好。〉
　　Ｂ × 犬は必ず結んでおきましょう。

- -

5 🄰 ○ 二人は足を繋いで走った。

〈兩個人綁著腳跑（「兩人三腳」的賽跑）。〉

🄱 × 二人は足を結んで走った。

6 🄰 ○ 貨車を20両繋いで走る。

〈（火車）拉著二十節的貨物車廂跑。〉

🄱 × 貨車を20両結んで走る。

7 🄰 ○ この釣竿を繋げると、3メートル以上になる。

〈這支釣竿接起來會超過三公尺長。〉

🄱 × この釣竿を結ぶと、3メートル以上になる。

8 🄰 ○ 切断された腕を繋ぐ。〈把切斷掉的手臂接起來。〉

🄱 × 切断された腕を結ぶ。

9 🄰 ○ 電話を（社長室に）繋ぐ。〈把電話接到總經理室。〉

🄱 × 電話を結ぶ。

「結ぶ」是對繩索類所做的動作，主要是以彎曲結綁繩索類的方式將兩者互相連結。因此在「結ぶ」的句子中，像繩子這類連結的成分不可或缺。型態可以採取表對象的「～を」或是表道具的「～で」。上示4～9例並沒有出現「～で」的成分，而且「～を」又不是繩索類，所以不適用「結ぶ」。（又，其中4A與9A是省略掉被連接的另一個對象的的例子。）

相對的「繋ぐ」則語意較「結ぶ」清晰，在它的語意裡本就隱含著有當道具用的繩索類之存在，所以即使沒有明示出繩索類也不會妨礙它的使用。

例10正好明顯顯現出兩者的這種對照。

10 船を岸に繋ぐ時はロープをしっかり結びなさい。

〈將船繫在岸上時，要將繩子綁好。〉

　　例3～9「繋ぐ」例句的意思，有的還是可以以「結ぶ」表示的，如例3、4、5；但是必須再加上「～で」的成分。

3 Ⓑ ロープで馬を木に結ぶ。〈用繩索把馬栓在樹上。〉

4 Ⓑ ① 犬は必ずくさりなどで結んでおきましょう。

　　　　〈請用鍊子之類把您的狗栓好。〉

5 Ⓑ ① 二人はひもで足を結んで走った。

　　　　〈兩個人用繩子綁住腳一起跑。〉

　　另有關9Ⓑ「電話」與「結ぶ」的用法。可以有：

9 Ⓑ ① 電話線を結ぶ。〈把電話線連接起來。〉〈牽電話線。〉
　　Ⓑ ② 電話で結ぶ。〈用電話把（雙方）連結起來。〉

　　「結ぶ」是對擔任連接工作的連接物所施行的一種動作；除上示當連接物的是繩索類時，採取的是彎曲連結繩索類，或如例11之雙手相連者外，

11 Ⓐ 手を繋ぐ。〈手牽手。〉
　　Ⓑ 手を結ぶ。〈手牽手。〉〈握拳。〉〈聯手。〉

12 Ａ 四国と本州を瀬戸大橋で繋ぐ。

〈四國與本州以瀬戶大橋相連。〉

Ｂ 四国と本州を瀬戸大橋で結ぶ。

〈四國與本州以瀬戶大橋相連。〉

13 Ａ 鉄道会社は二つの駅を地下道で繋いだ。

〈鐵路公司用地下道將兩個車站連接起來。〉

Ｂ 鉄道会社は二つの駅を地下道で結んだ。

〈鐵路公司用地下道將兩個車站連接起來。〉

14 Ａ 遠く離れた二つの場所を電波で繋ぐ。

〈用電波連接遠隔的兩地。〉

Ｂ 遠く離れた二つの場所を電波で結ぶ。

〈用電波連結遠隔的兩地。〉

15 Ａ Ａ点とＢ点を直線で繋ぐ。〈用直線將AB兩點連接起來。〉

Ｂ Ａ点とＢ点を直線で結ぶ。〈用直線將AB兩點連接起來。〉

等等，設置「交通路線」「電訊通訊」「直線」等連接物的方式。此時擔任連接的成分並沒有被彎曲變形，而是被設置；即以設置連接物的方式，來連結甲方和乙方之意。

「結ぶ」有針對連接物做動作，使被連接者連成一體，具完整・完成性的用法，如11B「手を結ぶ」多種意義中之〈握拳〉意等。而焦點在「連結」動作本身的「繋ぐ」則可以是將甲方連向乙方之意。如前示之2A

「馬」、4A「狗」、9A「電話」等。尤其當兩者的意義抽象化時，這種傾向就更形明顯。如11B「手を結ぶ」多種意義中的抽象意義〈聯手〉。又如：

16 Ａ 話を繋ぐ。〈把話接下去；接話。〉
　　Ｂ 話を結ぶ。〈結束演講。〉

17 Ａ 文を繋ぐ。〈把句子接下去；接句子。〉
　　Ｂ 文を結ぶ。〈把句子結束。〉

18 Ａ 縁を繋ぐ。〈連繫緣分（使之不斷）。〉
　　Ｂ 縁を結ぶ。〈結緣（結婚之意）。〉

等等。由於這種不同，如下示這些就屬於「繋ぐ」「結ぶ」各自的用法了。

19 捜索隊に発見されるまでの間、少女はチョコレート一枚で命を繋いでいたのだ。

　　〈在被搜索救難隊發現以前，少女就靠一片巧克力勉強維持生命。〉

20 一縷の望みを繋ぐ。〈抱一線希望。〉

21 長年の努力が実を結んだ。〈長年的努力終於有了成果。〉

22 夢を結ぶ。〈入夢。〉

23 草の葉の先に露が結ぶ。〈結露在草葉間。〉

§22.「集_{あつ}める」VS「寄_よせる」

1 Ａ 庭_{にわ}の落_おち葉_ばを一個所_{いっかしょ}に集_{あつ}めて、焚火_{たきび}をした。

〈將庭院裡的落葉聚集在一個地方燒火取暖。〉

Ｂ 庭_{にわ}の落_おち葉_ばを一個所_{いっかしょ}に寄_よせて、焚火_{たきび}をした。

〈將庭院裡的落葉聚集在一個地方燒火取暖。〉

2 Ａ 道具_{どうぐ}をこちらに集_{あつ}めてください。〈請把道具集中到這邊來。〉

Ｂ 道具_{どうぐ}をこちらに寄_よせてください。〈請把道具集中到這邊來。〉

3 Ａ 額_{ひたい}を集_{あつ}めて相談_{そうだん}する。〈聚首商談。〉

Ｂ 額_{ひたい}を寄_よせて相談_{そうだん}する。〈聚首商談。〉

4 Ａ 高給料_{こうきゅうりょう}で有能_{ゆうのう}な人材_{じんざい}を集_{あつ}める。〈以高薪匯集有能力的人材。〉

Ｂ 高給料_{こうきゅうりょう}で有能_{ゆうのう}な人材_{じんざい}を寄_よせる。〈以高薪匯集有能力的人材。〉

5 Ａ 教師_{きょうし}は学生_{がくせい}たちを教室_{きょうしつ}の前_{まえ}の方_{ほう}に集_{あつ}めた。

〈老師將學生們聚集在教室前方。〉

Ｂ 教師_{きょうし}は学生_{がくせい}たちを教室_{きょうしつ}の前_{まえ}の方_{ほう}に寄_よせた。

〈老師將學生們聚集在教室前方。〉

6 Ａ このミュージカルなら、たくさんの観客_{かんきゃく}を集_{あつ}める。

〈如果是這齣音樂劇，一定可以吸引很多觀眾。〉

Ｂ このミュージカルなら、たくさんの観客を寄せる。

〈若是這齣音樂劇，一定可以吸引很多觀眾。〉

7 Ａ 希望を一身に集める。〈集眾望於一身。〉
　　Ｂ 希望を一身に寄せる。〈集眾望於一身。〉

8 Ａ 皆の知恵を集める。〈集思廣益。〉
　　Ｂ 皆の知恵を寄せる。〈集思廣益。〉

9 Ａ 新チームは皆の期待を集めている。

〈大家都把期望放在新團隊上。〉

　　Ｂ 皆は新チームに期待を寄せている。

〈大家都把期望放在新團隊上。〉

10 Ａ 被害者は同情を集めている。〈受災者受到大家的同情。〉
　　 Ｂ 被害者に同情を寄せている。〈大家都同情受災者。〉

11 Ａ 地震で大きな被害を受けた人のために寄付を集めた。

〈爲那些由於地震而受創嚴重的人們募集捐款。〉

　　 Ｂ 地震で大きな被害を受けた人のために寄付を寄せた。

〈爲那些由於地震而受創嚴重的人們捐款。〉

12 Ａ 彼は視線を集めている。〈他匯聚了所有的視線。〉
　　 Ｂ 彼に視線を寄せている。〈大家都把視線朝向他。〉

13 Ａ もう少し集めてください。〈請再聚集一些。〉

Ｂ もう少し寄せてください。〈請再靠過來一些。〉

「集める」和「寄せる」中文都可以翻譯成〈匯聚〉〈聚集〉〈集中〉。但是從例9開始「集める」和「寄せる」的用法似乎就已經略顯差異。尤其到例11「寄付を集める」是〈募集捐款〉,「寄付を寄せる」卻成了〈捐款〉,意思明顯相反。例12A〈他聚集了所有的視線〉、12B〈大家都把視線朝向他〉,主語有了變化。例13A〈聚集〉、例13B〈靠近〉。其中例13由於沒有出現其它名詞,所以應該算是比較接近兩個詞的原始意義。這也就是說「寄せる」〈靠近〉這個詞,在某些情況下是和〈聚集〉〈集中〉有著頗為相近的意義。

下面我們就先來看「集める」的用法。「集める」的用法與語義其實都相當單純,基本上大多可以譯成〈匯集〉〈聚集〉〈集中〉之意。而其中最容易聯想到的就是〈收集各種物品〉的用法。

14 私の趣味は切手を集めることです。〈我的興趣是收集郵票。〉

15 父は古いカレンダーを集めるのが好きです。

〈父親喜歡收集舊月曆。〉

16 子供にごみを集めさせている〈要孩子們收集垃圾。〉

17 それぐらいの金額ならすぐに集められる。

〈就那麼一點金額的話,我馬上可以匯集到。〉

18 ここでお金を集められては困る。〈我們沒辦法讓你在這裏收錢。〉

19 蜜蜂は花の蜜を集めて蜂蜜を作る。〈蜜蜂採花蜜做蜂蜜。〉

當然聚集的對象也可以是人或是動物。

20 校長先生は生徒全員を講堂に集めた。

〈校長將所有學生集合到大禮堂。〉

21 全国から優秀な人材を集めたい。〈想要聚集全國最優秀的人材。〉

22 牛を牧舎に集めよう。〈把牛集中到牛舍裏吧！〉

或者是比較抽象的對象。

23 選挙情報を集める。〈蒐集選舉消息。〉

24 台湾の地震に関する資料をもっとたくさん集めた方がいい。

〈再多收集一些有關台灣的地震資料比較好。〉

25 一生懸命自分に有利な証拠を集めている。

〈拚命收集對自己有利的資料。〉

26 虫眼鏡を使って紙の上に太陽の光を集めると紙が焼ける。

〈用放大鏡將太陽光聚在紙張的上面，那張紙就會燃燒起來。〉

27 あの候補者は票を集めるために日夜走り回っている。

〈那位候選人，爲了拉票日夜奔走。〉

28 衆知を集める。〈集合眾智。〉

「集める」的用法中只有一個是中文通常不用〈聚集〉這類詞彙來表示的。那就是如下示例29～34這類「某一個事件或其當事人引起大眾的某種情感反應、關注」時。

29 あのアイドルは今若い女の子たちの人気を一身に集めている。

〈那個偶像現在受到年輕女孩子狂熱的歡迎。〉

30 事故に遭った子供は、多くの人の同情を集めた。

〈遭遇事故的小孩受到許多人的同情。〉

31 震災対策の不適切は世間の批判を集めている。

〈不適當的災後處置對策受到大眾的批評。〉

32 有権者から支持を集める。〈尋求選民的支持。〉

33 この映画は実話だということで世の中の関心を集めている。

〈這部電影由於說是實際發生的故事搬上銀幕，所以吸引了大眾的關

注。〉

34 首脳会議は世界中の注目を集めた。

〈全世界都在矚目著高峰會議。〉

像這樣「集める」的用法算是頗為單純，但是「寄せる」就稍微複雜了一些。而就像例13「もう少し寄せてください」〈再靠近一點〉所示，「寄

せる」的原始意義應該是靠近之意，那麼它是經過怎麼樣的演變才和〈集中〉的語義相連結上的呢？

　　首先我們就從其最常見的用法談起。即將某個東西靠向某個地方時的用法。

35 車を道路の端に寄せてください。〈請把車開靠馬路邊一點。〉

36 自転車を壁際に寄せた。〈把自行車靠向牆壁。〉

37 夜になると、テーブルを隅に寄せて、布団を敷く。

　　〈到晚上就把桌子搬靠近角落，然後鋪被子。〉

38 テーブルを部屋の隅に寄せられてとても不便だ。

　　〈桌子被搬到房間的角落去，很不方便。〉

39 椅子をもうちょっと左に寄せてください。

　　〈請把椅子再往左靠一點。〉

40 かばんをなるべく自分の手元に寄せておく。

　　〈儘量把包包往自己的手邊靠。〉

41 子供を自分のほうに寄せる。〈把孩子拉靠向自己。〉

　　移動的對象也可以是自己身體的某一部分。

42 母親は子供の頬に自分の頬を寄せた。

　　〈母親把自己的臉頰靠向了孩子的臉頰。〉

43 武は真由美の耳元に口を寄せてそっとささやいた。

〈武把嘴巴靠向眞由美的耳邊輕輕說了一下話。〉

44 体を机に寄せる。〈把身體靠向桌邊。〉

以上這些例子都只能用「寄せる」而不能用「集める」，因為「集める」〈聚集〉必須要符合一個條件，那就是被聚集的對象必須是複數，而且必須是三個以上。但是上示例35～44「寄せる」的句子卻都只是某一個單獨對象靠向某一個基準點之意。

例1～14，之所以可以同時使用「寄せる」和「集める」主要原因便是在所聚集的對象是三者以上的複數的關係。只是和「集める」不同的，用在複數對象時的「寄せる」〈匯集〉的語義仍是源自〈靠近〉的。複數的東西彼此靠近，靠向同一個地方即成〈匯集〉〈聚集〉的意思了。

同屬他動詞的「集める」和「寄せる」，最大的不同就在這裏。即〈靠近〉和〈匯集〉有一個最基本的相異處是方向的不同。〈靠近〉是被聚集的東西彼此相接近而成。但〈匯集〉則是收集的人將對象聚集在一起之意。這也是為什麼例9A、10A、12A的主語分別是「新チーム」、「被害者」和「彼」這幾個接受「期待」、「同情」和「視線」的人，而9B、10B、12B則都是「皆」（注：10B和12B的「皆」省略）即發出「期待」「同情」和「視線」的人。同時也是為什麼例11A「寄付を集める」是〈募集捐款〉，而11B「寄付を寄せる」卻是〈捐款〉的原因了。

這個語感也反映在其它例子中。如例3「額を集めて」是〈聚集大家〉，「額を寄せて」則是〈大家聚集〉。例4「高給料で人材を集める」

是〈利用高薪聚集人材〉，「高給料で人材を寄せる」則是〈利用高薪吸引人材自動來聚集〉。例5「学生たちを集めた」是〈老師聚集學生〉，「学生たちを寄せた」則是〈老師要學生聚集在教室前方〉，另外由於「寄せる」又有靠向某處之意，所以這裏還會帶一個讓大家靠向教室前方，即移動位置之意。

　　「寄せる」其實還有更多其它的用法都可以同一概念解決，但本單元限於篇幅無法盡述，待有機會再做詳談。

§23.「転(ころ)ぶ」VS「倒(たお)れる」

　　日語「転(ころ)ぶ」是〈跌〉，「倒(たお)れる」是〈倒〉。但是在中文裏〈跌〉和〈倒〉常常是一起使用，變成〈跌倒〉，或是和其它的詞語配合，而很少單獨使用的。但是「転(ころ)ぶ」和「倒(たお)れる」卻多是單獨使用，而較少出現「転(ころ)んで倒(たお)れる」的形式。

1　Ⓐ 石(いし)につまずいて転(ころ)んだ。〈被石頭絆倒。〉

　　Ⓑ 石(いし)につまずいて倒(たお)れた。〈被石頭絆倒。〉

2　Ⓐ 子供(こども)が凍(こお)った道(みち)で滑(すべ)って転(ころ)んだ。

　　　〈小孩在冰凍的的道路上滑倒了。〉

　　Ⓑ 子供(こども)が凍(こお)った道(みち)で滑(すべ)って倒(たお)れた。

　　　〈小孩滑倒在冰凍的道路上。〉

3　Ⓐ 立(だ)ち上(あ)がった途端(とたん)、貧血(ひんけつ)を起(お)こして転(ころ)んだ。

　　　〈站起來的時候突然一陣暈眩（因貧血）而跌倒。〉

　　Ⓑ 立(だ)ち上(あ)がった途端(とたん)、貧血(ひんけつ)を起(お)こして倒(たお)れた。

　　　〈站起來的時候，突然一陣暈眩（因貧血）而倒下。〉

4　Ⓐ おばあさんは風呂(ふろ)で転(ころ)んで頭(あたま)を打(う)った。

〈祖母在浴室跌倒，撞到頭部。〉

B おばあさんは風呂で倒れて頭を打った。

〈祖母在浴室昏倒，撞到頭部。〉

5　**A** 道路であおむけに転んだ。〈在路上跌了個四腳朝天。〉
　　B 道路であおむけに倒れた。〈仰面朝天的倒在路上。〉

6　**A** 監督の指示通りに上手に転んだ。

　　〈依導演指示巧妙的摔了一跤。〉

　　B 監督の指示通りに上手に倒れた。

　　〈依導演指示巧妙的倒了下來。〉

「倒れる」除了表示〈倒下來〉的具體樣態之外，還可以表示較抽象的〈病倒〉之意。所以下示例7B就可以有兩個譯法了。

7　**A** おばあさんが転んだ。〈祖母跌倒了。〉
　　B おばあさんが倒れた。〈祖母倒了下來。〉〈祖母病倒了。〉

「倒れる」表示的最後當然仍是〈倒〉之意，但是情形可以是當場實際看到祖母倒下來的樣子，也可以較抽象的表示因生病甚至過度操勞而病倒或累倒等等，即〈倒〉的原因可以有很多可能。但是「転ぶ」卻一定是〈跌倒〉——帶有具體的動態感，而「倒れる」之後通常就是靜止不動，所以我們可以說：

8　Ⓐ ○ 転ぶように走る。〈滾動般的跑──表示跑得飛快之意。〉

　　Ⓑ × 倒れるように走る。

静止不動之後當然無法「走る」囉。

下示例9也是顯示「転ぶ」強調動態部分的一例。

9　Ⓐ ○ すってんコロリと転んだ。

　　　　〈腳底一滑轉個圈兒的跌了個一大跤。〉

　　Ⓑ ？ すってんコロリと倒れた。

由於「すってんコロリと」是在描述著地以前身體的轉動情形，所以用來修飾焦點在著地後之靜止狀態時，「倒れる」就不甚適合了。相對下例10的「バッタリ」是在強調靜止後的結果狀態，所以就不適用「転ぶ」。

10　Ⓐ ？ バッタリ転んだ。

　　Ⓑ ○ バッタリ倒れた。〈「啪」的一聲，貼地倒上。〉

由此我們可以看到「転ぶ」和「倒れる」最基本的不同就是「転ぶ」──動態，「倒れる」──靜態。

「転ぶ」常常是不小心跌倒，而不是耗盡全部精力之後倒下來的，所以「転んだ」之後自己再爬起來很自然。也因此下二例慣用句就用「転ぶ」而不用「倒れる」。

11　だるまは七転び八起きだ。

〈不倒翁是七倒八起的。——表示百折不撓。〉

12 転んでもただでは起きぬ。

〈跌倒了也不會空手起來。——表示做任何事都要撈一把。〉

又，我們會說：

13 Ａ ○ 転んで倒れる。〈跌倒。〉

而不說：

13 Ｂ × 倒れて転ぶ。

也是因為動態的「転ぶ」〈跌〉之後結果可以是靜止的「倒れる」〈倒〉，卻沒有辦法先〈倒〉再〈跌〉。

在此或許你已發現「転ぶ」如例8A般，有時也可以翻譯成〈滾動〉之意。那麼「倒れて転ぶ」是否可以表示〈躺下來之後再做滾動的動作〉之意呢？

這裡有一個陷阱我們要小心的是「倒れる」並不表示〈躺〉之意。由於台灣話裏〈躺〉和〈倒〉都用〈倒〉字音表示，而且其結果狀態也頗有相似之處，所以我們常會替「倒れる」加上一個〈躺〉義。但是實際上日語表示〈躺〉，用的是「横になる」「寝転ぶ」「寝転がる」等。試比較一下例14和例15就可以看出它們的不同了。

14 ベッドに倒れている。〈倒在床上。——意識不明。〉

15 ベッドで横になっている。〈躺在床上。——休息。〉

16 芝生に寝転んで本を読む。〈趴在草地上看書。〉

以上所舉的都是以「人」為主體的例句與用法。基本上「転ぶ」和中文〈跌〉一樣，主體多是「人」或擬人化的動物。如：

17 家の犬はきのう浜辺で転んで足を折ってしまった。

〈我家的狗昨天在海邊跌了一跤，跌斷了腳。〉

但是，其實似乎還有其他的主體也可以用「転ぶ」。這個時候「転ぶ」不譯為〈跌〉。

18 箸が転んでもおかしい年頃。

〈連筷子掉了都會覺得好笑的年紀——指17、18歲的少女。〉

19 丸太が転んでいく。〈木頭滾了下去。〉

20 回っていたこまが転ぶ。〈轉動的陀螺倒了。〉

21 ボールが転ぶ。〈球滾動。〉

其中例18是慣用句，所以必然是存在的，但是例19、20、21是否可行，意見就有分歧了，有人認為可以，有人認為不行，應該改成「転がる」。

或許是人們用慣了例18之後，在印象中替「転ぶ」加了〈滾動〉的意思，因而有的人就擴大了它的使用範圍了。但另一方面說來，既然存在著「箸が転ぶ」的用法，當然表示的就是「転ぶ」語義裏本來就含有〈滾動〉

之意才對，而若就「転ぶ」語義焦點在跌倒時的動態部分一點來看，這種用法的擴大似乎也是極自然的演變。

「倒れる」的主體範圍比「転ぶ」廣，除了人以外，也可以是動物甚至無生物。其中以人為主體時，語義有具體行為的倒下（如前示例1～6、10）、病倒（例10、23、24、25）、死亡（27、28）。動物原則上少有表示病倒時，無生物則當然只有具體倒塌之意。

22 馬が泡をふいて倒れた。〈馬吐白沫倒下。〉

23 母はもともと弱い体に無理がたたって、とうとう病に倒れてしまった。

〈母親身體本就不好，再加上太硬撐，終於病倒了。〉

24 大杉医学部長が脳溢血で倒れた。

〈醫學院長大杉先生腦溢血病倒了。〉

25 父は過労で倒れた。〈父親由於過勞而病倒了。〉

26 虎が銃弾に倒れた。〈老虎死於槍彈之下。〉

27 大統領は町をパレードするさなかに凶弾に倒れたのだった。

〈總統在遊行當中中彈身亡。〉

28 倒れて後已む。〈死而後已。〉

但是要注意的是並不是所有的動物或無生物都有辦法「倒れる」。譬如「鼠」「蟻」「蛙」「鰐」「小鳥」「蝶々」等就不行。原因是「倒れる」

雖然有〈病倒〉〈死亡〉等意，但是那畢竟是延伸義，要「倒れる」還是必須符合「倒れる」原義的基本要求。即其高度要大於它的寬度或厚度，而且還必須是陸上走的才倒得下來。主體是無生物時也是一樣。

29 木が線路の上に倒れた。〈樹木倒在鐵軌上。〉

30 台風で家が倒れた。〈由於颱風房子倒塌了。〉

31 強い地震で塀が倒れ、その下敷きになって命を失った人もいた。

〈由於強烈地震圍牆倒塌，有人就被倒塌的圍牆壓死了。〉

32 地震で本棚や椅子が倒れた。〈由於地震書架、椅子都倒下來了。〉

33 本棚から辞書を抜き取ったら、端の本が倒れてしまった。

〈從書架上抽出字典後，邊緣的書應聲倒了下來。〉

34 ドミノが倒れた。〈骨牌倒了。〉

所以如例20的「こま〈陀螺〉」、21的「ボール〈球〉」或下示例35的「提灯〈燈籠〉」就無法「倒れる」了。

35 × 天井に吊るしてあった提灯が倒れた。

36 ○ 地面に置いている提灯が倒れた。〈放在地上的燈籠倒了。〉

下例是將海面視同地面的用法。

37 ○ ヨットが倒れた。〈帆船倒了。〉

但是缺乏高度的「ボート〈小船〉」因違反「倒れる」的限制，所以仍然是無法「倒れる」。

38 × ボートが倒れた。

而如前示例18「箸〈筷子〉」，例19「丸太〈木頭〉」雖然可以「倒れる」但是意思與「転ぶ」完全不同。

39 箸が倒れる。〈（立著的）筷子倒了。〉

40 丸太が倒れた。〈（立著的）木頭倒了。〉

「転ぶ」和「倒れる」兩者都有其抽象的延伸義。「転ぶ」以其動態性為焦點抽象轉化為事態的趨勢、發展、變化之意。

41 どちらに転んでも悪い展開にはならない。

〈不管事態如何演變都不會變往壞的方向。〉

42 日時さえ決めてしまえば場所の問題はどっちに転んでも大したことではない。

〈只要決定好日期時間，地點問題沒什麼大不了的。〉

43 江戸時代、弾圧に負けてキリスト教から改宗することを「転ぶ」と言いました。

〈在江戸時代，因為受不了鎮壓而背棄基督教改信其它教的稱為「転ぶ」。〉

「倒れる」則仍是以其最終靜止之義為焦點，表示組織〈垮台〉〈倒閣〉〈破產〉之意。

44 汚職問題で内閣が倒れた。〈內閣由於貪污垮台。〉

45 江戸幕府が倒れ、ここに鎌倉幕府以来七百年続いた武家政治は終わりを告げた。

〈江戶幕府垮台，自鎌倉幕府以來在這裡持續了七百年的武家政治宣告結束。〉

46 ここ数年不況が続き、中小企業が倒れるのが目立ちます。

〈這幾年持續的不景氣，中小企業相繼倒閉。〉

47 会社が赤字で倒れる。〈公司因虧損而倒閉。〉

這裏我們又可以發現到「倒れる」的組織也是有條件的。如「編集委員会」，「ボランティア団体〈義工團體〉」「国連の安全理事会〈聯合國安全理事會〉」等是「倒れる」不了的。必須是一個獨立的，具有權力或財力的組織才可以成為「倒れる」的主體。

§24.「要る」VS「かかる」

1 **A** 選挙はお金が要る。〈選舉需要錢。〉

   B 選挙はお金がかかる。〈選舉花錢。〉

2 **A** その事業は莫大な費用が要る。〈那個事業需要極大筆的費用。〉

   B その事業は莫大な費用がかかる。

     〈那個事業要花費極大筆的費用。〉

3 **A** ビザを取るとき、手数料5000円要ります。

     〈拿簽證時需要5000日元的手續費。〉

   B ビザを取るとき、手数料5000円かかります。

     〈拿簽證時要花5000日元的手續費。〉

4 **A** 次の休みに日光へ行こうと思うが、費用はどのくらい要るのだろうか。

     〈下次放假想要去日光，不知道需要多少費用。〉

   B 次の休みに日光へ行こうと思うが、費用はどのくらいかかるのだろうか。

     〈下次放假想要去日光，不知道要花多少費用。〉

5 Ａ 家を建てるのに三ヶ月要る。〈蓋房子要三個月。〉

　　Ｂ 家を建てるのに三ヶ月かかる。〈蓋房子要花三個月。〉

6 Ａ この仕事はちょっと時間が要る。〈這件工作需要一點時間。〉

　　Ｂ この仕事はちょっと時間がかかる。

　　〈這件工作要花一點時間。〉

7 Ａ そんなに時間は要らない。〈不要那麼久。〉

　　Ｂ そんなに時間はかからない。〈不那麼花時間。〉

一般日語教材「要る」〈需要〉「かかる」〈花費〉皆是在前面十課左右就已經出現了，兩者看似不同，但卻也極易混淆。如下面例8「いる」「かかる」皆可使用，而例9就只能用「かかる」而不用「いる」。

8 Ａ ○ この本を読むのに一時間も要らない。

　　〈讀這本書不要一個小時。〉

　　Ｂ ○ この本を読むのに一時間もかからない。

　　〈讀這本書不用花一個小時。〉

9 Ａ × 一時間も要らないうちに本を読んでしまいました。

　　Ｂ ○ 一時間もかからないうちに本を読んでしまいました。

　　〈不到一個小時就把書唸完了。〉

再來看看下面這兩組例句。

10 Ⓐ ○ 旅行に10万円要る。〈旅行需要10萬日元。〉

　　Ⓑ ○ 旅行に10万円かかる。〈旅行要花10萬日元。〉

11 Ⓐ × 旅行に10万円要った。

　　Ⓑ ○ 旅行に10万円かかった。〈旅行花了10萬日元。〉

　　由例8，9，10，11可見的是「要る」通常不用在過去的事情上，而只用在尚未成立的事情或做某事時恆常、固定的需要時。

　　相對的「かかる」沒有這一層限制，可做事前的計算，也可以做事後的描述。例如：

12 昨日高速道路で台中から台北まで来るのに５時間もかかった。

　　〈昨天走高速公路從台中到台北花了我五個小時。〉

　　然而在需要、花費的對象方面，「かかる」通常就只用在時間、金錢和少數幾個與人的勞力、時間相關的抽象名詞上，如「手間」「手数」或以「～人／（時間）かかって」「～人／（時間）がかりで」的形態表示所耗費的人數或時間的勞力之意。

13 このことを完成するのに手間がかかる。

　　〈要完成這件事，需要費一番功夫。〉

14 病人の世話は手数がかかる。〈照顧病人很費事。〉

15 この大理石のテーブルは10人かかって、やっと運び込んだのです。

〈這張大理石桌用了10個人才好不容易搬進來的。〉

16 これは一日がかりの仕事だ〈這工作要花一天。〉

像這樣，除上示之時間、金錢及勞力以外，通常就不用「かかる」了。
即使是如〈這台列表機很耗費墨水〉的句子也不用「かかる」。

17 × このプリンターはインクがかかる。

18 ○ このプリンターはインクをたくさん使う。

〈這台列表機很耗費墨水。〉

「要る」的對象，除了上示之時間、金錢外，還可以用在「物」方面。

19 海外旅行をするときは、パスポートが要ります。

〈出國旅行時需要護照。〉

20 今日は傘が要るのか、要らないのか、はっきりと教えてくれる天気
予報がほしい。

〈想要有那種會清楚的告訴你今天到底要不要帶傘的天氣預測。〉

21 この部屋はクーラーが要る。〈這個房間需要冷氣。〉

22 遠慮要らないよ。要るだけ持って行ってちょうだい。

〈不要客氣喔！需要多少就拿去。〉

23 要らない本があったら、譲ってください。

〈若有不要的書請轉讓給我。〉

用在「人」方面時，表示的也是需要人的勞力之意時。

24 この会社にはもっと有能な社員が要る。

〈這家公司需要更有能力的職員。〉

25 医者には看護婦が要る。〈醫生需要護士。〉

在抽象名詞方面，可以用「いる」但不可以用「かかる」的，另有「努力」「能力」「忍耐」「根気」「勇気」「心配」「遠慮」「工夫」等等。

26 この仕事には忍耐が要る。〈這件事需要耐力。〉

27 人形作りのような手先の仕事は根気が要るので、とても、僕には無理だ。

〈像製作娃娃這種手巧的工作需要毅力，我實在不行。〉

28 冒険家には、いつでも計画を中止して、引き返すという勇気が要る。

〈冒險家要有隨時能夠中止計畫回頭的勇氣。〉

29 旅行中のことは、すべて添乗員に任せてくだされば、お客様何のご心配も要りません。

〈旅行期間只要把一切事都交給全陪人員，顧客不需要擔心任何事情。〉

30 食事を飢えを凌ぐだけのものにしないためには、料理にもいろいろと工夫が要るものです。

〈若要使吃飯這件事，不要只是在止飢，料理就需要花一點心思。〉

31 お説教は要らない。〈不需要說教。〉

32 私は名誉なんかいらない。〈我不需要什麼名譽。〉

「税金」這個詞看似金錢，卻只能用「かかる」而不用「いる」。

33 祖父の土地に高い税金がかかった。〈祖父的土地課了很高的稅金。〉

但是，其實這裡的「かかる」並非〈花費〉之意，而是「かかる」的另一個意思〈課徵〉。若要再深入探討〈花費〉之「かかる」的本意，或許應該再和「電話がかかる」〈電話打通〉「橋がかかる」〈架橋〉等等諸多「かかる」的其他意義、用法等做一番整體的考量和比較才是。

「要る」和「かかる」最基本的不同是需要的主體不同。「要る」是某人或某有機組織需要某對象，而「かかる」則是某件事需要某對象之意。最明顯的例子是：

34 Ａ 彼女はお金が要る。〈她需要錢。〉
Ｂ 彼女はお金がかかる。〈（養）她很耗費錢。〉

34A〈需要錢〉的是「彼女」這個人，「彼女」需要錢來做某事。34B則是〈養她〉這件事很耗費錢之意。

35 もっとご飯要る？〈還要不要添飯？〉

也是〈人〉要不要添飯，而不是做什麼事情要用飯。

36 何か新しいことを始めるには、勇気が要る。

〈要開始什麼事都需要勇氣。〉

〈人〉需要勇氣，而不是新事情需要勇氣。

又如：

37 どうしても、お金が要るので、お小づかいの前借りを母に頼んだ。

〈實在是需要用錢，所以拜託媽媽先給我零用錢。〉

這類只說明〈人〉需要，而未說明〈什麼事〉需要的金錢就不用「かかる」而只用「いる」了。

§25.「取_とる」VS「持_もつ」

1 Ⓐ 箸_{はし}を取_とる。〈拿筷子。〉
  Ⓑ 箸_{はし}を持_もつ。〈拿筷子。〉

2 Ⓐ 右手_{みぎて}で取_とる。〈用右手拿。〉
  Ⓑ 右手_{みぎて}で持_もつ。〈用右手拿。〉

3 Ⓐ 手_てに取_とる。〈拿在手上。〉
  Ⓑ 手_てに持_もつ。〈拿在手上。〉

4 Ⓐ 取_とってあげましょうか。〈要不要我幫你拿。〉
  Ⓑ 持_もってあげましょうか。〈要不要我幫你拿。〉

5 Ⓐ その本_{ほん}をちょっと取_とっていただけませんか。
    〈可以麻煩你幫我拿一下那一本書嗎？〉
  Ⓑ この本_{ほん}をちょっと持_もっていただけませんか。
    〈可以麻煩你幫我拿一下這本書嗎？〉

6 Ⓐ そこの新聞_{しんぶん}を取_とってきなさい。〈把那兒的報紙拿過來。〉
  Ⓑ そこの新聞_{しんぶん}を持_もってきなさい。〈把那兒的報紙拿過來。〉

「取る」「持つ」兩個詞均為基本動詞，在初習階段便極常碰到；譯成中文，意思也非常多。例如：

「取る」：〈拿〉〈取〉〈遞〉〈採〉〈補〉〈丟掉〉〈佔據〉〈予約〉〈攝取〉等等。

「持つ」：〈拿〉〈持〉〈攜帶〉〈持有〉〈懷有〉〈負擔〉〈負責〉等等。

兩者最大的交集在〈拿〉。〈拿〉基本上是〈把東西放在手中〉之意；但是「取る」和「持つ」的〈拿〉卻各異其趣。

我們由例5A、5B的不同便可見其端倪。例5A「取る」用的是「その本」，例5B「持つ」用的則是「この本」。當然5B要用「その本」或也未嘗不可，可是5A通常只用「その」。亦即，「取る」的對象「本」通常會是靠動作者－做「取る」這個動作的人較近的。

因此若例4的A、B也要加上〈拿〉的對象物的話，那麼就應該是。

4　**A'** この本を取ってあげましょうか。

　　　〈要不要我幫你把（我這一邊的）這一本書拿（遞）給你？〉

　　B' その本を持ってあげましょうか。

　　　〈要不要我幫你拿（你手上的）那一本書？〉

到底是什麼原因造成這個不同的呢？

「取る」重點在「伸出手去拿起某樣物品」，至於拿完之後的目的是「傳遞」、「據為所有」或其他，則無關緊要。

7 人間は腕を伸ばして、手でものを取ったり、向こうへやったりする
ことができる。

〈人可以伸長手臂，用手拿起東西，或是把東西拿到另一邊去。〉

8 私は棚の上からおばあさんに荷物を取ってやった。

〈我幫老太太把行李從架子上拿下來。〉

9 私はテーブルの上の胡椒を取って兄に渡した。

〈我把桌上的胡椒遞給哥哥。〉

10 人のかばんからものなどを取ってはいけません。

〈不可以從人家包包裡頭拿東西。〉

而「持つ」重點則在「物品要放置在手上、身上一段時間」。它並不
包含「伸出手去」的這個動作。因此如例7、8、9、10這類，很明顯的是要
伸手將物品自某處拿起時就比較不適用「持つ」。當然若如下示這類「〜に
来る」的句子，甚至根本不觸及「拿到手中」這個階段，而只言及「出發去
拿」的階段時，就更不適用「持つ」了。

又，此時「取る」「伸出手去」已擴大為全身的移動。。

11 郵便屋さんは一日に３回郵便物を取りに来る。

〈郵差一天來拿（取）三次信件。〉

12 駅に預けてある荷物を取りに行く。〈去拿寄放在車站的行李。〉

13 取りに来るまで預かっておく。〈（幫你）保管直到（你）來拿。〉

14 その老人は手に重そうな荷物を持っていた。

〈那個老人手中拿著行李看起來很重。〉

15 手に荷物を持っているときに転んで顔に怪我をした。

〈手上拿著行李的時候跌倒，臉上受了傷。〉

這類表示手上拿著東西的狀態時，就只用「持つ」而不用「取る」了。因為14、15例只表示拿著的狀態，而沒有包含「取る」的必要條件「伸手去取」這個動作。換個角度來說即表示〈拿〉的「取る」通常不會有正在進行的「取っている」的用法。

「持つ」重點在「持有某物品一段時間」，它是否是用手拿，並不是很重要。

16 私はいつもかばんの中に折り畳みの傘を持っています。

〈我包包裡總會帶著一把折傘。〉

17 姉の赤ちゃんはいつもタオルを持って寝る。

〈姐姐的小孩總是要抱著毛巾睡覺。〉

甚至也不見得需要帶在身上。

18 貿易商をしている叔父は軽井沢に大きな別荘を持っている。

〈做貿易商的叔父在輕井澤有一棟大別墅。〉

在此我們可以發現例16、17中文譯為〈帶〉〈抱〉，例18譯為〈有〉。

中文的〈拿〉必要條件是「放在手中」，〈帶〉的必要條件是「放在身邊」，〈有〉則不管物品的位置，只要是「擁有」，有所有權即可。但「持つ」則可以不管物品所在的位置，只是若不是放在身上即表示「擁有」之意。

19 A 傘を取って出かける。〈拿了傘、出門。〉

　　 B 傘を持って出かける。〈帶著傘出門。〉

20 A ロープの端を取って引っぱる。〈拿起繩索的一端拉。〉

　　 B ロープの端を持って引っぱる。〈拿著繩索的一端拉。〉

21 A 茶碗を手に取って見る。〈拿起碗，放在手中，看。〉

　　 B 茶碗を手に持って見る。〈手拿著碗在看。〉

由例19、20、21，我們可以發覺，採「取って+動詞」的形態時，表示的是「繼起」－連續的兩個動作。例19A「拿起傘→出門」，例20A「拿起繩子的一端→拉」，例21A「拿起碗→（放在手上）→看」

而「持って+動詞」卻是在描述做下面一個動作時的狀態。即例19B「出門的時候，身上是帶著傘的。」，例20B「拉繩子的時候，手上是拿著繩子的一端的」，例21B「看碗的時候，是將碗拿在手上的。」

因此

22 受話器を持って話している。〈拿著聽筒在講話。〉

23 吊り革を持って体を支える。〈拉住吊環支撐著身體。〉

24 二人で机の両端を持って運ぶ。〈兩個人拿著桌子的兩端在搬。〉

這一類，後面的動作〈說話〉〈支撐著身體〉〈搬運〉要靠保持「拿著某樣東西」的狀態才能完成時，就只用「持つ」而不用「取る」了。

　　綜合上述，你是否已經很清楚下面例25之A、B的不同了呢？。

25 Ａ ちょっと待ってください。資料を取ってきます。

　　　〈請等一下，我去把資料拿過來。〉

Ｂ ちょっと待ってください。資料を持ってきます。

　　　〈請等一下，我把資料拿過來。〉

　　25A的重點在「去拿」，25B的重點在「拿來」。

　　那麼我們回顧一下例6A，若要譯得更精確一些，似乎應該再多加上一個字，而成〈去把那兒的報紙拿過來。〉才是。

§26.「持^もつ」VS「保^{たも}つ」

動詞「持^もつ」的用法主要有兩類，一個是他動詞用法。如「傘^{かさ}を持^もっている」〈有傘。〉一般中文譯為〈持有〉。一個是自動詞用法。例如：

1　この菓子^{かし}は一週間^{いっしゅうかん}ぐらい持^もつ。

　　〈這餅可以放一個星期左右不會壞。〉

2　生物^{なまもの}は三日^{みっか}と持^もたない。〈生的東西放不了三天。〉

3　この靴^{くつ}は4年^{ねん}も持^もった。〈這雙鞋穿了四年（很耐穿）。〉

4　この家^{いえ}は50年^{ねん}も持^もちます。〈這棟房子可以住五十年。〉

5　この洋服^{ようふく}は持^もつね。もう10年^{ねん}も着^きていましたよ。

　　〈這件衣服真耐穿，已經穿十年了耶。〉

「持^もつ」不僅可以表示物品保持不壞之意，也可以用在人身上。只是通常固定採取「身^みが持^もたない」「体^{からだ}が持^もたない」的形式，表示無法保持人體、精神之健康、正常。

6　人^{じん}の言葉^{ことば}をいちいち気^きにしていては身^みが持^もたないよ。

　　〈一一去管別人怎麼說，可會瘋掉（會受不了）。〉

7 一日３時間しか寝ないのでは、体が持たない。

〈一天只睡三小時的話，身體可吃不消。〉

以上諸例採取的都是「～が持つ」句型。另也有採「～で持つ」的。

8 この金で今年いっぱいは持つ。

〈有這筆錢就能夠用到今年年底了。〉

9 月2000台湾円で、よく持つな。〈一個月2000塊台幣，眞能撐啊。〉

10 これだけ買い込めば、一週間は持つだろう。

〈買這麼多，應該夠撐一個星期左右吧。〉

11 点滴で体を持っているのだ。〈身體是靠打點滴在撐著的。〉

12 祖母の病気はよくも悪くもならなかった。それは実際気で持っているらしかった。

〈祖母的病沒變好也沒變壞，實際好像就是精神力量在支撐著而已。〉

除了表示維持人的生存、生活，還可以表示維持一個組織的生存。

13 あの店は奥さんで持っている。〈那家店是靠太太在撐。〉

14 大相撲は両横綱で持っているようなものだ。

〈大相撲差不多就是靠兩位橫綱在撐著。〉

像這樣，「持つ」有表示〈保持‧維持某一狀態之持續〉的用法。但

是當我們看到〈保持〉〈維持〉等中文時，最先連想到的常會是「保つ」一詞。那麼「保つ」和表示保持・維持的「持つ」又有何不同呢？

15 Ⓐ ○ 安静を保つ。〈保持靜養狀態。〉
　 Ⓑ × 安静が持つ。

16 Ⓐ ○ 節度を保つ。〈保持節度。〉
　 Ⓑ × 節度が持つ。

17 Ⓐ ○ 品質を保つ。〈維持品質。〉
　 Ⓑ × 品質が持つ。

18 Ⓐ ○ 威厳を保つ。〈保持威嚴。〉
　 Ⓑ × 威厳が持つ。

19 Ⓐ ○ 温度を20度に保つ。〈溫度維持在20度。〉
　 Ⓑ × 温度が20度に持つ。

20 Ⓐ ○ 魚の腹びれは体の釣合いを保つのにも役立ちます。
　　　〈魚的腹鰭也能保持身體的平衡。〉
　 Ⓑ × 魚の腹びれは体の釣合いが持つのにも役立ちます。

21 Ⓐ ○ 古くからの名家としての体面を保つには、それなりの苦労もある。
　　　〈要維持名家傳統的體面還是有它辛苦的一面在。〉
　 Ⓑ × 古くからの名家としての体面が持つには、それなりの苦労もある。

22 Ⓐ ○ 室伏選手は十年以上日本記録を保っていました。

〈室伏選手保持了十年以上的日本紀錄。〉

Ⓑ × 室伏選手は十年以上日本記録が持っていました。

---

23 Ⓐ ○ 近づきすぎると危険ですから、前の車とは一定の距離を保つ
ようにしなさい。

〈太靠近很危險，所以請與前車保持一定的距離。〉

Ⓑ × 近づきすぎると危険ですから、前の車とは一定の距離が持つ
ようにしなさい。

---

24 Ⓐ ○ 父にとって、早朝のマラソンが健康を保つ役割を果たしてい
るようだ。

〈對父親來說，清晨的馬拉松似乎扮演著維持健康的角色。〉

Ⓑ × 父にとって、早朝のマラソンが健康が持つ役割を果たしてい
るようだ。

　首先，第一個不同當然是「持つ」主要是自動詞用法，而「保つ」
則是他動詞用法。但是例如15～24B，即使將「保つ」前面的「を」改成
「が」———亦即改成自動詞用法，「持つ」仍是無法通用。相對的，前揭
之例1～14的「持つ」也是一樣，無法代換成「保つ」。

　像這樣「持つ」和「保つ」的使用領域幾乎可以說是沒有交集。

　試歸納一下「持つ」和「保つ」各自所維持的對象之性質的不同。

　「持つ」維持的都是主體本身的存在，且維持主體存在的原動力皆發自

主體本身：即使是採「～で持つ」句型的例子，「で」前面的名詞的力量也只是在協助主體的存在而已。如例11身體本身若無法撐下去的話，有點滴也沒有用。例12身體若真的撐不下去的話，用「気」要把它撐下去——亦即有強烈意志要活下去也不見得能辦得到。例13店若真的開不下去，有太太撐著也是撐不了。一旦「持たない」，所表示的便是主體的毀壞或消失。

　　相對的，「保つ」維持的則是附屬於主體的某一個性質或狀況。如例15病人的靜養狀態，例16為人的節度，例17東西的品質，例18人的威嚴，例19房間或物品的溫度，例20身體的平衡，例21名家的體面，例22某項運動的日本記錄，例23自己的車子與前車的距離，例24父親的健康。「保つ」的力量較受意志控制，且若「保てない」維持不下去，也不會造成主體本身的消失，而只會是其附屬性質或狀況的消失。

25 Ⓐ ○ 寿命を保つ。〈保持壽命。〉
　　 Ⓑ × 寿命が持つ。

26 Ⓐ ○ 植物は日光、空気、水、栄養物によって生命を保っています。
　　 〈植物依賴陽光、空氣、水、營養物質維持生命。〉
　　 Ⓑ ○ 植物は日光、空気、水、栄養物で持つものだ。
　　 〈植物是靠陽光、空氣、水、營養物質生存的。〉

27 Ⓐ ○ 冷凍で魚の鮮度を保つ。〈用冷凍來保持魚的鮮度。〉
　　 Ⓑ ○ 冷凍で魚の鮮度を持たせる。〈用冷凍來使魚不致變壞。〉

例25看似有所矛盾，因為「寿命」若「保てない」，表示的當然是主體的消失。但由例25B無法使用我們也可以推論出「保つ」在維持的仍是人或動物的「壽命」部分，而不是人或動物本身，只是人、動物與壽命的關係剛好處在消失時會同時消失的情況之下而已。

例26、27AB的對照更清楚的顯示出「保つ」與「持つ」維持對象的不同。因此下示例28——少數「保つ」與「持つ」可以共用的句子，當然也反應了這個不同。

28 Ⓐ ○ 天気は三日と保たない。〈好天氣維持不了三天。〉
   Ⓑ ○ 天気は三日と持たない。〈好天氣維持不了三天。〉

即例28A表示的是天氣要維持「好」的這個狀態；例28B則是「好天氣」這個主體要持續存在下去之意。

討論到這裡，我們當然又會連想到
◎ チャンピオンの座を保つ。〈保持冠軍寶座。〉
◎ チャンピオンの座を守る。〈保持冠軍寶座。〉
　「保つ」和「守る」的異同，等以後有機會另行討論。

§27.「壊す」VS「壊れる」VS 「潰す」、「割る」

1 A 古い建物を壊して建てかえる。〈打掉舊房子重蓋。〉
 B 古い建物が壊れたので建てかえる。

〈因為舊房子壞了，所以重蓋。〉

由助詞「を」、「が」的不同，我們也可以看出1A「壊す」是他動詞，1B「壊れる」是自動詞。1A的「壊す」，是有意志的，表示是有人有意的把房子拆掉以便重蓋新屋的意思。1B「壊れる」則是非意志的，表示是房子年久失修出了毛病之意。

2A也很明顯是意志性的，2B是非意志性的。

2 A 泥棒は2階の鍵を壊して侵入した。

〈小偷弄壞二樓的鑰匙闖了進來。〉
 B 2階の鍵が壊れた。〈二樓的鑰匙壞掉了。〉

之所以1A和1B、2A和2B必須用完全不同的句型也是由於意志性動詞和非意志性動詞無法通用同一種句型之故。

但是，

3 Ⓐ ○ おなかを壊した。〈吃壞肚子了。〉

Ⓑ × おなかが壊れた。

　　沒有人會故意的吃壞肚子，可是怎麼是用「壊す」，用「壊れる」就怪怪的呢？

　　再看下示諸例：

4 Ⓐ 手が滑って大事な一眼カメラを壊してしまった。

〈手一滑不小心把寶貴的單眼照相機給摔壞了。〉

Ⓑ 手が滑って大事な一眼カメラが壊れてしまった。

〈手一滑，寶貴的單眼照相機就這樣摔壞了。〉

5 Ⓐ ネジを巻き過ぎて時計を壊してしまった。

〈發條上太緊把時鐘弄壞了。〉

Ⓑ ネジを巻き過ぎて時計が壊れてしまった。

〈時鐘的發條上太緊，結果就壞了。〉

6 Ⓐ そんな重い物を載せたら椅子を壊しちゃうよ。

〈放那麼重的東西會把椅子壓壞喲。〉

Ⓑ そんな重い物を載せたら椅子が壊れちゃうよ。

〈放那麼重的東西，椅子會被壓壞喲。〉

7 Ⓐ 補修を怠っていたものだから、台風で屋根を壊してしまった。

〈由於疏於整修，颱風來時把屋頂吹壞了。〉

B 補修を怠っていたものだから、台風で屋根が壊れてしまった。

〈由於疏於整修，颱風來時把屋頂吹壞了。〉

很明顯的例4〜7的A「壊す」和B「壊れる」一樣，並不是有意要弄壞的，而是不小心弄壞的。也就是說「壊す」可以是意志性的（如例1A、2A）也可以是非意志性的（如例3A〜7A），是意志或非意志必須從文脈來判斷。只是一般來說弄壞東西通常是個大家都不願意造成的不好結果，所以大部分的情況會傾向於非意志的。

既然如此，那麼「〜を壊す」和「〜が壊れる」就沒有什麼不同囉？怎麼會「おなかが壊れる」不能用呢？

其實像例4〜7這類的例子，已註明東西壞掉的原因是出自人為，是人不小心弄壞的時候，雖然兩者都可以使用，但是用「壊す」的情形可能還是會比較多。因為「壊す」帶有人本來是可以預防其發生的，東西之所以會壞掉是可以歸咎於人之使用不當的意思。當然也可以避開責任問題，只描述壞掉的事實，所以也可以用「壊れる」。

〈吃壞肚子〉則是原本沒有問題的腸胃，由於當事人吃了不當的食物——相當於機器方面的使用不當——而出毛病的。而且管理、使用都是自己本人，責任歸屬明顯，所以一般說來還是只能用「壊す」，而不用「壊れる」。只是最近年輕一輩的開始有了「壊れる」的用法。尤其如原因是「生理でおなかが壊れてしまった」〈由於生理來而拉肚子〉。這類非人為因素的時候比較常見。而之所以聽起來奇怪的原因是用「壊れる」有把事情客觀化的效果，聽起來好像〈肚子痛〉事不關己似的。

除了〈肚子痛〉以外「壞<ruby>壊<rt>こわ</rt></ruby>す」還可以用在表示下示各個身體部位出毛病時。

8 あの<ruby>投手<rt>とうしゅ</rt></ruby>が<ruby>肩<rt>かた</rt></ruby>を<ruby>壊<rt>こわ</rt></ruby>した。〈那個投手傷了肩膀。〉

9 <ruby>相撲取<rt>すもうと</rt></ruby>りは<ruby>膝<rt>ひざ</rt></ruby>を<ruby>壊<rt>こわ</rt></ruby>してはいけない。〈相撲選手不可以傷到膝蓋。〉

10 <ruby>彼女<rt>かのじょ</rt></ruby>の<ruby>夫<rt>おっと</rt></ruby>は、<ruby>働<rt>はたら</rt></ruby>きすぎで<ruby>体<rt>からだ</rt></ruby>を<ruby>壊<rt>こわ</rt></ruby>してしまった。

〈她的丈夫因過度操勞搞壞了身體。〉

11 <ruby>父<rt>ちち</rt></ruby>は三年前に<ruby>体<rt>からだ</rt></ruby>を<ruby>壊<rt>こわ</rt></ruby>してから、<ruby>一滴<rt>いってき</rt></ruby>も<ruby>お酒<rt>さけ</rt></ruby>を<ruby>飲<rt>の</rt></ruby>んでいない。

〈父親三年前把身體搞壞了之後就滴酒不沾了。〉

此外諸如「<ruby>足首<rt>あしくび</rt></ruby>」〈腳踝〉、「<ruby>手首<rt>てくび</rt></ruby>」〈手腕〉等關節部位受傷時也很常用。只是不用在<ruby>目<rt>め</rt></ruby>、<ruby>耳<rt>みみ</rt></ruby>、<ruby>鼻<rt>はな</rt></ruby>、<ruby>手<rt>て</rt></ruby>、<ruby>足<rt>あし</rt></ruby>等部位。

又，我們說「おなかを<ruby>壊<rt>こわ</rt></ruby>した」時，由於這種毛病出現頻繁，常是暫時性的，很快就可以恢復正常的，但是其它部位的毛病就多是較屬恒久性的問題。

以上是「<ruby>壊<rt>こわ</rt></ruby>す」、「<ruby>壊<rt>こわ</rt></ruby>れる」使用在具體的物品、建築或身體部位時的情形。除了這些具體對象之外，「<ruby>壊<rt>こわ</rt></ruby>す」、「<ruby>壊<rt>こわ</rt></ruby>れる」還可以用在抽象事務方面。

12 Ａ その<ruby>縁談<rt>えんだん</rt></ruby>を<ruby>壊<rt>こわ</rt></ruby>してしまった。〈破壞了那一次姻緣。〉
　　 Ｂ その<ruby>縁談<rt>えんだん</rt></ruby>が<ruby>壊<rt>こわ</rt></ruby>れてしまった。〈那一次姻緣沒成功。〉

13 Ａ あの事件がわれわれの計画を壊してしまった。

〈那個事件破壞了我們的計畫。〉

Ｂ あの事件でわれわれの計画が壊れてしまった。

〈那個事件破壞了我們的計畫。〉

14 Ａ 彼の失言がせっかくまとまりかけた話を壊してしまった。

〈他說錯話把好不容易要談成的事給搞砸了。〉

Ｂ 彼の失言でせっかくまとまりかけた話が壊れた。

〈好不容易要談成的事，卻由於他說錯話而給搞砸了。〉

15 Ａ 彼らの喧嘩のおかげで、楽しい雰囲気がすっかり壊されてしまった。

〈都是他們吵架，害得我們愉快的氣氛都被破壞殆盡。〉

Ｂ 彼らの喧嘩のおかげで、楽しい雰囲気がすっかり壊れてしまった。

〈都是因為他們吵架，愉快的氣氛完全毀了。〉

　　另如「自然之美」等，在一般觀念裏認為是好的，有價值的對象遭到破壞時也可以使用。

16 Ａ 自然の美を壊す。〈破壞自然之美。〉

Ｂ 自然の美が壊れる。〈自然之美被破壞。〉

205

17 Ⓐ 自然の微妙なバランスを壊す。〈破壊自然界的微妙均衡。〉

Ⓑ 自然の微妙なバランスが壊れる。

〈自然界微妙的均衡遭到破壊。〉

還有一個用法是「壊す」有而「壊れる」沒有的。

18 Ⓐ ○ 今細かいお金の持ち合わせがないので、そこの売店で一万円を壊してきます。

〈現在身上剛好沒有零錢，我去那家商店把這一萬塊找開（或換成小鈔）。〉

Ⓑ × 今細かいお金の持ち合わせがないので、そこの売店で一万円が壊れます。

這類把大鈔換成零錢的行為基本上都是意志性的行為，所以不適用「壊れる」。

以上談到的是能夠使用「壊す」、「壊れる」的例子。其中最常見且最容易聯想的是弄壊機器時的例子。如前揭的「時計」和

19 テレビを壊す。〈弄壊電視。〉

20 ラジオを壊す。〈弄壊收音機。〉

21 コンピューターを壊す。〈弄壊電腦。〉

22 車を壊す。〈弄壊車。〉

23 自転車を壊す。〈弄壞腳踏車。〉

等等。回顧一下前面的例句，我們也可以發覺其實「壊す」破壞的基本上就是機能，無所謂機能的東西無法「壊す」。

24 × 空き缶を壊す。

25 × ペットボトルを壊す。

26 ? 段ボールを壊す。

27 × にきびを壊す。

另如蛋、草莓等，即使破壞了它的形態，但是因為沒有破壞它可以吃的機能所以也不用「壊す」。

28 × 卵を壊す。

29 × いちごを壊す。

像這類與其說是破壞其機能不如說是破壞其形態的時候，用的動詞是「潰す」。前揭各例中，有許多也都是可以用「潰す」。例如：

1 **C** 古い建物を潰して建てかえる。〈打掉舊房子重蓋。〉

5 **C** ネジを巻き過ぎて時計を潰してしまった。

　　　〈發條上太緊把時鐘搞壞了。〉

6 Ⓒ そんな重い物を載せたら椅子を潰しちゃうよ。

〈放那麼重的東西會把椅子壓壞喲。〉

除了「潰す」之外，另外還有一些是用「割る」的。如前揭之例4也可以是：

4 Ⓒ 手が滑って大事な一眼カメラを割ってしまった。

〈手一滑不小心把寶貴的單眼照相機給摔破了。〉

還有例28：

28 Ⓒ 卵を割る。〈打蛋。〉

由以上所述，大家也可以想像得到「壞す」、「潰す」、「割る」可共用的名詞、不可共用的名詞，關係繁複，若再加上「壞れる」、「潰れる」、「割れる」，從它們的抽象用法，情形就更錯綜複雜。留待以後有機會再做檢討。

§28.「直す」VS「修理する」

1 Ⓐ ○ 時計を直す。〈修鐘錶。〉（註：另一義（對鐘錶的時間））

   Ⓑ ○ 時計を修理する。〈修鐘錶。〉

2 Ⓐ ○ いすを直す。〈修理椅子。〉

   Ⓑ ○ いすを修理する。〈修理椅子。〉

3 Ⓐ ○ 屋根を直す。〈修理屋頂。〉

   Ⓑ ○ 屋根を修理する。〈修理屋頂。〉

4 Ⓐ ○ 故障を直す。〈修理故障處。〉

   Ⓑ ○ 故障を修理する。〈修理故障處。〉

上示四組例句「直す」「修理する」皆譯為中文〈修；修理〉。然而：

5 Ⓐ ○ 作文を直す。〈改作文。〉

   Ⓑ × 作文を修理する。

6 Ⓐ ○ 発音を直す。〈改正發音。〉

   Ⓑ × 発音を修理する。

7　Ａ ○ 洋服の寸法を直す。〈修改衣服尺寸。〉

　　Ｂ × 洋服の寸法を修理する。

8　Ａ ○ 服装のみだれを直す。〈整理服裝。〉

　　Ｂ × 服装のみだれを修理する。

9　Ａ ○ 病気を直す。〈治病。〉

　　Ｂ × 病気を修理する。

10　Ａ ○ 英語を日本語に直す。〈把英語譯成日語。〉

　　Ｂ × 英語を日本語に修理する。

　　例5～10的「直す」，無法代換成「修理する」，且和中文的〈修理〉意義上也有了一段距離。在此我們若姑且先不論「直す」基本意義為何，而僅就「直す」和「修理する」的異同加以分析的話，則首先我們由上示10組例句可以很明顯的歸納出「直す」和「修理する」作用的對象之範圍有很大的不同。

　　「修理する」對象限於具體的機器、房子、椅子等結構的問題，即具體的機械性、工程性的問題。而相對的「直す」則不論具體、抽象，只要是在表示修改、改正、改回等意義時都可以使用，它的對象範圍遠超過「修理する」。

11　Ａ ○ 壊れたビデオを直そうとしたが、直せなかった。

　　　〈本想要修壞掉的那部錄影機，可是沒辦法。〉

B ○ 壊れたビデオを修理しようとしたが、修理できなかった。

〈本想要修壞掉的那部錄影機，可是沒辦法。〉

例11A、11B都是在表示有意願想要修理，卻沒能做到之意。但是，

12 × 壊れたビデオを直したが、直せなかった。

13 × 壊れたビデオを修理したが、修理できなかった。

14 × 壊れたビデオを直したが、修理できなかった。

15 ○ 壊れたビデオを修理したが、直せなかった。

〈我修了一下那部壞掉了的錄影機，可是沒修好。〉

一旦表示〈修理〉這個動作已付諸實行，且實行過程已經結束（即「直した」「修理した」）則即使沒能修好；例12：用了「直した」就不可以結果是「直せなかった」；例13：用了「修理した」就不可以結果是「修理できなかった」；例14：更不可以「直した」了卻「修理できなかった」；而只能是例14：「修理した」卻「直せなかった」。因為「修理した」是只要有實際動作的發生與結束即可成立，所以只要開始了動作，我們不能說「修理できなかった」—沒辦法做〈修理〉這個動作了。

相對的「直した」是一個結果動詞，它需意味到情況的改善，所以一旦「直した」動作完成，就不應該是沒修好。

那麼，若要表示「父親的興趣是修理各種老舊機器，可是從來都沒修好過」，它的說法應該會是哪一個呢？

A 父の趣味はいろいろな古い機械を直すことだが、直した試しはない。

B 父の趣味はいろいろな古い機械を修理することだが、修理した試しはない。

C 父の趣味はいろいろな古い機械を修理することだが、直した試しはない。

D 父の趣味はいろいろな古い機械を直すことだが、修理した試しはない。

答案當然是「C」囉。

這裏的「B」和「D」若要譯成中文，應該是〈父親的興趣是修理各種老舊機器，可是從來沒動手修過〉。但是是〈興趣〉卻〈從來沒動手做過〉，那麼語義上就有些怪異了。

哦！對了！中文裡似乎還有一個較抽象的〈修理〉，是不？

(1)〈這個孩子，回去非好好修理不可！〉

(2)〈我要好好修理這一幫人！〉

這個〈修理〉當然不會是「直す」，也不是「修理する」。那會是什麼呢？

(1) この子、帰ったら、じっくりお仕置きをしてやらなきゃ。

(2) やつらをじっくり懲らしめてやるから。

212

§29.「折^おる」VS「畳^{たた}む」

「折^おる」和「畳^{たた}む」從字面上看，似乎可以分譯成中文的〈折〉與〈疊〉。的確，有的時候確實如此，例如：

1　紙^{かみ}を折^おる。〈折紙。〉

2　ふとんを畳^{たた}む。〈疊棉被。〉

但是〈折〉與〈疊〉有時候很難區分，如下示諸例就並不適合譯成〈疊〉，而應譯成〈折〉才比較恰當。

3　Ａ　地図^{ちず}を四^{よっ}つに折^おる。〈地圖折成四折。〉
　　Ｂ　地図^{ちず}を四^{よっ}つに畳^{たた}む。〈地圖折成四折。〉

4　Ａ　新聞紙^{しんぶんし}も四^{よっ}つに折^おれば、このバッグに入^{はい}りますよ。

　　　〈報紙如果折成四折就可以裝到這個手提袋裏。〉
　　Ｂ　新聞紙^{しんぶんし}も四^{よっ}つに畳^{たた}めば、このバッグに入^{はい}りますよ。

　　　〈報紙如果折成四折就可以裝到這個手提袋裏。〉

5　Ａ　手紙^{てがみ}を三^{みっ}つに折^おって封筒^{ふうとう}に入^いれた。

　　　〈把信折成三折放入信封。〉

B 手紙を三つに畳んで封筒に入れた。

〈把信折成三折放入信封。〉

———————————————————————————————————

又，有時候「畳む」雖然確實可以譯成〈疊〉，但是在中文的口語中說〈折〉會比較普遍的情況也不少。例如：

6　洗濯物を畳む。〈折衣服。〉〈? 洗濯物を折る。〉

···

7　ハンカチを畳む。〈折手帕。〉〈? ハンカチを折る。〉

···

甚至例2的「ふとんを畳む」也常說成〈折棉被〉。像這樣「折る」和「畳む」譯成中文後似乎顯得非常的混淆。但是其實在日文裏「折る」和「畳む」的用法，相當的壁壘分明。

下面我們就先以「折る」的用法為敘述的中心，來與「畳む」的用法做一比較。

8　二階から落ちて大腿骨を折った。

〈從二樓掉下來，折斷了大腿骨。〉

···

9　川村さんは交通事故で腕の骨を折った。

〈川村先生因交通事故折斷手臂。〉

···

10　弘は健二に桜の枝を折らせた。〈弘叫建二去折櫻花樹枝。〉

···

11　花や木を折らないでください。〈請勿攀折花木。〉

···

12 鉛筆の芯を折ってしまった。〈折斷鉛筆芯了。〉

13 野球選手がバットを折って、投手に向かって走った。

〈棒球選手折斷球棒，向投手跑去。〉

「折る」常用來表示折斷某種棒狀硬物之意。（參考：「大きな煎餅を二つに割った。」〈把一個大煎餅折成兩半。〉這個時候就不用「折る」）此一用法之「折る」不可用「畳む」代換。

而當該硬物本身就具有可以彎折之部分時，「折る」所表示的就是將該可彎折部分彎曲之意。例如：

14 「もういくつ寝るとお正月……」と歌いながら、指を折って数えた。

〈「再睡幾個晚上就是過年啊」。一邊哼一邊屈指數算。〉

與此類似的是，也是彎曲人的關節，但是「を格」就直接用關節名稱而不用整個部位的名稱。如下示例15就不是彎「腳」而是彎「膝蓋」（若是用「足」就變成是把腳折斷了。）例16不是彎「身體」而是彎「腰部」。

15 男はがっくりと膝を折ると、うつぶせて泣き出した。

〈男子悵然無力的彎下膝蓋（蹲下），俯首哭了起來。〉

16 母は腰を折ってお辞儀をした。〈母親彎腰行禮。〉

注意此時中文並不譯為〈折〉，也不可用「畳む」代換。

具有可彎折部分之硬物，除了人體關節部位以外，另有一些物品亦有此特色。例如：

17　Ⓐ 傘を折って短くする。〈把傘折下弄短。〉
　　Ⓑ 傘を畳んで小さくする。〈折疊傘，使之變小。〉

18　Ⓐ この物差しは折れるように出来ている。

　　〈這支尺是設計成可以摺疊式的。〉

　　Ⓑ この物差しは畳めるように出来ている。

　　〈這支尺是設計成可以摺疊式的。〉

彎曲人體關節時不用「畳む」，但是這裏的例17、18「折る」「畳む」兩者皆可以使用，只是意義上有相當大的差異。17A指的是壓短折傘這個動作而已。17B表示的焦點則是在整理折疊傘布面，並將它束起來的一連串動作。18A單純表示是一支可以折疊的尺，而18B指的則是可以用折疊方式收起來的尺之意。

由此我們可以大致推論出，有關人體關節之所以不用「畳む」的理由應是因為不太可能會有將自己的肢體收起來的情形之故。

當然「折る」能折的對象並不一定必須是硬物，也可以是可折性較高的物品。如紙類。

19　Ⓐ ○ ページの端を折って印をつける。〈在頁上折角做記號。〉
　　Ⓑ × ページの端を畳んで印をつける。

20　Ⓐ ○ 千代紙を鶴の形に折る。〈把千代紙折成鶴狀。〉

　　Ⓑ × 千代紙を鶴の形に畳む。

21　Ⓐ ○ 裕子は紙を二つに折った。〈裕子將紙折成兩半。〉

　　Ⓑ ○ 裕子は紙を二つに畳んだ。〈裕子將紙折成兩半。〉

22　Ⓐ ○ 書類を折ってしまい込む。〈把資料折一下收起來。〉

　　Ⓑ ○ 書類を畳んでしまい込む。〈把資料疊好收起來。〉

還有如前示之例3、4、5也都同屬此類。

這裡有一個比較特別的現象是同樣折的都是紙類，有的只能用「折る」有的卻「折る」「畳む」兩者都可以使用。這兩類主要的不同是例19、20這一類明顯顯示出折紙的目的並不是要將它收起來，而是另有如例19做記號，例20折成紙鶴形狀等目的。這個現象一方面顯示的仍然是「畳む」語意中原則上還是含有「收拾」之意。

下示二例亦是由於「を格」所示的正是所要折成的目的‧成品，因此當然也無法使用「畳む」。

23　その子は千羽鶴を折りながら、何を願っているのだろう。

　　〈那孩子祈願著什麼在折千羽鶴（一千隻紙鶴）呢！〉

24　宝船を折る。〈折寶船。〉

又例如：

25 座布団^{ざ ぶ とん}を二^{ふた}つに折^おる。〈把坐墊折半。〉

26 スカートの裾^{すそ}を折^おる。〈折裙襬。〉

也是由於收拾「座布団^{ざ ぶ とん}」並不用折疊方式而是只將它平放重疊在一起而已。所以折「座布団^{ざ ぶ とん}」的目的絕非收拾,而是表示要將「座布団^{ざ ぶ とん}」遞給客人使用。又折裙襬的目的也絕非收拾,而是調整長度,故也不用「畳^{たた}む」。

27 Ⓐ ○ ナプキンを折^おる。〈折餐巾。〉

　　 Ⓑ ○ ナプキンを畳^{たた}む。〈折疊餐巾。〉

28 Ⓐ ？ 風呂敷^{ふ ろ しき}を折^おる。

　　 Ⓑ ○ 風呂敷^{ふ ろ しき}を畳^{たた}む。〈摺疊包袱布。〉

　　 Ⓒ ○ 風呂敷^{ふ ろ しき}を折^おり畳^{たた}む。〈摺疊包袱布。〉

例27A是利用餐巾折成某種形狀,如去許多餐廳常會看到擺在桌上的一種裝飾。例如:

29 ナプキンを王冠^{おうかん}の形^{かたち}に折^おる。〈把餐巾折成皇冠的樣子。〉

而27B則通常是為了要將餐巾收起來時所做的折疊工作。

例28則因為折疊「風呂敷^{ふ ろ しき}」通常就只有在要把它收起來的時候才會做,所以很自然的就用上「畳^{たた}む」了。因為「折^おる」只講到〈折〉的動作,而不包含目的,例28C表示的就是以「折^おる」的方式來「畳^{たた}む」,當然我們無法說「畳^{たた}む」沒有〈折〉的動作,但予人的感覺是第一次折是「折^おる」,再接

下去不斷折小下去的一連串動作是「畳む」。

　　強調「畳む」的〈收拾〉任務的，還有前示之例6〈折衣服〉，例7〈折手帕〉等。此外還有：

30　この部屋は、昼は茶の間ですが、夜にはちゃぶ台を畳んで寝室になります。

　　　〈這個房間白天是起居室，晚上把小圓矮桌收起來就變成寢室了。〉

31　飛行機は離陸後、脚を畳む。〈飛機起飛後把輪子收起來。〉

32　ツバメが翼を畳んで休んでいる。〈燕子收起翅膀休息。〉

　　實際的情形是例30將小圓矮桌的腳折起來（折る）後靠在旁邊。例31飛機將輪子往內收後再將機身下面放輪子地方的閘門關起來。例32是將原本展開的翅膀收靠在身上之意。但是無論如何，明顯的就是「畳む」的收拾基本上還是要靠彎曲關節等「折る」的方式的。

　　「折る」和「畳む」各有一些慣用句，由這些慣用據我們也可以觀察到它們各自的特質。

・胸に畳む。〈（收）放在心中。〉

・店を畳む。〈結束營業。〉（參考：台灣話「收店」）

・家を畳む。〈收拾家當。〉

・邪魔者を畳む。〈幹掉（收拾掉）擋路的。〉

　　原則上都是將原本展開在外的收拾隱藏起來之意。

・骨を折る。〈非常辛苦。〉

・我を折る。〈放棄自己原本極為堅持的主張。〉

・話の腰を折る。〈強插嘴而將別人的話切斷。〉

・筆を折る。〈中斷長年的文筆活動。〉

・鼻を折る。〈挫其銳氣。〉

　　基本上都是強將一種抽象的線狀、棒狀折斷之意。

　　當然也不要忘記當它們各自淡化自己的特性時，顯示出來的意義是會非常近似的。

33　A 子供は紙を折っている。〈小孩子在折紙。〉
　　　B 子供は紙を畳んでいる。〈小孩子在折紙。〉

§30.「助（たす）ける」VS「手伝（てつだ）う」

1 Ⓐ ○ 母（はは）の家事（かじ）を助（たす）ける。〈幫媽媽做家事。〉
 Ⓑ ○ 母（はは）の家事（かじ）を手伝（てつだ）う。〈幫媽媽做家事。〉

2 Ⓐ ○ 父（ちち）の仕事（しごと）を助（たす）ける。〈幫爸爸工作。〉
 Ⓑ ○ 父（ちち）の仕事（しごと）を手伝（てつだ）う。〈幫爸爸工作。〉

3 Ⓐ ○ 友達（ともだち）の引（ひ）っ越（こ）しを助（たす）ける。〈幫朋友搬家。〉
 Ⓑ ○ 友達（ともだち）の引（ひ）っ越（こ）しを手伝（てつだ）う。〈幫朋友搬家。〉

4 Ⓐ ○ 食（た）べきれないなら、私（わたし）が助（たす）けようか。

 〈吃不完的話，要不要我幫忙？〉

 Ⓑ ○ 食（た）べきれないなら、私（わたし）が手伝（てつだ）おうか。

 〈吃不完的話，要不要我幫忙？〉

「助（たす）ける」和「手伝（てつだ）う」，有什麼不同呢？

5 Ⓐ ○ 医者（いしゃ）は患者（かんじゃ）を助（たす）けた。〈醫生救助病患。〉
 Ⓑ ○ ？ 医者（いしゃ）は患者（かんじゃ）を手伝（てつだ）った。〈醫生幫忙病患。〉

6 Ⓐ ○ 田中（たなか）さんは池（いけ）に溺（おぼ）れた子猫（こねこ）を助（たす）けた。

〈田中先生救了溺水在池中的小貓。〉

B × 田中さんは池に溺れた子猫を手伝った。

7　**A** ○ ヘリコプターが遭難者を海から助けた。

〈直昇機將遇難的人自海中救起。〉

B × ヘリコプターが遭難者を海から手伝った。

8　**A** ○ 命だけは助けてください。〈你就饒我一命吧！〉

B × 命だけは手伝ってください。

例5B用「手伝う」表示的並非（醫生救助病患），而是醫生幫病患做某件事情，例如幫他穿衣服、坐起來等等。

例1～4可用「助ける」也可以用「手伝う」。 但是例5～8卻只能用「助ける」。兩者主要的不同在：形態上例1～4的對象都是「事情」。而例5～8則都是會動的生命體，而且都正處於性命攸關的危急情況時。例5～8中之動作者若不施予援手，則對象很可能就會發生生命危險。

「手伝う」就沒有這種危機感，且除少數例外之外，對象較少是「生命體（如人）」而多是「事情」。

9　**A** ○ 大根おろしは消化を助ける。〈蘿蔔泥幫助消化。〉

B × 大根おろしは消化を手伝う。

10　**A** ○ 肥料をやって苗の生長を助ける。〈施肥以幫助幼苗成長。〉

B × 肥料をやって苗の成長を手伝う。

11 **A** ○ この事典は写真が豊富にのっていて、理解を助けてくれる。

〈這本百科詞典附有很多照片，有助理解。〉

B × この事典は写真が豊富にのっていて、理解を手伝ってくれる。

當對象是如例9〜11等生命體自己無法掌控的項目時，雖無危機感，通常也不用「手伝う」。

「助ける」也並非完全沒有限制。它不用在當其所要幫忙促成的方向違背主導者的意願時。如當我們不願意食品腐壞時，我們就不說「食品の腐敗を助ける」。但是當我們希望某些東西腐壞，以便做如肥料等時，就可以使用了。

12 ○ この種の菌類は朽ち葉の腐敗を助ける。

〈這一類的菌可以促進枯葉的腐壞。〉

這一類外表看似負面方向，其實卻與主導者的意願方向相符的例子，另有：

13 ○ 悪事を助ける。〈幫忙做壞事；助肘爲虐。〉

14 ○ 逃げるのを助ける。〈幫忙（某人）逃走。〉

「助ける」的方向必須符合主導者的意願，則其先決條件就是它的主導者（或說促成者）必須是個能夠顯現意願的人或物。 物方面的例子有如前揭之例7擬人的「ヘリコプター」和例9「大根おろし」─有促進消化的作

223

用，若有人使用它，則其目的，即意願應是在幫助消化。例10「肥料」—施肥的目的當然在助苗成長。例11「写真」—編輯詞典的人刊入相片的目的即在幫助閱讀的人理解。

即例9~11之作用促成者雖是「物」，但實際上顯然是具有其意欲促成之方向的。這類現象以藥物為主語的例子最為顯著，例如：

15 ジアスターゼは消化を助ける。〈澱粉酶有助消化。〉

因為藥物之所以為藥物便在人們要用它來達成某個治療目的。

「手伝う」就並不一定具有「助ける」的上述兩個特性。如當「手伝う」在表示主語（如下例的「高溫」）是促成某個現象的要素之一時，

16 お豆腐は腐りやすいうえに、高溫が手伝って、三時間でだめになった。

〈豆腐本就容易壞了，再加上天氣太熱，放個三個小時就不能用了。〉

主語（＝高溫）可以是非意志性的，其所促成的方向（＝ためになった）也可以是負面的。

下面我們來思考一下例17的A和B所傳達出來的訊息有何不同。

17 A 助けてください。〈救救我。〉

—事態嚴重，沒有你的幫忙我就活不成了。

B 手伝ってください。〈幫幫忙。〉

—單純請別人輔助、幫忙；說話者仍站在主導的地位。

因此，若我們只是要請人幫忙擦拭桌椅，通常就只用「手伝ってください」。此時若用「助けてください」聽起來像是說話者不知道怎麼擦拭才好，已弄得滿頭大汗、手忙腳亂了還是做不好。—這聽起來有點不太合理。

但是，若情況是再5分鐘就得交報告，卻還有1000個字沒謄寫。此時要請人幫忙，用「助けてください」就可以顯得很危急了。

電腦文書功能的廣告詞：

18 この一台があなたのお仕事を助けます。

〈有這一台可以把你從工作中拯救出來。〉

這句廣告詞讓人聯想到一個熟悉的影像，那就是使用這一台文書功能強大的電腦之前，桌面上文書資料堆積如山，工作的人蓬頭垢面，一副兩、三天沒睡好覺似的疲勞過度貌；而用了這一台之後，桌面整潔宜人，還插著鮮花，工作的人就用一隻美麗的手指輕輕鬆鬆東敲一下西敲一下，一份份整齊、美觀的文件就迅速列印出來。這時若用「手伝います」就完全沒有這種驚人的效果了。

現在我們來整理一下到目前為止所得到的結果。

◎「助ける」

對象：1.可包含人與事，用於事時表示說話者認為這件事是非受助人能獨力完成的。

2.危急程度由無至強皆可。

　主導者（＝促成作用者）：具有意向，其作用的方向須與意願的方向吻合。

◎「手伝う」

　對象：1.多限於事；且不包含受助人無法掌控者。

　　　　2.無危急狀態。

　主導者（＝促成作用者）：不一定具有意向。

　　上述結果中提到「手伝う」的對象限於事。但是我們卻常見到「母を手伝います」這類句子。這是怎麼一回事呢？其實是當我們說這一句話時，所幫忙做的是母親在做的工作，也就是幫母親做事的意思。這和「母を助けます」意義有所出入。「母を助けます」可以是：1.幫母親做事，也可以是2.救助母親本身。如「あの医者は母を助けてくれた」（那個醫生救了我母親）。

　　又「助ける」之對象的「事」限於受助人無法獨力完成的。但是我們又見過「母の家事を助ける」這類的例句。從哪裏看得出來母親無法獨力完成家事？這個解釋是當我們用「助ける」時，要表示的是說話者認定受助人無法獨力完成；至於客觀條件上受助人是否能夠獨力完成，那就是另一個問題了。

　　因此有許多情況雖是兩者皆可使用，意義卻大不相同。如前示之例5「医者は患者を助けた／手伝った」，例17「助けて／手伝ってください」。另外有一些是句子所結構出來的語境只適合其中一個。如請人幫忙擦拭桌椅多用「手伝って」而不用「助けて」。又

19 Ⓐ 橋本さんの奥さんはご主人の研究を助けて、ついに完成させた。

〈橋本太太幫助她的先生做研究，終於能使之完成。〉

Ⓑ この二、三日、橋本さんの奥さんはご主人の研究を手伝っています。

〈這兩、三天橋本太太在幫忙她先生做一些研究方面的事。〉

「ご主人の研究」的話「助ける／手伝う」都有可能。可是若是「先生の研究」的話，一般說來，由於老師通常是在研究方面比較專門的人，所以就多用

20 先生の研究を手伝います。〈幫忙老師做研究方面的工作。〉

幫上司搬家時，雖然有可能你出了很多力，但是用「助ける」的話不太客氣，所以可能多會用

21 上司が引っ越すときは、手伝わないわけには行かない。

〈上司搬家時，沒辦法不幫忙。〉

備註：中文常說（幫媽媽做家事），日文說「母の家事を手伝います」，而不用「に」，因為「手伝う」不能帶第二受詞。

§31.「見<ruby>見<rt>み</rt></ruby>える」VS「見<ruby>見<rt>み</rt></ruby>られる」

1　**A** ここでは夜星<ruby>夜星<rt>よるほし</rt></ruby>が見<ruby>見<rt>み</rt></ruby>える。〈這裡晚上可以看到星星。〉

　　B ここでは夜星<ruby>夜星<rt>よるほし</rt></ruby>が見<ruby>見<rt>み</rt></ruby>られる。〈這裡晚上可以看到星星。〉

2　**A** 牧場<ruby>牧場<rt>ぼくじょう</rt></ruby>から玉山<ruby>玉山<rt>ぎょくざん</rt></ruby>が見<ruby>見<rt>み</rt></ruby>える。〈從牧場可以看到玉山。〉

　　B 牧場<ruby>牧場<rt>ぼくじょう</rt></ruby>から玉山<ruby>玉山<rt>ぎょくざん</rt></ruby>が見<ruby>見<rt>み</rt></ruby>られる。〈從牧場可以看到玉山。〉

3　**A** 靄<ruby>靄<rt>もや</rt></ruby>がかかっていたので、夜景<ruby>夜景<rt>やけい</rt></ruby>が見<ruby>見<rt>み</rt></ruby>えなかった。

　　　〈因爲煙靄瀰漫，所以看不到夜景。〉

　　B 靄<ruby>靄<rt>もや</rt></ruby>がかかっていたので、夜景<ruby>夜景<rt>やけい</rt></ruby>が見<ruby>見<rt>み</rt></ruby>られなかった。

　　　〈因爲煙靄瀰漫，所以沒有看到夜景。〉

　　「見<ruby>見<rt>み</rt></ruby>える」「見<ruby>見<rt>み</rt></ruby>られる」的區別，一直是初學日語者的一大課題，如上面所示三組例句，你分辨得出它們的不同嗎？

　　我們再來看看下面的例句。

4　**A** ○ 猫<ruby>猫<rt>ねこ</rt></ruby>は夜<ruby>夜<rt>よる</rt></ruby>でも目<ruby>目<rt>め</rt></ruby>が見<ruby>見<rt>み</rt></ruby>える。〈貓即使在夜晚，也看得見。〉

　　B × 猫<ruby>猫<rt>ねこ</rt></ruby>は夜<ruby>夜<rt>よる</rt></ruby>でも目<ruby>目<rt>め</rt></ruby>が見<ruby>見<rt>み</rt></ruby>られる。

5　**A** ○ 黒板<ruby>黒板<rt>こくばん</rt></ruby>の字<ruby>字<rt>じ</rt></ruby>が見<ruby>見<rt>み</rt></ruby>えますか。〈看得到黑板上的字嗎？〉

　　B × 黒板<ruby>黒板<rt>こくばん</rt></ruby>の字<ruby>字<rt>じ</rt></ruby>が見<ruby>見<rt>み</rt></ruby>られますか。

6 Ⓐ ○ 眼鏡をかけるとよく見える。〈戴上眼鏡就看得很清楚。〉

Ⓑ × 眼鏡をかけるとよく見られる。

---

7 Ⓐ × 台湾にいても日本のテレビドラマが見える。

Ⓑ ○ 台湾にいても日本のテレビドラマが見られる。

〈人在台灣也可以看到日本的電視劇。〉

---

8 Ⓐ × この絵の本物は故宮へ行けば見えるよ。

Ⓑ ○ この絵の本物は故宮へ行けば見られるよ。

〈這幅畫的原版，去故宮就可以看得到喔！〉

---

9 Ⓐ × テレビがなければ番組があっても見えない。

Ⓑ ○ テレビがなければ番組があっても見られない。

〈如果沒有電視機，有節目也看不到。〉

上示之例4～6只能用「見える」，而例7～9卻又只能用「見られる」。到底這兩組有何不同呢？

其實這二者的不同，主要在「看」這個動作是與「視力」「視線」有關，還是與「看到目標物的可能性」有關的問題上。與「視力」、「視線」有關，則使用的是「見える」。與「看到目標物的可能性」有關，則使用的是「見られる」。

首先，我們來看看前面提出的只能用「見られる」而不能用「見える」的例句，例7～9。

例7：是否看得到日本的電視劇，並不是視力的問題，而是環境條件，

即台灣的電視台是否播放日本電視劇的問題。

例8：是否看得到原畫，也不是視力的問題，而是是否到了故宮的問題。

例9：看不到電視節目，不是眼睛有問題，而是沒有電視機的關係。

再來看只用「見える」而不用「見られる」的句子。例4～6。

例4：貓的視力很好，即使在晚上，牠也可以看得清楚。

例5：是否看得到黑板上的字，與看的人的視力有關。

例6：戴上眼鏡後，加強了視力，就能夠看得很清楚。

由此可知

「見える」：重點在看的人是否看得到。

「見られる」：重點在被看的對象是否看得到。

那麼如例1～3這一類，兩者皆可使用的例子，又如何解釋呢？

事實上，同一個事實是可以由兩方面的角度來觀察的。例1～3所反應的就是這種從兩個角度來觀察同一事實的例子。

例1A「見える」：在這裏，沒有妨礙我們視線的障礙物，如大樓、雲層、空氣污染等，所以看得到星星。

例1B「見られる」：如果你想看星星的話，在這裏是可以做得到的。

例2A「見える」：從牧場到玉山之間沒有阻隔我們視線的障礙物，所以我們的視線可以及於玉山。

例2B「見られる」：若想要看玉山的話，我們可以到牧場去。從牧場就可以看得到玉山。

例3A「見える」：因為有著阻礙我們視線的東西——煙靄，使得我們的

視力不能發揮，以致看不到夜景。

例3B「見られる」：想要看夜景，卻因為有煙靄的阻隔，而無法做到。

其中如例3這類「見えない」「見られない」否定的句子，更是明顯的都只能以描述角度的不同來區別。試再舉數例。

10 Ⓐ 部屋が暗くて何も見えない。〈房間太暗，什麼都看不到。〉

或許你會認為這個「看不到」，並不是視力的問題，而是光線不足之故；但是光線不足卻正是影響我們視力的因素。

10 Ⓑ 部屋が暗くて何も見られない。〈房間太暗，什麼都看不到。〉

這個句子有點特別，因為它只有在：你想看屋中的某些事物，因而去看，卻因為太暗而沒看到；這種情況下才會用到。又

11 Ⓐ 目の前に柄の大きい人に立たれてしまって、見えなくなりました。

〈前面站了一個身材高大的人，看不到了。〉

身材高大的人遮蔽了我的視線。

11 Ⓑ 目の前に柄の大きい人に立たれてしまって、見られなくなりました。

〈前面站了一個身材高大的人，看不到了。〉

我想看的東西，卻因為站在前面的這個人的遮蔽，使得我沒辦法看到。

這個時候，如果我們把看的對象明示出來，那麼要用「見えない」或「見られない」就有個大致的傾向了。

12　🅐　目の前に柄の大きい人に立たれてしまって、舞台が見えなくなりました。

　　　〈前面站了一個身材高大的人，我看不到舞台了。〉

照理說進了會場，舞台應該就要在視線範圍之內才對的，卻因為人的阻擋而看不到。這種情形下用「見られない」的可能性就比較少。相對的，若是要看的目標物，即對象較不是那麼理所當然的看得到時，用「見られない」的可能性就大增了。如

12　🅑　目の前に柄の大きい人に立たれてしまって、ショーケースの端っこのブローチが見られなくなりました。

　　　〈前面站了一個身材高大的人，我看不到在玻璃櫃角落的那個胸針了。〉

到此，或許你已發現，要「見られる」首先就必須「見える」。因為「見えないのに、見られるわけはない」〈看不到就不可能能夠看〉「こうもりは目が見えないから、勿論何も見られない」〈蝙蝠眼睛看不見，所以當然什麼都沒辦法看〉

現在你清楚「見える」和「見られる」的不同了嗎？還是又被最後一段搞混了？

§32.「走る」VS「駆ける」

1 　Ⓐ 学校まで走る。〈一直跑到學校。〉
　　Ⓑ 学校まで駆ける。〈一直跑到學校。〉

2 　Ⓐ 数人の男たちが教会へ走っていった。
　　　〈好幾個男的跑往教堂去了。〉
　　Ⓑ 数人の男たちが教会へ駆けていった。
　　　〈好幾個男的跑往教堂去了。〉

3 　Ⓐ 生徒たちが運動場を走っている。〈學生在跑運動場。〉
　　Ⓑ 生徒たちが運動場を駆けている。〈學生在跑運動場。〉

4 　Ⓐ 「坊ちゃん、3人で何かして遊びませんか。」ふと、こういう声
　　　がして後ろから走ってきたものがある。
　　　〈突然有人從後面跑來，說「小弟，三個人一起玩好嗎？」。〉
　　Ⓑ 「坊ちゃん、3人で何かして遊びませんか。」ふと、こういう声
　　　がして後ろから駆けてきたものがある。
　　　〈突然有人從後面跑來，說「小弟，三個人一起玩好嗎？」。〉

5 🅰 山の麓まで走ろう。〈跑到山腳下吧！〉

　🅱 山の麓まで駆けよう。〈跑到山腳下吧！〉

6 🅰 あんまり急いで走るんじゃない。〈不要跑那麼快。〉

　🅱 あんまり急いで駆けるんじゃない。〈不要跑那麼快。〉

7 🅰 そんなに速く走られては追いつけない。

　　〈跑那麼快我追不上。〉

　🅱 そんなに速く駆けられては追いつけない。

　　〈跑那麼快我追不上。〉

8 🅰 馬が大草原を走っている。〈馬在大草原上奔馳。〉
　🅱 馬が大草原を駆けている。〈馬在大草原上奔馳。〉

9 🅰 馬が大通りを向こうへ走っていった。

　　〈馬跑往大馬路的那一邊去了。〉

　🅱 馬が大通りを向こうへ駆けていった。

　　〈馬跑往大馬路的那一邊去了。〉

「走る」「駆ける」中文都可以譯成〈跑〉。而〈跑〉在我們的印象裏，就是「人或動物用腳在陸地上，以比步行還快的速度移動」之意。的確，上示例1～9都符合這個條件。「走る」和「駆ける」就這一點來說，是頗為相近；但是仍有一些用法上的不同。如日語中，小孩子提到〈賽跑〉時，說「駆けっこ」而不說「走りっこ」；那麼這是否表示賽跑時用「駆け

234

る」而不用「走^{はし}る」呢？可是

10 Ⓐ ○ その選手は100メートルを10秒で走った。

〈那個選手100公尺跑10秒。〉

Ⓑ × その選手は100メートルを10秒で駆けた。

11 Ⓐ ○ 4番の萩原選手が先頭を走っている。

〈4號的萩原選手跑在最前面。〉

Ⓑ × 4番の萩原選手が先頭を駆けている。

　這一類報導賽跑時常用的句子，卻又只用「走る」而不用「駆ける」。甚至下示例句也不用「駆ける」。

12 Ⓐ ○ 私は毎朝5キロ走る。〈我每天早上跑五公里。〉

Ⓑ × 私は毎朝5キロ駆ける。

　這兩者到底有什麼不同？

　「駆ける」表達的重點基本上在腳的動作，焦點在腳的快速反覆著地，亦即〈跑〉這個動作本身；因此「駆ける」的主體，亦即動作者通常是有腳、有自主性，而且是在陸地上活動的。

13 × 蛇が駆ける。

14 × 燕が駆ける。

15 × 魚が水中を駆ける。

而且腳還不可以太短，否則看不到腳著地的動作。

16 ？ 鼠が冷蔵庫の下へと駆けていった。

「駆ける」的主體，最常見的就是「人」和「馬」。只是即便是「人」或「馬」，若表達的重點不在〈跑〉這個「動作」；而在〈移動〉的情形，諸如時間、距離、路程等時也不用「駆ける」。前示例10表達重點在時間，例11在跑步者的位置，例12在距離，因此都不用「駆ける」。而下例17表達的重點則在路程。

17 Ａ ○ 選手はこの湖を一周するマラソンコースを走る。
〈選手要跑繞湖一圈的馬拉松路程。〉
Ｂ × 選手はこの湖を一周するマラソンコースを駆ける。

只是有一些較文學性的描寫，就不見得受此限制。如汽車、火車通常不用「駆ける」，但是在汽車廣告裏，影像上照著行駛中的轎車，旁白說的就有可能是：

18 大地を駆ける。〈奔馳大地。〉

19 向こう通りを白い砂埃が塊になって駆けていった。
〈一團白色的塵埃被吹往路的那一邊去。〉

20 空を駆ける大鷲。〈飛翔空中的虎頭海鷗。〉

這裡我們可以解釋例18有可能是描寫者視車為馬，車輪為腳，藉以顯示

自由自在的氣氛。例19則是將沙塵的滾動描寫成具有它的自主性的跑動。然後例20則是視橫越天空的鵰是在空中跨了一個大步──由絕不會出現「空を駆ける雀」這種描寫，我們可以領略例20大概不是帶出大鵰的腳在空中快速運動的景象，而是一個帶弧線的一大步。至此「駆ける」和「橋を架ける」「電話を掛ける」這類表示點與點連接的「かける」已有相通之處。另外，「駆ける」之所以表達的焦點是在腳著地的動作上，這與「架ける」和「掛ける」應該也是不無關聯。有關這一點待日後有機會再做探討。

以上是有關「駆ける」的用法。

「走る」的用法要比「駆ける」廣了許多。除了少數幾個複合動詞如「駆けつける」「駆けずりまわる」「駆けめぐる」和前示之複合詞「駆けっこ」之外，幾乎所有的「駆ける」都可以以「走る」代換。

相對於「駆ける」的焦點在動作，「走る」的表達重點在「移動」和「速度」上，因此前示之例10A、11A、12A之成立便不成問題，只是「走る」的移動仍然必須是沿著某個線或面，所以例14、15通常還是不用。例13則因人而異。有人說不用，但也有例句顯示可以用。例如：

21 するすると蛇が水面を向こう岸に走った。

〈蛇迅速的順著水面溜到對岸去了。〉

但，一般說來，除非速度相當快，否則沒有腳的動作通常還是不用「走る」。

22 ✕ みみずが走る。

237

像老鼠就不成問題。

23 ○ 鼠が冷蔵庫の下へと走っていた。〈老鼠跑向冰箱底下。〉

以上是與「駆ける」用法較相近的「走る」。以下的「走る」則具體跑步動作的意義逐漸稀薄，下示例24～29主要在表使迅速移動往目的或目的地之意。

24 現場へ走る。〈急奔往現場。〉

25 母に言いつけられて、僕は叔父の家まで使いに走った。
　　　〈我被媽媽派到叔叔家辦事。〉

26 倒れた人を助けに走る。〈跑去幫助倒下的人。〉

27 事故の知らせに走る。〈急忙去通知發生事故。〉

28 あの娘は、親を捨てて恋人のもとへ走ったそうだ。
　　　〈聽說那個女孩離家出走跑到情人那裡。〉

29 一部の兵士が敵方へ走った。〈一部分的士兵投向敵方。〉

用法上沒什麼太大差別只是下示例的表達重心在急忙離去的意義上。

30 何もかも面倒になって私は不意にＮ市へ走った。
　　　〈對什麼事都覺得厭煩，我突然的離開前往Ｎ市。〉

下示例31、32在表示為某一個目的而急忙四處奔走之意。

31 父は金策に走っている。〈父親到處籌錢。〉

32 助命の嘆願に走る。〈到處請願祈求救助。〉

速度上的〈迅速〉帶出心情上的〈著急〉〈急於〉，再帶出由於太過著急而顯得欠缺思慮的〈衝動〉〈偏激〉時，即成下示各例。

33 彼女はとかく感情に走るので、冷静な判断力を必要とする仕事に向いていない。

〈她就是容易感情用事，所以不適合需要冷靜判斷的工作。〉

34 息子に悪事に走られて困った。〈孩子做壞事（讓我）很煩惱。〉

35 君は極端に走り過ぎるよ。もう少し穏やかな考え方ができないものかね。

〈你太極端了，難道想法不能再穩健一點嗎？〉

像這類欠缺思慮的用法通常都是偏向不好的，但也有不帶評價（或見仁見智的）表示毫不考慮的熱衷於某件事之意。

36 当時は社会主義に燃えた多くの青年たちが学生運動に走っていった。

〈當時嚮往社會主義的許多年輕人都很熱衷的參與學生運動。〉

37 平和運動に走る。〈熱衷於和平運動。〉

以上是以「人」為行為主體時的用法。除此之外，「走る」還有許多不

是以生物為主體的用法。但是它意指的焦點常常仍然是在線狀性的迅速移動上。（用在交通工具上時比較沒有那麼明顯）

38 駅から学校まではバスが走っている。

〈從車站到學校有公車在行駛。〉

39 新幹線「のぞみ」は、東京・大阪間を三時間弱で走る。

〈新幹線「希望號」行駛東京大阪間不用到3小時。〉

40 ヨットが走る。見てご覧、海の上をすいすい。

〈帆船在跑。瞧！在海上，很快的。〉

41 ジェットコースターがものすごいスピードで走っている。

〈雲霄飛車以急快的速度在奔馳。〉

用來表示水的流動時，流動的速度是表達重點。

42 流れはこのあたりで速くなり、滑らかな岩肌を水が走っていく。

〈水流到這一帶變快，迅速流過順滑的岩石表面。〉

43 鎧の下を汗が走った。〈鎧甲下汗流如雨。〉

下例之瞬間線狀顯現愈形明顯。

44 夜空に稲妻が走る。〈夜空中閃電乍現。〉

　注意到照理說在空中的飛機速度應該很快，但是由於距離遙遠，它在我們的眼中看來並非稍縱即逝，所以不用「走る」。

45 × 飛行機が走る。

下面是慣用語的「筆が走る」。

46 ○ 思いのほか筆が走って、予定より速く原稿を書き終えた。

〈意外的文思泉湧比預定的還早完成了稿子。〉

表達的重點也是在速度。

47 突然胸に痛みが走り、私はその場にしゃがみ込んでしまった。

〈突然胸口一陣劇痛，我當場蹲了下來。〉

48 夫は帰らないのではないかという不安が洋子の脳裏を走った。

〈「丈夫是否不會再回來了？」一陣不安閃過洋子腦中。〉

49 誘拐された小さい子の事故と聞いて、一瞬背筋に冷たいものが走った。

〈聽到是被綁架的小孩子的事件，一陣涼意昇上背脊。〉

50 私は化粧をしている男を見るとむしずが走る。

〈我看到化妝的男生就一陣噁心。〉

最後是狀態性的現狀綿延的「走る」的用法。

51 台湾の中央山脈は台湾を北から南へ走っている。

〈台灣的中央山脈由北到南貫穿全台。〉

52 大きな地震の後、壁に亀裂が走っているのに気がついた。

〈在大地震之後發覺牆上有一道龜裂出現。〉

§33.「住^すむ」VS「泊^とまる」

1 Ⓐ 空気^{くうき}のきれいな所^{ところ}に住^すみたい。〈我想住在空氣清新的地方。〉

　Ⓑ 空気^{くうき}のきれいな所^{ところ}に泊^とまりたい。

　　〈我想住在空氣清新的地方。〉

2 Ⓐ どこに住^すんでいますか。〈你住在哪兒？〉

　Ⓑ どこに泊^とまっていますか。〈你住在哪兒？〉

3 Ⓐ どこか住^すむところを見^みつけなければならない。

　　〈必須要找個住的地方。〉

　Ⓑ どこか泊^とまるところを見^みつけなければならない。

　　〈必須要找個住的地方。〉

　　我們都知道「住^すむ」和「泊^とまる」兩者中文都譯成〈住〉，所用句型也完全相同，所不同的只是居住時間的長短問題而已。時間長就用「住^すむ」，時間短就用「泊^とまる」。所以例句1A表示的是想長期定居在一個空氣好的地方，1B則是如出外旅行等時，想找一個空氣好的住宿處時用的。例2A問的是相當於你家在哪裏這類長期住處，2B則是今晚或某幾天的住宿處。例3A可能是新到某一個地方，要在該地定居一陣時說的，例3B則應該是出外旅行期間

找住處時用的。

　　因此像下示諸例，句中明顯表示短期間時就只能用「泊まる」而不用「住む」。

4 　Ａ × 温泉宿に一晩住む。
　　Ｂ ○ 温泉宿に一晩泊まる。〈在溫泉旅館住一晚。〉

5 　Ａ × 今晩住む所がない。
　　Ｂ ○ 今晩泊まる所がない。〈今天晚上沒地方住。〉

6 　Ａ × もう遅いから住んでいきなさい。
　　Ｂ ○ もう遅いから泊まっていきなさい。

　　　　〈已經晚了，今天就住這兒吧。〉

　　又，諸如旅館、親戚朋友的家、公司等地方，一般人通常不會將它當成一個長期定居的地方，所以也多用「泊まる」，只是。

7 　中国にいる一年間、ホテルに住んでいた。

　　〈在中國的那一年住在旅館。〉

8 　日本に留学していた時は父の友人の家に住んでいた。

　　〈在日本留學期間住在父親的朋友家。〉

　　這類明顯長期居住時，就可以用「住む」。

　　「お客さん」通常也是對非長期居住者的稱呼，所以一般當然仍是用「泊まる」。

9　お客さんを隣の部屋に泊まらせた。〈讓客人住隔壁房間。〉

　　但若是「息子」〈兒子〉就會依情形不同而分別使用「泊まる」和「住む」了。

10　Ａ 息子を隣の部屋に住ませた。〈讓兒子住隔壁房間。〉
　　Ｂ 息子を隣の部屋に泊まらせた。〈讓兒子住隔壁房間。〉

　　相對的，若是自己的家、城市、鄉村，或是更抽象的世界，一般就只用「住む」。

11　火事で焼きだされ、彼には住む家さえなかった。
　　〈他逃出失火的房子後連可居住的家都沒有了。〉

12　あの人は町に住んでいる。〈他住在城市裏。〉

13　お嬢さん育ちの君と僕では住む世界が違うよ。
　　〈環境優渥的大小姐您和我住的是不同的世界！〉

14　「住めば都」とはよく言ったもので寒い所はいやだと言っていた兄も、今では北海道で楽しくやっているよ。
　　〈「長住久安」眞是說得好，嚷嚷著討厭寒冷地方的哥哥現在對北海道的生活也是樂在其中哪！〉

　　只是「住む」的長住時間到底多長，「泊まる」的短期到底多短呢？

15　A ×　一週間ホテルに住む。

　　B ○　一週間ホテルに泊まる。〈住一個星期旅館。〉

16　A ?　一ヶ月ホテルに住む。

　　B ○　一ヶ月ホテルに泊まる。〈住一個月旅館。〉

17　A ○　一年間ホテルに住む。〈住旅館住一年。〉

　　B ×　一年間ホテルに泊まる。

除了時間的長短之外，當主語是人以外的動物時也只用「住む」。

18　この種のライオンはアフリカに住んでいる。〈這種獅子生存於非洲。〉

19　カンガルーはオーストラリアにたくさん住んでいる。

　　〈澳洲有許多袋鼠。〉

20　公害で汚くなった川には魚も住まなくなった。

　　〈受公害污染的河川魚也不在那棲息。〉

21　燕のように毎年決まった季節に住む場所を変える鳥を渡り鳥と言います。

　　〈像燕子這樣每年在固定的季節轉換棲息地的鳥叫做候鳥。〉

像這樣中文的〈住〉依時間和主語的不同可以清楚分別使用「住む」和「泊まる」。只是中文的〈住〉的使用範圍似乎又再廣一些。如〈我一個人住〉〈二個人住在一起〉〈我和父母住在一起〉等，要用「住む」或許也未

嘗不可，但是日文大部分卻是用「暮らす」。如「私は一人暮らしです。」
「二人一緒に暮らしている。」「私は親と一緒に暮らしています。」等。

§34.「よける」VS「さける」

1 　A 船は暗礁をよけて進む。〈船避開暗礁前進。〉
　　B 船は暗礁をさけて進む。〈船避開暗礁前進。〉

- -

2 　A 自転車のハンドルを切って水溜りをよけた。

　　　〈一轉腳踏車龍頭避開水窪。〉

　　B 自転車のハンドルを切って水溜りをさけた。

　　　〈一轉腳踏車龍頭避開水窪。〉

- -

3 　A 旅客機が接近してくるセスナ機をよけた。

　　　〈客機避開往這邊接近的小型飛機。〉

　　B 旅客機が接近してくるセスナ機をさけた。

　　　〈客機避開往這邊接近的小型飛機。〉

- -

4 　A 急に飛び出した自転車をよけようと、車はガードレールに衝突し

　　てしまった。

　　　〈爲了要避開突然衝出來的腳踏車，車子撞上了道路護欄。〉

　　B 急に飛び出した自転車をさけようと、車はガードレールに衝突し

　　てしまった。

　　　〈爲了要避開突然衝出來的腳踏車，車子撞上了道路護欄。〉

- -

5 Ⓐ 自動車は横町から走り出た子供をかろうじてよけた。

〈汽車好不容易避開了從巷子裏跑出來的小朋友。〉

Ⓑ 自動車は横町から走り出た子供をかろうじてさけた。

〈汽車好不容易避開了從巷子裏跑出來的小朋友。〉

「よける」和「さける」意思都是〈避開〉。甚至連漢字也是兩者都可以寫成「避ける」／「避ける」。但是又有許多不可互通的地方。例如：

6 強い日差しをよけるために、日傘をさします。

〈爲了防止強烈的太陽光而撑洋傘。〉

7 農家はネットで霜をよける。〈農家用網子來防霜害。〉

8 僕らの家は植え込みで西日をよけている。

〈我們家栽植花木來避免西曬。〉

9 警官は飛んできた石を盾でよけた。〈警官用盾擋住飛來的石頭。〉

10 防虫剤で虫をよける。〈用防蟲劑驅蟲〉

11 彼はピーマンが嫌いなので、いつもよけて食べます。

〈他因爲討厭青椒，所以總是把它挑掉不吃。〉

以上例6〜11都不用「さける」。而下示「さける」的例句也不可以代換成「よける」。

12 住みにくい都会をさけて、田舎に帰る若者も多い。

〈避開居不易的城市回到鄉下的年輕人也很多。〉

13 つばめは冬の寒さをさけるために、南へ渡る。

〈燕子爲了避開冬天的寒冷朝南飛。〉

14 ラッシュアワーをさけて、少し早めに家を出た。

〈避開尖峰時間，稍微提早一點出門。〉

15 混乱をさけるために、入場を制限する。〈爲避免混亂，限制入場。〉

16 第二次世界大戦では、多くのユダヤ人がナチスの激しい弾圧を避けるために、地下にもぐった。

〈第二次世界大戰期間，許多猶太人爲了避開納粹的強烈鎮壓而潛入地下。〉

17 老いと死はさけられない。〈老和死是避不了的。〉

18 引退した女優は、人目をさけて静かに暮らしている。

〈退出演藝圈的女演員避開眾人的眼光靜靜的生活著。〉

19 彼は新しく恋人ができたらしく、この頃私をさけている。

〈他好像有新情人，最近避著我。〉

20 縁起の悪い言葉をさける。〈避免說不吉利的話。〉

21 暗礁にぶつかるのを避ける。〈避免撞上暗礁。〉

22 そうした扇情的な手段を用いることを私は極力さけたいと思う。

〈我努力想避免使用那種煽情的手法。〉

「よける」「さける」兩者都是在避開所不喜歡、不希望碰上的事物，何以用法上會有如此大的差異呢？

許多書上分析「よける」避開的對象通常必須是具體的東西。而「さける」則無此限制。如例1「暗礁」、例2「水溜り」、例3「セスナ機」、例4「自転車」、例5「子供」、例7「霜」、例9「石」、例10「虫」、例11「ピーマン」。

的確，「よける」避開的對象大多是傾向於具體的。但是例6「日差し」、例8「西日」，算不算是具體的，那可能就會有些爭議；更不用提日常常用的「魔よけ」〈驅魔〉、「厄よけ」〈消災〉（不用「さける」）中的「魔」和「厄」了。他們更沒辦法說是具體的東西。另外例6、8的「日差し」「西日」可以用，例18的「人目」不行；那麼是否表示「日差し」「西日」屬於具體的對象，而「人目」則不算，這一點也頗難以理解。

另有一些論點提到「さける」是事先「預知」了對象物的存在，之後才採取避開的行為的。

的確，「さける」是常用在預知某個地方存在著某種自己不願意去面臨的現象或情況，為了避免面臨而採繞道迂迴的方式之時。例如：

23 人込みをさける。〈避開人群。〉

24 新幹線は大雪をさけて名古屋で待機した。

〈新幹線避開大雪停在名古屋待命。〉

25 Ⓐ 車をよける。〈避開車子。〉

Ⓑ 車をさける。〈避開車子。〉

　　「よける」感覺上是行為主體者看到車子，然後閃身避開來車之意。而「さける」則有另一個可能是某一條路車多，為避開那車潮而改走另一條道路之意，又如：

26 Ⓐ 木の株をよけながら登った。〈避過樹木往上爬。〉

Ⓑ 木の株をさけて登った。〈避過樹木登山。〉

　　「よける」由它下面所接的「ながら」可以想像行為主體可能是不斷在做閃躲這個動作。也就是說他很可能是走在一條樹木很多的登山道路上。而「さける」下面則不適合接「ながら」，原因應是「さける」行為並不是那麼具體的閃避動作，而是表示遠離之意，因此就不適合接含有重複動作的「ながら」。和例26B相同的這個句子也有可能是表示行為主體者知道某一條登山道路上樹多，為避開這些樹他選擇了另一條較沒有樹的路登山之意。

　　像這樣「さける」的確常常有可能是在行動以前就知道障礙物或不利於己的情況之存在。但是如例4這類，若真「預知」這個「急に飛び出した自転車」的存在的話，車子也不會撞上道路的護欄了。因此這個解釋仍有商榷的餘地。

　　像這樣「よける」「さける」看似有許多相異之處，但是仔細探討卻又

是迷雲重重。下面試以兩者所採取手段之不同來思考看看。

「よける」通常是行為主體採取某個行為或利用某些道具來避開某一對象之意。

如例6防「日差し」的「傘」、例7防「霜」的「ネット」、例8擋「西日」的「植え込み」、例9擋「石」的「盾」、例10防「虫」的「防虫劑」，而例11看似沒有用道具但實際則是以拿掉「ピーマン」的方式，亦即以移動對象的手段來避開吃掉它。

例1～5也一樣的，由句意可以判斷它們分別是以例1船改變行進方向，例2調轉自行車的龍頭，例3客機改變行進方向，例4轉動方向改變行進方向，例5同例4等行為來避開，採取的都是「離開」的方式。

在此我們發現可以使用「さける」的都是以離開的方式來避開的例子。這一點在其他「さける」的例句中也可以見到。由此可見「さける」的避開原則上採取「離開」——將對象所要使用的空間空出來的方式，比較消極；而「よける」避開的手段則有許多，如例6～11等用道具遮蓋、擋開，甚至是移開的方式，「離開」法只是其中一種而已，比較積極。

兩者所採取的離開法表達重點也各自不同，「よける」是在看到對象後採取一個移動，自己以防受害的方式閃開，重點在主體的動作，主體所採取的應對措施。「さける」重點則是在「空出位置」一點上，行為主體的具體行動並非表達重點，不那麼明顯或重要。

如上所述，「よける」是主體採取某個具體行動或利用某些道具來防止受害——意即「よける」要避開的對象是有可能危及於主體的——因此「よける」的對象也都必須是主體有可能以手段、方法來避開或閃開，或主體認

為可以藉某一手段來避開的。如前示之「魔<ruby>よけ<rt>ま</rt></ruby>」〈驅魔〉、「厄<ruby>よけ<rt>やく</rt></ruby>」〈消災〉等。例17「老<ruby>い<rt>お</rt></ruby>」和「死<ruby><rt>し</rt></ruby>」和

27 大学<ruby><rt>だいがく</rt></ruby>へ進<ruby>む<rt>すす</rt></ruby>ためには、受験勉強<ruby><rt>じゅけんべんきょう</rt></ruby>をさけて通<ruby>る<rt>とお</rt></ruby>ことはできない。

〈要進入大學就免不了要為參加聯考而唸書。〉

··

中的「受験勉強<ruby><rt>じゅけんべんきょう</rt></ruby>」由於都屬沒有方法，沒有可能可以避免的，所以不用「よける」。而

28 急<ruby>に<rt>きゅう</rt></ruby>飛<ruby>び<rt>と</rt></ruby>出<ruby>し<rt>だ</rt></ruby>てきた車<ruby>を<rt>くるま</rt></ruby>よけられなかった。

〈沒能避開突然衝出來的車子。〉

··

則是若主體應對得宜的話，或許是有可能避免的，所以才可以用「よける」。

不用「よける」的例12～22中之「都会」「寒さ」「ラッシュアワー」「混乱」「弾圧」「人目」「私」「言葉」「手段」由於都不是道具或行為主體身體一閃等的具體動作避開的，所以也就不用「よける」了。（其中「私」似是可以閃開的對象，但此時在避的並非「私」這個個體所存在的空間，而是與我四目相接的情景。）

在型態上「よける」的對象都必須是名詞型態。因此像例21「（子句）のを」例22「（子句）ことを」就不用「よける」。

又，即使形態上屬名詞，但是這個對象若是源自行為主體本身，那麼當然「よける」也是無法以道具或具體身體的動作來避開它，因此也不用「よける」。如例20，或是

29 今回の選挙疑惑に関する記者団の質問に対して、首相は明言をさけた。

〈對記者團有關這一次選舉疑雲的詢問，首相避開了正面的回答。〉

30 派手な服装をさける。〈避免穿著過於華麗。〉

§35.「光る」VS「輝く」

1 A 夜空に星が光る。〈夜空中星光燦爛。〉
  B 夜空に星が輝く。〈夜空中星光燦爛。〉

2 A 白く光る雪。〈白得發亮的雪。〉
  B 白く輝く雪。〈白得發亮的雪。〉

3 A 湖面がきらきら光る。〈湖面閃閃發光。〉
  B 湖面がきらきら輝く。〈湖面閃閃發光。〉

4 A 宝石が明るく光っている。〈寶石明亮耀眼。〉
  B 宝石が明るく輝いている。〈寶石明亮耀眼。〉

5 A 山芋の葉にたまった露が朝日を浴びてきらきらと光っていた。
  〈山芋葉上的露珠，在朝陽中閃閃發光。〉
  B 山芋の葉にたまった露が朝日を浴びてきらきらと輝いていた。
  〈山芋葉上的露珠，在朝陽中閃閃發光。〉

6 A 日を受けたとんぼの羽が桃色に光っている。
  〈陽光下的蜻蜓的翅膀閃耀著桃紅色。〉
  B 日を受けたとんぼの羽が桃色に輝いている。

〈陽光下的蜻蜓的翅膀閃耀著桃紅色。〉

7　Ⓐ 展覧会場でも彼の絵はひときわ光っていた。

〈展覽會場上就屬他的畫最出色。〉

　　Ⓑ 彼の絵は今年の最優秀賞に輝いた。

〈他的畫榮登今年度的最優秀獎。〉

若翻閱字典「光る」的解釋通常是〈發光〉〈發亮〉或抽象意思的〈出眾〉〈出類拔萃〉，而「輝く」則是〈放光〉〈閃耀〉和抽象意思的〈充滿〉〈光榮〉〈顯赫〉。區別雖然還不是很清楚，但至少字面上看來似乎是有所區別的。可是當它們使用於句子中時，如上示各例中文譯文所示，兩者連字面上的差異都消失了。只有抽象用法還保有比較明顯的不同。

這兩者的區別到底在哪裏呢？

首先我們從主體的角度來看。

8　Ⓐ ○ フラッシュが光る。〈閃光燈亮了。〉

　　Ⓑ × フラッシュが輝く。

9　Ⓐ ○ 蛍が光る。〈螢火蟲閃著光。〉

　　Ⓑ × 蛍が輝く。

10　Ⓐ ○ 遠く稲妻が光った。〈在遠方閃了一道閃電。〉

　　Ⓑ × 遠く稲妻が輝いた。

11 Ａ ○ 猫の目がきらりと光る。〈貓的眼睛閃亮。〉
   Ｂ ？ 猫の目がきらりと輝く。

12 Ａ ○ ズボンのお尻のところが光っている。

   〈長褲屁股那裏磨得亮亮的。〉
   Ｂ × ズボンのお尻のところが輝いている。

13 Ａ ○ 禿げ頭が光っている。〈禿頭閃閃發亮。〉
   Ｂ × 禿げ頭が輝いている。

14 Ａ ○ 先生の話を聞いている生徒の目には大粒の涙が光った。

   〈學生聽著老師說話眼中閃著淚光。〉
   Ｂ × 先生の話を聞いている生徒の目には大粒の涙が輝いた。

15 Ａ ○ 真剣になった秀雄の額に汗が光った。

   〈認眞起來的秀雄額頭上出現了汗珠。〉
   Ｂ × 真剣になった秀雄の額に汗が輝いた。

像例8～15通常不用「輝く」，也有極少數的例子是不太用「光る」
的。例如：

16 Ａ × 真夏の太陽が光っている。
   Ｂ ○ 真夏の太陽が輝いている。〈盛夏的陽光耀眼。〉

這些主體之間似乎看不出有什麼明顯的共通性，到底是什麼因素使它們
無法互換的呢？

下面我們再來看看它們的時間性。

17 Ⓐ ○ あっ、光った。〈啊！亮了一下。〉
   Ⓑ × あっ、輝いた。

這一個句子明顯表示的是一個瞬間的閃光。「輝く」不用在這種情形下。

18 Ⓐ ○ 街灯が光っている。〈街燈明亮。〉
   Ⓑ ○ 街灯が輝いている。〈街燈燦爛。〉

19 Ⓐ ○ 三つ目の街灯がぴかりと一瞬光ったが、また消えた。

   〈第三個街燈亮了一瞬間，但馬上就熄掉了。〉
   Ⓑ × 三つ目の街灯がぴかりと一瞬輝いたが、また消えた。

同樣的主體，例18兩者都可以使用，例19，加上時間修飾語後「輝く」就無法使用了。類似的還有如下例句。

20 Ⓐ ○ 灯台の光はぴかりと光ってまた消える。

   〈燈台的光閃了一下之後馬上又消失。〉
   Ⓑ × 灯台の光はぴかりと輝いてまた消える。

而前示例8「フラッシュ」例10「稲妻」之所以不用「輝く」可推測應也是與它們的瞬間性有關。

21 Ⓐ ○ シャッターと同時にフラッシュが光って、瞬間目をつぶって
しまった。

〈按下快門的同時，閃光燈亮了，就在那一瞬間眼睛閉了起來。〉

Ⓑ × シャッターと同時にフラッシュが輝いて、瞬間目をつぶって
しまった。

22 Ⓐ ○ 稲妻が光り、明子の姿を一瞬鮮やかに照らし出した。

〈一道閃電，瞬間鮮明的照亮了明子的身影。〉

Ⓑ × 稲妻が輝き、明子の姿を一瞬鮮やかに照らし出した。

下面我們再從光的亮度來做觀察。

23 Ⓐ × ぎらぎら光る夏の太陽。

Ⓑ ○ ぎらぎら輝く夏の太陽。〈艷陽高照。〉

24 Ⓐ ○ 空には小さな太陽が弱々しく光っている。

〈天空中小小的太陽微弱的發著光。〉

Ⓑ × 空には小さな太陽が弱々しく輝いている。

25 Ⓐ ○ 太陽が鈍く光っている。〈陰陰的太陽。〉

Ⓑ × 太陽が鈍く輝いている。

26 Ⓐ ○ 暁の星がかすかに光っていた。〈拂曉晨星微微的閃著。〉

Ⓑ × 暁の星がかすかに輝いていた。

由以上可得知若亮度太弱就無法用「輝く」。只是即使亮度足夠但是如

果未能滿足前揭「持續性」的條件，如「稲妻」〈閃電〉雖然夠亮，但由於它是瞬間性的所以仍然是無法使用「輝く」。

例9螢火蟲的光之所以無法使用「輝く」一般可以解釋是由於亮度不足之故，但是其實它還關係到「光る」「輝く」的另一個特徵，即「光る」較有突顯黑暗中之亮光的作用，而螢火蟲的光正是要在黑暗中才能呈現的亮光。與此相似的還有例11貓的眼睛也是突顯於黑暗中的亮光。這一點可能是促使使用「光る」的積極因素。

而例16、23夏天的太陽之所以不用「光る」也可以解釋為是缺乏突顯太陽光源亮度的背景之故。

「輝く」另外還有一個特色是它發出的光基本上是複雜、多樣而美麗的。因此形容鑽石等寶石的光彩時通常會用「輝く」。

27 ダイヤモンドの艷然とした「輝き」は地上の何者にも勝る硬さと屈折率によるものである。

〈鑽石那豔麗的光芒是來自它無可比擬的硬度與屈折率。〉

這個「輝き」若改成「光り」就失去了它美麗而多樣化的光芒，而只說明了它的亮度而已。

相對的，無法把焦點擺在美感時，就不用「輝く」了。如例12「ズボンのお尻のところ」、13「禿げ頭」、14「涙」、15「汗」。

只是要呈現的若是一種與灰暗或醜陋相對照的光亮時就可以用「輝く」，此時的「輝く」不只在說明它的明亮，還含有正面評價的意味。

28 一生懸命磨いたら、汚れていた床がぴかぴかに輝いて、鏡のように
なった。

〈拚命刷過後，原本髒污的地板像鏡子一般閃閃發光。〉

整理一下兩者的條件為「光る」：突顯於黑暗中的亮光，可呈現明暗之
對比。「輝く」：必須是①非瞬間性的光，②帶有美麗，多樣性的光，③某
種強度的光。其中「黑暗中的亮光」是使用「光る」的積極因素也是消極因
素——即只要不像夏天的太陽那樣缺乏對比的背景便可以使用「光る」。而
使用「輝く」的積極因素是「美麗、多樣」；積極的否定因素是「瞬間性」
——即若這個亮光是瞬間消失的，則不管任何其它條件是否成立都無法使用
「輝く」，至於「某種強度的光」則是「輝く」的比較消極條件。

以上是「光る」和「輝く」使用在主體意義時的情形。由以上的觀察我
們似乎可以歸納出「光る」表達的重點在人眼睛所看的亮光。而「輝く」表
達的重點在它發光的方式——是否持續，是否美麗多樣，是否強烈。和「光
る」「是否有亮光」的焦點完全不同。

而當兩者用在抽象意義上時，語義、句型也顯現了不同。一般來說「光
る」通常用在主體在某個範圍或團體中——相當於具體意義中的背景——最
為出色的之意。例如：

29 林君はそのグループの中で一番光っていた存在だ。

〈林君是他那個團體中最出色的。〉

而「輝く」則在說明主體本身是光榮的。

30 わが校の水泳部は県大会優勝の栄冠に輝いたのです。

〈本校游泳部光榮的贏得了縣大會優勝的寶座。〉

　　最後再舉出幾個兩者有所不同的用法例示如下，例31是兩者的名詞形式。「光」是光本身。「輝き」卻是光芒。

31 Ⓐ ○ 光をあてる。〈讓太陽曬。〉

　　Ⓑ × 輝きをあてる。

32 Ⓐ 上司の目が光っていて手抜きができない。

　　〈上司監視的緊，沒辦法偷懶。〉

　　Ⓑ 少女の目は喜びに輝いた。〈少女高興得眼睛發亮。〉

33 Ⓐ 顔が光っているから、油紙で吸い取ったほうがいいよ。

　　〈你臉上有油光喔，用吸油紙吸一下比較好吧！〉

　　Ⓑ 婚約指輪をもらった彼女の顔は、喜びに輝いている。

　　〈收到了訂婚戒指，她滿臉喜悅。〉

　　另外只有「光り輝く」而沒有「輝き光る」也是一個有趣的現象。

§36.「出る」VS「出かける」

　　「出る」和「出かける」都可以用來表示〈外出〉，但是使用上到底有什麼異同？又，其中「出る」的語義、用法顯然比「出かける」廣了許多，如常見的就有「熱が出る」〈發燒〉、「スピードが出る」〈速度快〉、「調子が出る」〈來勁〉、「火が出た」〈著火了〉、「彼は三十を出た」〈他超過三十歲了〉、「君の出る幕がない」〈沒你說話的份兒〉、「彼女がどう出るか見物だ」〈看她怎麼應付囉〉、「一番よく出る本」〈賣得最好的書〉、「甘い物に手が出る」〈忍不住要吃甜的〉、「足が出る」〈超出預算〉等等，不勝枚舉，算是一個語義相當廣的詞彙。但是既然是同一個詞，再怎麼多義，各個語義間都應該有所關聯，那麼「出る」的這許多個語義間彼此到底有什麼關聯呢？

　　本單元所要討論的就是這兩點。首先來看看「出る」和「出かける」的異同。

1　A 母はスーパーマーケットへ買い物に出た。

　　〈媽媽到超市去買東西。〉

　　B 母はスーパーマーケットへ買い物に出かけた。

　　〈媽媽到超市去買東西。〉

2 　Ａ　父はさっき散歩に出た。〈父親剛剛出去散步。〉

　　Ｂ　父はさっき散歩に出かけた。〈父親剛剛出去散步。〉

3 　Ａ　われわれは十五分後に出ます。〈我們十五分鐘後出發。〉

　　Ｂ　われわれは十五分後に出かけます。〈我們十五分鐘後出發。〉

4 　Ａ　私が外に出ている間に誰かお客さんが来たようです。

　　　〈我出門在外的時候，好像有客人來了。〉

　　Ｂ　私が外に出かけている間に誰かお客さんが来たようです。

　　　〈我出門在外的時候，好像有客人來了。〉

5 　Ａ　林さんは一週間ほど休暇をもらって旅に出た。

　　　〈林先生請一個禮拜假出去旅行。〉

　　Ｂ　林さんは一週間ほど休暇をもらって旅に出かけた。

　　　〈林先生請了一個禮拜假出去旅行了。〉

6 　Ａ　陳さんはあした大学の代表として討論会に出ることになっている。

　　　〈陳同學明天將代表大學去參加討論會。〉

　　Ｂ　陳さんはあした大学の代表として討論会に出かけることになっている。

　　　〈陳同學明天將代表大學去參加討論會。〉

如上示諸例所示「出る」「出かける」兩者中文都可以譯成〈去〉〈出去〉〈出發〉。但是同樣是〈出去〉，下列例7～13的「出る」就無法代換

成「出かける」。而例14～20的「出かける」若改用「出る」也會顯得語焉不詳。

7 Ａ ○ 父は八時二十分に家を出た。〈父親八點二十分出門。〉

   Ｂ × 父は八時二十分に家を出かけた。

8 Ａ ○ 幸子は部屋からリビングに出た。

   〈幸子從房間走出來到起居室。〉

   Ｂ × 幸子は部屋からリビングに出かけた。

9 Ａ ○ 電話が鳴ったから仕方なく暖かいふとんから出て、受話器を取った。

   〈電話響了，沒辦法只好從暖暖的被窩裏爬出來，拿起聽筒。〉

   Ｂ × 電話が鳴ったから仕方なく暖かいふとんから出かけて、受話器を取った。

10 Ａ ○ 私たちは昼休みにいつも教室の外へ出て運動したりします。

   〈我們午休時間常都到教室外面去做些運動什麼的。〉

   Ｂ × 私たちは昼休みにいつも教室の外へ出かけて運動したりします。

11 Ａ ○ 飛行機は十五分後に出ます。

   〈飛機十五分鐘後出發（起飛）。〉

   Ｂ × 飛行機は十五分後に出かけます。

12 Ⓐ ○ 列車がトンネルから出た。〈列車從山洞出來了。〉

　　Ⓑ × 列車がトンネルから出かけた。

---

13 Ⓐ ○ 船が出ます。〈船要出發（開）了。〉

　　Ⓑ × 船が出かけます。

下示諸例是可以用「出かける」卻通常不用「出る」的。

---

14 Ⓐ ？ 彼女は出るのが大好きで、昼間はほとんど家にいない。

　　Ⓑ ○ 彼女は出かけるのが大好きで、昼間はほとんど家にいない。

　　　〈她很喜歡出門，白天幾乎都不在家。〉

---

15 Ⓐ ？ 今、父は出ていますので、もう一度お電話していただけませ

　　　んか。

　　Ⓑ ○ 今、父は出かけていますので、もう一度お電話していただけ

　　　ませんか。

　　　〈父親現在不在家（出門在外）可以麻煩再打電話來嗎？〉

---

16 Ⓐ ？ 彼は出て留守です。

　　Ⓑ ○ 彼は出かけて留守です。〈他不在家出門了。〉

---

17 Ⓐ ？ 私が起きたときは、姉はもう大学へ出た。

　　Ⓑ ○ 私が起きたときは、姉はもう大学へ出かけた。

　　　〈我起床的時候，姉姉已經出門到學校去了。〉

---

18 Ⓐ ？私は来週船でヨーロッパへ出る予定です。

   Ⓑ ○ 私は来週船でヨーロッパへ出かける予定です。

   〈我預定下星期搭船出發到歐洲。〉

19 Ⓐ ？朝早く仕事に出る。

   Ⓑ ○ 朝早く仕事に出かける。〈早上很早就出門去工作。〉

20 Ⓐ ？友達の家に出る。

   Ⓑ ○ 友達の家に出かける。〈出門去朋友家。〉

　　歸納一下「出かける」的用法，我們可以發現，首先雖然一樣表示〈出發〉〈出去〉〈出來〉，但是「出かける」的主語，除了後述的特別情形之外，基本上必須是「人」，所以前示之例11主語「飛行機」、例12主語「列車」、例13主語「船」就無法使用「出かける」。除此之外「出かける」的例句中不能含有「離開地點」的成分，如例7的「家」、例8的「部屋」、例9的「ふとん」等，而例10雖然沒有明顯註明離開的地點，但是從「教室の外へ」就知道離開的地點當然是教室了，所以也不適用。

　　其實「出かける」所離開的地方必須是動作者原本長時間所在的地方，動作者離開後會再回來的地方，如家、辦公室等，我們中文會用〈他出門去了〉來說明他「出かけた」的情況時才可以用「出かける」，也由於他出發的地點很固定、明確，因此就不須要再特地將他出發的地點明示出來，甚至如例7「家を出る」〈離開家〉，照理說這正就是「出かける」的意思，但是由於句中把「家」這個地點也給明示出來，所以反而無法適用「出かけ

る」了。又「出^でかける」只表示具體的行為——〈出門〉，而不能表示如〈離家出走〉這種抽象的意思。

　　相對的，「出^でる」就沒有附帶這麼多條件，它只要滿足一點，就是「由內（較隱密的地方）到外（較開放的地方）的移動或出現」即可以成立，也不須顧慮它的移動或出現是屬於抽象或具體的。而由於它基本意思極為單純，所以只要為它附加上不同的周邊成分，就可以造出不同意思的「出^でる」出來。而會成為「出^でる」的周邊成分的主要當然就有：①移動或出現的主體「が」成分，②離開的地點「から」或「を」成分，③抵達或出現的地點「に」成分。

21 私^{わたし}は毎朝^{まいあさ}七時^{しちじ}に家^{いえ}を出^でる。〈我每天早上七點鐘出門。〉

22 妹^{いもうと}は自分^{じぶん}のアパートを見^みつけて家^{いえ}を出^でた。

　　〈妹妹自己找了間公寓，搬離開家了。——不用「出^でかける」。〉

23 私^{わたし}は高校^{こうこう}を出^でてすぐ車^{くるま}の免許^{めんきょ}を取^とった。

　　〈我高中一畢業馬上考了汽車駕照。——離開高中。〉

24 あの犯人^{はんにん}は十年後^{じゅうねんご}に刑務所^{けいむしょ}から出^でる。〈那個犯人十年後出獄。〉

25 あしたの会議^{かいぎ}に出^でる。〈會出席明天的會議。〉

26 あの角^{かど}を左^{ひだり}へ曲^まがれば郵便局^{ゆうびんきょく}に出^でます。

　　〈在那個轉角左轉就會到郵局。——由茫無目的的地方走出、抵達目的地。〉

27 この道_{みち}をまっすぐ行_いくと海辺_{うみべ}に出_でる。

〈這條路一直走下去就會到海邊。〉

28 結果_{けっか}が出_でたらすぐお知_しらせします。

〈結果一出來馬上通知您。——由未知到已知。〉

29 なくしたと思_{おも}った財布_{さいふ}が出_でてきた。

〈原本以爲不見的錢包又出現了。〉

30 友達_{ともだち}がテレビに出_でた。〈我朋友上了電視。——出現在大眾眼前。〉

31 汚職_{おしょく}の件_{けん}が新聞_{しんぶん}に出_でた。〈貪污的事上報了。〉

32 これは最近一番_{さいきんいちばん}よく出_でる本_{ほん}です。

〈這是最近賣得最好的書。——書由店裏出到社會大眾的手中。〉

33 電話_{でんわ}に出_でる。

〈接電話。——對打電話的人來說，對方是由不知所在出現到電話的

那一端來的。〉

34 つい甘_{あま}い物_{もの}に手_てが出_でる。

〈忍不住手就往甜的東西伸。——忍不住要吃甜食。〉

35 風邪_{かぜ}で熱_{ねつ}が出_でた。〈感冒發燒。——熱度從體內出來。〉

36 この車_{くるま}はスピードが出_でる。

〈這部車可以開很快。——可以達到某一個速度。〉

※ 注意到例35、36，甚至37中「出る」的主體名詞所代表的都是比一般平
均值高的意思。如例35「熱」是指比平常體溫更高的溫度。例36「スピ
ード」是指比一般的速度還快的快速。例37「実力」是指比一般人還強
的實力之意。

37 実力が出る。〈發揮實力。〉

38 調子が出る。

〈來勁兒。——「調子」在此是類似節奏的意思，工作時出現了一
個恰當的，適合自己的節奏，做起事來當然就會很順，很帶勁
了。〉

39 彼は三十を出た。〈他超過三十歲了。——離開了三十歲這個範圍。〉

40 ここは君の出る幕がない。

〈這裏沒有你說話的份兒。——沒有需要你出現的那一幕。〉

41 彼は強い態度に出た。〈他表現出強硬的態度。〉

42 彼女はどう出るか見物だ。

〈就看她要怎麼應付囉。——看她要表現出什麼樣的態度。〉

43 予算を大部オーバーして、足が出てしまった。

〈大幅超出預算了。——預算沒能覆蓋住整個的經費，而有部分
（腳）露出在外了〉

除了以上所舉這二十餘種之外還有很多情形，不勝枚舉。只是大原則不

變，所以應可依此類推。

「出る」離開的地點可以用「を」也可以用「から」，它們的區別是「から」——重點在離開的地點，表示越出了這個範圍，「を」——重點在離開的動作。所以當你急急忙忙奔上月台卻發現火車已經啓動離開了車站，通常會說「列車は駅を出た」而不說「駅から」因為火車當然是從車站離開，無須強調（若不是從車站離開那倒還真要強調一下）。表達的重點在它已經走掉了。但是說〈火車會從三號月台出發〉就用「3番ホームから」而不用「を」。另外「非常口を／から出る」皆可，但是「火事のときは非常口から出てください」就不用「を」。

最後附帶一提的是「出かける」的另一個用法，是它還含帶有原來「出+かける」語義的情形。接尾語「かける」是〈正要……〉的時候之意，所以「出+かける」就變成〈正要出……〉的意思了。此時，語義就不受前述條件之限制了。

44 出かけたあくびを抑える。〈抑制住差點打出來的哈欠。〉

45 一度出かけた答えを忘れてしまった。

〈把原本要說出口的答案給忘了。〉

46 芽が出かけている。〈正要發芽。〉

§37.「出<ruby>出<rt>だ</rt></ruby>す」VS「送<ruby>送<rt>おく</rt></ruby>る」

1　Ⓐ 手紙<ruby>手紙<rt>てがみ</rt></ruby>を出<ruby>出<rt>だ</rt></ruby>します。〈寄信。〉
　　Ⓑ 手紙<ruby>手紙<rt>てがみ</rt></ruby>を送<ruby>送<rt>おく</rt></ruby>ります。〈寄信。〉

2　Ⓐ 毎年<ruby>毎年<rt>まいとし</rt></ruby>友<ruby>友<rt>とも</rt></ruby>だちに暑中見舞<ruby>暑中見舞<rt>しょちゅうみまい</rt></ruby>を出<ruby>出<rt>だ</rt></ruby>します。〈毎年寄暑期問候信給朋友。〉
　　Ⓑ 毎年<ruby>毎年<rt>まいとし</rt></ruby>友<ruby>友<rt>とも</rt></ruby>だちに暑中見舞<ruby>暑中見舞<rt>しょちゅうみまい</rt></ruby>を送<ruby>送<rt>おく</rt></ruby>ります。〈毎年寄暑期問候信給朋友。〉

　　「出<ruby>出<rt>だ</rt></ruby>す」和「送<ruby>送<rt>おく</rt></ruby>る」都可以用來表示中文的〈寄〉，但是一般來說寄「手紙<ruby>手紙<rt>てがみ</rt></ruby>」〈信〉類時較常用「出<ruby>出<rt>だ</rt></ruby>す」，而寄「金<ruby>金<rt>かね</rt></ruby>」〈金錢〉、「資料<ruby>資料<rt>しりょう</rt></ruby>」〈資料〉等時較常用「送<ruby>送<rt>おく</rt></ruby>る」。

3　Ⓐ いろいろお世話<ruby>世話<rt>せわ</rt></ruby>になったから、礼状<ruby>礼状<rt>れいじょう</rt></ruby>を出<ruby>出<rt>だ</rt></ruby>しておいたほうがいいよ。
　　〈受到那麼多照顧，要寄個謝函去才好。〉
　　Ⓑ いろいろお世話<ruby>世話<rt>せわ</rt></ruby>になったから、礼状<ruby>礼状<rt>れいじょう</rt></ruby>を送<ruby>送<rt>おく</rt></ruby>っておいたほうがいいよ。
　　〈受到那麼多照顧，要寄個謝函去才好。〉

4　Ⓑ 同僚<ruby>同僚<rt>どうりょう</rt></ruby>に資料<ruby>資料<rt>しりょう</rt></ruby>を送<ruby>送<rt>おく</rt></ruby>ってもらいました。〈請同事寄資料。〉

5　Ⓑ きょう商品<ruby>商品<rt>しょうひん</rt></ruby>の代金<ruby>代金<rt>だいきん</rt></ruby>を送<ruby>送<rt>おく</rt></ruby>りました。
　　〈今天把購買商品的錢寄出去了。〉

當然，「出す」也可以用在4B、5B之類的句子中。

4 **A** 同僚に資料を出してもらいました。〈請同事把資料拿出來。〉

5 **A** 私はきょう商品の代金を出しました。

〈我今天付了訂購商品的錢。〉

但是我們可以發現，用了「出す」之後，意思便不再是〈寄〉，而是〈拿出〉〈付（出）〉。是否「出す」只有在寄信之類時才可以表示〈寄〉呢？

其實只要使用狀況非常清楚，「出す」也可以〈寄〉別的東西。

6 **A** お中元やお歳暮は、宅配便で出す人が多い。

〈大部分的人中元節和過年的禮物都用小包貨運快遞寄。〉

B お中元やお歳暮は、宅配便で送る人が多い。

〈大部分的人中元節和過年的禮物都用小包貨運快遞寄。〉

7 **A** お金はきのう現金書留で出しました。

〈錢，昨天用現金掛號寄過去了。〉

B お金はきのう現金書留で送りました。

〈錢，昨天用現金掛號寄過去了。〉

8 **A** 資料はけさエアメールで出しました。

〈資料今天早上用航空信寄過去了。〉

B 資料はけさエアメールで送りました。

〈資料今天早上用航空信寄過去了。〉

　　因此，或許「出す」表不表示〈寄〉並不是靠要寄的東西是什麼來決定，而是看在使用「出す」時，是否有其它要素指出「出す」要表示〈寄〉。譬如例6A、7A、8A中之「宅配便」「現金書留」「エアメール」之類寄運的方式等等。又如1A「暑中見舞」，2A「手紙」這類則是在一般的觀念裏，它們本來就是專門寄給人的東西，所以使用時自然在腦中產生出了〈寄〉的聯想，其實即便是「暑中見舞を出す」「手紙を出す」，只要句中情況明顯，也有可能不表示〈寄〉的。例如：

1　Ⓒ　かばんから友だちの暑中見舞を出して、もう一度読みました。

　　　　〈從包中取出朋友寄來的暑期問候信，再看了一次。〉

2　Ⓒ　彼女は引き出しから手紙を出しました。〈她從抽屜中取出信件。〉

　　和4A、5A同樣的這裏的「出す」也成了〈取出〉〈拿出〉之意了。

　　「出す」譯成中文時意思非常之多，除了〈寄〉外，另有〈提起〉(9)、〈發揮〉(10)、〈發表〉(11)、〈發〉(12)、〈出〉(13)、〈發生〉(14)、〈出現〉(15)、〈端出〉(16)、〈（新）開〉(17)、〈發（寄）〉(18)、〈流〉〈出〉(19、20)、〈使之發～〉(21)、〈～出〉(22)、〈派、開〉(23)、〈派遣〉(24)、〈移出〉(25)等等。

9　勇気を出す。〈提起勇氣。〉

10　実力を出す。〈發揮實力。〉

11　二ヵ国共同で声明を出す。〈兩國共同發表聲明。〉

------

12 ボーナスを出す。〈發獎金。〉

13 日本語教育関係の本を出す。〈出有關日語教育的書。〉

14 火事を出す。〈發生火災。〉

15 死傷者を出す。〈有人死傷。〉

16 お客さんにお茶を出す。〈端出茶水給客人。〉

17 駅前に喫茶店を出す。〈在車站前開了一家咖啡屋。〉

18 木々は芽を出す。〈樹枝發芽。〉

19 汗を出す。〈流汗。〉

20 声を出す。〈出聲。〉

21 油で皮を磨いてつやを出す。〈用油摩擦皮面使之發亮。〉

22 一人娘を嫁に出す。〈把獨生女嫁出去（當人媳婦）。〉

23 車を出す。〈派車；開車。〉

24 オリンピックに代表選手を出す。〈派選手參加奧運。〉

25 植木鉢を客間からベランダに出した。〈把盆栽從客廳移到陽台。〉

在這麼多的意思當中，除了22、23、24、25之外，我們大致可以找到一個共通的地方，就是它們都帶有「由隱到現」「從無到有」的意思，而這兩者就方向上來說都與「出す」的漢字「出」的意義關係密切。

其實若再仔細探討22、23、24、25，我們不難發現它們仍是和「由隱到現」「從無到有」和「出」有所關聯。

例22日語原本的結構是讓女兒離開家去當「嫁」〈媳婦〉，亦即在「出す」之後，女兒就會有一個新的身分──媳婦。而且就方向來說它也是讓女兒離開自己保護下的家，而「出」去到別人家當媳婦之意。

例23可以有兩種情況，即（ア）派車。用於決定派車出去時。（イ）發車；開車；表示開動車子，使它離開之意。其中（ア）焦點可以說是從無到有，而（イ）則可以說是將焦點放在同樣與「出」關係密切的「開始」「離開」之意上時。

例24派代表選手；亦可以說是將焦點置於開始移動出發之意時。

例25的用法，我們在初學日語時，常將之解釋為「由內移往外」之意。這就其最終出現的地點（即此句中的陽台）來看，它仍是「由無到有」，而就方向上來說它也必須是由較隱密的地點移往較外面的地點。而不可以由較外面的地點移往較隱密的地點。這和漢字「出」的意義互相吻合。

瞭解了「出す」的涵意之後，可以發現「出す」表示〈寄〉其實是相當依賴文脈的情形下才產生的結果。下面我們再來看看它表示〈寄〉時的特點。

26 **Ａ** × 待ちに待った返事がやっと出されてきた。
   Ｂ ○ 待ちに待った返事がやっと送られてきた。

〈等待許久的回音終於寄回來了。〉

表示〈寄〉的「出す」並不適用於站在抵達點的立場時。也就是說，它

的焦點只在「出」的方向和「離開」「出發」的意義上，而不適用於採取如例22和例25的「に」格所顯示的終點立場時。

　　相對的，和26B所示「送る」的〈寄〉就可以站在抵達點的立場。基本上它是由某個起點傳到、送到某個終點之意。例如：

27 列を作って、ボールを手から手へと送る。

　　　〈排成一列，把球一個一個的傳送下去。〉

28 ベルトコンベヤーが製品を次の部屋に送る。

　　　〈傳送帶將製品傳送到下一個房間。〉

送人時也是送的人和被送的人共同的由某個起點一起到某個終點。

29 車で友人を駅へ送る。〈用車把朋友送到車站。〉

30 棺を野辺に送る。〈送殯。〉

目送是以目光代之。

31 家族全員が玄関でお客様を送りました。

　　　〈家人全部一起在玄關處送客。〉

　　「送る」所表示的〈寄〉也有同樣的效果，比起「出す」，「送る」是比較把焦點放在起點和終點兩端的。

§38.「まぜる」VS「まじる」

　　要提到「まぜる」和「まじる」，不可避免的當然也必須談到與它們關係密切的「まざる」和「まじえる」。但是由於四者的語義關係複雜微妙，所以我們先從區別較大的「まぜる」和「まじる」談起。

1　Ａ 米に麦をまぜる。〈把麥摻入米中混合。〉

　　 Ｂ 米に麦がまじった。〈米中摻了麥。〉

．．．

2　Ａ 塩と胡椒をまぜる。

　　　　〈把鹽和胡椒和在一起。／把鹽和胡椒攪拌進去（料理中）。〉

　　 Ｂ 塩と胡椒がまじった。

　　　　〈鹽和胡椒摻在一起了。／（料理裏）摻了鹽和胡椒。〉

．．．

3　Ａ いろいろな色の絵の具をまぜる。

　　　　〈把許多種的水彩攪和在一起。〉

　　 Ｂ いろいろな色の絵の具がまじった。

　　　　〈許多種顏色的水彩都攪和在一起了。〉

．．．

4　Ａ このテープにジャズとクラシックの曲をまぜて入れる。

　　　　〈把爵士和古典曲子都混在一起錄進這卷錄音帶中。〉

Ｂ このテープにジャズとクラシックの曲^{きょく}がまじっている。

〈這卷錄音帶裏夾雜著爵士和古典的曲子。〉

5　Ａ 一つ^{ひと}の文章^{ぶんしょう}に三つ^{みっ}の国^{くに}の言葉^{ことば}をまぜている。

〈在一篇文章裡夾雜了三個國家的語言。〉

Ｂ 一つ^{ひと}の文章^{ぶんしょう}に三つ^{みっ}の国^{くに}の言葉^{ことば}がまじっている。

〈在一篇文章裡夾雜了三個國家的語言。〉

上示例句，「まぜる」和「まじる」的助詞，分別使用的是「を」和「が」，由此我們可以很清楚的看得出來，兩者最大的區別當然就是一個是他動詞「まぜる」，一個是自動詞「まじる」。

許多成組的他動詞和自動詞，常常分別是他動詞表示動作，屬於有意志的，即可以由動作者的意志來控制的；自動詞表示結果狀態，屬於非意志的動詞，無法由動作者的意志控制的。「まぜる」和「まじる」基本上也是如此。例如：

6　Ａ ご飯^{はん}に酢^すをまぜる。〈把醋和入飯中。〉

Ｂ ご飯^{はん}に酢^すがまじった。〈飯中摻了醋。〉

6A的「まぜる」表示的是把醋加到飯裏去的動作，6B「まじった」表示的則是飯摻到了醋，指的是摻了醋的飯之意。而之所以我們這裏用的是「まじった」而不用「まじる」，那是因為「まじる」只表示一種預測，預測有可能會發生某個情形，還無法表示摻入後的結果狀態，要改成過去加了「た」之後，才能表示結果狀態的成立。此外「ご飯^{はん}に酢^すがまじっている」

表示的則是摻入醋之後的狀態本身的存在。

　　相對的，「まぜる」的過去式「まぜた」表示的是〈攪拌〉動作的完成，「まぜている」表示正在進行攪拌這個動作之意。

　　這樣的區別在其它一些成組的自他動詞之間也常可以看到，算是自他動詞的一種較具一般性的傾向。但是除此之外，各組動詞仍各自因其語義、用法的不同而另有一些差異，這也是為什麼學習自他動詞令人感到困難的原因之一。

　　再把話題轉回「まぜる」和「まじる」；剛剛我們提到過「まぜる」是受動作者意志控制的，所以下面這些句子就不適用。

7　Ａ × 彼女も白髪をまぜる年齢になった。
　　Ｂ ○ 彼女も白髪がまじる年齢になった。

　　〈她也到了華髮初生的年紀了。〉

8　Ａ × 陳さんには白人の血をまぜている。
　　Ｂ ○ 陳さんには白人の血がまじっている。

　　〈陳小姐身上帶有白人的血統。〉

9　Ａ × 台湾文化の中に少し日本文化をまぜている。
　　Ｂ ○ 台湾文化の中に少し日本文化がまじっている。

　　〈在台灣文化中混合著一些日本文化的東西。〉

10　Ａ × その時、川の流れる音にまぜて、何人かの女の子の声が聞こえた。

B ○ その時、川の流れる音にまじって、何人かの女の子の声が聞こえた。

〈那時，有一些女孩子講話的聲音伴隨著流水的聲音傳了過來。〉

上述例7～10這類自然形成的情形，並不是人的意志所能介入控制的，所以就只能用「まじる」而不用「まぜる」。

又，基本上如果混雜的主體本身是「人」或其他有意志的動物，由於並不是由另一個人有意志的將他們混雜在一起，所以大部分也都是用「まじる」而不用「まぜる」。

11 **A** × 大勢の人たちにまぜてバスを降りた。
B ○ 大勢の人たちにまじってバスを降りた。

〈混雜在一大群人當中下了公車。〉

12 **A** ? 見物客の中に犯人をまぜた。

〈把犯人安插在圍觀的人群當中。——若是在說明一個作者所安排的小說情節的話就有可能成立。〉

B ○ 見物客の中に犯人がまじっている。

〈犯人混雜在圍觀的人群當中。〉

13 **A** ? 聴衆の中に婦人をたくさんまぜていた。〈同12A。〉
B ○ 聴衆の中に婦人がたくさんまじっていた。

〈聽眾當中包含有許多的婦女。〉

14 Ⓐ × 日本人をまぜて研究するのはとても楽しいです。

Ⓑ ○ 日本人にまじって研究するのはとても楽しいです。

〈和一群日本人一起研究非常快樂。〉

15 Ⓐ ? 息子を暴走族にまぜた。

〈（故意讓自己的兒子和暴走族混在一起時就有可能成立。））〉

Ⓑ ○ 息子が暴走族にまじった。〈兒子和暴走族混在一起。〉

當然在某一些情況中，有一些人或動物受到別人的意志所指使控制，而使他們與其他成員混雜在一起時就有可能可以使用「まぜる」。

16 Ⓐ 二年生と三年生をまぜてニュースレターを作らせる。

〈把二年級和三年級混合在一起，要他們一起做通訊新聞。〉

Ⓑ 二年生と三年生にまじってニュースレターを作る。

〈夾雜在二、三年級中，與他們一起做通訊新聞。〉

17 Ⓐ 白鳥のひなをアヒルのひなとまぜた。

〈把小天鵝和小鴨子混在一起（養）。〉

Ⓑ 白鳥のひながアヒルのひなとまじった。

〈小天鵝混雜在一群小鴨子中（注意到動作者的變化）。〉

這裏有一個很明顯的情形就是如例16A，當最後的述語動詞的主語是另外一個人，而不是夾雜在其中的本人時就可以用「まぜる」，而若要改用「まじる」就必須如例16B一樣最後的述語動詞改成以夾雜在内的本人為主

語的動詞。同樣的情形在例11～17中都可以觀察得到。另外，唯有當夾雜在內的本人當主語時，「まじる」才會變成一個能帶意志的動詞，除此之外，「まじる」通常是不帶意志的。

　　這個受不受動作者意志控制的特性，連帶的還促成了一個傾向，就是「まぜる」通常使用在符合動作者意願的情況下，「まじる」則較常用在動作者不願意他們混淆在一起時。例如做漢堡時，我們會說：

18　Ａ ○ 挽き肉にたまねぎをまぜる。〈把洋蔥和入絞肉中。〉

　　即使要指絞肉和洋蔥拌好之後的狀態，我們通常也不大會用如下例的說法。

18　Ｂ ? 挽き肉にたまねぎがまじった。〈這個絞肉摻到洋蔥了。〉

　　因為這樣聽起來會讓人覺得，本來是不願意絞肉裡有洋蔥的卻不小心將它們混雜在一起的意思，這就與當初的目的──做漢堡──不符了。

　　又如下示例這些帶有負面意義的句子，一般也較會使用「まじる」而不用「まぜる」。除非是在指有人蓄意破壞時。

19　Ａ ? ご飯に石をまぜた。〈把小石子摻入飯中。〉
　　Ｂ ○ ご飯に石がまじっている。〈飯中摻雜著小石子。〉

20　Ａ × 選別機の故障でかなりの量の不良品をまぜてしまった。
　　Ｂ ○ 選別機の故故障でかなりの量の不良品がまじってしまった。
　　　　〈由於揀選機故障，許多品質不良的產品都混雜在裏面了。〉

21 Ⓐ？ 食品工場で飲み物に機械油をまぜたという事故があった。

〈食品工廠發生一起事故，有人將機械油摻入飲料中。〉

Ⓑ○ 食品工場で飲み物に機械油がまじったという事故があった。

〈食品工廠發生了機械油不慎摻入飲料中的事故。〉

22 Ⓐ× 雑音をまぜてしまって放送が聞き取れない。

Ⓑ○ 雑音がまじってしまって放送が聞き取れない。

〈雜音混淆，聽不清楚廣播。〉

23 Ⓐ× 雑念をまぜる。

Ⓑ○ 雑念がまじった。〈帶了雜念。〉

相對的，當然也有許多是得要藉動作者的意願才能摻入的，這時候就只能用「まぜる」而不用「まじる」。例如：

24 Ⓐ○ 英語をまぜて話す。〈夾雜一些英文講話。〉

Ⓑ× 英語がまじって話す。

25 Ⓐ○ 適当に冗談をまぜて聴衆を笑わせる。

〈適切的配上一些笑話讓聽眾笑笑。〉

Ⓑ× 適当に冗談がまじって聴衆を笑わせる。

當然這時的主要述語動詞的主語和「まぜる」的動作者是同一個人這一點也有相當重要的關係。

像這樣「まぜる」和「まじる」的使用範圍區分可以算是頗為清楚，只

是前示「まぜる」「まじる」兩者皆可以使用的例1～5的情形又是如何呢？其實其中的例1和2的「まじる」部分仍是帶有負面的含義。而例3、4、5則只是單純的在敘述一個現象，一個觀察某個物體之後所得到的結果的陳述而已。實際動作者不明，負面的批評意義也不明顯。若要再仔細討論這個部分須再與「まざる」做比較才能比較清楚。

　　另外，前示的例18，不可以使用「まじる」，其實若要用是可以用「まざる」的。

18 **C** ○ 挽^ひき肉^{にく}にたまねぎが均等^{きんとう}にまざったら、形^{かたち}を整^{とと}えます。

　　〈待洋蔥已均勻和入絞肉後，開始做成形狀。〉

　　「まじる」和「まざる」的異同，待有機會再做詳述。

§39.「はぐ」「はがす」VS「むく」

　「はぐ」中文譯為〈剝、撕、揭、扒……〉、「はがす」譯為〈剝、撕、揭……〉、「むく」譯為〈剝、削……〉，意義極為相近；漢字也都寫成「剝」－「剝ぐ」「剝がす」「剝く」。用法也有許多相似之處。

1　🅐 木の皮をはぐ。〈剝樹皮。〉
　　🅑 木の皮をはがす。〈剝樹皮。〉
　　🅒 木の皮をむく。〈撥樹皮。〉

2　🅐 エビの殻をはぐ。〈剝蝦殼。〉
　　🅑 エビの殻をはがす。〈剝蝦殼。〉
　　🅒 エビの殻をむく。〈剝蝦殼。〉

3　🅐 カエルの皮をはぐ。〈剝青蛙的皮。〉
　　🅑 カエルの皮をはがす。〈剝青蛙的皮。〉
　　🅒 カエルの皮をむく。〈剝青蛙的皮。〉

4　🅐 ヘビの皮をはぐ。〈剝蛇皮。〉
　　🅑 ヘビの皮をはがす。〈剝蛇皮。〉
　　🅒 ヘビの皮をををむく。〈剝蛇皮。〉

5 　Ⓐ 張り紙をはぐ。〈撕下貼著的紙。〉

　　Ⓑ 張り紙をはがす。〈撕下貼著的紙。〉

　　Ⓒ × 張り紙をむく。

6 　Ⓐ 爪をはぐ。〈把指甲扒下來。〉

　　Ⓑ 爪をはがす。〈把指甲扒下來。〉

　　Ⓒ × 爪をむく。

　　「はぐ」「はがす」「むく」三個字，基本上意思都是從本體將一個附著於其表面的部份加以分離之意。但是它們所分離的對象原則上各自有些許不同。

　　「はぐ」所取下的通常屬於動物類的皮。「むく」取下的多半屬於植物的皮。「はがす」取下的則大多是海報、郵票等以黏貼的方式附著於某物品之表面的薄如紙類等東西。例示如下：

「はぐ」

7 　兎の皮をはぐ。〈剝下兔子的皮。〉

8 　牛を殺して皮をはぐ。〈殺牛剝皮。〉

9 　猫の皮をはいで、三味線にする。〈剝下貓皮做三弦琴。〉

10 昔の人は、獣の皮をはいで敷物や衣服にした。

　　〈以前的人剝下獸皮來做舖墊的東西或衣物。〉

11 獣を捕らえると、肉は食べ、皮ははいで衣類にした。

〈捕捉到野獸就吃掉牠的肉，然後把皮剝下來做衣服。〉

12 しらみの皮を槍ではぐ。

〈用長矛來剝蝨子的皮。——小題大作。殺雞焉用牛刀。〉

「はがす」

13 私はアルバムから小さいころの写真を一枚はがした。

〈我從相本揭下一張小時候的相片。〉

14 きょう壁紙をばかして、あした新しいのを貼ります。

〈今天把壁紙撕下來，明天貼新的。〉

15 選挙のポスターをはがしてはいけません。

〈不可以撕競選的海報。〉

16 古い封筒から切手をはがすのはなかなか大変な作業でした。

〈要撕下貼在舊信封上的郵票是件相當費事的工作。〉

17 家には大きな日めくりの暦があって、毎朝それを一枚ずつはがすの
が僕の楽しみでした。

〈家裡有一本蠻大的日曆，每天早上一張一張的撕下它是我最大的樂
趣。〉

18 看護婦は傷のばんそうこうをそっとはがして取り換えた。

〈護士輕輕撕下傷口上的膠布，換上新的。〉

19 ピッタリくっついているセローテープの切り口を爪の先ではがした。

〈用指甲尖揭開黏得緊緊的透明膠帶。〉

20 屋根の瓦をはがす。〈揭開屋瓦。〉

「むく」

21 みかんの皮をむくと、部屋中にいい香りが広がった。

〈一剝開橘子，整個房間就滿溢橘子香。〉

22 私はりんごの皮をむかないで丸かじりする。

〈我蘋果不削皮，直接整個啃。〉

23 大根の方をクルクルと回しながら、少しずつ螺旋状にずらして、むけた皮がどこまでもつながるように、するするとむいていった。

〈轉動手上的蘿蔔，刀面稍稍往下傾斜削成螺旋狀，削下來的皮不會斷，可以很順的一直削下去。〉

24 じゃがいもは、ゆでてから皮をむくほうがおいしい。

〈馬鈴薯要水煮過後才削皮比較好吃。〉

25 お母さんが台所で、玉ねぎをむきながら、目を真っ赤にしている。

〈母親在廚房削洋蔥削得兩眼通紅。〉

26 竹の子をむく。〈剝筍子。〉

　　然而，就如同前示例1～6所示一般，它們也有可以共用的時候，換句話說上示的這個傾向──「はぐ」：動物類的皮，「むく」：植物類的皮，「はがす」：以黏貼方式附著的東西──並不是絕對的。那麼又另有什麼因素影響著這三個字的使用呢？

　　其實，「はぐ」「はがす」「むく」的對象各自傾向於三個不同的方向，應該是一個結果而不是原因。也就是說「はぐ」「はがす」「むく」各自之意義上的特色促使它們各自分別多用於這三個方向的。

　　我們試著比較一下剝兔子皮，剝橘子皮和撕下貼在牆上的紙時所產生的不同的感覺。

　　剝兔子皮，感覺上鮮血淋漓，非常暴力；也就是說「はぐ」的剝取方式很可能就是比較強烈、蠻橫、暴力的。而剝橘子皮時，則是輕鬆、自然，不會令人感覺到殘暴；而且目的是要取得被表皮所包圍的裏面的橘子；換句話說「むく」的剝取方式是比較自然，不會遭遇太多抵抗，而且目標通常是在取得內藏物的。另，撕下牆上的紙則主要是在清除牆上的附屬物；再參考其它例句，大致可以歸納「はがす」的目的應是在剝離本體和黏附其表面之薄狀物品。因此

27 朝寝坊をしていると、母が怒ってふとんをはいだ。

〈早上睡大頭覺，媽媽一氣就把我的被子給掀下來了。〉

這個句子要用「はがす」當然也可以，只是用「はぐ」感覺上就比「はがす」生氣，力道也較大的樣子。

28 男は電柱に貼ってあったビラをはいで行った。

〈男子撕下貼在電線桿的廣告單走了。〉

29 生徒会の選挙も終わったので、僕たちは候補者のポスターをはがすのを手伝った。

〈學生會的選舉結束了，我們幫著把候選人的海報撕下來。〉

例28要用「はがす」，例29要用「はぐ」當然都沒有問題。用「はぐ」或「はがす」當然與動作者撕下它時的情緒、動作相關。

但由於「はぐ」暴力性較強，還衍生了下示用法。

30 罰として官位をはぐ。〈奪其官位以爲懲罰。〉

31 裏切り者の仮面をはぐ。〈揭開叛徒的假面具。〉

下例32則是這種「強奪」之重心轉向「奪取」之意。

32 追い剥ぎに身ぐるみはがれる。〈遇上劫路強盜全身被剝個精光。〉

例33則是表示要「奪下」某物是「易如反掌」之意。

33 薄紙をはぐように快い方向に向かう。

〈像撕下薄紙般，病情迅速好轉。〉

「むく」也由於它的剝離方式自然、輕鬆、無抵抗和目的在內藏物的特性，衍生出了「顯露」內藏物之意。

34 我が家の日本犬は、誰が来ると、猛烈に吼え、牙をむいて威嚇する。

〈我家的日本犬，一有人來就大聲吠，呲牙威嚇。〉

35 すてきなバッグを見つけて買おうとしたら、目をむくほど高い値段だった。

〈看到一個很漂亮的手提包想把它買下來才發現它價格貴得驚人。〉

36 一皮むけば詐欺師だ。〈褪掉一層皮（現出原形）就是個騙子。〉

經過這些說明，我們再回來看例1～6，你已經大致可以感覺到A、B、C的異同了嗎？例1，同樣是「木の皮を～」，「はぐ」感覺上就是樹皮堅韌完好，被活生生的剝下來的樣子；「はがす」則是好像用手就可以剝下來的感覺；「むく」則是目的在取得去了樹皮後的樹幹之意。例2較常用「むく」因為剝蝦殼的目的通常是在取得其中的肉。例3、例4依此類推，例5例6因重點在清除故不用「むく」。

§40.「かえる」VS「もどる」

　　「かえる」和「もどる」都在很初級的階段就出現，譯成中文又都是〈回〉，最常用的情況又都是〈回家〉，常讓人不解為何需要兩個意思一樣的詞彙。確實，「かえる」和「もどる」用法有許多相近之處。其中最基本的就是〈回家〉。

1　Ⓐ 家へかえる。〈回家。〉
　　Ⓑ 家へもどる。〈回家。〉

2　Ⓐ 五時にはかえってくる。〈五點就會回來。〉
　　Ⓑ 五時にはもどってくる。〈五點就會回來。〉

3　Ⓐ 土砂崩でかえれなくなった。〈由於坍方而無法回去。〉
　　Ⓑ 土砂崩でもどれなくなった。〈由於坍方而無法回去。〉

4　Ⓐ 高校卒業と同時に東京へ出た兄が十年ぶりに国にかえってきた。

　　　〈高中一畢業就到東京去的哥哥，在闊別十年之後回到故鄉。〉

　　Ⓑ 高校卒業と同時に東京へ出た兄が十年ぶりに国にもどってきた。

　　　〈高中一畢業就到東京去的哥哥，在闊別十年之後回到故鄉。〉

5 　Ⓐ 朝出たきりかえってこない。〈早上出去後一直沒再回來。〉
　　Ⓑ 朝出たきりもどってこない。〈早上出去後一直沒再回來。〉

當然主語也並不一定非得是「人」不可。

6 　Ⓐ 先月から行方がわからなかった犬が、きのうかえってきた。
　　　〈這狗從上個月就不知去向，到昨天才回來。〉
　　Ⓑ 先月から行方がわからなかった犬が、きのうもどってきた。
　　　〈這狗從上個月就不知去向，到昨天才回來。〉

除了用來表示這類「動物位置的移動」之外，「かえる」「もどる」還
可以用在非動物的位置移動時，或失物尋回時。

7 　Ⓐ おととい出した手紙が宛名不明でかえってきた。
　　　〈前天寄出去的信因收信人姓名住址不明被退了回來。〉
　　Ⓑ おととい出した手紙が宛名不明でもどってきた。
　　　〈前天寄出去的信因收信人姓名住址不明被退了回來。〉

8 　Ⓐ あの人に貸した漫画の本は一ヶ月もたつのにまだかえってこな
　　　い。
　　　〈漫畫書借給他都一個月了還不還回來。〉
　　Ⓑ あの人に貸した漫画の本は一ヶ月もたつのにまだもどってこな
　　　い。
　　　〈漫畫書借給他都一個月了還不還回來。〉

9 Ⓐ 盗まれた名画は無事美術館にかえってきた。

〈被偷走的名畫安全返回美術館了。〉

Ⓑ 盗まれた名画は無事美術館にもどってきた。

〈被偷走的名畫安全返回美術館了。〉

兩者還同時都可以表示環境、狀態的變化。

10 Ⓐ 町に昔の静けさがかえってきた。〈小鎮恢復了昔日的寧靜。〉

Ⓑ 町に昔の静けさがもどってきた。〈小鎮恢復了昔日的寧靜。〉

11 Ⓐ 夏の暑さがかえってきた。〈恢復了夏日的炎熱。〉

Ⓑ 夏の暑さがもどってきた。〈恢復了夏日的炎熱。〉

上示11個例句中，有許多省略掉以「が」標示的「主語」，和以「に」或「へ」標示的回來的地點─即抵達點。但並不會影響意義的傳達。尤其是抵達點，由於「かえる」「もどる」的抵達點原則上都是主語原本曾經存在的所在地，所以就更容易省略。兩者的抵達點除前示例1「家」、例4「国」、例9「美術館」、例10「町」等較具體的地點名詞之外，還可以是如例12「職業」、例13「仲の良い夫婦」和例14──即例10之句型變換──「静けさ」等較抽象的名詞。

12 Ⓐ 姉は育児に5年間かけた後、またもとの職業にかえった。

〈姊姊在花了五年時間養育兒女之後，又回去做原來的工作。〉

B 姉は育児に5年間かけた後、またもとの職業にもどった。

〈姉姉在花了五年時間養育兒女之後，又回去做原來的工作。〉

13 A 二人はもとの仲のよい夫婦にかえった。

〈兩個人恢復爲原來的恩愛夫妻。〉

B 二人はもとの仲のよい夫婦にもどった。

〈兩個人恢復爲原來的恩愛夫妻。〉

14 A 町は昔の静けさにかえった。〈小鎮恢復了昔日的寧靜。〉

B 町は昔の静けさにもどった。〈小鎮恢復了昔日的寧靜。〉

　　像這樣「かえる」和「もどる」不管在用法或意義上都極為相近。但是既然是兩個字，當然還是會有它不同的地方。如下示例15～22的「もどる」就無法代換「かえる」。

15 健二は元気な姿にもどった。〈健二恢復了他原來有精神的樣子。〉

16 いつもの彼にもどった。〈恢復平日的他。〉

17 食欲がもとにもどる。〈恢復食慾。〉

18 熱が平熱にもどった。〈燒退了。〉

19 体調をもどらせるには静養が必要だ。

〈要使他恢復原有的身體狀況必需靠靜養。〉

20 意識がもどる。〈恢復意識。〉

21 記憶がもどる。〈恢復記憶。〉

　　以上我們可以發現這些例句表示的都是有關身體狀況的內容，而且是〈恢復〉也就是說是曾經一度擁有，但因某些因素而暫時失去，然後才再度擁有的。同樣的性質在前揭例1～14也都可以覓得。然而，這是否意味著「かえる」也有著同樣的性質呢？請看下面例句。

22 たいていのことは彼に聞けば、的確な答えがかえってくる。

　　〈大致上一般的事情只要問他就可以得到一個適切的答案。〉

23 彼女から冷たい返事がかえってきた。〈她冷淡的回答。〉

24 「おはよう」と声を掛けたら、生徒たちから明るい声でかえってきた。

　　〈向學生們道聲「早安」，他們便開朗的招呼了回來。〉

25 山に向かって大声で叫ぶと、気持ちのよいこだまがかえってきました。

　　〈朝向山大聲一喊，就傳回了令人心情舒暢的回音。〉

　　例句中的主語分別是「答え」、「返事」、「學生說的『おはよう』」和「こだま」。這些當然都是由說話者一方先發出一個訊息，而後才促使「答え」「返事」「こだま」等回來的。但是與「もどる」不同的是它們並不是存在於說話者這一邊，而是由對方傳過來的。這個性質的不同也使得「もどる」不適用下之例26。

26 パーティーが終わってお客さんが帰ると急に家の中が寂しくなりました。

〈宴會結束，客人回去後，家中突然變得很寂寥。〉

在這個句子中，說話者的視點當然是站在自己家中，也就是說這裡的「かえる」表示的是客人「離開」主人──即說話者的家之意。這裡若用「客がもどる」則表示的應該是客人回到說話者所在地的家，若是如此，那麼「家の中」就不應該「寂しくなりました」了。

若以記號表示或許「もどる」的活動方式應該標示成 出發點 つ，而「かえる」的活動方式則應該標示成 出發點 ←。

下面需要再考慮的就是「もどる」的出發點和「かえる」的出發點是否完全相符的問題。

27 Ⓐ ○ 書き終えたら自分の席にもどりなさい。

〈寫完後請回到自己的座位上。〉

Ⓑ × 書き終えたら自分の席にかえりなさい。

〈寫完後請回到自己的座位上。〉

28 Ⓐ ○ 落とした定期券を探しながら、駅までもどった。

〈邊走邊找遺失的月票，一直走回車站。〉

Ⓑ × 落とした定期券を探しながら、駅までかえった。

〈邊走邊找遺失的月票，一直走回車站。〉

29 **A** ○ 玄関にもどる。〈回到玄關處。〉
　 B × 玄関にかえる。〈回到玄關處。〉

30 **A** ○ 後へもどる。〈退到後面。〉
　 B × 後へかえる。〈退到後面。〉

31 **A** ○ 百メートルもどる。〈退後一百公尺。〉
　 B × 百メートルかえる。〈退後一百公尺。〉

　　基本上「かえる」的出發點必須是較根本的根據地似的出發點，是比較屬於精神層面有歸屬感的出發點，如「家」「国」「故里」等等。而「もどる」的出發點則是比較具體可見的，真正行為或變化本身的出發點。也因此，假如說我們台灣人從美國出發環繞世界一周後，回到出發點再回到台灣，則要說成：

◆ アメリカから出発して、世界一周して、一度アメリカへもどってから、台湾へ帰る。

　〈從美國出發環繞世界一周，再回到美國，然後才回台灣。〉

　　所以光說「かえる」我們就可以知道通常是〈回家〉，但光說「もどる」就不清楚他要回到哪裡了。又，海外居住了好幾代的華僑，若不曾回過台灣，就無法說「台湾へかえる」。因為台灣雖曾是他們祖先出發的地方，但他本人並沒有住過。

§41.「守(まも)る」VS「保(たも)つ」

「守(まも)る」的主要用法主要有兩類,一個是表示〈保衛〉〈保護〉。例如:

1　子供(こども)を守(まも)る。〈保護小孩。〉

2　ひなを守(まも)る。〈保護小鳥。〉

3　仲間(なかま)を守(まも)る〈保護同伴。〉

4　内野(ないや)を守(まも)る。〈守備內野區。〉

5　城(しろ)を守(まも)る。〈守護城堡。〉

6　国(くに)を守(まも)る。〈保衛國土。〉

7　自然(しぜん)を守(まも)る。〈維護自然。〉

這些「守(まも)る」都是在保護一個對象,使之免受外來的傷害或侵犯之意。換句話說,這類「守(まも)る」有一個前提是外來侵害力量的存在。要有外來侵害或有可能會有外來侵害,才需要「守(まも)る」。

8　子供(こども)を不法侵入者(ふほうしんにゅうしゃ)から守(まも)る。〈保護小孩以免受違法入侵者之害。〉

9　親鳥(おやどり)が敵(てき)からひなを守(まも)る。〈母鳥保護雛鳥使之免受敵人侵害。〉

10 仲間を銃の乱射から守る。〈保護同伴以免遭槍支亂射。〉

11 城を敵の襲撃から守る。〈保護城堡以免遭受敵軍之襲擊。〉

12 乱開発や公害から自然を守る。

〈維護自然，防止亂墾亂伐與公害。〉

　　上示例8～12中「～から」部分所顯示的就是外來的侵害力量。其中例4「內野を守る」是較難添入「～から」的例子。它的特色是所謂「內野」「外野」都是整個球隊「守る」動作中某個部分的守備範圍，而不是整體。整個球隊所要防守的當然就是參加比賽之對方球隊的攻擊。因此雖然難以直接添入「～から」部分，但仍是很容易聯想到外力的入侵。

　　上示諸例中「守る」的對象，即「～を」部分的名詞都是與動作主體可以分離的「他者」。但是當然它也可以是動作主體本身的某一個屬性或部分。

13 自然の脅威から身の安全を守る。

〈保護自身的安全以免受大自然的威脅。〉

14 病気から身を守る。〈保護身體以免生病。〉

15 乾燥した空気から肌を守る。〈保護肌膚以防止乾燥的空氣。〉

16 紫外線から頭や顔を守るために帽子をかぶる。

〈戴帽子保護頭、臉以防止紫外線。〉

17 人々は自分たちの生活と財産を金融危機から守るために必死になった。

〈人們極力要在金融危機中維護自己的生活、財產的安全。〉

到這裏為止我們談到的都是表示〈保護〉之意的「守る」的第一個用法。由於「守る」的對象基本上存在著有受外力侵害的可能，因此句型常可採用「（〜から）〜を守る」的形式。相反詞主要用的是「攻める」〈攻〉。

「守る」的第二個用法就不存在「〜から」的部分了。因為它不是表示〈保護〉〈保衛〉而是〈遵守〉之意。相反詞主要用「破る」〈違反、打破〉。

18 学生は校則を守る。〈學生遵守校規。〉

19 親の言いつけを守る。〈遵照父母的吩咐。〉

20 法律を守らなければならない。〈必須要遵守法律。〉

21 レポートの締め切りをちゃんと守りなさい。

〈請遵守報告的繳交期限。〉

22 あの人は今まで時間を守った試しはない。

〈那個人到現在從沒來沒有遵守過時間。〉

23 約束を守らないと非難なさるが、私どもでは、約束した覚えはありませんよ。

〈您怪我們不遵守約定，可是我們不曾與您約定什麼啊!?〉

〈遵守〉的意思就是不逾越所設定的一個範圍或界線之意。如規定、法律、父母的吩咐、截稿時間、約定等等。

只是這個第二個用法和「守る」的第一個用法到底有什麼相通之處呢？

二個「守る」都由三個要素組成，1是「守る」的主體和對象，2是打破「守る」對象的力量，3是阻止的作用。其中兩者相異的第二點中之力量的方向。第一個表示〈保護〉用法的「守る」，它的侵害力量是由外往內；而第二個表示〈遵守〉用法的破壞力量則是由內往外。

另外若換個角度由主體意志所在之阻止作用方面來看，我們也可以發現第一個用法的「守る」在阻止外來力量的侵入，第二個用法的「守る」則是在阻止主體本身破壞力量的發生。

茲將兩種用法圖示如下。

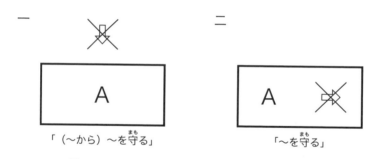

一　　　　　　　　　　二

「（〜から）〜を守る」　　　「〜を守る」

Ⓐ：表示「守る」的對象。

→：力量及其方向。

×：表示阻止作用。

下面我們再來看看這個「守る」和我們這個月的主題之一「保つ」有何關聯呢？

「保つ」和「守る」第二用法一樣，只採「〜を保つ」的句型，而沒

有「〜から〜を保つ」的句型。且「保つ」的「〜を」部分的名詞，必須是附屬於動作主體本身的一個部份，屬性或其本身所處的一個狀態。因此如例1〜7這類對象與主體本身明顯可相當分離的時候就無法用「保つ」。「保つ」表示的是固定的保持住一個適當、良好的狀態之意，語義中不含有侵害或破壞力量的存在。又，既是〈保持〉當然表示的就是原本擁有、存在的。

24 🅐 ○ 手術中は一定の温度を保っていなければならない。

〈手術中必須保持固定的溫度。〉

🅑 ✕ 手術中は一定の温度を守っていなければならない。

25 🅐 ○ 近づきすぎると危険ですから、前の車とは一定の間隔を保つようにしなさい。

〈太接近的話危險，所以要與前面的車保持一定的間距。〉

🅑 ✕ 近づきすぎると危険ですから、前の車とは一定の間隔を守るようにしなさい。

26 🅐 ○ 私はあの人と一定の距離を保っている。

〈我與那個人保持固定的距離。〉

🅑 ✕ 私はあの人と一定の距離を守っている。

27 🅐 ○ 地球上の生き物はお互いにつながりを持ち、協和を保ちながら生きています。

〈地球上的生物彼此相互連結，互相保持協調地生存著。〉

🅑 ✕ 地球上の生き物はお互いにつながりを持ち、協和を守りながら生きています。

28 Ⓐ ○ 彼は馬の鞍にまたがって軍人らしい姿勢を保っている。

〈他跨騎在馬鞍上，保持一個軍人的姿勢。〉

Ⓑ × 彼は馬の鞍にまたがって軍人らしい姿勢を保っている。

---

29 Ⓐ ○ 最後の種目で一位になったので、陸上部の僕はどうにか面目を保つことができた。

〈在最後一項拿到了第一名，隸屬田徑隊的我，總算保住了面子。〉

Ⓑ × 最後の種目で一位になったので、陸上部の僕はどうにか面目を守ることができた。

「保つ」亦可圖示如下

Ⓐ：「保つ」的對象。

→：時間的流動與方向。

因此下是諸例，雖然「守る」「保つ」兩者皆可使用，但是意思各自不同。

---

30 Ⓐ ○ 90キロの制限速度を保つ。

〈保持時速90公里剛好是時速限制的速度。〉

Ⓑ ○ 90キロの制限速度を守る。〈遵守時速90公里的速度限制。〉

---

31 Ａ ○ チャンピオンの座を保つ。〈維持冠軍寶座。〉

Ｂ ○ チャンピオンの座を守る。〈維護冠軍寶座。〉

32 Ａ ○ 利益を保つ。〈維持利益。〉

Ｂ ○ 利益を守る。〈維護利益。〉

33 Ａ ○ 生活を保つ。〈維持生活（水準）。〉

Ｂ ○ 生活を守る。〈維護自己的生活。〉

34 Ａ ○ 命を保つ。〈維持生命。〉

Ｂ ○ 命を守る。〈維護生命。〉

　　例30的區別最為明顯。「守る」使用的是第二個用法，表示時速在90公里以下。「保つ」則表示指針一直在90公里處之意。

　　其它例31～34的「守る」都屬第一個用法。只是並未以「～から」明示外來力量的侵害。例31「守る」用在面對有人要來挑戰的時候。「保つ」則較傾向於衛冕成功的時候。

35 Ａ ？ チャンピオンの座を保つために戦う。

Ｂ ○ チャンピオンの座を守るために戦う。〈為維護冠軍寶座而戰。〉

　　例32的「守る」用在利益可能遭遇損失時，此時「利益」是一個整體，不在指其額度的變化而只區別其有無。「保つ」表示的則是保持一個固定的額度之意。例33「守る」中的「生活」也是一個整體，不在其水準的變化。「保つ」則在保持一個固定的水準。

36 A ○ 山一證券の社員は今後今までの生活を保つのは困難である。

〈今後山一證券的員工要維持到目前爲止的生活水準是很困難
的。〉

B ○ 山一證券の社員は生活を守るのに必死である。

〈山一證券的員工爲維持生活而拚命。〉

例34中「守る」的性命可以是主體本身的，也可以是別人的，但「保
つ」則必須是主體本身的。

37 A × 仲間の命を保つ。

B ○ 仲間の命を守る。〈保護同伴的生命。〉

像這樣「守る」和「保つ」語義，一般說來似乎是大致可以區分開來，
但是在解釋下示諸例時，是否會有問題？

38 A ○ 安静を保つ。〈保持靜養狀態。〉

B × 安静を守る。

A' × 沈黙を保つ。

B' ○ 沈黙を守る。〈保持沉默。〉

39 A ○ 面目を保つ。〈保持面子。〉

B × 面目を守る。

A' × 名誉を保つ。

B' ○ 名誉を守る。〈維護名譽。〉

40 Ⓐ ○ 身代を保つ。〈保住家產。〉

Ⓑ ？ 身代を守る。

Ⓐ' ？ 財産を保つ。

Ⓑ' ○ 財産を守る。〈保守財產。〉

41 Ⓐ ○ 安定を保つ。〈保持安定狀態。〉

Ⓑ × 安定を守る。

Ⓐ' △ 安全を保つ。〈保持安全狀態。〉

Ⓑ' ○ 安全を守る。〈保衛（其）安全。〉

　　上示4例隱含了許許多多的問題，首先是同樣使用漢字中、日語彙意義的不同。如例38中文裏〈安靜〉和〈沉默〉看來頗為相近；但是日語中「安靜」表示的是生病的人要保持一個靜止的靜養狀態之意。由於漢字我們常可以藉之理解許多未曾學習過的單字，但這同時也會是一個需要注意的陷阱。

　　其次是中文〈沉默〉日語可以有許多講法，如「黙る」「沈黙する」等等。但是當我們用到「沈黙を守る」時，它表示的便是如：

42　役人の厳しい拷問にもかかわらず、男は沈黙を守り続けた。

　　〈雖然官僚嚴厲逼供，男子仍是一貫保持沉默。〉

　　這一類，藉保持沉默來保護自己或他人甚或其它機密時，這時表示的是讓自己不踏出沉默狀態之外，使自己處在沉默的範圍內，亦即「沈黙を守る」中的「守る」是屬第二個用法之意。這一點由它沒有「～から」部分，且其相反詞是〈打破沉默〉中可以窺見。

另外例39「面目（めんもく）」一般人生來具有，但「名誉（めいよ）」卻是在做了什麼讓人讚賞的事之後才會有的。例40「身代（しんだい）」是家族代代相傳的家產，用到這個詞時重點在持續上，而財產則如前面所述。例41「安定（あんてい）」重點也是在固定持續上，故只用「保（たも）つ」。

　　但是你瞭解何以是「習慣（しゅうかん）を守（まも）る」而少有「習慣（しゅうかん）を保（たも）つ」的用法嗎？原因應該是日語中視習慣唯一種規範。這一點由它的相反詞是「習慣（しゅうかん）を破（やぶ）る」也可以窺見。

　　以上談到的是「守（まも）る」和「保（たも）つ」的不同。在討論過程中你或許也已發現「～から～を守（まも）る」中譯時總是用〈保護～以防止～〉方式。但在日語中「守（まも）る」和「防（ふせ）ぐ」一般是不常出現在同一個句子中的。

§42.「かける」VS「掛ける」VS「架ける」

　　隨意翻開任何一本辭典，「かける」的註解都是一個又一個的語義，沒完沒了。這麼多的意思，怎麼會都用同一個「かける」來表示呢？它們之間到底有什麼共通性呢？

1 紳士は帽子がけに帽子をかけた。〈紳士把帽子掛在帽架上。〉

2 新しいカレンダーを壁にかけた。〈把新月曆掛在牆上。〉

3 肩にかばんをかける。〈揹上提袋。〉

4 くもが軒下に巣をかける。〈蜘蛛在屋簷下結網。〉

5 首に花輪をかける。〈把花環套在脖子上。〉

6 花に水をかける。〈給花澆水。〉

7 背中に水をかける。〈撩水到背脊上。〉

8 いすに腰をかける。〈坐在椅子上。〉

9 80キロの体重を右足にかける。〈把80公斤的體重放在右腳上。〉

10 窓にカーテンを掛ける。〈把窗簾掛在窗上。〉

11 箱^{はこ}にリボンをかける。〈把盒子用緞帶綁起來。〉

12 テーブルにテーブルクロースをかける。〈桌子蓋上桌巾。〉

13 子供^{こども}にふとんをかける。〈給小孩蓋被子。〉

14 めがねをかける。〈戴眼鏡。〉

15 スパゲッティーにチーズをかける。〈灑起司在義大利麵上。〉

16 服^{ふく}のボタンをかける。〈把衣服釦子扣上。〉

17 スプーンに金^{きん}メッキをかける。〈把湯匙鍍上金。〉

18 川^{かわ}に橋^{はし}をかける。〈在河上架橋。〉

19 車^{くるま}にワックスをかける。〈給車子打蠟。〉

20 廊下^{ろうか}に雑巾^{ぞうきん}をかける。〈擦走廊地板。〉

21 二階^{にかい}に梯子^{はしご}をかける。〈把梯子靠到二樓。〉

22 新^{あたら}しい服^{ふく}に泥^{どろ}をかけられてしまった。〈新衣服被濺到泥巴了。〉

　　除上揭諸例之外還有許許多多。但是由於篇幅有限，我們無法一次列盡「かける」的所有語義，因此這一次我們就如上揭諸例所示，只以「かける」表示較具體的行為時為中心來做探討。而所謂較具體的行為，在此主要以「かける」的基本句型「AにBをかける」中，A和B兩者皆屬具體的東西——物——為判斷的基準。

　　其實由「かける」的基本句型是「AにBをかける」這一點，我們也可

以觀察到「かける」基本意義中很重要的一部份。

　　助詞「に」基本上表示「歸著點」，「を」基本上表示「對象」。因此句型「AにBをかける」就是〈把對象B歸著於A地點〉。在此，我們若先將「かける」說明為〈放〉。則成〈把B放在A上〉。只是「かける」的A、B之間比「置く」〈放〉又多了一個力的關係。

23　壁に絵をかけた。〈在牆上掛畫。〉

24　店の看板をかける。〈掛上店的看板。〉

25　すだれをかける。〈掛上竹簾子。〉

　　這些和前揭之例1、2、3、10，都是屬於往下的拉力，而和同屬往下的拉力「吊るす」〈吊、掛〉不同的是「かける」是固定於牆、窗等上面，不似「吊るす」般是晃動的。

26　泥棒に縄をかける。〈用繩子把小偷綁起來。〉

27　荷物に紐をかける。〈用繩子把行李綁起來。〉

28　犯人に手錠をかける。〈把犯人用手銬銬上。〉

　　這些方式和前揭例11都是屬於B由外向A施力的方式。

29　道路に歩道橋をかける。〈在道路上架設天橋。〉

30　川原に小屋をかける。〈在河岸上架蓋小屋。〉

31 ガスコンロに鍋をかける。〈把鍋子放在瓦斯爐上。〉

這些和前揭例18皆屬於由下往上支撐的力量。例14「めがねをかける」應該也是屬於此類。而相對的，例9「體重放在右腳」即屬於由上往下壓的力量。例8「腰をかける」〈坐下〉則是要視為由上往下壓的力量也可以，要看做由下往上支撐的力量也可以。又，當這個支撐的力量是以「撐開」的方式顯現時，即成如例4之蜘蛛網。例12，覆蓋桌面的桌巾，張力雖然已經不那麼明顯，但是依然是以展開的方式被支撐住。而，當張力，支撐的意味繼續淡化時，即成如例13〈蓋棉被〉後，以展開、覆蓋之意為主的用法了。

其實這些力的關係，不管是由上往下的拉力或壓力，由下往上的支撐，由外往內的壓力，由內往外的張力，都只是在顯示視點角度的不同而已，我們要只以其中的一個角度來觀察也未嘗不可。譬如我們採「支撐」的角度來看的話，由上往下的拉力也可以視為支點在上、由上往下的壓力或由外往內的壓力可以視為承受壓力的部分正是支撐其重要的部份，而由內往外的張力也可以看作是一種撐開的力量。

又，支撐的方式，有的以一個點來支撐（如例1、2、23），有的以兩個點支撐（如例14、18、21、29），有的是有許多個點（如例4、6、10、15、22、24、25、30、31），有的呈線狀（如例3、5、11、26、27、28），有的甚至是一個面（如例8、12、13、17）。又，有的支撐的意義較強（如例1、2、8、10、14、18、21、23、24、25、29、30、31），有的較弱（如例5、6、11、12、13、15、16、17、22、26、27、28）各種各樣。

只是既然「かける」各個用法都有它基本相通之處，何以中文的譯法會

有這麼多的分歧呢？這主要關係到中、日兩個語言在描述同一個動作時，所採取的視點角度不同的問題。「かける」的視點，雖然有力的方向與方式的不同，但採取的都是「把B置於A上」的角度。但是中文的視點都會用其所接名詞性質的不同而有所差異。

如中文譯成「掛」的例1、2、10、23、24、25中文的視點主要是在「支點在上方」。例3，中文的視點在支撐者A是人體的肩膀背部。例4，中文的視點在被支撐者，即知蛛絲所編結成的網。而日文的視點則在蜘蛛絲是藉由屋簷相連的各個點的支撐才得以架構成網的。例5，中文的視點在環狀物（花環）穿過某處（頭部），日文的視點則在花環放在脖子上。例6，中文的視點在將液體以灑或倒的方式加在植物（或非動物）上，日文的視點則只是在把B放到A上。例7，中文的視點在以手將水潑到背上，但日文的表達就不一定必須用手，也可以用臉盆舀水甚或其他方法，只要把背用水弄濕即可——也就是說，例7的「かける」其實可以有許多中譯法。

例8，日語的視點是把腰部放在椅子上，——因此，「腰をかける」就無法表示跪坐在榻榻米上之意——，而中文的視點則在藉由臀部與某一平面的接觸來支撐身體的重量。

例9、12、13中，日語之視點相近。例11、26、27、28，日語的視點是繩子在行李上加壓，而中文的視點則在於將對象束縛住。例14，〈戴眼鏡〉中文焦點在於將某物品裝飾在身上，日語視點卻在眼鏡與臉部、耳朵的接觸點上，所以〈戴隱形眼鏡〉，日語就不用「かける」了。例15〈灑〉，中文的視點在於將較多的液體或粉末狀的東西往下散開，日語的視點在於把東西由上往下放。

例16〈扣釦子〉，中文的角度在以〈扣〉的方式將一個物體封閉；日語的角度則在兩點相連上。此時「かける」的兩個物體A、B間彼此的拉力已較不明顯，而著重在兩點的相連與這個用法相近的還有

32 鍵<ruby>かぎ</ruby>をかける。〈鎖上。〉

另外，

33 電話<ruby>でんわ</ruby>をかける。〈打電話。〉

則可以視為這個用法的延伸。

例17〈鍍金〉，中文的視點在將會採電解方式附著在湯匙上，日語的角度與例19相同的只在將金或臘展開覆蓋在湯匙或地板上而已。

例18〈架橋〉，日語的視點在將兩點即兩岸相連與支撐力上；中文的角度則主要在以地面為支點之後的結構上的支撐。例29亦同，例30〈蓋小屋〉中文視點相同，日語則已沒有兩點相通之意，而只有支撐之意了。注意到日語「小屋<ruby>こや</ruby>をかける」只用在簡陋的，只以幾個支架撐起來的，而不用在真正〈蓋一棟建築物〉時。

例20〈擦地板〉，中文視點在以布類等磨擦，日語角度則在將抹布覆蓋在地板後施力上。例21〈靠梯子〉，中文視點在將直立狀物在上方再設一個支點，日語角度則在兩點的支撐。例22〈噴到泥巴〉，中文的角度在液體、氣體或粉末狀物快速衝到的樣態上，日語卻在泥巴附著到衣服的樣態上。

像這樣「かける」由於語義涵蓋面廣，表達的行為、動作較不具體不精密，所以易於因名詞性質的不同而轉移其描寫行為、動作的焦點。而中文卻

會因名詞性質和兩個物體間力的關係與方式的不同分別採取不同的動詞來表

達，因此才會使「かける」的中譯變得這麼複雜。

　　「かける」另外還有許許多多更抽象化的用法，待有機會再做分析。

§43.「ひく」(1)

「ひく」漢字可以寫成「引く」「弾く」「退く」「牽く」「曳く」「惹く」「挽く」「轢く」……等，中文也可以譯成〈拉〉〈彈〉〈退〉〈牽〉〈拖〉〈引〉〈帶〉〈架設〉〈查〉〈抽〉〈減去〉〈拉長〉〈塗〉〈遺傳〉〈描畫〉〈撤回〉〈鋸〉〈磨碎〉〈軋〉……等等不勝枚舉。用法上有的是他動詞用法如「レバーを引く」〈拉手把〉，有的是自動詞，如「潮が引く」〈退潮〉。

這麼多樣化的「ひく」，它們到底是同詞複義的多義語，還是根本就不是同一個詞，而只是數個同形異義的詞呢？

基本上同形同音的詞，可以解釋成許多意思的時候，如果能夠找到各個詞義之間的關連性，可以記述出它們的相關方式，那麼認定它為一個同詞多義語將會比較有助於融會貫通的理解詞義。這單元我們就試以「ひく」為例來思考各個語義間的關連性。

在我們一般的生活中，最常見到的「ひく」應該是寫在門上面，與「押す」相對的「引く」了。當我們要開門時，看到這個「引く」很自然的就會伸出手將門往自己身體的方向拉。這個動作包括了數個要素Ⓐ「ひく」的主體：人的手、Ⓑ施力、Ⓒ被「ひく」的對象：門、Ⓓ移動：門的移動、Ⓔ移動的方向：朝主體的方向。這個沒有前後文脈的「ひく」所涵蓋的各項要素

事實上幾乎也分別反應在所有「ひく」的語義中。──當然我們若要說「ひく」寫在門上這件事，和門的樣子，結構就是「ひく」的文脈，那也是未嘗不可的。

　　與此類似的，還有例如：

1　椅子を手前に引く。〈把椅子拉向自己。〉

- -

2　大根を引く。〈拔蘿蔔。〉

- -

3　ピストルの引き金を引く。〈扣下手槍的板機。〉

　　另外例如：

4　お姉さんは妹の手を引いて歩く。〈姊姊牽著妹妹的手走。〉

- -

5　どろぼうを交番まで引く。〈把小偷帶到警察局去。〉

- -

6　男の子は牛を引いてきた。〈小男孩牽著牛來了。〉

- -

7　馬が馬車をひいて通った。〈馬拉著馬車走過去。〉

- -

8　レッカー車が故障車を引いていった。〈拖吊車把故障車拖走了。〉

　　和例1～3不同的是Ⓓ移動：主體和對象同時移動Ⓐ主體：不限人的手，而還有動物（馬）、機器（拖吊車）。有一點須注意的是Ⓒ「ひく」的對象基本上必須是沒有意志的。例4的Ⓒ必須是「妹の手」而不可以是「妹」。而例5的Ⓒ小偷，雖然說照理說小偷是有意志能力的，但是在這個句子裏表示的就是不顧小偷的意志而強制將他拉到警察局去的。

下示例也是Ⓐ主體是人而Ⓒ不限人的手的情形。

9 あごを引く。〈縮下顎。〉

---

10 足を引く。〈縮回伸出去的腳。〉

---

11 手を引く。〈縮手。（另有抽象含義：罷手。）〉

---

12 兄は風邪を引いた。〈哥哥感冒了。〉

---

13 患者は息を引いた。〈病人過世了。〉

例12是把「風邪」＝「不好的風」拉到身上去了，例13是原本有呼有吸的氣息，病人只是將氣息吸入體內之後就沒有再吐出來，因此這兩者和前示例9～11的「縮回」是相通的。

14 敵が軍を引いた。〈敵人退兵了。〉

也是敵人將派出來的軍隊縮回自己原有的地方之意。

15 好きな人が恋人ができたので、実は身を引いた。

〈喜歡的人有了男朋友，所以實就退讓下來。〉

是把自己拉回自己的世界之意。

以上例9～15「縮回」的意思都很明顯，下示各例則是由「縮回」漸次轉成「拉出」「引出」之意，只是由於拉出、引出的對象正是自己所需要的——如例17的引用名言，例18自字典中翻出自己想知道的詞的解釋等，所以

對象移動的方向仍是朝向自己的。

16 宮内家は代々芸術家の血筋を引いている。

　　〈宮内家代代傳承著藝術家的血統。〉

17 犬養先生は万葉集を例に引いた。〈犬養老師引萬葉集爲例。〉

18 学生は図書室で辞書を引いている。〈學生在圖書室查字典。〉

19 昨日竜山寺でくじを引いた。〈昨天在龍山寺抽了籤。〉

　　相對的下示例則是將不要的抽取出來之意。

20 店の人が定価から2割を引いてくれた。〈店裏的人給我打了八折。〉

21 100から18を引いたらいくつになりますか。

　　〈100減18等於多少呢？〉

　　這一類將對象自某處拉出，取出的用法和最前面例2「拔蘿蔔」亦有共
通之處。

　　Ⓓ移動是一種線狀性的動作。下示例可以解釋為當它的移動路徑留下一
道軌跡時的情形。

22 クモが糸を引く。〈蜘蛛吐絲。〉

23 定規で紙に線を引く。〈用尺在紙上畫線。〉

24 女優は細く眉を引いた。〈女星細細的描上眉毛。〉

上示數例尤其是例23、24或許會令人認為它的⑥方向並不是朝向主體，但是若我們認定主體是移動的手，而不是「人」，那麼仍是朝向主體的。

與此類似的還有下列例子：

25 先月水道・ガスを引いて、今日電話を引いて、やっと住めるようになりました。

〈上個月裝了水和瓦斯，然後今天裝了電話，終於可以住人了。〉

26 着物が裾を引いている。〈衣服拖著下襬。〉

27 山が長く裾を引く。〈山的坡度悠緩。〉

28 霞が裾を長く引く。〈彩霞拉著長長的尾巴。〉

例27、28當然山、霞並沒有移動，但是如例26穿著衣服的人，走動時拖在地上的衣服下襬看起來就像是例4～8般被拖動著的一樣，而即使這個人是靜止不動的，若是下襬勢拉成一個曳開的弧線時，我們仍可以說它是「裾を引いている」，就像是移動中的一瞬間的一張照片一樣——注意到如果衣服只是太長而堆在地上，如長褲太長，並沒有拉開曳成一道弧線時，並不能說是「裾を引く」——例27、28山與霞的情形和靜止時曳開的衣服下襬的情形是相通的。

和此類相通的還有如下示〈拉長的聲音〉和例31那一類表〈停不下來〉之意的例子。

29 お寺の鐘の音がゴーンと尾をひいて響く。

〈寺裏的鐘聲「ㄎㄨㄥ」的拉著長長的尾巴。〉

30 その人は語尾を長く引いて話す。

〈那個人講話把語尾拉得長長的。〉

31 ピーナッツは食べ始めると後を引く。

花生一開始吃就停不下來。〉

以上談到的「ひく」的五個基本要素Ⓐ「ひく」的主體、Ⓑ施力、Ⓒ被「ひく」的對象、Ⓓ移動、Ⓔ移動的方向，大致都具備，且它們的種類或方式也都大致屬於同一類的「ひく」。可是其實「ひく」還有許多其它的用法，例如：

・鋸を引く。〈用鋸子鋸。〉

・鋸で木を引く。〈用鋸子鋸木頭。〉

・木を引く。〈（用鋸子）鋸木頭。〉

移動的方向不只是一個而是來回的，且表示的明明是同一件事，但是「Nを」的「N」的位子，卻可以放被「ひく」的直接對象：鋸子，也可放被「ひく」的對象的對象：被鋸子鋸的木頭。

・石臼で豆をひく。〈用石臼磨豆子。〉

移動的方向不是直線而是繞圈。另外還有如下例：

・自動車が人をひいた。〈車輾了人。〉

・幕をひく。〈閉幕。〉

等用法和前揭「潮が引く」的自動詞用法。這些用法和本單元所介紹的「ひく」又是如何關連的呢？下個單元將為您分解。

§44.「ひく」(2)

在上一個單元中我們提到「ひく」許許多多的基本用法，它的中文意思如〈拉〉〈引〉〈帶〉〈架設〉〈查〉〈舉〉〈抽〉〈減〉〈遺傳〉〈描畫〉等等，看起來似乎是各自迥異，但是客觀的分析起來，我們會發現它們在某些部分還是各自有它們相似之處。

例如〈查〉，中文的基本意義應該是，「弄清楚」之類的意思，可以是查字典、查戶口、查帳等等，但是其中可以譯成「ひく」的卻只有「查字典」一項；「查字典」和「查戶口」「查帳」不同的是，「查字典」是從字典裏眾多的語彙、語義解說中檢選出自己所需要的項目出來，而「查戶口」「查帳」則是需要做一個整體的對照清查。

又如〈舉〉，中文的基本意義原本應該是提起抬高之意，可以是舉例、舉手等；但是能夠譯成「ひく」的只有「舉例」。與「舉手」不同的是「舉例」的「舉」實際上也是從眾多事項中檢選出一個例子來說明之意。

這裏我們可以看到〈查〉和〈舉〉這兩個從中文的概念來看是全然不同的兩個詞，實際上在某些用法上是會有交集的。

這個情形顯示出了一個非常重要而普遍的現象，那就是不同的語文——如中文或日文，都以不同的概念層次在分割、理解、定義這個世界的所有一切。

　　有一個簡明易懂的例子是「單位詞」。中、日文的單位詞都是多而且繁複的，彼此有些相近又有些不同。例如中文的〈張〉大致相當於日文的〈枚まい〉；如〈一張紙〉「紙一枚かみいちまい」。但是〈一張桌子〉〈一張床〉，日文說成「机一台つくえいちだい」「ベッド一台いちだい」；「シャツ一枚いちまい」「お皿一枚さらいちまい」，中文是〈一件襯衫〉〈一個盤子〉。中文的〈張〉重點在扁平、形狀傾向呈長方；日文的「枚まい」則只要能呈扁平即可。看桌子、床時，中文重視它的實用平面部分，日文則看它的整體。

　　像這樣，不同的語文就有不同的分割、理解、定義的方式，因此我們在學習另一個語言時，若能以這個角度來觀察、分析，同時省視自己的母語，理解自己是以何種概念在分割這個世界的，透過兩者的比對便能更深入且正確的去理解語文。

　　下面我們就加入這樣的角度，再次觀察一下「ひく」的用法。

　　上一期我們藉由五個要素①動作主體（S）、②被動作的對象（N）、③施力、④移動、⑤移動方向，句型：「SがNをひく」將「ひく」的基本用法做了一些說明，大致可以分類如下。

A：基本型態；中文通常譯成〈拉〉或〈拔〉①S＝人、②N＝物、③S施力、④N移動、⑤N朝S方向移動。如「椅子いすを引ひく」〈拉椅子〉、「大根だいこんを引ひく」〈拔蘿蔔〉。〈拉〉和〈拔〉不同的是，〈拔〉通常必須將對象自一個有固定作用的地方──如土地或拔牙中的牙床等處拉出來。但是其中〈拔牙〉又不用「ひく」；因「ひく」雖非絕對，但基本上傾向於用「手」為道具。

　　除了上述的標準型態之外，常用的「風邪かぜをひいた」〈感冒了〉應該也

可以說是這個型態的引申，即將「風邪」拉到自己身上來之意。

這個基本形態還引伸出了許多較抽象的用法，中文常譯成〈吸引〉〈引起〉等，例如：

・ 台湾の大統領選挙は世界の目をひいた。〈台灣的總統大選吸引了全世界的目光。〉

・ あの人の発言は人々の注意をひいた。〈那個人所說的話引起了人們的注意。〉

・ その新製品が皆の興味をひいている。〈那個新產品吸引大家的興趣。〉

・ 彼は彼女の気をひいた。〈他吸引了她。〉

這個抽象的語義也常以被動的型態出現。

・ 弘幸は彼女の魅力にひかれている。〈弘幸為她的魅力所吸引。〉

・ その山の美しさにひかれる。〈為那一座山之美所吸引。〉

而當被拉的對象N較大，施力的S需要整體來移動N，或是由於其它因素，使得S和N同時移動，亦即轉成為B類。中文譯成〈牽〉〈拉〉〈拖〉。

B：①S＝人或其它可拉動物體的動物或交通工具。②N＝無意志或無需顧慮其意志者。③S施力、④S+N的移動、⑤S和N皆朝前移動。如「子供の手をひく」〈牽小孩手（走）〉、「馬車をひく」〈拉馬車〉、「故障車をひく」〈拖故障車〉。

這一類點出「ひく」用法上的一個重要關鍵就是「ひく」的對象N不可以是有意志的。即使原是有意志的N，用了「ひく」之後表示的就是不顧慮他的意志之意。如「泥棒を警察までひく」〈把小偷帶到警察局（去）〉

是強制帶去的。若非強制，則必須是「老人の手をひく」〈牽著老人的手（走）〉，而不可以是「老人をひく」。

　　而當S和N的關係是N屬於S，或N完全受S掌控時，即形成C類。中文譯成〈縮〉〈退〉。

C：①S＝人、②N＝受S掌控者、③S施力、④N移動、⑤N朝原所屬地區或S內部移動。如「足をひく」〈縮回腳──不管是縮回往前或往後往旁伸出的腳皆可〉、「兵をひく」〈退兵〉、「息をひく」〈嚥下（最後）一口氣〉。

　　這也有引申出抽象的用法如「この仕事から手をひく」〈我不再插手管這件事〉、「私はその会社から身をひいた」〈我離開了那一家公司〉。

　　其次，當「ひく」的對象是從眾多的N中檢選出來時，即成D類，就是我們先前提到的〈查〉〈舉〉〈抽〉。此類中③施力、④移動方式有了不同。

D：①S＝人、②N＝S自眾多的N中檢選出來的對象、③S搜尋、④N出現、⑤N在S前。如前示之「辞書をひく」「例をひく」和「くじをひく」〈抽籤〉。它的抽象用法有「後輩をひく」〈提拔後進〉、「人材をひく」〈拔擢人材〉等。

　　相對的表示〈減〉、〈抽去〉其實也是自對象中檢選出某一些部分的N之後再將之去除的，因此應該歸入同類。例如「10から3をひく」〈10減3〉、「値段から2割ひく」〈價格減兩成〉，只用在具體數字方面的減少時。

當S拉N的目的不再單純只是移動N，而是藉由移動以留下痕跡時，即成E類。痕跡皆呈線狀，中文譯成〈畫〉〈吐〉等。

E：①S＝人或動物、②可留下線狀痕跡的對象、③S施力、④痕跡的延伸＝N、⑤方向朝S實際工作的身體部位。如「下線をひく」〈（字）下畫線〉、「くもが糸をひく」〈蜘蛛吐絲〉。

　　實際上「電話線をひく」〈裝設電話〉、「水道をひく」〈裝設水管〉也屬此類。同樣是〈裝設〉，例如〈裝設水塔〉、〈裝設冷氣〉等不呈線狀，也不是從它處引來時就不能用「ひく」。「彼は音楽家の血をひいている」〈他繼承了他們家族音樂家的血統〉也是屬於此類。

　　人類穿著較長的衣物，走動時衣物拖地，看起來就像是人拖著衣物下襬在移動，更進而與這個拖著下襬的姿態，衣物曳地的線條相似的也可以用「ひく」成F類。如山的稜線曳地或雲彩拉長成由粗變細的形狀等時。此類的「ひく」呈靜態，移動的感覺潛入背後。

F：①S＝人・山・雲彩等、②N＝衣物下襬・山的稜線等、③S靜態站立或行走、④N展開拉長、⑤線條由S到N呈緩坡狀。

　　「鐘の音が尾をひく」〈鐘聲的尾音拉得長長的〉是同樣的景象由視覺轉為聽覺的表現。又「ピーナッツは食べ出すと尾をひく」〈花生，一開始吃就停不下來〉。則是由視覺、聽覺再轉為更抽象的感覺方面時的用法。

　　而當展開成了「ひく」表達的重點時「幕をひく」〈閉幕〉、「カー

テンをひく」〈拉上窗簾〉的用法G就出現了。此時移動的方向已不是朝動作主體（S），而是朝N展開的方向，所以只能是〈閉幕〉而不會是〈拉開幕〉，只會是〈拉上窗簾〉而不會是〈拉開窗簾〉──這和「幕」「カーテン」本身的作用也有關係。

G：①S＝人或機器、②N＝幕或窗簾等、③S施力、④N展開、⑤N展開的方向。

　　依此類推，其它用法仍是可以用同樣的概念來解釋。如「油をひく」〈將油倒入鍋中使之勻開〉，我們可以視為它是和前示E類留下痕跡的「線をひく」〈畫線〉相似，但由於反覆致使留下的痕跡呈現面狀的結果，只是這類用法中的N都屬於液體狀是其特色。

　　「鋸をひく」〈用鋸子鋸〉反覆的是拉的動作，拉動的對象是工具，而使用這個道具的結果是切斷某物。而切斷某物這個結果又可視為「ひく」所留下來的痕跡。又當焦點轉向被切斷的物品時就又衍生出「鋸で木をひく」〈用鋸子鋸木頭〉「木をひく」〈鋸木頭〉的用法。甚至不考慮其方向，而只重視對象被切斷的結果，進而也用在「石臼をひく」〈磨臼〉甚或「コーヒー豆をひく」〈磨咖啡豆〉的時候了。

　　「バイオリンをひく」〈拉小提琴〉動作上和鋸相近。「ピアノをひく」則可能是兩者都是日常生活中常接觸的相近性所致。

　　又「車が人をひいた」〈車撞了人〉則是由於S向對象N施力，造成對N的破壞這一點與「ひく」相通有關。

　　以上是「ひく」的他動詞用法。「ひく」另外還有自動詞的用法，由例

子我們也很容易可以看出它們與他動詞用法相通之處。如「潮がひく」〈退潮〉、「血の気がひく」〈沒了血色〉、「腫れがひく」〈消腫〉、「痛みがひく」〈止痛〉、「熱がひく」〈退燒〉、「汗がひく」〈止汗〉。

　　像這樣看似極端複雜的基礎動詞「ひく」的語義，其實也是都有一個共通的「基本義」的。

§45.「茶碗_{ちゃわん}を割_わる」 VS「口_{くち}を割_わる」

查閱字典，我們便可以發現「割_わる」可以用在許多情況之下。例如：

1 茶碗_{ちゃわん}を割_わってしまった。〈打破碗。〉

2 12を3で割_われば四_{よん}になる。〈12除以3等於4。〉

3 部屋_{へや}を二_{ふた}つに割_わる。〈把房子分成兩半。〉

4 指導者_{しどうしゃ}の死_しが党_{とう}を三_{みっ}つに割_わることとなった。

〈領導者的死使黨分裂成三派。〉

5 芝居_{しばい}の役_{やく}を割_わる。〈分配劇中角色。〉

6 二人_{ふたり}の仲_{なか}を割_わる。〈破壞兩人的感情。〉

7 犯人_{はんにん}はついに口_{くち}を割_わった。〈犯人終於開始招供了。〉

8 投票率_{とうひょうりつ}が40パーセントを割_わった。〈投票率低於百分之40。〉

9 ウィスキーを水_{みず}で割_わって飲_のむ。〈把威士忌對水喝。〉

10 土俵_{どひょう}を割_わる。〈（相撲時）出界。〉

11 苦心の末やっとほしを割ることができた。

〈費了一番苦心終於找出眞犯人。〉

這麼多不同的情況怎麼會用同一個「割る」來表達呢？

甚至與例1〈打破〉有些相似卻又好像有點不同的情形也還有許多。

12 卵を割る。〈打蛋。〉

13 ひよこはくちばしで殻を割って出てくる。

〈小雞用嘴，啄開蛋殻出來。〉

14 クルミを割る。〈砸核桃。〉

15 転んで額を割った。〈摔破額頭。〉

16 芽が大地を割って出る。〈嫩芽鑽出大地。〉

17 せんべいを半分に割った。〈把煎餅分成兩半。〉

18 おいしそうなりんごを割ったら、中は腐っていた。

〈切開一顆看起來很好吃的蘋果，裏頭竟然是壞掉的。〉

19 父は薪を割っている。〈父親在劈柴。〉

　　例12～19與例1，基本句型都是「～を割る」。它們相似的地方是我們都可以實際看得到某個具體的物品或物體——相當於句型中「～を」的部份——發出裂痕的情形。如例1的碗，例12、13的蛋殼，例14的核桃殼，例15的額頭，例16的大地，例17的煎餅，例18的蘋果，例19的木柴。其中「大

地」的裂痕可能較難以理解，但是我們若想像大地是個掩蓋物，草木則是穿破這個掩蓋物生長出來的，那麼草木生長對大地來說就成了裂痕或破洞了。

這一類用法的另一個共通點是，它們都是由動作主體——在此都是如人、小雞、植物新芽等有生命力的主體——做了某一個動作而使得某個物體發生裂痕，甚至分開成兩半或許多個部份之意，但是中文卻各例都用不同的動詞來表達。原因是中文表達的重點在這些生命體是用什麼方式來使物體發生裂痕或分開的，所以即便例句中沒有出現使用的道具，中譯時也常常必須譯成〈啄〉——用尖且硬的嘴，〈切〉——用刀，〈劈〉——用斧頭……等。這一點與中日文表達角度的不同有關。

與例2〈除〉用法相似的有：

20 かかった費用は人数で割ろう。

〈所花費的費用就由（出席）人數來平均分攤吧。〉

句型原則上採「～を～で割る」。例20是把對象「～を」主題化成「～は」的例子。行為上雖然頗為相似但同型稍做變化之後中文就不那麼適合譯成〈除〉了。第2個用法比前示的第1個用法多了一個表手段的成分「～で」。其實當然第1個用法若要加上「～で」成分也是未嘗不可的，只是它是可加可不加，而第2個用法則是非加不可。而且出現在第1個用法的「～で」都是「手」「ナイフ」等具體可見的工具。出現在第2個用法中的「～で」則是數字或者可以換算成數字的。而一樣的，中文表達時重視分割手段的不同，所以這裡又使用了另一些動詞。

第3個用法〈分成〉在行為上與第2個用法也很相似，只是句型上又有了

變化。採「～を～に割る」的形式。表達重點在分割後的結果。例21亦同。

21 不動産会社は土地を十区画に割った。

〈不動產公司把土地分成10個區域。〉

　　例4〈分裂〉，句型仍是「～を～に割る」，分割邏輯也與例2〈除〉相通，只是例4〈黨分裂〉的這種情況中文通常採的是自動詞方式的表達，而不會像例4日文般用他動詞形式。下示例22與例4相同，只是由於「～に」部分是人──一個可以擁有所有權的主體，所以中文翻譯又有了些許不同，在說明被分配的東西的去向。

22 お菓子を全員に割る。〈把餅乾分配給大家。〉

　　例5〈分配角色〉其實語義上與例22極為相似，只是由於〈分配角色〉要找尋人材、安排、選角……等等。過程比較複雜較少直接用只表示整個過程中的最後這個階段「芝居の役を皆に割る」〈把劇中角色分配給大家。〉

　　由以上的這些敘述，我們可以發現，例1～5其實還可以大分為例1的用法和例2～5的用法兩類。

　　例1的一類是使對象分裂、分開，屬於比較具體的用法，例2～5的一類則是以〈除〉的概念為中心的比較抽象的用法。而我們又可以歸納出兩者的共通點，那就是：「割る」的對象「～を」不管是抽象或具體的，原本都是一個整體，透過「割る」這個行為之後使這個整體產生由裂痕至完全分離或劃分成許多部分的各種分裂情形。這個應該就是「割る」的中心意義，而例6～11的用法，應該就是由這個意義發展出來的幾個型態。

其中例6〈破壞兩人的感情〉最為單純，就是使原本是一體的兩人的感情產生裂痕之意。

例7「口を割る」〈招供〉，照理說原本應只是〈張開嘴巴〉之意，用他動詞「割る」只是在表示〈張開嘴巴〉這個行為是受外力壓迫所致而已。之所以會變成〈招供〉，則是因「割る」的語義由〈裂開〉衍生出「藏在裏面的東西揭露出來」之意的關係，藉由叫犯人張開嘴巴而讓他把藏在內心的話說出來。與這個相似的還有：

23 お互い腹を割って話し合う。〈彼此敞開胸懷說出內心話。〉

等例子。

而從例8開始，意義和「割る」的中心義〈分裂〉已稍有了一段距離，其中例8、9的「割る」主要意義已轉為低於一個基準點之意。我們再來看看幾個與例8〈投票率低於百分之40〉相近的例子。

24 今年の大学入試の受験者数が、定員を割ったそうだ。
〈聽說今年大學的考生人數低於招生人數。〉

25 応募総数が千通を割った。〈應徵總數低於一千封。〉

26 会議の出席者が過半数を割ったので裁決ができなかった。
〈出席會議的沒有超過半數，無法裁決。〉

例8和例24～26，它們「～を」的部分表示的都是一個基準點，而這個基準點是一個原本預期希望能夠達到的目標，結果未能達成，換句話說就是

破壞了這個目標之意。

　　這裏我們必須注意到的是沒有達到目標是一個負面的意思，因此如下例雖然表示的仍是低於某個基準點，但由於不是負面的，所以就不用「割_わる」而用「切_きる」。

27　Ａ × 100メートル競走_{きょうそう}で10秒_{びょう}を割_わった。

　　　Ｂ ○ 100メートル競走_{きょうそう}で10秒_{びょう}を切_きった。

　　　　〈100公尺賽跑，跑出低於10秒的成績。〉

但是若是負面的則可以用「割_わる」。

28　○ 砲丸投_{ほうがんな}げは30メートルを割_わった。〈擲鉛球距離低於30公尺。〉

　　例10〈出界〉也是一樣有著負面的意思在內。

　　而當這種負面的意義淡化，只以基準點為表達重點時就出現如例9這樣的句子。例9是把威士忌對水以降低威士忌酒的濃度，使它變淡一點比較好入口。原本的濃度是一個基準點，加水就是要使濃度低於這個基準點。用這種方法喝的酒大都是較烈的酒，例如：

29　焼酎_{しょうちゅう}をお湯_ゆで割_わる。〈用熱開水對燒酒喝。〉

30　ウォッカをジュースで割_わる。〈用果汁對伏特加酒喝。〉

　　而若是像雞尾酒等不一定是將酒調淡的喝法就不一定用「割_わる」。如有一種名叫「阿拉斯加」的雞尾酒是由濃度47.5%的琴酒和濃度43%的シャル

336

トールズ（chartreuse）酒所調和而成的，因為濃度可說幾乎沒有變低，所以這種調酒方式就不叫「割る」。

　　最後例11的性質又稍有了變化，表示的是抽絲剝繭撥開籠罩在外的各項迷霧之後終於露出了隱藏在其中的真犯人之義，可說是例7的引伸。

§46.「きっと」VS「ぜひ」(1)

1　Ａ 社会人になる前にきっと海外旅行をしたいと思う。

〈我想在踏入社會以前一定要去一次國外旅行。〉

Ｂ 社会人になる前にぜひ海外旅行をしたいと思う。

〈我想在踏入社會以前一定要去一次國外旅行。〉

2　Ａ きっと伺います。〈我一定要去拜訪您。〉

Ｂ ぜひ伺います。〈我一定要去拜訪您。〉

3　Ａ あしたの会にはきっとお出でください。

〈明天的會您一定要來。〉

Ｂ あしたの会にはぜひお出でください。

〈明天的會您一定要來。〉

4　Ａ 台湾はとてもいい所です。きっといらしてください。

〈台灣是個很好的地方，您一定要來。〉

Ｂ 台湾はとてもいい所です。ぜひいらしてください。

〈台灣是個很好的地方，您一定要來。〉

副詞「きっと」「ぜひ」中文都譯成〈一定〉，到底該如何區分呢？

338

我們先來看看「きっと」的用法。

5 **A** ○ 西の空は夕焼けだから、明日はきっと晴れるよ。

〈西邊的天空有晚霞，明天一定會是個大晴天的。〉

B × 西の空は夕焼けだから、明日はぜひ晴れるよ。

6 **A** ○ この異常気象はきっと氷河期の前ぶれだ。

〈這個異常氣象，一定是冰河期的前兆。〉

B × この異常気象はぜひ氷河期の前ぶれだ。

7 **A** ○ あの人はきっと中国人です。〈那個人一定是中國人。〉

B × あの人はぜひ中国人です。

8 **A** ○ 田村先生はきっと結婚したんですよ。

〈田村老師一定是結婚了。〉

B × 田村先生はぜひ結婚したんですよ。

9 **A** ○ 今度の試験にはこの問題がきっと出ると思う。

〈這次考試這一題一定會出。〉

B × 今度の試験にはこの問題がぜひ出ると思う。

10 **A** ○ 鈴木さんは遅いね。きっとどこかで道草を食っているのよ。

〈鈴木可真慢。一定是晃到哪兒去了。〉

B × 鈴木さんは遅いね。ぜひどこかで道草を食っているのよ。

11 **A** ○ 彼女はきっとこの事を知っているに違いない。

〈她一定知道這件事。〉

B × 彼女はぜひこの事を知っているに違いない。

....

12 **A** ○ あの人は風邪を引いたと言っていたから、今日はきっと来ないよ。

〈他說過他感冒了，所以今天一定是不會來了。〉

B × あの人は風邪を引いたと言っていたから、今日はぜひ来ないよ。

....

13 **A** ○ 心配しなくても大丈夫だよ。きっと彼は元気で帰ってくるよ。

〈不用擔心，沒問題的啦！他一定會安全的回來的啦！〉

B × 心配しなくても大丈夫だよ。ぜひ彼は元気で帰ってくるよ。

....

14 **A** ○ （失恋した友人に）いつかきっといい人が見つかるよ。

〈（對失戀友人說）總有一天您一定會找到一個很好的啦！〉

B × （失恋した友人に）いつかぜひいい人が見つかるよ。

....

　以上各例都不能用「ぜひ」只能用「きっと」。這些例子與例1〜4有明顯的不同。例1〈一定要〉表示的是一種決意。例2B「ぜひ」也是決意，2A「きっと」則接近決意。例3，4〈一定要〉則在表示說話者的熱忱。

　但是例5〜14所表示的卻都是一種推測、猜測或預測。加上「きっと」〈一定〉只是在表示說話者對他自己的這種「推測」「猜測」或「預測」很有把握而已。

　　這裡要注意到的一點是，「推測」「猜測」或「預測」都是事情還不確定時才有可能會產生的行為，若有某一件事是已經十分確定的，我們就不會再對它加以推測了。如〈人，就一定會有心臟。〉這一句話，

15　Ⓐ × 人間にはきっと心臓がある。

　　Ⓑ × 人間にはぜひ心臓がある。

　　我們就無法譯成「きっと」，當然它也不能說成「ぜひ」。由此可見中文〈一定〉一詞，使用範圍廣泛，除了本稿所提到的「きっと」「ぜひ」之外，其實還有許多其它多種情況。

16　Ⓐ ○ 彼がホームランを打てば、チームはきっと勝つ。

　　　　〈他打全壘打，球隊一定就會贏。〉

　　Ⓑ × 彼がホームランを打てば、チームはぜひ勝つ。

17　Ⓐ ○ 最近夕方になるときっと雨が降る。

　　　　〈最近一到傍晚就一定下雨。〉

　　Ⓑ × 最近夕方になるとぜひ雨が降る。

18　Ⓐ ○ あの人は私に会うときっと愚痴をこぼす。

　　　　〈他每次一碰到我就一定會發牢騷。〉

　　Ⓑ × あの人は私に会うとぜひ愚痴をこぼす。

19　Ⓐ ○ 家にいるときっとまた勉強しないで寝てしまうから、きょうは図書館へ行きます。

〈待在家裡我一定又會不唸書跑去睡覺，所以今天我去圖書館。〉

B × 家にいるとぜひまた勉強しないで寝てしまうから、きょうは図書館へ行きます。

　　這些例句表示的是有A這件事發生之後，固定的總是就會有B這件事發生，A跟B之間帶有固定的反射性，但是當然像例16，沒有道理說是某一個人打了全壘打，那一個球隊就會贏，所以這裡出現的這種A、B兩件事之間的固定的反射性，其實只是說話者主觀的認定而已。實際根據以往的經驗或統計，是否真是如此另當別論；只要說話者認為這兩件事情之間有固定的反射關係，就可以使用「きっと」，相對的下示例20這種客觀的，絕對的固定反射關係，中文雖然用〈一定〉，日文卻無法用「きっと」表達。

20　**A** × 酸素がなくなるときっと火は消える。

〈氧氣沒了，火就一定會熄滅。〉

B × 酸素がなくなると、ぜひ火は消える。

　　由這一點我們也可以看得出例16～19的「きっと」和例5～14的「きっと」之間的關係，即兩者都並不是有什麼特別的，客觀的根據，而只在表示說話者確信某一件事情一定會發生或已發生而已。下面這些句子也反應著類似的含義。

21 Ⓐ ○ お金は期限までにきっとお返しします。

〈我一定會在期限內還您錢。〉

Ⓑ × お金は期限までにぜひお返しします。

22 Ⓐ ○ きっと持ってきます。〈我一定拿來。〉

Ⓑ × ぜひ持ってきます。

23 Ⓐ ○ 国へ帰ったらきっと手紙を出します。

〈我回國後一定會寫信給你。〉

Ⓑ × 国へ帰ったらぜひ手紙を出します。

24 Ⓐ ○ きっと調べます。〈我一定查。〉

Ⓑ × ぜひ調べます。

25 Ⓐ ○ きっと参ります。〈我一定去。〉

Ⓑ ？ ぜひ参ります。

　　上示這些例句中，「きっと」所修飾的動作〈還錢〉〈拿來〉〈寫信〉〈查〉，它們的動作主都是說話者本人，而且動作也是可依說話者意志控制的動作──說話者很確定自己要做的動作、行為一定會發生──換句話說就是他意志堅定的決意要做到某件事情之意。這些句子我們也不用「ぜひ」。

　　但是我們前面提到過「きっと」「ぜひ」兩者皆可以共用的例子例1～4中，就有表示說話者決意的句子（如例1、2），何以那時可以用，這裡的例21～25就不能用了呢！尤其例2「ぜひ伺います」可以用，例25「ぜひ参ります」怎麼就要打問號了呢？

其實「ぜひ」可以用來修飾說話者本人動作的情形並不多。其中最具代表性的有：

26 Ａ × この辞書（じしょ）はいいですよ。きっとおすすめします。

　　 Ｂ ○ この辞書（じしょ）はいいですよ。ぜひおすすめします。

　　〈這本字典很好喔，我一定要向你推薦。〉

　　這一類，推薦是推薦，可是接不接受在對方，也就是說實際整個行為是否能夠達成，並不在說話者的掌控範圍之內的意思。

　　因此像例21〈一定還錢〉用「きっと」表示的是我確信我可以做得到，但是若用「ぜひ」聽起來就好像是〈我會盡力啦，但還不還得了，我並無法掌控〉之意了。　相信借錢給你的人聽「きっと」一定會比聽「ぜひ」安心很多的。

　　「参（まい）ります」和「伺（うかが）います」由於牽涉到敬語問題，情形比較複雜一些，「参（まい）ります」表示出發〈去〉，是一個重點在起點的動詞，「伺（うかが）います」〈到〉則同時有出發點也有抵達點，而且重點可說是偏在抵達點。兩者都是表示謙讓的敬語，也就是都是用在前往一個長輩所在的地方之意。表達重點在起點的「参（まい）ります」，由於只是出發去，應是說話者本人即可自行掌握，所以就不用「ぜひ」，但「伺（うかが）います」則包括了抵達點〈到〉的概念，也就是需要長輩出來與你應對之意，因此用「ぜひ」這個表示自己不能完全掌控之意的副詞，就會顯得客氣一些。當然用「きっと」也並不見得會失禮，尤其在對方有作邀請時，可顯示自己做這件事情的決心。

　　我們再來看看下面兩個例句。

27 Ⓐ ○ きっと合格^{ごうかく}してみせます。〈我一定要考上給你看。〉

Ⓑ × ぜひ合格^{ごうかく}してみせます。

28 Ⓐ × きっと行^いかせてください。

Ⓑ ○ ぜひ行^いかせてください。〈請您一定要讓我去。〉

　　例27，實際考不考得上當然不可能是說話者可以控制的，但是這時如果用「ぜひ」就變成〈我雖然意志堅定，但是做不做得到不清楚，不是我能控制的〉，這樣就表達不出說話者很有自信的〈我一定做得到〉的態度了。

　　例27，由句中「行かせて」〈您讓我去〉可以明顯看出當然不是說話者在控制的，　因此就只用「ぜひ」而不用「きっと」了。

　　由上面的說明我們也可以知道中文〈一定〉與日文諸多副詞之間，關係複雜。這次由於篇幅有限無法詳述，待有機會，再做分析。

§47.「きっと」VS「ぜひ」(2)

　　我們在上個單元提到過「きっと」和「ぜひ」這兩個表示〈一定〉的副詞，它們最主要的不同就是，「きっと」的語義重點在於很主觀，很有把握的推測、預測某件事情之意。「ぜひ」的重點則是在於表示強烈的意願之意。

　　語義重點的方向差異頗大，怎麼還會有混淆的情形發生呢？

　　當「きっと」只有單純的用法在表示推測、預測某件事情的發生時，確實是與「ぜひ」沒有什麼關係。例如：

1　🅰 ○ 靴がないから、彼はきっと帰ったのだろう。

　　　　〈鞋子不在，他一定是回家了。〉

　　🅱 × 靴がないから、彼はぜひ帰ったのだろう。

2　🅰 ○ 鈴木さんはきっと来るでしょう。〈鈴木先生一定會來吧。〉

　　🅱 × 鈴木さんはぜひ来るでしょう。

　　但是當它用來形容說話者的意志可以操控的，尚未實現的事情——套入「きっと」原本的語義，變成說話者很有把握的在預測某一件憑自己的意志就可以實現的事情會實現之意——這表示的當然就是說話者實現某一件事情的強烈決意的意思。

・<ruby>国<rt>くに</rt></ruby>へ<ruby>帰<rt>かえ</rt></ruby>ったら、きっと<ruby>手紙<rt>てがみ</rt></ruby>を<ruby>出<rt>だ</rt></ruby>します。〈回國後，我一定會寄信給你。〉

而當它在含有「ぜひ」所要求的非主語完全掌控之要素後，「きっと」和「ぜひ」在語意上會產生交集。

3　Ⓐ ○ きっといらしてください。〈您一定要來。〉

　　Ⓑ ○ ぜひいらしてください。〈您一定要來。〉

「ぜひ」在表達主語的強烈意願，是主語強烈希望某一件事情能夠實現的意思。但是特別的是它只用在當這一件事情的實現並非主語自己所能完全掌控的情形下時，如下例「吃東西」通常是動作者自己所能完全掌控的。

4　Ⓐ ○ <ruby>私<rt>わたし</rt></ruby>は<ruby>無理<rt>むり</rt></ruby>に<ruby>今<rt>いま</rt></ruby><ruby>食<rt>た</rt></ruby>べなくてもいいでしょう。<ruby>後<rt>あと</rt></ruby>できっと<ruby>食<rt>た</rt></ruby>べますから。

　　　　〈我可以不要現在勉強的吃下去嗎？我待會一定會來吃的。〉

　　Ⓑ ? <ruby>私<rt>わたし</rt></ruby>は<ruby>無理<rt>むり</rt></ruby>に<ruby>今<rt>いま</rt></ruby><ruby>食<rt>た</rt></ruby>べなくてもいいでしょう。<ruby>後<rt>あと</rt></ruby>でぜひ<ruby>食<rt>た</rt></ruby>べますから。

換句話說，出現了「ぜひ」表示的就是這件事情主語無法控制之意，與上示情況下的「きっと」主要的不同就在於「きっと」所修飾的動作是否是可掌控，由動詞本身決定，而「ぜひ」則是它本身已含有這件事情不是主語自己能掌控的意思在內了。

下面我們再仔細來看「ぜひ」的用法，同時還要觀察是否是主語無法掌控的事情就都能夠使用「ぜひ」。

如前所述，「ぜひ」用來表達主語強烈的意願，而既然是意願，指的當然就是尚未實現的事情，所以「ぜひ」不會用在已發生的過去式的句型中。

5　🅐 ○ あの人はきっと風邪を引いたのです。〈他一定感冒了。〉
　　🅑 × あの人はぜひ風邪を引いたのです。

　相對的，它常用在表示意志、希望、要求、命令的句型裏。

6　🅐 ○ きっとそうするつもりだ。〈（他）一定是打算那樣做。〉
　　🅑 ○ ぜひそうするつもりだ。〈我打算一定要那樣做。〉

7　🅐 ○ 来年こそきっとお目にかかりましょう。
　　　　〈明年我們一定眞的要碰面。〉
　　🅑 ○ 来年こそぜひお目にかかりましょう。
　　　　〈明年我們一定眞的要碰面。〉

8　🅐 × 前からあの人にはきっとお会いしたいと思っていたのです。
　　🅑 ○ 前からあの人にはぜひお会いしたいと思っていたのです。
　　　　〈從以前就在想我一定要與他見面。〉

9　🅐 × 北海道へはきっと行きたいと思っています。
　　🅑 ○ 北海道へはぜひ行きたいと思っています。〈我很想去北海道。〉

10　🅐 × 彼女は有能だから結婚してもきっと仕事を続けてほしい。
　　🅑 ○ 彼女は有能だから結婚してもぜひ仕事を続けてほしい。
　　　　〈她很有能力，非常希望她結了婚之後還能夠繼續工作。〉

11 Ⓐ ？（引越しの挨拶状）お近くにおいでの節はきっとお立ち寄りください。

〈（通知搬家的信函）若有到附近來的話，請您一定要順道來坐坐。〉

Ⓑ ○（引越しの挨拶状）お近くにおいでの節はぜひお立ち寄りください。

〈（通知搬家的信函）若有到附近來的話，請您一定要順道來坐坐。〉

12 Ⓐ ○ 明日の会にはきっとお出でください。

〈您一定要出席明天的會。〉

Ⓑ ○ 明日の会にはぜひお出でください。

〈您一定要出席明天的會。〉

13 Ⓐ ？ 遠慮することはない。きっと来い。

Ⓑ ○ 遠慮することはない。ぜひ来い。〈不用客氣，一定要來。〉

　　在意志、希望、要求、命令的各句型中，命令、要求都是在要求第二人稱即聽話者做動作之意，說話者只能提出要求，至於動作行為是否能夠真正實現要看對方是否真的有去實行。又，希望的意思，本來就是在表示對自己沒有把握能夠達成的事情，希望它能夠成為事實之意，所以要求、命令、希望三者，明顯都是屬於憑主語意識無法掌控的句型，符合「ぜひ」的基本要求。

但是意志，情形就比較複雜。它一般說來都是可以由主語掌控的，例如：

14 Ⓐ ○ 家へ帰ったら必ずもう一度ゆっくり考えてみます。

〈我回去以後一定會再仔細想一想。〉

Ⓑ × 家へ帰ったらぜひもう一度ゆっくり考えてみます。

〈想〉這個動作是動作者自己決定要想就可以的，是動作者自己的意志可以掌控的，所以就無法使用「ぜひ」，但是例如：

15 とてもいい人選です。ぜひお薦めします。

〈非常好的人選，我向你極力推薦。〉

〈推薦〉這個動作本身確實也是動作者自己可以掌控的，但是推薦之後，對方是否接受，那就另當別論了。也就是說，在動作者的意志可以掌控的行為中，「ぜひ」只用在需要對方做出回應的動作時，因為必須如此才能符合「ぜひ」需有主語無法掌握的部份存在的要求。

此外例如：

16 ぜひ当選させるつもりだ。〈我一定要讓他當選。〉

由於當選與否當然不會是光憑說話者的意志就能控制的，因此就可以用「ぜひ」來表示動作者強烈的意願。

除了以上所提及的之外，其實還有許多其它句型可以和「ぜひ」共用的，只是它們都必須具有一個共通點，那就是必須可以表現出主語對該動作

的強烈意願和非掌控性。如「〜なければならない」句型，基本上我們大多是用它來表示一種義務，例如：

17 規定によれば、私は明日朝9時から午後6時まで学校にいなければならない。

〈依規定我明天要早上九點到下午六點都必須待在學校。〉

這個時候由於沒有說話者意願介入的餘地，所以就不用「ぜひ」，但是如下列：

18 この前は負けたから、今度の選挙にはぜひ勝たなければならない。

〈上次失敗了，所以下一次選舉一定要贏得勝利才可以。〉

在這個句子裏「〜なければならない」已不是在表示義務，而是在決意要盡全力取得勝利的意思，表示出主語強烈的意願，而且是否得勝不是主語能夠操控的，因此可以與「ぜひ」共用。

19 「明日李さんに謝ります。」「うん、ぜひそうするべきだ。」

〈「明天我向李先生道歉。」「對，你絕對應該這樣做。」〉

20 「午後スピーチコンテストの申し込みに行きます。」「ええ、ぜひそうするといい。」

〈「明天下午我要去報名參加演講比賽。」「是啊，你要這樣做才好。」〉

以上的情形也是由於實際動作者不是說話者本人故也符合「ぜひ」的條件。

以上我們似乎大致可以確定「ぜひ」的使用條件如何了。但是下示例，看似不違背「ぜひ」的使用原則，但何以並不恰當呢？

21 ×「すみません、ぜひ子供を見てください。」

何以中文〈對不起，請你一定要幫我看一下小孩。〉不能譯成像例21所示一樣呢？它既已表現出主語的強烈意願，也包含了主語的非掌控性。這裡似乎還關係到說話者的立場，是否適合提出這種強烈要求的問題。可能在一般的觀念裏，叫別人一定要看顧自己的小孩，這種要求並不適宜，所以才不適合與「ぜひ」共用吧。

最後再附加一點，那就是許多文獻上說「ぜひ」只用在人為的動作、行為上，因此像「明日ぜひ晴れてほしい」〈希望明天一定要放晴〉這種非人為的自然現象就不能用「ぜひ」，但上示例句，請教許多日語母語的使用者都說可以使用，所以這個論點可能也有待斟酌。

§48.「かならず」VS「きっと」

　　日語中有一群副詞中文都譯成〈一定〉，前兩個單元我們已談過其中的兩個「きっと」和「ぜひ」。這個單元我們主要要談「かならず」的用法，而後再與「きっと」稍做比較。

　　「かならず」的語義以「在某一個條件下一定會產生某一種結果」的用法為中心。

1　酸素がなくなるとかならず火が消える。
　　〈氧氣沒了，火就一定會熄滅。〉

･･･

2　日が沈めばかならず夜になる。〈太陽下山一定就成夜晚。〉

･･･

3　人間にはかならず心臓がある。〈是人就一定會有心臟。〉

･･･

4　人間はかならず死ぬものだが、かならず病気で死ぬわけではない。
　　〈是人就一定會死亡，但是並不一定都會因病死亡。〉

･･･

　　我們這裡的條件，並不僅只指如例1、2所示以「～と」「～ば」等條件子句方式表達的句子，也包括如例3、4這一類，被稱為〈人〉就會擁有的共通特性，即條件：〈人〉，結果：〈具有的共通特性〉。

　　而這種條件與結果的對應關係之成立，若是藉由日常生活經驗累積而成

的，就會成一種常識、知識。

5 英語は特別な場合以外、かならず一文には一つの主語がある。

〈英語除了特殊情形以外，每一個句子都一定會有個主語。〉

6 高いものはかならずよい品とは限らない。〈貴的並不一定都好。〉

7 五、十にはかならず交通が渋滞する。

〈每月逢五、十，一定都交通阻塞。〉

這種日常生活經驗所累積出來的條件與結果對應關係的內容，若不是像例5、6、7這類一般性的，而是屬於個人的，就會變成像例8、9、10、11等表示某些個人的個性，或是如例12這類某件物品的效用等。

8 あの二人は会えばかならず喧嘩する。〈那兩個人一碰面一定吵。〉

9 彼女は約束をかならず守る人だ。

〈她是一個一定會遵守約定的人。〉

10 彼は休みあけはかならずと言っていいほど病気になる。

〈他每放完假，幾乎可以說一定都會生病。〉

11 あの人が来るとかならず座がしらける。

〈那個人一來，一定就會使氣氛變僵。〉

12 この薬を飲めば、かならず直る。〈吃了這個藥，一定就會好。〉

而若我們藉由這個知識、常識來推論尚未發生的事情，即可以表示說話

者藉由他自己日常生活累積的經驗在判斷有某一個結果將會產生之意。上示例8～12也可以做這種解釋。在前面我們只把例8～12當成單純在敘述一個一般性的經驗。但是我們若從這個角度，如例8那兩個人要碰面之前，例9與她相約，有人擔心她不守約時，例10進入假期之前，例11那個人要來之前，例12說服別人吃藥時，則它們也可以表示，說話者由他的經驗判斷某件事情時會發生之意，表現的是一種確信某一件事一定會發生的推測，下示例13～15由於後面句子的情形尚未實現，所以很自然的就會被解釋成是一種很有把握的推測。

13　西の空は夕焼けだ。明日はかならず晴れるよ。

　　〈西空晚霞滿天，明天一定會是個好天氣。〉

14　一生懸命勉強すればかならず上手になります。

　　〈拼命努力用功的話一定會變好的。〉

15　今度の試験は、この問題はかならず出ると思います。

　　〈這次考試，這一題一定會出來的。〉

16　この法案はかならず可決に違いない。〈這個法案一定會通過。〉

我們來看看下面這個例子。

17　約束した以上かならず来る。〈既然約了就一定會來。〉

　　這個例子由於沒有出現主語，所以可以有兩種意思。一個是與例10類似，來表示某個人（第三人稱）他既然與我們約了就一定會來，表示的是一

種確信。另一個則是我（第一人稱）既然跟你約了，我就一定會來。由於是說話者自己意志可以掌控的行為，所以就由確信轉化成決意了。

再舉二例如下。

18 ご招待ありがとうございます。かならず伺います。

〈謝謝您的招待，我一定去拜訪您。〉

19 お金は期限までにかならずお返しします。

〈錢我一定會在期限內還您。〉

這個決意還可以再擴展到非說話者意志可以控制的對象。

20 私はかならず学者になってみせます。

〈我一定要變成個學者給你看。〉

21 今度こそかならず成功させます。〈下次我一定要讓它成功。〉

再來看一個沒有主語的句子。

22 約束したから、かならず行かなければなりません。

〈約好了，所以就一定要去。〉

在表示〈一定〉的一群副詞中，語義較客觀的「かならず」最常與表示義務的「なければならない」一起出現。不考慮主語問題時，可以是屬於一般性、原則性的敘述。以我（第一人稱）為主語時，則在表示自己有去的義務算是一種決意。而若以你（第二人稱）為主語則就是以說明這樣做是義務

的方式，來要求對方去做他該做的事情。這種方式的要求，會使這個要求顯得理所當然。要求的句型當然不只是「なければならない」，還有如下數例所示。

23 学校を休む時、かならず連絡してください。

〈不能來學校的時候，你一定要跟我連絡。〉

24 明日とても大事な会議があるので、かならず10時までに来てください。

〈明天有很重要的會議，請你一定要在10點以前來。〉

25 駐車する時は、かならずサイドブレーキを引いておいてください。

〈停車的時候，一定要拉上手剎車。〉

　　最後要提的是「かならず」表示一種「習慣」的用法。它與前面所舉條件與結果中的反覆性質有相通之處。

26 私は寝る前にかならず歯を磨きます。〈我睡前一定刷牙。〉

27 私はご飯を食べてからかならず果物を食べることにしている。

〈我固定在飯後一定吃水果。〉

28 テストでは、私は最後にはかならずもう一度見直すことにしている。

〈考試的時候我固定在最後一定會再看一次。〉

　　以上歸納起來，我們可以發現「かならず」的語義是由「條件與結果的

反應關係」中的「固定性」衍生出「具確信的預測」「強烈的意志」和「理所當然的要求」，然後再由「反應關係」中的「反覆性」衍生出表示「習慣」的用法。

下面我們再來回顧一下「きっと」的特色吧。

「きっと」是很主觀的、很有把握的在推測、預測某件事情。而既是推測、預測，它的前提就是必須存在著有不確定性。所以如「かならず」用法中最基本的「條件與結果之反應關係」（如例1～6）表示一種定理、知識、常識等時，由於沒有預測、推測介入的餘地，所以就無法使用「きっと」，但是例7，由於時間的介入，若正好在五、十日要出門就可以解讀成如下列：

十日要出門就可以解讀成如下列：

7　🅐 ○ 五、十はきっと交通が渋滞する。

　　　〈（今天）正好是五、十號中的一天，所以一定會塞車。〉
....

能夠帶入預測、推測的意思，因此就可以用「きっと」了。

相對的，「かならず」就無法用在沒有任何確實性只能憑猜測的句子中，如我們稍微修改一下例3的句子。

3　🅐 ？ 宇宙人にはかならず心臓がある。
　　🅑 ○ 宇宙人にはきっと心臓がある。〈外星人一定有心臟。〉
....

由於「宇宙人」本身的存在與否就已經只是猜測，是否有心臟就更是不得而知，所以基本上就不用「かならず」。當然如果有人百分之百相信外星

人的存在，也相信他們有心臟，那麼他要說3A的句子，或許我們也無法堅持不行，只是一般概念中通常不會這麼用而已。

「かならず」用於過去式時無法表示推測，只能有固定、反覆的意思。例如：

29 　Ａ ○ 昔、彼は試験があるたんびにかならず風邪を引いた。

〈以前他只要有考試，每次一定都會感冒。〉

　　Ｂ × 昔、彼は試験があるたんびにきっと風邪を引いた。

這種過去的慣性情形，由於是個已知的事實，沒有推測等介入的餘地。所以通常不用「きっと」

相對的同樣是過去式，若是沒有反覆的慣性情形而只有單次性，就又不能用「かならず」了。

30 　Ａ × 彼女はかならず結婚したんだ。

　　Ｂ ○ 彼女はきっと結婚したんだ。〈她一定是結婚了。〉

若前示例29稍做修改，使它不具反覆性，而只有單次性，也一樣不能使用「かならず」。

31 　Ａ × 昨日の会議に来なかった？彼はかならず風邪を引いたのだ。

　　Ｂ ○ 昨日の会議に来なかった？彼はきっと風邪を引いたのだ。

是否具反覆性，對「かならず」的影響頗大，預測性的句子也會受其左右。如例13「かならず」和「きっと」都可以用。但例32就只能用「きっ

と」了。

13 🅰 ○ 西の空は夕焼けだ。明日はきっと晴れるよ。

〈西空晚霞滿天，明天一定會是個好天氣。〉

32 🅰 × この異常気象はかならず氷河期の前触れだ。

🅱 ○ この異常気象はきっと氷河期の前触れだ。

〈這種異常的氣候，一定是冰河期的前兆。〉

因為「晚霞」和第二天會「晴天」這個關係，我們由經驗的累積而得知。但是冰河期由於我們還沒有經歷過，所以都無法用「かならず」了。

最後再附加一點就是「かならず」除了可以代換成「かならずしも」的幾個特殊句型以外，通常後面不接否定的形式。

33 🅰 × 明日はかならず雨が降らないよ。

🅱 ○ 明日はきっと雨が降らないよ。〈明天一定不會下雨的啦。〉

1 Ａ あの人はやっとジープを買った。〈他終於買吉普車了。〉

　　Ｂ あの人はとうとうジープを買った。〈他終於買吉普車了。〉

2 Ａ 彼はやっと承諾した。〈他終於答應了。〉

　　Ｂ 彼はとうとう承諾した。〈終於答應了。〉

3 Ａ 彼は事業に失敗して、自分の家をやっと手放した。

　　　〈他事業失敗，終於肯賣自己的房子了。〉

　　Ｂ 彼は事業に失敗して、自分の家をとうとう手放した。

　　　〈他事業失敗，終於把自己的房子賣了。〉

4 Ａ 曇り空だったが、やっと雨になった。

　　　〈原本只是陰天，但終於下起雨來了。〉

　　Ｂ 曇り空だったが、とうとう雨になった。

　　　〈原本只是陰天，但終於還是下起雨了。〉

　　「やっと」和「とうとう」皆譯為「終於」。但是語義内涵卻有極大的差異。試說明上示四例之意義如下：

1A：那個人一直想買吉普車，終於得償所願。買了吉普車了。當然，感覺

「やっと」的主體也有可能是說話者，則意即為：我們一直希望他買吉普車，而終於他買了。若要避免這種雙重意義的狀況可改為「あの人はやっとジープを手に入れた」則僅存前者義

1B：比較傾向周圍的人不希望他買，他卻終究還是買了之意

2A：要求他答應的人，即希望他答應的人所說的話

2B：不希望他答應的人，或要表示他並不是那麼願意答應時所說的話

3A：想要買他的房子的人，希望他賣房子的人所說的話

3B：不希望他賣房子的人，或在描述他很不得已才賣房子時所說的話

4A：乾旱期，期盼下雨時所說的話

4B：本希望別下雨的，但終究下起雨來時所說的話

「やっと」表示的是，經過重重困難，好不容易才達到的一個期盼的好結果之意。所以當結果明顯是非所盼望的結果時，就不能使用。例如：

5　**A** × 一ヶ月待ったけれど、やっと彼からの返事は来なかった。
　　B ○ 一ヶ月待ったけれど、とうとう彼の返事は来なかった。

〈等了一個月，終於還是沒等到他的回音。〉

6　**A** × 忙しくて、その映画はやっと見に行けなかった。
　　B ○ 忙しくて、その映画はとうとう見に行けなかった。

〈太忙，終於沒能去看那一部電影。〉

例5：等了一個月希望能得到他的回音，結果卻沒能等到。例6：想去看那一部電影，卻因為太忙而終究沒能去看。兩者的特色是後半皆為否定型。「やっと」必須是達成所盼望的結果，所以句尾不可以是否定型。

7　Ⓐ ?　いい合いをしているうちに、やっと母は泣き出してしまった。

　　Ⓑ ○　いい合いをしているうちに、とうとう母は泣き出してしまった。

　　〈吵著吵著，最後母親終於哭了起來。〉

除非爭吵的目的就是故意要讓母親哭，否則7A無法使用。

8　Ⓐ ?　人工心臓で1年以上も生きていた人が、やっと今朝亡くなったそうです。

　　Ⓑ ○　人工心臓で1年以上も生きていた人がとうとう今朝亡くなったそうです。

　　〈聽說使用人工心臟活了有超過一年之久的人，終於還是在今天早上不治死亡了。〉

除非說話者希望這個使用人工心臟的人離世，否則8A無法使用，即說話者若用「やっと」則顯示該結果是說話者所盼望的。

又，由於「やっと」也在強調達成這個結果是歷經千辛萬苦的；所以明示過程困難的例句就很適合「やっと」。例如：

9　さんざん捜してやっと手に入れた貴重品です。

　　〈千尋萬覓好不容易才到手的貴重品。〉

10 何度も説明して、やっとわかってくれた。

〈（我）説明了一遍又一遍（他）終於了解了。〉

11 がんばってやっと5ページ翻訳できた。

〈努力的翻，好不容易翻了五頁。〉

12 5時間車に揺られてやっと東京についた。

〈搖搖晃晃的搭了五個小時的車，好不容易才到了東京。〉

「やっと」除了上述表結果的「終於」之外，另外還有表程度的用法
〈勉勉強強〉。例如：

13 4人がやっと座れる狭い部屋です。

〈勉強可以坐下四個人的狹小房間。〉

14 その夜は霧が濃くて、3メートル先のものがやっと見える程度だった。

〈那天晚上霧很濃，差不多最多只能看到三公尺以外的東西。〉

15 彼女は事故のショックで口も聞けず、立っているのがやっとだった。

〈她由於過度驚嚇話都說不出來，只能勉強站立著而已。〉

16 この機関車は貨物車20両をひくのがやっとだ。

〈這部火車頭最多只能拉20節貨物車廂。〉

這類表示程度的「やっと」無法代入「とうとう」。

「とうとう」用在經過一段時間後，達到某一個事先已稍可預知的結果狀態時，與「やっと」不同的是不管結果好壞都可以使用。例如：

17 とうとう夢が叶って主役を演じることになった。

〈終於實現夢想，能夠擔綱演出。〉

18 彼は20年研究して、とうとう癌に効く薬を作り上げた。

〈他研究二十年，終於作出可以治療癌症的藥物。〉

19 万歳、万歳、とうとうできたぞ。〈萬歲，萬歲，終於完成了。〉

上示例17～19表示的是達到一個說話者期盼的好結果之意，故可與「やっと」代換。反之，演變結果正是說話者所擔心的例句時就不用「やっと」了。

20 彼は遊びすぎて、親の残した財産をとうとうなくしてしまった。

〈他享樂過度，終於把父母遺留下來的財產敗光了。〉

21 今年はもう大丈夫と思っていたのに、とうとう台風が来てしまいました。

〈以為今年沒事了，颱風卻終究還是來了。〉

前示之例5，6，7，8亦屬於這一類。

而這一類例句在形態上常會顯現出某些特徵；如前示（例5、6）之句尾採否定形式，或如例7、8和20、21等句尾採「～てしまう」形式等。

由於「やっと」只用在歷經千辛萬苦終於得到期盼的好結果時，故要強調困難重重的好結果，自然較易選用「やっと」，相對的好、壞結果都可用的「とうとう」自然就會傾向用在形成非所期盼的壞結果的情形下，而這個情況似已逐漸滲入「とうとう」的語感中了。這一點和「～てしまう」頗為相似。「～てしまう」本在強調「終了」，但卻因為用於無法挽回之事物的終了，以致「後悔、失敗」的意義滲入「～てしまう」的語感中；故而用了「～てしまう」就自然而然的常會帶有「後悔、失敗」的意思。另外，由於「とうとう」的表達重點在結果，所以如例9、10、11、12等較明顯敘述達成之前的種種困難的句子，就很不適用。

　　茲大略整理兩者的語意如下：

やっと：

　　① 經過種種困難，終於得到期盼的好結果。

　　② 勉強達到某一程度狀態。

とうとう：

　　經過一段時間，到達了某一個事先已稍可預見的結果。其結果包括Ⓐ說話者期盼的和Ⓑ說話者擔心的兩者；但多用於Ⓑ的情況下。

§50.「さっそく」VS「すぐ」

1　**A** さっそくお知らせいたします。〈馬上通知您。〉

　　B すぐお知らせいたします。〈馬上通知您。〉

2　**A** さっそく伺います。〈馬上去拜訪您。〉

　　B すぐ伺います。〈馬上去拜訪您。〉

3　**A** さっそく報告してもらいたい。〈希望（他）馬上報告。〉

　　B すぐ報告してもらいたい。〈希望（他）馬上報告。〉

4　**A** 着いたらさっそく連絡いたします。〈到了之後馬上與您聯絡。〉

　　B 着いたらすぐ連絡いたします。〈到了之後馬上與您聯絡。〉

5　**A** おいしい果物が送られてきたので、さっそく隣の家にもおすそわ
　　　けをした。

　　　〈有人送來了好吃的水果，所以我馬上分送了一些給鄰居。〉

　　B おいしい果物が送られてきたので、すぐ隣の家にもおすそわけを
　　　した。

　　　〈有人送來了好吃的水果，所以我馬上分送了一些給鄰居。〉

6 🅰 テレビの映りが悪いので、さっそく買い換えた。

　〈由於電視影像不好，我馬上另外買了一台。〉

🅱 テレビの映りが悪いので、すぐ買い換えた。

　〈由於電視影像不好，我馬上另外買了一台。〉

7 🅰 さっそく治療しないと手遅れになる。

　〈不馬上治療就會來不及了。〉

🅱 すぐ治療しないと手遅れになる。

　〈不馬上治療就會來不及了。〉

8 🅰 彼は事務所へ来るとさっそく仕事に取り掛かった。

　〈他一到辦公室馬上開始工作。〉

🅱 彼は事務所へ来るとすぐ仕事に取り掛かった。

　〈他一到辦公室馬上開始工作。〉

9 🅰 梅雨に入ったと思ったら、さっそく雨が降り出した。

　〈才進入梅雨季節，馬上就下起雨來了。〉

🅱 梅雨に入ったと思ったら、すぐ雨が降り出した。

　〈才進入梅雨季節，馬上就下起雨來了。〉

10 🅰 ○ 赴任早々さっそくだが、君に頼みがある。

　〈你才到任（這麼快就要請你做事）實在很不好意思，可是有

　事情要麻煩你。〉

🅱 × 赴任早々すぐだが、君に頼みがある。

11 Ⓐ ○ さっそくですが、宿帳にお名前を記入してください。

〈你才到真不好意思，可是請你在住宿登記簿上寫上你的姓名。〉

Ⓑ × すぐですが、宿帳にお名前を記入してください。

「さっそく」和「すぐ」都可以表示兩件事情發生的時間差距極短；中文都譯成〈馬上〉〈立刻〉〈即刻〉。而實際使用時許多句子也都可以互換；尤其「さっそく」的例子，除了少數例外，如例10、11「さっそくですが」等，由於「すぐ」沒有這種用法，故而無法代換之外，其他絕大部分的「さっそく」都可以換成「すぐ」而不會產生語法的錯誤。那麼「さっそく」和「すぐ」到底差別在哪裡？

其實「さっそく」用法上的限制非常之多。

「さっそく」原則上只修飾有意志性的動作。（有關於例9之說明請參閱後述。）所以它

① 不修飾非動詞

12 Ⓐ × そんなにさっそくの話しとは思わなかった。

Ⓑ ○ そんなにすぐの話しとは思わなかった。

〈沒想到是那麼快的事情。〉

13 Ⓐ × もうさっそくお正月だ。

Ⓑ ○ もうすぐお正月だ。〈馬上就要過年了。〉

14 Ⓐ × お湯をかけるだけでさっそくおいしい。

　　Ⓑ ○ お湯をかけるだけですぐおいしい。

　　　〈只要加入開水，馬上就很好吃。〉

② 不修飾非意志動詞

15 Ⓐ × われわれはさっそく東京に着く。

　　Ⓑ ○ われわれはすぐ東京に着く。〈我們馬上抵達了東京。〉

16 Ⓐ × さっそく終りますから、ちょっと待ってください。

　　Ⓑ ○ すぐ終りますから、ちょっと待ってください。

　　　〈馬上好，請等一下。〉

③ 不修飾自然現象。這一點和②有些許重覆，但②以非自然現象為主

17 Ⓐ × 日が出たと思ったらさっそく曇る。

　　Ⓑ ○ 日が出たと思ったらすぐ曇る。〈太陽才出來馬上就陰了。〉

18 Ⓐ × 切っても 切ってもまたさっそく枝が伸びる。

　　Ⓑ ○ 切っても 切ってもまたすぐ枝が伸びる。

　　　〈再怎麼剪馬上就又枝椏橫生。〉

④ 不修飾可能動詞。這一點也和②有些許重覆，但這裡以可能動詞為主

19 Ⓐ × 600字ならさっそく書ける。

Ⓑ ○ 600字ならすぐ書ける。〈600字的話馬上可以寫好。〉

20 Ⓐ × これはインスタント食品ですから、あたためればさっそく食べられます。

Ⓑ ○ これはインスタント食品ですから、あたためればすぐ食べられます。

〈這是速食品，加熱馬上可以吃。〉

⑤ 少用於推論的句子中

　　意志性的動作中的「意志」指的當然是動作者的意志，而動作者的意志一般常由動作本人表達，即此種情況下之動作者和說話者通常是同一個人。但是「推論」則是推論說話者無法知悉的事物，不會用來推論自己的意志動作，因此「さっそく」就不容易用在推論的句子當中。

21 Ⓐ × バスはさっそく来るでしょう。

Ⓑ ○ バスはすぐ来るでしょう。〈巴士大概馬上就會到吧。〉

22 Ⓐ × さっそく出かけるはずだ。

Ⓑ ○ すぐ出かけるはずだ。〈應該馬上就會出門。〉

⑥ 不用於「動詞+ない」這類表示動作不會（馬上）實現的句子中。「さっそく」的動作須以「已實現」或「將要實現」為前提

23 Ａ × 最近の子供は呼ばれてもさっそく返事をしない。

　　Ｂ ○ 最近の子供は呼ばれてもすぐに返事をしない。

　　　〈最近的小孩子，叫他，他也不會馬上應你。〉

24 Ａ × まださっそく帰らない。

　　Ｂ ○ まだすぐには帰らない。〈還不會馬上回去。〉

⑦ 少用於以假定現象為條件的句子中。以「實現」為前提的「さっそく」不應該有一個可能無法實現的假定條件

25 Ａ × 110番に電話すれば、さっそく来るよ。

　　Ｂ ○ 110番に電話すれば、すぐ来るよ。

　　　〈打電話到110他們馬上會來。〉

26 Ａ × 電話があったら、さっそく行きます。

　　Ｂ ○ 電話があったら、すぐ行きます。〈有電話來的話就馬上去。〉

27 Ａ × 雨が降ったらさっそく洗濯物を入れます。

　　Ｂ ○ 雨が降ったらすぐ洗濯物を入れます。

　　　〈下雨的話我就馬上把在曬的衣服收進去。〉

⑧ 不用來修飾命令形的動詞中

　　「さっそく」修飾的是動作者的意志動作，但命令形卻是不顧動作者的意志而在表現說話者的意志，亦即「命令」有違「さっそく」的本意，所以不用。

28 Ａ × 今さっそく来てください。

   Ｂ ○ 今すぐ来てください。〈請現在馬上來！〉

29 Ａ × さっそく連絡してくれ。

   Ｂ ○ すぐ連絡をしてくれ。〈馬上（與）我連絡！〉

30 Ａ × 用件が済んだらさっそく帰ってくれ。

   Ｂ ○ 用件が済んだらすぐ帰ってくれ。〈事情辦完馬上回來！〉

以上是用「さっそく」時的一些限制，此外還有一點和「すぐ」較不同的地方是「さっそく」不用來當做一個句子的述語。（注：「さっそくですが」不視為述語用法。）

31 Ａ × お正月はさっそくだ。

   Ｂ ○ お正月はすぐだ。〈馬上就要過年了〉

32 Ａ × 東京まではさっそくだ。

   Ｂ ○ 東京まではすぐだ。〈馬上就會到東京〉

33 Ａ × 途中に一つ駅があれば、学校はさっそくですけどね。

   Ｂ ○ 途中に一つ駅があれば、学校はすぐですけどね。

   〈中間再有一個車站的話，學校就很近了，可是卻……。〉

既然「さっそく」限制如此之多，其絕大部分的例句又皆可以由「すぐ」代替那麼何不乾脆不用「さっそく」只用「すぐ」？這或許是許多學習者會有的想法，但是「さっそく」還有一個非常重要的意義是「すぐ」所無

法表達的。那就是它的積極性。「すぐ」只客觀的表示兩件事情發生時間相距極短而已；「さっそく」卻含有對某一狀況做出積極迅速的反應之意。它之所以只能修飾意志性動作也正與這種積極性相關。

---

34 Ⓐ ○ ご注文ありがとうございます。さっそくお届けいたします。

〈謝謝您的訂貨，我馬上給您送到。〉

Ⓑ ○ ご注文ありがとうございます。すぐお届けいたします。

〈謝謝您的訂貨，我馬上送到。〉

「さっそく」對對方的「訂貨」做出了較積極、樂意的「送貨」反應。而「すぐ」則只在表示會很快的做「送貨」這麼動作而已。

---

35 Ⓐ ○ 洋服が届いたので、さっそく着てみた。

〈衣服送來我立即試穿。〉

Ⓑ ○ 洋服が届いたので、すぐ着てみた。

〈衣服送來，馬上試穿看看。〉

「さっそく」顯示出對衣服的期待，很想知道穿起來的樣子，而「すぐ」就缺乏了這種熱情。

這種「さっそく」的積極性造成了上述①～⑧的各項限制，而當它看似破壞了這些限制而用於如例9這類句子時，表示的卻是將本來不應該是意志性的行為，故意的表現成是意志性的動作，顯示這是對方特意的作為之意。

36 **A** ○ 手紙を待っていたら、さっそく返事がきた。

〈正等著信，馬上就接到回信。〉

B ○ 手紙を待っていたら、すぐ返事がきた。

〈正等著信，馬上就接到回信。〉

「等信」「回信」之間有明顯的反應、期待的關係，所以36A「さっそく」就比36B「すぐ」表達好得多了。「他知道我在等，所以馬上就來了。」的意志性亦隱含於「さっそく」之中。這個句子若把「いたら」改成「いると」表示反應的意思就更強，就更適用「さっそく」而更不適用「すぐ」了。

又例9A的「梅雨」或許很難說是一種期許，而是一種雖然不喜歡但知道它終究要來的預測，老天知道我的這種預測，馬上的就下給我看看。

這裡我們還要注意到一點，就是前面我們提到過「さっそく」少用於以假設情況為條件的句子中，而「たら」「と」卻又正是典型表示假定條件的接續助詞，這是否是一大矛盾？

注意到這裡的「たら」「と」都用在一個過去式的句子中，而「たら」「と」除非在「～のに」句型中，否則是無法表示「反實假定」的；也就是說，除非是「～のに」句型，「たら」「と」無法在過去式裡表示假定，表示的都一定是「繼起」──亦即「連續發生」之意，因此例9、例36並未破壞限制。

又如例8有關他人的意志動作方面也因為是採過去式的方式，說話者才可以憑觀察認定出他人的意志。

但確實似有少數情況既可使用假定也可以推論他人的意志。如

37　A　○ お願いすればさっそく推薦状を書いてくれるでしょう。

　　　　〈去拜託的話，他大概馬上會願意幫我（你）寫推薦信吧。〉

　　B　○ お願いすればすぐ推薦状を書いてくれるでしょう。

　　　　〈去拜託的話，他大概馬上會願意幫我（你）寫推薦信吧。〉

可是這常只限於「やり、もらい」這類句型。

由於篇幅的關係，無法再深入探討「さっそく」與「すぐ」的關係，也無暇提及「すぐ」的表空間與慣性的用法，留待下次有機會再作詳述。

§51.「せっかく」VS「わざわざ」

1 Ⓐ せっかく会いに来たのに、面会できないなんて。

〈特地來了，卻不能見面，眞是的！〉

Ⓑ わざわざ会いに来たのに、面会できないなんて。

〈特地來了，卻不能見面，眞是的！〉

2 Ⓐ せっかく御出でくださったのに、留守で失礼しました。

〈那天您特地來了，我卻不在，眞是失禮。〉

Ⓑ わざわざ御出でくださったのに、留守で失礼しました。

〈那天您特地來了，我卻不在，眞是失禮。〉

3 Ⓐ せっかく用意したのに使われなかった。

〈特地準備了，卻沒被用上。〉

Ⓑ わざわざ用意したのに使われなかった。

〈特地準備了，卻沒被用上。〉

4 Ⓐ せっかく覚えた言葉が試験に全然でなかった。

〈特地背了的單字，考試卻根本都沒考出來。〉

Ⓑ わざわざ覚えた言葉が試験に全然でなかった。

〈特地背了的單字，考試卻根本都沒考出來。〉

5　Ａ　せっかく根回しをしておいたのに、さっぱり効果がない。

　　　〈我還特地和大家都先疏通過了，卻完全沒有效果。〉

　　Ｂ　わざわざ根回しをしておいたのに、さっぱり効果がない。

　　　〈我還特地和大家都先疏通過了，卻完全沒有效果。〉

6　Ａ　せっかく取り寄せた品を気に入らぬからといって突っ返すとは
　　　　何事だ。

　　　〈特地為他訂購的東西，不滿意就這樣丟回來，算什麼！〉

　　Ｂ　わざわざ取り寄せた品を気に入らぬからといって突っ返すとは
　　　　何事だ。

　　　〈特地為他訂購的東西，不滿意就這樣丟回來，算什麼！〉

　　「せっかく」和「わざわざ」都可以譯為中文的〈特地、特意〉〈專
程〉等。上示各例之「せっかく」和「わざわざ」的意義及用法也大致相
近。可是卻也有許多不可互換的用法。

7　せっかくのご好意ですから、遠慮なく頂戴いたします。

　　〈您這麼好意，我就不客氣的接受了。〉

8　せっかくですが、お酒はだめなんです。

　　〈謝謝您的好意，可是我不會喝酒。〉

9　せっかくの休日も雨でつぶれた。

　　〈好不容易盼到的假日，卻讓雨給破壞了。〉

10 せっかく外国勤務を命じられたのだから、この機会に語学を勉強しよう。

〈被命令調到國外工作，正好利用這個機會學外語。〉

11 子供がせっかく泣き止んだのに。

〈孩子好不容易停止了哭泣，卻又……。〉

12 せっかく一生懸命勉強したのに、病気で試験が受けられなかった。

〈特地用功了半天，卻因為生病而無法參加考試。〉

以上例7到12都無法換成「わざわざ」；而「わざわざ」的下示例13到17也無法換成「せっかく」。

13 お忙しいところ、わざわざいらしてくださいましてありがとうございました。

〈您這麼忙還特地光臨，真是非常感謝。〉

14 わざわざいらっしゃらなくてもおついでで結構です。

〈您不用特地來，有順道的時候再來就可以了。〉

15 わざわざ空港まで迎えに行く。〈特地到機場迎接。〉

16 新しい学生帽をわざわざ油で汚して得意になってかぶっている学生。

〈學生故意用油把新的學生帽弄得髒兮兮的，然後很得意似的戴著。〉

17 わざわざ間違い電話を掛ける悪質ないたずら。

〈惡作劇故意打錯電話。〉

其實基本上「せっかく」和「わざわざ」兩者都是說話者用來表示主觀評價的語詞。「せっかく」用來表示說話者認定某一件事是有價值的；而「わざわざ」則表示說話者認定某一件事是專程、特意、費事、費神的。

「せっかく」的成立包含三個條件；首先它必須是在修飾某一個行為或事態，表示該行為或事態是說話者認定具有價值的。如下示例18的「人材」、例19的「您的邀約」、例20「我要教他的好意」等。

18 せっかくの人材をこんな職場で埋もらせてしまうとはもったいない。

〈這麼好的人材埋沒在這樣的工作環境裏，實在可惜。〉

19 「今度の土曜日、遊びに来ませんか？」「せっかくですけど、用事があるんです。」

〈「下禮拜六，要不要來我家玩？」「謝謝您的邀約，可是我有事。」〉

20 せっかく教えてやろうと思ったのに、断るなんてひどい。

〈我好心要教他，他竟然還拒絕，真是過份！〉

又如前示之例1A「我來」、2A「您來」、3A「準備」、4A「背單字」、5A「疏通」、6A「訂購」、7、8「您的好意」、9「難得的假日」、10「到國外工作的機會」、11「孩子不哭」、12「努力用功」等等亦是如此。

　　「せっかく」在評價完了之後，還必須再導出這個有價值的行為、事態所得到的待遇、遭遇或反應。如例18有價值的「人材」得到的遭遇是被「埋沒在這樣的工作環境裏」，19「您的邀約」結果是我「無法接受」，20「我要教他的好意」得到的待遇是被「他拒絕」。前示各例也都各有這個部分。如例1A「我來」卻「不能見面」，2A「您來」卻「我不在」，3A「準備了」卻「沒用上」，4A「背了單字」卻「沒考出來」，5A「疏通」了卻「沒有效果」，6A專程為他「訂購」了卻被「丟回來」，7「您的好意」我不辜負的「接受」下來，8「您的好意」我卻「不會喝酒」，9「難得的假日」卻「下起了雨」，10不辜負「到國外工作的機會」要好好「學語文」，12「努力用功」卻「不能參加考試」。其中例11「孩子不哭」句中只有以「のに」暗示沒有得到適切的待遇，而沒明示其待遇為何。

　　從上面我們還可以發覺，這個待遇、遭遇或反應可以分成兩類：即以順接方式表達之「適合這一個有價值的事態的結果」，和以逆接方式表達之「不適合這一個有價值的事態的結果」。如例7、10是屬前者；例1A、2A、3A、4A、5A、6A、8、9、11、12、18、19、20是屬後者。「せっかく」成立的第三個條件就是說話者還要對這一個事態和其所接受到的待遇是否相當作一番評價。

　　即「せっかく」是在：評價「一個有價值的行為、事態與該行為、事態所遭遇到的待遇、反應」是否相當，是否適切的副詞。

　　而「わざわざ」則是在表示說話者認定某個行為是特地、專程或費事、費神之意時使用的副詞。它只修飾意志性的動詞，也就是說這個費事的行為正是行為者特意選擇的；行為者特意的選擇了一個說話者認為比較費事、麻

煩的方式來做某事之意。就動作者來說是為某一件事「專程、特意」，就說話者來說是「費事、麻煩」。

21 夫が栄転したというので、わざわざ河岸まで行って生きのいい鯛を仕入れてきた。

〈由於丈夫高昇，她專程到港口去選購新鮮的鯛魚。〉

22 オス犬は子犬を抱えたメスに遠慮してわざわざ遠回りして水を飲みに行った。

〈公狗顧慮帶著小狗的母狗特意繞道去喝水。〉

23 子供はわざわざ水溜りを歩くのが好きだ。

〈小孩子就喜歡故意的走在有積水的地方。〉

「わざわざ」用在修飾他人的動作時，除了例21、22所表示之單純專程、特意之外，依文脈可以含有下面兩種評價的意思。

1. 表示謝意、承擔不起之意——出現於說話者認為該動作是對方特地為自己所做的時候。如例13、24、25。

2. 表示不必要。如例16、26、27。

3. 惡意。如例17、28。

又，例23是只隱含有稍許批評之意，評價並不是很明顯。因為「わざわざ」原意中並不包含批判；會產生評價之意完全是由於文脈接續之故。所以例句中會有類似例23這種評價不是很清楚則是很理所當然的。

24 わざわざのおいで、恐縮に存じます。

〈您專程到訪，讓我無限惶恐。〉

25 私のためにわざわざ生臭抜きの料理を作らなくったってよかったの
に。

〈您就不用費心特地爲我做無腥臭的料理了嘛。〉

26 真っ直ぐ行けば近いのに、わざわざ遠回りするなんて変な人だ。

〈直直走比較近，他卻故意的要繞遠路，眞是個怪人。〉

27 安い既製服だってあるのに、わざわざ高い誂えの服を仕立てさせ
る。

〈也有便宜的成衣，他卻特意花許多錢去訂做。〉

28 わざわざ人の仕事の邪魔をしに来る。〈故意來搗亂人家的工作。〉

　　而當說話者和動作者是同一人時，便成了為某一個原因而特意選擇一個
比較麻煩的做法之意：

29 私は例のことのためにわざわざ上京したのだ。

〈我是爲了上次那件事情特別到東京來的。〉

30 君が知ったら心配するだろうと思って、わざわざ黙っていたんだ。

〈我是怕你知道的話會擔心，所以故意不說的。〉

　　其中例30是對動作者來說「黙る」是負擔比較重的一個做法。

由上可知「せっかく」和「わざわざ」在基本語義上根本完全不同；而之所以會產生混淆，主要是因為「せっかく」的「有價值的事情」和「わざわざ」用於好的意思時的「特意、專程」會非常相近之故。

另外，「せっかく」和「わざわざ」在一些表層的構句上還有稍許不同。如「わざわざ」只修飾動作，且是意志性的動作，而「せっかく」就無這層限制。如前示之例7、8、9、18、19。

又，在一些句子中發現「せっかく」和「わざわざ」雖然可以代換，但所修飾的動詞卻會有所不同。「せっかく」修飾最靠近的，「わざわざ」則需是意志的動作，所以有時候可以有兩種狀況。

31 **A** せっかく 冷えているジュースを温めて飲むなんて馬鹿な話だ。

〈把好不容易冰涼的果汁加熱來喝，沒聽過這麼蠢的事。〉

B わざわざ冷えているジュースを温めて飲むなんて馬鹿な話だ。

〈把冰涼的果汁特地加熱了來喝，沒聽過這麼蠢的事。〉

32 **A** せっかく 下ろしたお金を又預金するんですか。

〈專程領出來的錢，又要把它拿去存啊？〉

B わざわざ 下ろしたお金を又預金するんですか。

〈領出來的錢，又要專程把它拿去存啊？〉

33 **A** 彼はせっかく冷房を効かせてあった部屋のドアを開けっ放しにして出て行った。

〈他把好不容易（因冷氣）才涼下來的房間門打開就跑出去了。〉

B 彼はわざわざ冷房を効かせてあった部屋のドアを開けっ放しにして出て行った。

〈他故意把開著冷氣的房間門打開就跑出去了。〉

34 **A** 彼はせっかく清書した原稿をみんな破いて捨ててしまった。

〈他把好不容易謄好的原稿全撕了丟掉。〉

B 彼はわざわざ清書した原稿をみんな破いて捨ててしまった。

〈他故意的把謄好的原稿全撕了丟掉。〉

§52.「とりあえず」VS「一応」(1)

1　Ⓐ とりあえず調べてみよう。〈反正就先調查看看吧。〉
　　Ⓑ 一応調べてみよう。〈反正就先調查看看吧。〉

2　Ⓐ じゃ、とりあえず出社はするつもりですね。

　　　〈那,你就打算還是先去上班再說囉?〉

　　Ⓑ じゃ、一応出社はするつもりですね。

　　　〈那,你打算還是先去上班再說囉?〉

3　Ⓐ 熱はとりあえず下がりました。〈至少燒總算是退了。〉
　　Ⓑ 熱は一応下がりました。〈燒算是退了。〉

4　Ⓐ これでとりあえず準備は整った。〈這樣可算是準備完畢了。〉
　　Ⓑ これで一応準備は整った。〈這樣可算是準備完畢了。〉

5　Ⓐ これでとりあえず生活には困らないだろう。

　　　〈這樣至少目前生活不會有困難吧。〉

　　Ⓑ これで一応生活には困らないだろう。

　　　〈這樣生活上大致應該沒有什麼問題吧。〉

6　Ⓐ 雨が降るかもしれないからとりあえず傘を持っていこう。

〈搞不好會下雨，我還是帶把傘去吧。〉

B 雨が降るかもしれないから一応傘を持っていこう。

〈搞不好會下雨，我還是帶把傘去吧。〉

7 A 卒論を一ヶ月かかってとりあえず書き上げた。

〈畢業論文花了我一個月總算可說是寫好了。〉

B 卒論を一ヶ月かかって一応書き上げた。

〈畢業論文花了我一個月總算可說是寫好了。〉

8 A とりあえず手当てはしておきましたが、まだ痛むようならまた病院に来てください。

〈先做這樣的處理，如果還痛的話再來醫院。〉

B 一応手当てはしておきましたが、まだ痛むようならまた病院に来てください。

〈大致上已經做了處理，如果還痛的話再來醫院。〉

9 A 細かい点は交渉の余地があるが、とりあえず承諾した。

〈還有一些細部仍待商討，不過反正就先答應下來了。〉

B 細かい点は交渉の余地があるが、一応承諾した。

〈還有一些細部仍待商討，不過大致上答應了。〉

「とりあえず」和「一応」兩個副詞，日常會話中出現頻繁，而且彼此多可互換，可是語意很具日文獨有的特色，對外國人來說是相當難以掌握的兩個詞語。依日語字典，「とりあえず」可以譯成〈急忙、趕忙、趕快、匆

匆忙忙〉〈姑且、首先、暫時〉等，「一応」則譯成〈雖然不徹底大致做了一次、一下、一遍〉〈姑且、首先〉〈大致、大體〉。但是實際檢測例句便可以發現有許多時候這些譯語根本是無法適用，其中〈姑且〉有時雖然語義相符，但是文體較古，所以也是無法契合。因此譯這兩個詞時常常就必須依上下的文脈做語氣上的調整，但即便如此仍是很難譯得十分貼切。而更困難的是儘管仔細斟酌，譯完後，兩者的語義仍是難以區別。可說是相當令學習者頭痛的兩個詞。

一般來說「とりあえず」原本是「取るものも取りあえず」〈連該拿的東西都來不及拿〉之意。

10 その知らせを受けると彼は取るものもとりあえず現場に急行した。

〈接到那個通知，他（什麼都來不及拿）匆匆忙忙就急奔現場了。〉

由於後面修飾意志動詞，所以意思就成〈匆匆忙忙採取某一個動作、行為〉之意。

之後再轉成〈在問題無法完全解決以前先採取某個行動應急〉之意。

11 窓ガラスにひびが入ってしまった。とりあえずテープで貼っておこう。

〈玻璃窗戶裂開了，暫時就先貼個膠布（應急）吧。〉

而後再擴大成〈在一時無法同時做完一連串動作的情況下，就先做其中的第一個步驟〉或〈在情況不明時，先只做必要的防範措施以靜觀其變〉之意。

12 結婚は将来でもよいとして、とりあえず婚約だけでもさせよう。

　〈結婚可以以後再說，但是訂婚還是先讓他們訂了吧。〉

13 家もすっかり焼けてしまったので、とりあえず借家して一家五人で六畳一間で暮らしている。

　〈房子也全都燒光了，所以只好暫時租個房子，一家五口人就擠在六個榻榻米大的房間生活。〉

14 ここは危ないからとりあえず安全な場所に避難しよう。

　〈這裏危險，我們先找個安全的地方避避難再說吧。〉

15 検査では大したことないとわかったが、しかし、本人が重態肺病だと信じ込んでいたので、とりあえず休学することにした。

　〈檢查後已經知道沒什麼大問題了，但是因爲他本人一直認定是很嚴重的肺病，所以（爲安全起見）還事先辦了休學。〉

　　而後再擴大成爲〈無法馬上進行該做或想做的事情時，先做其他的事，靜待時機〉之意。

16 桃子は本来実家の婆ちゃんに相談しようと思って家を出てきたが、近くまで来て、電話をしたら、婆ちゃんしばらくの間留守のようだった。婆ちゃんが帰るまでとりあえずデパートで買い物することにした。

〈桃子出門本是爲了要找老家的奶奶商量，但來到附近，打了電話才知道奶奶正好出去一下，所以就先在百貨公司逛逛買買東西等奶奶回來。〉

當然這幾個類型都是逐漸演變，擴大成形的，所以許多句子，尤其是例句本身太短，文脈不清楚，須由讀者自行想像的，就可能可以有多種解釋，而難以明確歸類的情形。例如：

17 とりあえず母に合格を知らせる。

〈我就先去通知一下母親說我考上了。〉

像這樣，「とりあえず」基本上是一連串的整體行動中，因時間不及或不知該如何是好而從中選取一個行爲來進行之意。也就是說「とりあえず」所修飾的行爲是一連串動作中的第一個動作之意，而且由於行爲是可以選定的，因此顯然必須是一個意志能夠控制的行爲。「順序」和「意志行爲」是「とりあえず」所修飾之動詞的特色。

但是查閱例句，我們卻仍是可以發現到像下示的這種例子。

18 とりあえずそう結論できる。〈至少目前我們可以做這樣的結論。〉

19 これでとりあえず見通しが立った。

〈這樣總算可以看得出個可能性了。〉

20 新しい家もとりあえず形はできてきました。

〈新房子總算差不多有個形了。〉

21 痛みはとりあえず取れた。〈至少目前是不痛了。〉

22 午前の部はとりあえず終わった。〈早上的部份算是結束了。〉

以上例18〜22都屬於非常意志性的行為，另例3「熱が下がる」、例4「準備は整った」、例5「困らないだろう」也屬非意志的表現。此外甚至有非動詞的例句。

23 入院するに、とりあえず寝巻きとスリッパと洗面道具が必要だ。

〈住院首先就需要準備睡衣、拖鞋和盥洗用具。〉

24 逃げる方向はとりあえず逆光がかばってくれる西の方角だ。

〈潛逃方向決定就往可藉逆光遮蔽追蹤者視線的西方逃逸。〉

例23、24，以斷定助動詞「だ」結尾，明顯是屬於判斷的表現，再看例18〜22這些非意志動詞的句子，我們也可以說它也是一種說話者的判斷。那麼，是否只要是表示說話者判斷的句子，即使是非意志的表現也可以用「とりあえず」呢？其實不然。

25 Ａ × 今はとりあえず学歴社会です。

可以使用「とりあえず」的判斷句是要有附加條件的，即必須是具有階段性或順序性的句子。如例18是事情到達可以做出一個結論的階段。例19事

情的走向到了一個可預見其未來的階段。

　　例20房子蓋到大致成形的階段。例21感到痛楚的這一段已經結束。例22早上的部份結束了。例23要住醫院一定會需要的用品。例24要潛逃首先須決定方向。

　　這個順序性還明顯反應在我們常聽到的這類例子裏。

26 とりあえずビールをください。〈先來瓶啤酒。〉

27 食事の支度ができるまでとりあえずお菓子でもいかがですか。

　　〈飯做好以前要不要先來些點心？〉

　　相對的「一応」就沒有這種順序方面的要求。所以順序要求明顯的例26、27就不用「一応」，反而例25可以適用。

25 Ｂ ○ 今は一応学歴社会です。〈現在基本上都還是學歷社會。〉

　　又如例23「とりあえず必要だ」指的是最低限度必要的。「一応必要だ」指的是原則上需要，也就是如果實在沒辦法也可以不要的意思。可是「一応」的基本義卻又是「最低限度」之意。這之間還有許多須要說明的部份，留待下次有機會再作討論。

§53.「とりあえず」VS「一応_{いちおう}」(2)

在上個單元裡，我們提到「とりあえず」含階段性或順序性的意義。例如：

1 これでとりあえず準備_{じゅんび}は整_{ととの}った。〈這樣可算是準備完畢了。〉

2 とりあえず帰_{かえ}ってからゆっくり対策_{たいさく}を考_{かんが}えましょう。

　　〈就先回家去再慢慢想辦法吧！〉

只是這種階段性或順序性，基本上必須是實際已發生或於計劃中，預計將會發生的事才能用「とりあえず」。若只屬理論上的順序就不能適用了。例如：

3 そもそも飢_うえきった物_{もの}にとっては食物一般_{しょくもついっぱん}があるだけで、神戸牛_{こうべうし}だとか、広島_{ひろしま}の牡蠣_{かき}の味_{あじ}というものはまだ存在_{そんざい}しない。一応満腹_{いちおうまんぷく}することが保証_{ほしょう}されてから、初_{はじ}めて個々_{ここ}の味覚_{みかく}も意味_{いみ}を持_もってくる。

　　〈基本上對餓到極點的來說，他們眼中只有一般泛稱的「食物」，還

　　　無所謂神戶牛肉的味道啦，廣島牡蠣的口感之類的。總要先大致

　　　能吃個飽，之後個個的味覺口感才有意義。〉

像例3的這個「一応_{いちおう}」就不太適用「とりあえず」。

上個單元中我們還談到「とりあえず」句的述語形態包括意志性動詞，顯示一個階段之終了的動詞或句尾形態，以及以「だ」結尾的典型判斷句型。例如：

4　とりあえず出してみよう。〈反正就先交出去看看再說吧。〉

5　原稿はとりあえず書き上げた。〈稿子總算可以說是寫好了。〉

6　入院するには、とりあえず寝巻きとスリッパと洗面道具が必要だ。
　　〈住院首先就需要準備睡衣，拖鞋和盥洗用具。〉

其中後兩者（例5、6）屬於表示判斷的句子，不過仔細斟酌，我們可以發現即便是意志性動詞如例4，動作者之所以選擇要「出す」也是視當場情況判斷出「だす」是個恰當的動作才決定這麼做的。因此整體說來「とりあえず」應該都是在表示說話者的一種判斷才是。只是由於「とりあえず」只用在實際的動作上，因此就會給人以動作性較強的感覺。

與「とりあえず」相同的「一応」也是在表示說話者的判斷。只是並非由階段性、順序性的角度來看的選擇或判斷，而是在表示達到「最低標準」的判斷。

7　土間の両側に板の間が高くなっていて、一応畳が敷いてある。
　　〈兩旁的木板房間比中間的土地面的隔間稍微高一些，還好上面還鋪
　　了榻榻米。〉

8 発見などと言っては大げさすぎるかもしれないが、これは一応注目に値する。

〈說它是一項新發現可能有些誇大，但是還算是頗值得矚目的一件事。〉

9 一応赤土を下地にした道である。

〈至少還是下面舖了紅土的一條道路。〉

例7：不是光禿禿的木板間，上面舖了榻榻米，勉強還算可以住人的房間。——舖了榻榻米是一個較像樣房間最起碼的條件之一。例8：雖然稱不上新發現，但是算是滿足了成為「受矚目的一件事」的標準。例9：至少還可以稱它為一條路而不是一片砂地。

10 大塚菊雄は両親が健在である。父親は銀座でレストランを経営している。菊雄の下に弟と妹がおり、表向きは一応きちんとした中産階級の家庭であった。

〈大塚菊雄雙親健在，父親在銀座經營餐館，菊雄下有弟妹，外表看來大致是屬正常的中產階級家庭。〉

11 「いやいや、こっちこそ留守にしていて失礼しました」真鍋も一応きちんとした態度である。

〈「不、不，我不在家更是對您失禮了」真鍋大致上也是態度得體。〉

12 君の意見も一応筋が通る。〈你的意見也算有道理。〉

例10、11、12「一応」所修飾的對象內容表示的是「評價」本身，亦即依某一個現象或動作可以評量出它是屬於某個水準的。而「一応」所修飾的評價必須是屬於正面的評價方可。

13 × 一応めちゃくちゃである。

除此之外，「一応」所修飾的對象內容還可以是之所以評價它的條件（如例7「畳が敷いてある」），或是促使該評價成立的動作或狀態（如例14「全問に回答した」、例15「去った」）。

14 問題は難しかったが、一応全問に回答した。

〈問題很難，但是大致上是每一題都答了。〉

15 台風は一応去った。〈颱風算是過去了。〉

而構成評價的最起碼條件若是屬於僅能裝飾外表，非實質意義的條件時，「一応」的意思就變成「做個樣子」之意了。

16 （病気になり、誰かが見舞いに来ることを心待ちしている夫婦）自分たちのような皆から軽視され、無視されている夫婦の所へは誰も来てはくれないだろう。普段だったら一応顔見せに来るだろう。しかし、今は……。

〈（病中盼望著有人來探病的夫婦）像這樣受大家蔑視、忽視的夫妻，應該根本就沒有人會來吧。平常的話或許還會露個臉，但是現在……。〉

17 まあ、一応表面上はこっちも謹慎の身ということになる。家の窓のカーテンはできるだけ閉めとけ。

〈唉！至少表面上我們還是屬於需要在家反省的身分，所以家裡的窗簾還是僅可能的要拉起來才好。〉

下示例18是所企盼完成的事標準太高，不見得能夠達成，所以不太抱希望，但是做最起碼的嚐試和努力之意。19則是含「無法做到對方所企盼的事，只是可以先放在心上等待其它機會」之意。

18 受かるかどうかわかりませんが、一応受けてみよう。

〈是不知道考不考得上啦，可是反正就考看看吧。〉

19 今は希望に添えないが、一応聞いておきましょう。

〈現在是沒辦法照你所希望的啦，可是我就先聽聽你的要求好了。〉

與此類似的是表示「以防萬一」的「一応」。即基本上沒有問題，但為慎重起見就再做個什麼使自己或他人安心。

20 骨には異常ないと思うが、一応レントゲンを撮った方がいいかも知れないね。

〈骨頭應該沒什麼問題不過還是照一下X光可能會比較好。〉

也由於「一応」表示的是達到一個最低標準，所以常也會用在表「某一點還算可取，但是還有許多不足之處」的時候。

21　当時の乏しい薬品が傷口の化膿を防げなかったのだ。そして一応は治癒したその跡に醜い凹凸のある瘢痕組織を残した。

〈當時因藥品匱乏，無法防止傷口化膿。結果雖然說算是痊癒了，可是在傷口處卻留下了凹凸醜陋的瘢痕組織。〉

22　行き先の見当だけは一応ついたものの、その方面からそれらしい変死体が発見されたという報告はまるでなかったし、仕事の性質上、誘拐されるような秘密にタッチしていたとはちょっと考えられない。

〈去向大致是有了概念了，但是也沒聽說那一帶發現了什麼離奇死亡的報告，而且他工作性質上也不可能會有因牽涉到什麼祕密事件而遭綁架的可能性。〉

句型上採「一応……が……」這種逆接形態是這一類句子的特色。

「一応」的用法大致可以歸納成以上數種形態，而它的這種語意特色也反應在幾個比較特別的用語上。例如：

23　「食事でもいかがですか。」「いいえ、一応済ませてまいりました。」

〈「要不要去吃個飯呀？」「啊，不，我吃過才來的。」〉

398

24 「構内は禁煙なんですが、」「あっちでも吸ってるじゃないか。」
「一応、規則なもんで……」

　〈「對不起我們區內是禁煙的。」「那邊不也在抽嗎？」「對不起，

　　可是這是規定。」〉

25 「君、東大出だって？」「ええ、まあ、一応。」

　〈「你，說是東京大學畢業的啊？」「啊，（勉強算）是啦！」〉

　　你或許已經發現到，例23～25的特色就是會話體，而且「一応」的部份很難譯成中文。「一応」表示的是「大致是這個樣子」，所以不算是一個很強烈的主張，藉此，例23，對別人的邀約表示拒絕時，聽起來就不會那麼毫無轉圜的餘地。例24就是對執行有人遵守有人不遵守的規定時之和緩的規勸說法。例25，是否是東京大學畢業是很確切的，無所謂算或不算，只是藉由「一応」的回答，可以顯示說話者謙虛或不好意思明說的含意。而也由於是一種謙虛的表現，所以就不適合用在無可謙虛的情況。

26 「君、中卒だって？」「ええ、一応。」

　〈「你，說是只有初中畢業啊？」「是啊（勉強算）是啦。」〉

　　最後再來看一下「一応」和「とりあえず」一個較微妙的區別。

27 **A** とりあえず婚約だけでもさせよう。

　　〈至少就先讓他們訂婚吧。〉

　　B 一応婚約だけでもさせよう。〈至少就先讓他們訂婚吧。〉

28 Ⓐ 結婚は将来でもよいとして、とりあえず婚約だけでもさせよう。

　　〈結婚可以將來再結，但現在至少就先讓他們訂婚吧！〉

　　Ⓑ ？結婚は将来でもよいとして、一応婚約だけでもさせよう。

29 Ⓐ とりあえず避難しよう。〈就先避難再說吧。〉
　　Ⓑ 一応避難しよう。〈就先避難再說吧。〉

30 Ⓐ ここは危ないから、とりあえず避難しよう。

　　〈這裏危險，我們先避難再說吧！〉

　　Ⓑ ？ここは危ないから一応避難しよう。

　　單純只有述語時「とりあえず」和「一応」都可以適用，但句子加長後卻變成有一方相對適用，這顯示的是這兩個副詞關係到的不僅只是後半期所修飾的述語而已，而且還會關係到前後文脈。例28、30都是因為順序性和與順序性相關的緊急程度顯性化，使句子積極需要「とりあえず」的加入，相對的就會使「一応」顯得太概括太缺乏緊迫性了。當然這一個單元所舉的「一応」的例子也有許多是捨去文脈就可以使用「とりあえず」的，你找得出來嗎？

§54.「結果」VS「結局」

1　**A** ○ 試験の結果は一週間後に発表される。

　　　〈考試的結果一週後公佈。〉

　　B × 試験の結局は一週間後に発表される。

2　**A** ○ 悲惨な結果を招く。〈招致悲慘的結果。〉

　　B × 悲惨な結局を招く。

3　**A** ○ 物事には基となる原因があって、それから結果が生じる。

　　　〈凡是都有其因而後産生結果。〉

　　B × 物事には基となる原因があって、それから結局が生じる。

4　**A** × 結果金がなければ何もできないということだ。

　　B ○ 結局金がなければ何もできないということだ。

　　　〈結果就是沒錢什麼都做不了。〉

5　**A** × ずいぶん待ったが結果山田さんは来なかった。

　　B ○ ずいぶん待ったが結局山田さんは来なかった。

　　　〈等了相當久可是結果山田先生還是沒來。〉

6 　Ⓐ × あらゆる手立てを尽くしたが結果は無駄だった。

　　Ⓑ ○ あらゆる手立てを尽くしたが結局は無駄だった。

　　〈用盡所有方法可是結果還是沒用。〉

「結果」和「結局」在日語中，本是語意、用法完全不同的兩個語詞；但是，譯成中文卻都成為〈結果〉，所以自然便造成學習日語之中國人的困擾。「結果」基本上用做名詞。

7 　これは望む通りの結果です。〈這是如我所願的結果。〉

8 　今日の試合の結果なら、十一時過ぎのニュースでわかる。

　　〈今天的比賽結果可以在十一點多的新聞報導中得知。〉

9 　例の件に関しては、投票の結果否決された。

　　〈有關上次那件事情依投票的結果被否決掉了。〉

10 　彼女の成功は、たゆまぬ努力の結果です。

　　〈她的成功是努力不懈的結果。〉

11 　結果だけで事の善悪を判断するな。

　　〈不要單以結果來判斷事情的善惡。〉

12 　この判断がたとえどんな結果をもたらそうとも決して後悔はしない。

　　〈不管會造成什麼樣的結果，這個判斷我都絕不後悔。〉

13 　あの場面で思い切って選手交替させたことがよい結果につながった。

　　〈在那個情形下，痛下決心交換選手造成好結果。〉

有時可以加上「する」形成サ行變格動詞，但並不常見。

14 彼の行動の結果するところが大きい。〈他的行動有很大的成果。〉

「結局」一詞，本是指最後一局棋之意，用作名詞時，通常也只表示此意或戲劇、故事的結局之意。事實上「結局」最常見的還是副詞用法，表示〈用盡各種方法，歷經幾番波折之後，結果……〉之意。換句話說，中文〈結果〉當名詞用時，日文依然譯為「結果」，而當副詞用時，有許多情況就得譯成「結局」了。

15 いろいろ努力したが結局失敗した。

　〈做了各種努力，但是結果失敗了。〉

16 自分で時計を修理しようとしたけれど、結局うまく行かなかった。

　〈本想要自己修手錶，可是結果修不好。〉

17 結局、何を説明されたのか分からなかった。

　〈結果搞不清楚他在說明什麼。〉

18 何のかのと言っているが、結局払う気がないのだ。

　〈東扯西扯的，結果就是沒意思要付帳。〉

19 いろいろ調べたが、結局わからずじまいだった。

　〈調查了很多，結果還是不知道。〉

20 何度も話し合ったが、結局意見はまとまらなかった。

　〈談了很多次，結果意見還是無法統一。〉

21 表現はうまいが、結局何を言いたいのか、さっぱり分からない評論だ。

〈這篇評論，文筆是很好，可是完全搞不清楚他到底要說什麼？〉

22 偉そうなことを言うが、結局人の助けがなければ何もできないじゃ
ない。

〈說得這麼好聽，結果還不是沒人幫就什麼都做不來。〉

試比較下列兩例之不同。

23 結局どうなったの？〈結果怎麼樣了？〉－副詞用法

24 結果はどうなったの？〈結果是怎麼樣？〉－名詞用法

　　兩者都在問結果如何，但是例23顯示說話者瞭解這件事的演變有些比較
複雜的過程，在問歷經那些過程之最後結果是如何。而例24則只是在問事情
的結果本身而已。

　　這一點由下示例25、26、27、28中，亦可見其端倪。

25 結局だめだった。〈結果不行。〉

26 結果的にはだめだった。〈結果不行。〉

27 いろいろ手を回したが、結局だめだった。

〈用盡各種辦法，可是結果還是不行。〉

28 ？いろいろ手をまわしたが、結果的にはだめだった。

　　正因為「結果」僅關心事情的結果本身，所以就不太適合用在「いろいろ手を回した」〈用盡各種辦法〉這種明顯強調過程的語句後面。

　　又，我們在看「結局」的例句可以發現，它所例示的結果大多屬於負面的。亦即在「歷經重重波折、努力之後，結果仍是不如理解」之類的句子很多，而之所以會如此是因為末能如意的結果方能更突顯過程的艱辛與波折之故。

　　當然「結局」的結果並不一定非得是負面的，也可能是表示總算平息了一件事之意。

29 派手なけんかをした二人だが、結局元のさやに納まった。

　　〈大大吵過一架之後，二個人結果還是言歸於好。〉

或者也有可能是單純的只在敘述一段努力和一個結果。

30 フランスやスペインやインドなど、いろいろ考えましたが、新婚旅行は結局イタリアへ行くことにしました。

　　〈蜜月旅行想了很多地方，法國、西班牙、印度等，但最後結果決定去義大利。〉

31 いろいろ考えて、結局この青いブラウスを買いました。

　　〈考慮很久，結果買了這件藍襯衫。〉

但是當結果是一個物超所值的過度好的評價時，就不太適用「結局」了。

32 🅐 さまざまな批判もあったが、結果的には大成功をおさめた。

　　〈雖然也有過各種批評，但是，結果是極為成功的。〉

B ？ さまざまな批判もあったが、結局大成功をおさめた。

除了上述「一段努力＋一個結果」外，「結局」還有另外一個副詞用法，表示一個結論式的說明，或〈換句話說〉之意。

33 その違いは結局価値観の相違だ。

〈不同點結果就是在價值觀的差異。〉

34 課長の意見とは多少違いますが、私の意見も結局これからの営業方針をどうするかということです。

〈我的意見和課長的雖有些微差異，但是我的意見結果仍是歸結在我們今後的營業方針該如何訂定一點了。〉

35 病気の原因はいろいろ考えられますが、結局無理のしすぎだと思います。

〈生病的原因可能有許多，但是我認爲結果就是太過勉強自己了。〉

36 結局われわれは組織に縛られているということなのではないか。

〈結果我們就是受到組織的束縛、限制嘛！〉

§55.「<ruby>絶対<rt>ぜったい</rt></ruby>」VS「<ruby>決<rt>けっ</rt></ruby>して」

1 Ⓐ <ruby>絶対<rt>ぜったいわる</rt></ruby>悪いことをしてはいけません。〈絕對不可以做壞事。〉

　Ⓑ <ruby>決<rt>けっ</rt></ruby>して<ruby>悪<rt>わる</rt></ruby>いことをしてはいけません。〈絕對不可以做壞事。〉

2 Ⓐ <ruby>遊技場<rt>ゆうぎじょう</rt></ruby>には<ruby>絶対足<rt>ぜったいあし</rt></ruby>を<ruby>踏<rt>ふ</rt></ruby>み<ruby>入<rt>い</rt></ruby>れるんじゃないよ。

　　〈絕對不可以涉足遊樂場哦！〉

　Ⓑ <ruby>遊技場<rt>ゆうぎじょう</rt></ruby>には<ruby>決<rt>けっ</rt></ruby>して<ruby>足<rt>あし</rt></ruby>を<ruby>踏<rt>ふ</rt></ruby>み<ruby>入<rt>い</rt></ruby>れるんじゃないよ。

　　〈絕對不可以涉足遊樂場哦！〉

3 Ⓐ これだけは<ruby>絶対他人<rt>ぜったいたにん</rt></ruby>に<ruby>言<rt>い</rt></ruby>わないでください。

　　〈這件事請絕對不要跟別人說。〉

　Ⓑ これだけは<ruby>決<rt>けっ</rt></ruby>して<ruby>他人<rt>たにん</rt></ruby>に<ruby>言<rt>い</rt></ruby>わないでください。

　　〈這件事請絕對不要跟別人說。〉

4 Ⓐ <ruby>私<rt>わたし</rt></ruby>は<ruby>一度会<rt>いちどあ</rt></ruby>った<ruby>人<rt>ひと</rt></ruby>の<ruby>名前<rt>なまえ</rt></ruby>は<ruby>絶対忘<rt>ぜったいわす</rt></ruby>れない。

　　〈我只要見過一次就絕對不會忘記對方的名字。〉

　Ⓑ <ruby>私<rt>わたし</rt></ruby>は<ruby>一度会<rt>いちどあ</rt></ruby>った<ruby>人<rt>ひと</rt></ruby>の<ruby>名前<rt>なまえ</rt></ruby>は<ruby>決<rt>けっ</rt></ruby>して<ruby>忘<rt>わす</rt></ruby>れない。

　　〈我只要見過一次就絕對不會忘記對方的名字。〉

5 🅐 私は絶対間違っていません。〈我絕對沒有弄錯。〉

🅑 私は決して間違っていません。〈我絕對沒有弄錯。〉

6 🅐 私は絶対そんな悪知恵を働くものではありません。

〈我絕對不是那種會想得出這些壞主意的人。〉

🅑 私は決してそんな悪知恵を働くものではありません。

〈我絕對不是那種會想得出這些壞主意的人。〉

7 🅐 うちの子は絶対万引きなんかするような子ではない。

〈我家孩子絕對不是那種會順手牽羊的人。〉

🅑 うちの子は決して万引きなんかするような子ではない。

〈我家孩子絕對不是那種會順手牽羊的人。〉

8 🅐 彼は宗教上の理由から絶対肉を食べようとしない。

〈他因爲宗教上的理由絕不吃肉。〉

🅑 彼は宗教上の理由から決して肉を食べようとしない。

〈他因爲宗教上的理由絕不吃肉。〉

9 🅐 絶対日本の番組を真似したわけではない。

〈絕對不是抄襲日本的節目。〉

🅑 決して日本の番組を真似したわけではない。

〈絕對不是抄襲日本的節目。〉

10 🅐 そんなことを言ったくらいで、絶対あの人が腹を立てるはずがない。

〈他絕對不可能因爲別人說了那種話就生氣的。〉

B そんなことを言ったくらいで、決してあの人が腹を立てるはずが

ない。

〈他絕對不可能因爲別人說了那種話就生氣的。〉

---

11 **A** 約束したことは絶対に破らない。〈約定的事絕不食言。〉

B 約束したことは決して破らない。〈約定的事絕不食言。〉

---

12 **A** 前に一度かかったらもう絶対にかからない病気です。

〈這種病是只要曾經得過就絕對不會再得的。〉

B 前に一度かかったらもう決してかからない病気です。

〈這種病是只要曾經得過就絕對不會再得的病。〉

---

13 **A** 今度の試験は絶対やさしくない。〈這一次的考試絕不簡單。〉

B 今度の試験は決してやさしくない。

〈這一次的考試絕不算簡單。〉

---

14 **A** 私なら絶対そうしなかっただろう。

〈要是我大概絕對不會那麼做吧！〉

B 私なら決してそうしなかっただろう。

〈要是我大概絕對不會那麼做的吧！〉

---

15 **A** 昔のあなたなら絶対にそんな言い方をしなかっただろう。

〈若是以前的你大概絕對不會說那樣的話吧！〉

B 昔のあなたなら決してそんな言い方をしなかっただろう。

〈若是以前的你大概絕對不會說那樣的話吧！〉

16 **A** 今までの文献は絶対この二語を並んで比べなかった。

〈到目前爲止，所有文獻都不會將這兩個詞擺在一起做比較。〉

B 今までの文献は決してこの二語を並んで比べなかった。

〈到目前爲止，所有文獻都不會將這兩個詞擺在一起做比較。〉

由以上例句我們可以發現「絶対」和「決して」同時都可以用在禁止、命令、決意、判斷、確信、推論、敘述現在、過去；第一人稱、第二人稱及其他；句型多樣化，翻成中文，意思也幾乎都完全相同。而所有句子唯一的共通點就是，都是帶著否定的句子。的確「決して」是典型的誘導副詞，它必須與否定呼應，意即只能用在否定的句子中。而「絶対」則以前曾是必須與否定呼應，但是現在用法迅速擴大，已經沒有了這種限制，也可以用於肯定句中了。例如：

17 海外に出るには、外国語の勉強が絶対に必要だ。

〈要到國外去，絕對要學外國語。〉

18 絶対おいしいから食べてみて！〈絕對好吃的，你吃吃看。〉

19 約束は絶対に守りなさい。〈請絕對要遵守約定。〉

20 絶対勝ってみせる。〈我絕對要贏給他看。〉

21 その道の経験者として、将来の発展は絶対に保証しますよ。

〈我是這方面的過來人，保證這將來絕對會很有發展。〉

22 絶対に成功すると信じていました。〈原本相信絕對會成功的。〉

23 これは絶対に秘密なんだって言ったでしょう。

〈我不是說過這絕對是秘密?!〉

24 君なら絶対にできるよ。〈你的話一定可以的啦！〉

25 絶対引き受けるべきだよ。〈絕對應該要接受。〉

　　像這樣，「絶対」的肯定句型也是相當的多樣化。只是這些句子因為沒有否定，「決して」都無法使用。而也由於「絶対」可以用於肯定和否定兩者，在同一個句子中，「絶対」所可能修飾的對象就會比「決して」多，也可能有較多的解釋。例如：

26 Ａ それは絶対によいことではない。

〈那不絕對是好事。／那絕對不是好事。〉

Ｂ それは決してよいことではない。〈那絕對不算是好事。〉

　　譯成〈那不絕對是好事〉時，「絶対」修飾的是「よい」，譯成〈那絕對不是好事〉時，「絶対」修飾的是「ない」。例1也可以分別解釋成「（絶対に悪い）ことをしてはいけません」〈不可以做絕對不好的事〉或「絶対に（悪いことをしては）いけません」〈絕對不可以做壞事〉。肯定的句子也有可能有兩種以上的解釋。例如：

411

27 あなたは絶対安全な場所をお望みなんでしょう。

〈你希望去一個絕對安全的地方是吧——（絶対安全な） 場所／你
絕對希望去一個安全的場所是吧——絶対（安全な場所）をお望
み〉

而不論是例26、27或例1，由於句子短，一般直覺的還是會採與否定
「ない」呼應的那個解釋。

就字面上來說「絶対」指的是「獨一無二」的存在，基本上比「決し
て」語氣算是比較強烈。因此有一些內容上含有某種程度的讓步的時候通常
就只用「決して」而不用「絶対」了。

28 🅰 ？ 嘘をつくことは絶対悪いことではなくて、時と場合によって
はかえってよいこともある。

🅱 ○ 嘘をつくことは決して悪いことではなくて、時と場合によっ
てはかえってよいこともある。

〈說謊並不一定是壞的，看時間與場合，有時候反而是好事。〉

29 🅰 × 絶対奨励はできないが、やむを得ぬときは致し方がない。

🅱 ○ 決して奨励はできないが、やむを得ぬときは致し方がない。

〈並不應該鼓勵的，但是萬不得已的時候也只好就認了。〉

這兩個句子和前面的說明似乎有些矛盾。我們先來說明例29。

例29「絶対奨励はできない」〈絕對不可以鼓勵〉，它的意思指的就是
〈必須制止〉。「決して奨励はできない」〈絕對不應該鼓勵〉，它的意思

指的就是〈不鼓勵〉因此還留有餘地可以談不得已的時候。

　　例28就比較複雜。在例26「絶対／決してよいことではない」的說明中，我們提到「絶対」有兩種解釋(1)〈絕對不是好事〉(2)〈不絕對是好事〉，但是「決して」只有一種〈絕對不是好事〉。同樣的公式套在例28A中「絶対」就應該有兩種解釋(1)〈絕對不是壞事〉(2)〈不絕對是壞事〉，而「決して」只有一種〈絕對不算是壞事〉，但是實際卻是「絶対」是「？」，「決して」是「○」。有關「絶対」方面，我們可以試做這樣的說明，就是由於我們通常直覺的會採(1)的解釋，但是(1)的解釋在文脈上，或我們一般的觀念上都說不通，所以就被排除了。另「決して」則可能是原本的解釋不通，但是由於它的語氣基本上不像「絶対」那麼強，再加上「悪い」這個負面的詞——否定和負面的詞常會有糾葛的現象產生——等等諸如此類，人在使用語言時有時會產生一些語用上隨機的調整，所以才被應用上的也說不定。只是目前還沒找到其他類似的例子，還很難說明。

30 Ⓐ ○ 民子はまったく田舎風ではあったが、絶対に粗野ではなかった。

　　　〈民子是很鄉下人的樣子，但絕不是粗野。〉

　　Ⓑ ○ 民子はまったく田舎風ではあったが、決して粗野ではなかった。

　　　〈民子是很鄉下人的樣子，但並不粗野。〉

31 Ⓐ ？ その時代ではゴッホの絵は絶対売れなかった。

　　Ⓑ ○ その時代ではゴッホの絵は決して売れなかった。

　　　〈在那個時代梵谷的畫根本賣不出去。〉

32 Ａ ✕ 韓国の選挙の空気は絶対冷たいものではなかったようです。

Ｂ ○ 韓国の選挙の空気は決して冷たいものではなかったようです。

〈聽說好像韓國選舉的氣氛一點都不冷清——很熱絡。〉

33 Ａ ○ あなたは絶対電話をかけてこなかった。

〈你絕對沒有打電話來。〉

Ｂ ✕ あなたは決して電話をかけてこなかった。

34 Ａ ○ もしこうデザインしなおさなかったら、絶対売れなかった。

〈若不是重新這樣設計絕對不會暢銷的。〉

Ｂ ○ もしこうデザインしなおさなかったら、決して売れなかった。

〈若不是重新這樣設計絕對不會暢銷的。〉

由上示諸例，我們可以看得出來，「絶対」「決して」和過去式的句子之間關係也是極為錯綜複雜。我們再看一個句子。

35 Ａ ○ 山浦は自分が悪いとは絶対言わなかった。

〈山浦絕不說自己不對。〉

Ｂ ○ 山浦は自分が悪いとは決して言わなかった。

〈山浦根本沒說自己不對。〉

若你是親眼目睹現場情況，在向警方說明當時的情景時，就只能用35B

「決して」的句子。從翻譯中我們也可以看出用於敘述過去所發生的事情的句子中時，「決して」是單純客觀的說明並強調沒有發生某件事情（如例31、32及35），但是「絶対」就只用在判斷的句子中（如30、33、34），其中例33是非常強烈的質疑，即〈你說你有打來，但是我明明整天都在家，所以你絕對沒有打電話來〉是不管對方的說詞，非常強烈且主觀的認定，所以不用「決して」。34是和事實相反的假定，是對未發生的事情的判斷。另例35A則是小說中較易出現的描寫書中人物之意志的句子。

另有一些句子習慣性的用「決して」而不用「絶対」，基本上都是一些為自己辯解時的說法。

36 私たちは決してそのようなことはしておりません。

〈我們絕對沒有做那樣的事。〉

37 いや、私は決してそんなつもりはありません。

〈不，我絕對沒有那個意思。〉

38 私は決してあやしいものではありません。

〈我絕不是什麼可疑的人物。〉

這一類句子之所以習慣性的會用「決して」可能是因為如例33「絶対」含有不管他人的看法或意見，而只強烈主觀的表達自己的判斷，但是在為自己辯解就是要博得別人的認同，因此較客觀的「決して」當然就會比較適合了。

§56.「大変」VS「とても」

1 Ⓐ 大変嬉しいです。〈非常高興。〉

   Ⓑ とても嬉しいです。〈非常高興。〉

2 Ⓐ 大変苦しいです。〈非常痛苦。〉

   Ⓑ とても苦しいです。〈非常痛苦。〉

3 Ⓐ この小説は大変おもしろいです。〈這本小說非常有趣。〉

   Ⓑ この小説はとてもおもしろいです。〈這本小說非常有趣。〉

4 Ⓐ 今の演説は大変すばらしかったです。

    〈剛剛的演講非常精彩。〉

   Ⓑ 今の演説はとてもすばらしかったです。

    〈剛剛的演講非常精彩。〉

5 Ⓐ 私は今大変幸せです。〈我現在非常幸福。〉

   Ⓑ 私は今とても幸せです。〈我現在非常幸福。〉

6 Ⓐ あの人は大変真面目な人です。〈他是個非常認眞的人。〉

   Ⓑ あの人はとても真面目な人です。〈他是個非常認眞的人。〉

7 🄐 あした来られなくて大変残念に思っています。

〈明天不能來，覺得非常遺憾。〉

🄑 あした来られなくてとても残念に思っています。

〈明天不能來，覺得非常遺憾。〉

8 🄐 高額のローン返済をかかえて大変困っている。

〈身負鉅額貸款，非常苦惱。〉

🄑 高額のローン返済をかかえてとても困っている。

〈身負鉅額貸款，非常苦惱。〉

9 🄐 きょうの高速道路は大変込んでいる。

〈今天的高速公路非常擁塞。〉

🄑 きょうの高速道路はとても込んでいる。

〈今天的高速公路非常擁塞。〉

10 🄐 運転をしていたら突然人が道に飛び出してきたので、大変驚いた。

〈我在開著車的時候突然有人衝到馬路上來，嚇了我一大跳。〉

🄑 運転をしていたら突然人が道に飛び出してきたので、とても驚いた。

〈我在開著車的時候突然有人衝到馬路上來，嚇了我一大跳。〉

「大変」和「とても」都是在學習日語的入門階段就會遇上的程度副詞，而且如例1～10所示，兩者意義非常相近，許多時候都可以通用，譯成

中文也都是〈很〉〈非常〉。

　　基本上我們只能說「大変」和「とても」的差異主要在文體上的不同。「大変」比較正式，「とても」比較屬於日常日語。而之所以兩個意義如此相近的詞會同時出現在入門階段裡，是因為許多常用的且比較比較正式的道謝、賠禮、寒暄用語都用「大変」（如例11、12），而實際日常生活的普通對話裡又比較常用「とても」之故。

11　🅐 ○ 大変申し訳ございません。〈實在非常抱歉。〉
　　　🅑 × とても申し訳ございません。

12　🅐 ○ 大変お世話になりました。〈承您多方照顧。〉
　　　🅑 ? とてもお世話になりました。〈承您多方照顧。〉

13　🅐 ○ 大変おいしい。〈非常好吃。〉
　　　🅑 ○ とてもおいしい。〈非常好吃。〉

14　🅐 × 大変うまい。
　　　🅑 ○ とてもうまい。〈好吃得不得了。〉

　　例13兩者皆可以使用，只是13A顯得稍微慎重、客氣，13B顯得比較輕鬆。而例14「うまい」本身是非常輕鬆的口語，故不適用「大変」。

　　其實「大変」和「とても」除了表示程度之高的〈很〉〈非常〉之外，各自還有其他的意義與用法，且此時的「大変」與「とても」之間沒有類義關係。而非類義關係的「大変」與「とても」才是它們各自原本的用法。也就是說「大変」與「とても」是由兩個不同的意思各自經過一些演變後才衍

生出表示程度之高〈很〉〈非常〉的意義與用法的。下面我們就來看看它的

轉換情形。

大変：一般來說它的詞性有三種①名詞②形容動詞（ナ形容詞）③副詞

　　原本名詞，顧名思義，表示的是〈大的變故〉之意，通常用在比較硬的

文章體中。例如：

15　国内に大変が発生した。〈國內發生了大變故。〉
....

　　而這種變故當然指的都是負面的，有害的事件。

　　它也可以當述語用。

16　これは大変だ。〈這下子可不得了了。〉
....

17　準備が大変だ。〈準備起來非常費事。〉
....

18　出費が大変だ。〈開銷很大。〉
....

19　朝から晩まで勉強ばかりで、受験生も大変だ。

　　〈一天到晚都在唸書，考生也眞是辛苦。〉
....

20　タバコを吸ってるのがママにばれたら大変だ。

　　〈若被媽媽發現我抽煙那就慘了。〉
....

21　大変だ。おじいちゃんが倒れた。はやく医者を呼べ！

　　〈不好了！爺爺病倒了！快叫醫生！〉
....

22 家の暮らしだって大変なんだから、お小遣いをあげるのは無理だ
よ。

〈光過日子就過得很吃力了，哪還有辦法給零用錢啊。〉

用做述語的「大変」已相當口語化，而沒有了文章體的感覺。但是表示
的仍然是嚴重的、不好的、負面的情形。

當連用、連體修飾語的「大変」意義上有了一些變化。

23 試験が近付いて、大変になってきた。

〈考試近了，越來越吃力了。〉

24 大変に危険な作業です。〈非常危險的工作。〉

25 大変においしかった。〈非常好吃。〉

例23，即使沒有前半的「試験が近付いて」而只有「大変になってき
た」，我們也知道情況必然是變得不好、不妙、不輕鬆了。同樣的例24去掉
「危険な」成為「大変な作業です」我們也知道那是一件麻煩的工作。也就
是說在例23、24裡「大変」仍維持著它負面的意義。但是例25明顯的就已失
去了負面的意義，而只保留住「大変」的「大」的部分意義了。

這個現象在常用的連體修飾用法中更是明顯。

26 大変な道だ。〈好糟的路。〉

27 おじいちゃんは大変なことになった。〈爺爺不好了。〉

28 娘の恋人を調べてみたら、大変な男だった。

〈女兒的男朋友，一查之他底細竟是個大大的問題人物。〉

29 大変な目にあった。〈倒了大霉。〉

30 彼は何か大変な実験をしているらしい。

〈他好像在做一個非常麻煩的實驗。〉

31 かばんを忘れたり、課長に怒られたり、今日は大変な一日だった。

〈一下子忘了帶公事包，一下子又挨課長罵，今天真是糟透了。〉

32 台湾で大変な誘拐殺人事件が起こった。

〈在台灣發生了嚴重的擄人撕票案。〉

33 口蹄疫の対応には大変な費用がかかった。

〈為了抑制口蹄疫，花費龐大的費用。〉

34 大変な混雑です。〈非常的擁擠。〉

35 大変な見物人です。〈觀看的人非常多。〉

36 大変な賑わいです。〈非常熱鬧。〉

37 このコンピューターゲームは今子供たちの間で大変な人気だ。

〈這個電腦遊戲很受小孩子們歡迎。〉

38 大変な喜びようです。〈非常高興的樣子。〉

例26～30保存了「大変」原有的負面意義，例31～34，由於被修飾語帶

有負面意義，使整個句子也帶有負面意義。此時之「大変」已算差不多失去它負面的意義而僅表示程度之高的意思。例35、36由於被修飾語未明顯顯示正負面意義，故屬較中性的例子。例37、38就是屬於正面意義的例句了。

轉化成副詞的「大変」已完全不含負面意義，純粹只表示程度之高，並保留了一部分名詞的「大変」所含的，較正式時候才用的文體感覺。（例句見例1～10）而唯有此時的「大変」才會與「とても」有類義關係。

下面我們再來看看「とても」的演變。

とても：比較單純，詞性屬副詞。

原本是「とありてもかくありても」。「と」是表引用，在總括上面已敘述過的內容；同樣的作用中文常用的語詞是〈那樣〉。「あり（有り）」表示某一狀態的存在。由於前面「と」所總括的大多是一整個句子而不是一個名詞，所以這裡的「あり」表示的不會是實際物品的存在，而是狀態的存在。「かく」是〈這樣〉。再加上「ても」〈即使是……也……〉，合起來就變成〈不管這樣或那樣〉，亦即〈無論如何〉之意。它常與「（可能動詞）＋ない」形態呼應，修飾表示能力的述語，以表達能力不足，無法辦到之意。中文可以譯成〈實在是〉〈根本〉等。

39 豚を殺すなど私にはとてもできない。

〈殺豬，這種事我實在是做不到。〉

40 こんな大きな荷物はとても一人では運べないよ。

〈這麼大一個行李，一個人再怎麼也搬不動。〉

41 あんなに真面目な人が泥棒をするなんて、とても信じられない。

〈那麼認眞正經的人竟然會去當小偷，我實在是無法相信。〉

42 あの人は若々しくて、とても80歳には見えない。

〈那個人那麼年輕，實在看不出來已經有80歲了。〉

43 わがままなあいつの言うことなんか、とてもじゃないけど、聞く気
になれないね。

〈那麼我行我素的人講的話，不是怎麼樣啦，實在是沒興趣聽。〉

44 そんな仕事はとてもじゃない、断るよ。

〈那種工作我可做不來，拒絕。〉

　　而像「だめだ」「無理だ」等，本身就含有沒有能力、無法做到之意，所以無需「……ない」形態亦可使用。—注意到「だめだ」「無理だ」雖然看似和「困っている」一樣都表示負面的意義，但是「困っている」並不在表示能力不足，而是在表示情感上的苦惱，因此可以用「大変」修飾（如例8A），而「だめだ」「無理だ」則不行。

45 こんな難しい曲を弾くなんて、私にはとてもだめだ。

〈要我彈這麼困難的曲子，我實在是沒辦法。〉

46 こんな成績では国立はとても無理だ。

〈這種成績，國立是沒希望了。〉

47 そんなこと、とても不可能だ。〈這種事情根本不可能。〉

由於這種呼應形態非常固定，後半「無法做到」部分有時也會被省略掉。此時採取「とてもとても」的方式以示強調。

48 生活が楽になっただろうって？とてもとても、いくら働いても追いつかないよ。

〈你說我生活好過一些了？還差遠呢！再怎麼拼命做也趕不上啊！〉

49 「あなた、通訳していただけませんか。」「私なんか、とてもとても。」

〈「你可以幫我即席翻譯一下嗎？」「我啊，實在是沒辦法。」〉

「とても」配上否定表示事情太難無法辦到，但當它不再與否定呼應而失去辦不到之意時，就僅能保留程度之高的〈很〉〈太〉〈非常〉了。例句請參見例1～10。

§57.「もっと」VS「もう少し」(1)

1 A 討論するにはもっと人数が必要です。〈要討論需要更多一點人。〉

   B 討論するにはもう少し人数が必要です。

   〈要討論需要再更多一點人。〉

....

2 A もっと前の方に詰めてください。〈請再往前靠一點。〉

   B もう少し前の方に詰めてください。〈請再往前靠一點。〉

....

3 A ここは昔もっとにぎやかだった。〈這裏以前更熱鬧。〉

   B ここは昔もう少しにぎやかだった。〈這裏以前更熱鬧一點。〉

....

4 A もっと具体的に言うとこうです。

   〈說得更具體一點的話是這樣子的。〉

   B もう少し具体的に言うとこうです。

   〈說得更具體一點的話是這樣子的。〉

....

5 A こんなコピーやお茶汲みの仕事なんか、訓練すれば、猿にだって

   できることじゃないか。私にはもっとましな仕事ができるはずだ。

   〈這種影印、泡茶之類的工作，只要訓練一下，連猴子都會做，

   應該有比較像樣一點的工作可以給我做的。〉

425

B こんなコピーやお茶汲みの仕事なんか、訓練すれば、猿にだってできることじゃないか。私にはもう少しましな仕事ができるはずだ。

〈這種影印、泡茶的工作，只要訓練一下連猴子都會做，應該有
比較像樣一點的工作可以給我做的。〉

6 **A** もっと大きな声で読んでください。〈請再唸大聲一點。〉
　B もう少し大きな声で読んでください。〈請稍微再唸大聲一點。〉

7 **A** もっと速く歩かないと間に合わないよ。

〈不走更快一點會來不及哦！〉
　B もう少し速く歩かないと間に合わないよ。

〈不走更快一點會來不及哦！〉

8 **A** あの古い別荘を壊し、もっとしゃれた別荘を設計してあげたい。

〈我很想幫他把那棟舊別墅拆了，改設計成更具現代感的別墅。〉
　B あの古い別荘を壊し、もう少ししゃれた別荘を設計してあげたい。

〈我很想幫他把那一棟舊別墅拆了，改設計成更具現代感的別墅。〉

9 **A** 君はもっと謙虚になるべきだ。〈你應該要更謙虛。〉
　B 君はもう少し謙虚になるべきだ。〈你應該要更謙虛一點。〉

10 **A** もっと勉強しなければならない。〈需要再多唸點書。〉
　B もう少し勉強しなければならない。〈需要再多唸點書。〉

11 **A** ゲームの奥行きがもっとほしい。

〈希望這款遊戲能更加強它的深度。〉

B ゲームの奥行きがもう少しほしい。

〈希望這款遊戲能稍微加強它的深度。〉

12 A この問題はもっと調査しよう。

〈這個問題我們再多做些調查。〉

B この問題はもう少し調査しよう。

〈這個問題我們再多做些調查。〉

13 A 「俺、帰るよ。」「いや、もっといて!」

〈「我回去了喔!」「不,再留一會兒!」〉

B 「俺、帰るよ。」「いや、もう少しいて!」

〈「我回去了喔!」「不,再留一會兒!」〉

　　「もっと」和「もう少し」都是日語中常用的副詞,都可以用來比較兩者的程度,用法、意思相近,只是語形上「もう少し」是由「もう」和「少し」所組合而成,詞中含有「少し」,所以感覺上程度差距似乎就是比「もっと」小。且由於已有「少し」這個表示數量、程度的副詞在,所以就不再加同類的副詞。相對的「もっと」就沒有這個問題。

14 A ○ もっとたくさん食べてください。〈再吃多一點。〉

B × もう少したくさん食べてください。

15 A ○ 去年の絵のほうがもっとずっと迫力があった。

〈去年的畫比較有震撼力得多了。〉

B × 去年の絵_{きょねん}のほうがもう少_{すこ}しずっと迫力_{はくりょく}があった。

從例14、15我們還可以發現一點，那就是「もっと」後面所接的數量程度副詞基本上都是表示其中最大程度的副詞，而「もう少_{すこ}し」並沒有這類的用法。由此也可見，前述「もっと」較「もう少_{すこ}し」差距為大的直覺可說是正確的，這一點從下示例16所示「もう少_{すこ}し」少用來修飾如「すごい」這類強調程度之高的語詞一事也可以證明。

16 **A** ○ 女_{おんな}だとは聞_きいたが、もっとすげえおばさんかと思_{おも}ってたぜ。

〈是有聽說是個女的啦，可是我還以為是個更老的老歐巴桑呢。すげえ＝すごい〈極〉〉

B × 女_{おんな}だとは聞_きいたが、もう少_{すこ}しすげえおばさんかと思_{おも}ってたぜ。

另外，「もう少_{すこ}し」之後是不再接其它表示數量、程度的副詞，但是當然還是可以接表示狀態等的副詞。

17 **A** ○ 先_{さき}に帰_{かえ}るけど、あなたたちはもっとゆっくりいてください。

〈我先回去了，你們慢慢來（多聊會兒再走）。〉

B ○ 先_{さき}に帰_{かえ}るけど、あなたたちはもう少_{すこ}しゆっくりいてください。

〈我先回去了，你們慢慢來（多聊會兒再走）。〉

18 **A** ○ もっとはっきり言_いってください。〈說更清楚一點。〉

B ○ もう少_{すこ}しはっきり言_いってください。〈稍微再說得清楚一點。〉

19 Ⓐ ○ 今度はもっと綺麗に書きます。〈下次我會寫得更好看。〉

　　Ⓑ ○ 今度はもう少し綺麗に書きます。〈下次我會寫得更好看一點。〉

再看下面的例子。

20 Ⓐ × （社長がある仕事に一生懸命の社員を厳しく叱った後、秘書
　　　　が）社長、後の祝杯のときにもっと彼のことをお褒めになっ
　　　　たらどうですか。

　　Ⓑ ○ （社長がある仕事に一生懸命の社員を厳しく叱った後、秘書
　　　　が）社長、後の祝杯のときにもう少し彼のことをお褒めにな
　　　　ったらどうですか。

　　　　〈（在社長嚴厲斥責一個努力工作的員工之後，秘書說）社
　　　　長，等會兒舉杯祝賀的時候，您就多誇他兩句嘛。〉

21 Ⓐ ? 今の文部大臣の父君、永井柳太郎がまた著名な雄弁家で、
　　　　「西にレーニン、東に原敬」云々の名句その他は天下に喧伝
　　　　されたが、この人もまた、その話がもっとまずければ総理
　　　　大臣になると惜しまれたという。

　　Ⓑ ○ 今の文部大臣の父君、永井柳太郎がまた著名な雄弁家で、
　　　　「西にレーニン、東に原敬」云々の名句その他は天下に喧伝
　　　　されたが、この人もまた、その話がもう少しまずければ総理
　　　　大臣になると惜しまれたという。

〈現在的文部大臣的父親永井柳太郎也是個著名的雄辯家，說
　　出許多如「西有列寧，東有原敬」等膾炙人口的名言，這個
　　人據說也是若他口才再稍微差一點應是可以當上總理大臣的
　　人，令人惋惜。〉

　　例20、21「もう少し」所修飾的部份「褒める」（20）、「まずい」
（21），都是和前半句所敘述的内容〈社長斥責〉（20）和〈永井柳太郎能言善
道〉（21）相反的。若沒有前半句，用「もっと」就很自然。

22 社長、後の祝杯のときにはもっと彼のことをお褒めになったらどう
　　ですか。

　　〈社長，等會兒舉杯祝賀的時候，您就再多誇他兩句好囉。〉

23 この人はその話がもっとまずければ……。

　　〈這個人如果他口才更差的話……。〉

　　例22的前提是雖然社長已經做了稱讚，但是秘書認為還不夠，應該再多
稱讚幾句。例23的前提則是這個人口才不是很好之意。

　　也就是說「もう少し」可以用在由負面轉向正面的變化時；但是「もっ
と」不行，它必須用在同一性質只是程度增大的情形下。

　　只是前面我們提過「もっと」的程度變化大於「もう少し」。而「由
負面轉向正面的變化」和「同一性質的程度加大」看起來又似前者的變化較
大，但卻是用「もう少し」而不用「もっと」，這一點非常有趣。

24 Ⓐ 不安と呼ぶより、もっと別の名状し難い嫌な気分である。

〈與其說是不安，不如說是另一種難以形容的不舒服感覺。〉

Ⓑ 不安と呼ぶより、もう少し別の名状し難い嫌な気分である。

〈與其說它是不安，但還另含有一難以形容的不舒服感覺。〉

25 Ⓐ 砂に浮かべる船はもっと違った性質を持っていなければならないのだ。

〈浮在砂上的船，應再具備有更完全不同的性質。〉。

Ⓑ 砂に浮かべる船はもう少し違った性質を持っていなければならないのだ。

〈浮在砂上的船，應具備有更稍微不同的性質。〉

　　例24、25感覺上又是「もっと」的程度大於「もう少し」了。而且本單元是「もっと」在指兩個不同的東西，「もう少し」在指兩個較相近的東西，這個現象看起來似乎又與22、23相矛盾。但是注意到這裏所修飾的是「別の」〈別的〉和「違った」〈不同的〉。它們的「同一性質程度加大」無疑就是「更不同的」，因此仍是沒有違反我們先前歸納出來的原則，亦即「もっと」只用在表示「同一性質的程度加大」且其程度變化大於「もう少し」。「もう少し」可以用在「同一性質或相反性質的程度變化」用於「同一性質的程度變化」時，它的差距小於「もっと」。

　　除了上述情形「もっと」和「もう少し」還有許多很微妙的異同，待下一單元再做分析。

§58. 「もっと」VS「もう少し」(2)

上個單元我們由各個角度談到「もっと」的程度大於「もう少し」。但「もっと」只用於同性質傾向之程度的加大，「もう少し」則可用於兩種相反性質的轉變，這一單元要再看一些其它相關的異同。

1 **A** ○ 富士山よりキリマンジャロのほうが高い。でもエベレストはもっと高い。

〈吉力馬札羅山比富士山高，但是珠穆朗瑪峰又更高。〉

B × 富士山よりキリマンジャロのほうが高い。でもエベレストはもう少し高い。

2 **A** ○ あいつ、飲酒運転でスピード違反、もっと悪いことには無免許ときているから、もう救いようがない。

〈那傢伙，酒後駕車又超速，更糟糕的是還無照駕駛，真的是無藥可救。〉

B × あいつ、飲酒運転でスピード違反、もう少し悪いことには無免許ときているから、もう救いようがない。

3 **A** ○ 彼にとって養父基一郎は恩人ではあったが、年が経つにつれ、どうにも生理的に肌に合わぬ人物と思えてきたし、楡病院自体はもっと肌に合わない。

〈對他來說養父基一郎雖然是自己的恩人，但是隨著時間的流逝，愈來愈覺得和他甚至在生理上都覺得怎麼也沒辦法契合，至於楡醫院本身那就更是與自己的個性不合了。〉

B × 彼にとって養父基一郎は恩人ではあったが、年が経つにつれ、どうにも生理的に肌に合わぬ人物と思えてきたし、楡病院自体はもう少し肌に合わない。

---

4 **A** ○ 聖子は、新聞を広げている桑田さんを見ると思わず眉をひそめた。そして、決して行儀のよいとは言えぬ桃子の姿勢を見ると、もっと眉をひそめた。

〈聖子看到攤開報紙的桑田不禁皺眉頭，然後再看到姿態不雅的桃子那副德性，皺起的眉頭皺得更緊了。〉

B ？ 聖子は、新聞を広げている桑田さんを見ると思わず眉をひそめた。そして、決して行儀のよいとは言えぬ桃子の姿勢を見ると、もう少し眉をひそめた。

---

5 **A** ○ 早川は英語がうまいが、北原はもっとうまい。

〈早川英文很好，但是北原更好。〉

B ？ 早川は英語がうまいが、北原はもう少しうまい。

上示這些例子都在表示某A的某種性質傾向強，而某B的此一性質傾向又更強之意。這類句子主要在強調的是程度更高，甚或最高，因此不用「もう少し」，而用程度較強的「もっと」才比較恰當。

6　🅐 ✕　（レポートを90%書き終えて）「よし、もっとだ。」
　　🅑 ○　（レポートを90%書き終えて）「よし、もう少しだ。」
　　　　　〈（報告寫完90%）「好！快好了。」〉

7　🅐 ✕　「おい、一体どこへ行くんだ。」「もっとですよ。」
　　🅑 ○　「おい、一体どこへ行くんだ。」「もう少しですよ。」
　　　　　〈「喂！我們到底要去哪裏啦！」「馬上到了啦。」〉

8　🅐 ✕　「君のうち、まだなの？」「もっとあるわ。」
　　🅑 ○　「君のうち、まだなの？」「もう少しあるわ。」
　　　　　〈「你家還沒到啊？」「還有一段路喔。」〉

9　🅐 ✕　もっとしたら行きましょう。
　　🅑 ○　もう少ししたら行きましょう。〈我們再待一會就走。〉

10　🅐 ✕　もっとすれば、弟さんや妹さんも学校が夏休みになるでしょう。
　　🅑 ○　もう少しすれば、弟さんや妹さんも学校が夏休みになるでしょう。
　　　　　〈再一陣子你弟弟妹妹學校也放暑假，不是嗎？〉

　　上示例6～10都不用「もっと」。觀察這些句子，我們可以歸納出一個特色，就是被修飾語是較抽象的「ある」「する」，甚至或者根本沒有出現在句中。這是否意味著「もっと」無法用在被修飾語比較抽象，甚或沒有被

修飾語的句子中？而「もう少し」畢竟有「少し」的存在，比「もっと」的含意還是稍微具體一些，因此才能夠用在被修飾語不甚清楚的句子中？但是真的是這樣子的嗎？

---

11 **Ａ** ○ （背中を搔く）「あ、そこそこ。」「もういいでしょ？」
「もっと。」

〈（搔背）「啊！就是那兒！」「可以了吧！」「再抓！」〉

Ｂ ○ （背中を搔く）「あ、そこそこ。」「もういいでしょ？」
「もう少し。」

〈（搔背）「啊！就是那兒！」「可以了吧！」「再抓一會
兒。」〉

---

12 **Ａ** ○ 「ここから学校までどのぐらい？２キロぐらい？」「いい
え、もっとある。」

〈「從這裏到學校多遠？兩公里左右？」「不，更遠。」〉

Ｂ ○ 「ここから学校までどのぐらい？２キロぐらい？」「いい
え、もう少しある。」

〈「從這裏到學校多遠？兩公里左右？」「不，更遠一些。」〉

---

13 **Ａ** ○ 「これいくら？2000元？」「いいえ、もっとする。」

〈「這多少錢？2000元？」「不，更貴。」〉

Ｂ ○ 「これいくら？2000元？」「いいえ、もう少しする。」

〈「這多少錢？2000元？」「不，再貴一點。」〉

---

14 Ⓐ ○ 「時間かかるな、もう8時間だよ。」「もっとする時もあるよ。」

〈「好花時間哦！已經八小時了耶！」「有時候還花更多時間呢！」〉

Ⓑ ○ 「時間かかるな、もう8時間だよ。」「もう少しする時もあるよ。」

〈「好花時間哦！已經八小時了耶！」「有時候還花更多時間呢！」〉

而與例14內容相近的例15，卻是

15 Ⓐ ？ もっとすると8時間だよ。

Ⓑ ○ もう少しすると8時間だよ。〈再一會兒就要八個小時了哦！〉

雖然例11～14的文脈是比例6～10稍微清楚了一點，但是實際上是「もっと」仍是可以單獨成句，也可以修飾抽象的「する」「ある」等動詞，因此這一點就不能成為例6～10不用「もっと」的決定性因素了。

再來看下面的例子。

16 Ⓐ ○ しかし、本当にこんないいマンションへ一旦住んでしまったら、もう二度と出ていけないような気がした。もっと、もっとと引き伸ばしてしまいそう。

〈但是如果一旦眞的住進這麼好的大樓，我覺得我一定會搬不走了，我一定會一直的要再住，再住，然後就一直的展延下去了。〉

B ○ しかし、本当にこんないいマンションへ一旦住んでしまったら、もう二度と出ていけないような気がした。もう少し、もう少しと引き伸ばしてしまいそう。

〈但是如果一旦眞的住進這麼好的大樓，我覺得我一定再也搬不走了，我一定會一直對自己說「再一會兒，再一會兒」然後一直的展延下去。〉

例16基本上「もっと」和「もう少し」都可以用，只是兩者的語感在這個句子裡有相當大的差異。16B「もう少し」是〈再延一會兒就好，延一下就搬出去〉感覺上是有期限的，是有意思要搬走，只是想繼續住的慾望太強，以致無法馬上行動。但是16A「もっと」的感覺是〈我還沒住夠，還要再住，只要環境許可，要無限期的住下去〉。也就是說「もう少し」是有終點的，是只要再「少し」就好了。可是「もっと」只有起點，只要比現在更多、更長或更強，至於要多、長、強到什麼程度，那就不用去理會了。

由這個觀點，我們再來看不用「もっと」的例6～10，就可以發現它們的另一個共通點，就是都先有終點的出現。如例6是到報告的結束為止。例7是到要去的地方為止。例8是到你家為止。例9是到出發時為止。例10是到暑假為止。相對的可以用「もっと」的例11～14，則是例11只說要繼續抓癢，沒說要抓到什麼時候。例12只說兩公里以上，沒說多遠。例13只說2000元以

上，沒說多少。例14只說超過8小時沒說總共多久。

另外，有「もう少しで……」〈差一點就……〉的用法，而沒有「もっとで……」可說也正反映這個事實。

17 もう少しで崖から落ちるところだった。

〈差一點就要掉到山崖下去了。〉

18 もう少しで一ヶ月の給料が飛んじゃいそうだった。

〈差一點一整個月的薪水就泡湯了。〉

19 もう少しで正解です。〈還差一點就是正確答案了。〉

20 もう少しで8時です。〈再一會兒就八點。〉

也因為「もっと」的這種只有起點沒有上限的語感，在客氣的要求人做一些事時，通常就不太用「もっと」而用「もう少し」。

21 A ? もっとお待ちになっていただけませんか。

B ○ もう少しお待ちになっていただけませんか。

〈可以請您再等一會嗎？〉

22 A ? もっとお急ぎになりませんか。

B ○ もう少しお急ぎになりませんか。

〈要不要再（走）快一些呢？〉

又，下示這些用法的有無，與「もっと」「もう少し」的起點、終點概念應也有所關連。

23 Ⓐ ○ もっと辛抱しなくてはならない。〈必須要再忍耐。〉

　　Ⓑ ○ もう少し辛抱しなくてはならない。〈必須要再忍耐一陣子。〉

24 Ⓐ × もっとの辛抱です。

　　Ⓑ ○ もう少しの辛抱です。〈再忍耐一會就好了。〉

25 Ⓐ ○ 練習すればもっともっとうまくなるよ。

　　　　　　〈再練習一下，會愈來愈好喔！〉

　　Ⓑ × 練習すればもう少しもっとうまくなるよ。

「もう少し」在用法上另還有一些限制。如不接可能動詞的否定、較負面的表現或其它。茲例舉如下。

26 Ⓐ ○ ドリアンはもっと食べられません。〈更不敢吃榴槤。〉

　　Ⓑ × ドリアンはもう少し食べられません。

27 Ⓐ ○ 病状はもっと悪化した。〈病情更惡化了。〉

　　Ⓑ ？ 病状はもう少し悪化した。

28 Ⓐ ○ もっといい本がないの？〈沒有更好的書嗎？〉

　　Ⓑ ○ もう少しいい本がないの？〈沒有較好一點的書嗎？〉

29 Ⓐ ○ これでお酒があればもっといい。〈這要再有酒的話就更好了。〉

　　Ⓑ × これでお酒があればもう少しいい。

§59.「もっと」VS「更に」

在前兩個單元中，我們談到了「もっと」與「もう少し」的不同。而與這兩者語意極為相近的還有「更に」「一層」等等，它們有很多時候中文都是譯成〈更〉〈再〉〈比較〉……等等的。我們將針對這一系列的詞做一番探討。

這個單元我們就先將焦點放在「もっと」與「更に」的異同上。

1 Ａ 雨がもっと激しくなった。〈雨越下越大。〉
　 Ｂ 雨が更に激しくなった。〈雨越下越大。〉

2 Ａ このままでも十分おいしいのだが、クリームを入れると、もっとおいしくなる。

〈這樣也已經很好吃了，但是如果再加上一點奶油下去，會更好吃。〉

　 Ｂ このままでも十分おいしいのだが、クリームを入れると、更においしくなる。

〈這樣也已經很好吃了，但是如果再加上一點奶油下去，會更好吃。〉

3 Ａ もっと多くの方に利用していただけますように今月は入会金を半額に致しております。またご家族でご入会いただきますともっとお得なファミリー割り引きがございます。

440

　〈爲了要讓更多的貴客能夠加入，這個月我們的入會金減價百分之五十。另外若您是全家一起加入，我們還有更優惠的全家折扣活動。〉

B 更に多くの方に利用していただけますように今月は入会金を半額に致しております。またご家族でご入会いただきますと更にお得なファミリー割り引きがございます。

　〈爲了要讓更多的貴客能夠加入，這個月我們的入會金減價百分之五十。另外若您是全家一起加入，我們還有更優惠的全家折扣活動。〉

- -

4 **A** 病状はもっと悪化した。〈病情更惡化了。〉
　　　B 病状は更に悪化した。〈病情更惡化了。〉

- -

5 **A** 一日一回では効かないので、もっと薬の量を増やした。

　　　〈一天一次不太有效，所以把藥量再增加了。〉

　　　B 一日一回では効かないので、更に薬の量を増やした。

　　　〈一天一次不太有效，所以把藥量再增加了。〉

- -

6 **A** ただ見るだけのゲームなら、野球よりももっとスピードがあり、ドラマチックなゲームがあるかもしれません。

　　　〈如果只是純粹看的比賽，或許是有比棒球更緊湊、更具戲劇性的比賽。〉

　　　B ただ見るだけのゲームなら、野球よりも更にスピードがあり、ドラマチックなゲームがあるかもしれません。

〈如果只是純粹看的比賽，或許是有比棒球更緊湊、更具戲劇性
的比賽。〉

7 Ⓐ 事故の全貌が明らかになるに従って、もっと犠牲者が増える見込
みである。

〈隨著整件事故的全貌漸趨明朗，預計事故犧牲者人數將再持續
增加。〉

Ⓑ 事故の全貌が明らかになるに従って、更に犠牲者が増える見込み
である。

〈隨著整件事故的全貌漸趨明朗，預計事故犧牲者人數將再持續
增加。〉

8 Ⓐ この問題はもっと調査する必要がある。

〈這個問題必須再加以調查。〉

Ⓑ この問題は更に調査する必要がある。

〈這個問題必須再加以調查。〉

9 Ⓐ 皆様の貴重なご意見、ご忠告を参考にして、もっと改善していこ
うと思っております。

〈我將會參考各位寶貴的意見和建議，再加以改善。〉

Ⓑ 皆様の貴重なご意見、ご忠告を参考にして、更に改善していこう
と思っております。

〈我將會參考各位寶貴的意見和建議，再加以改善。〉

10 Ⓐ もっと研究を進めていきたい。〈想再加以研究。〉
　　Ⓑ 更に研究を進めていきたい。〈想做更進一步的研究。〉

　　像這樣「もっと」和「更に」有許多相通的地方。有些如例4、例7，甚至是「もう少し」不能用的例句，「更に」也可以代換。當然這並不表示「更に」的關係比「もっと」和「もう少し」的關係近。我們再來看一些句子。

11 Ⓐ ○ 昨日もたくさん食べたが、昨日より二人は今日もっと食べた。

　　〈昨天雖然也吃了很多，但是兩個人今天吃的比昨天更多。〉
　　Ⓑ ○ 昨日もたくさん食べたが、昨日より二人は今日更に食べた。

　　〈昨天雖然也吃了很多，但是兩個人今天吃的比昨天更多。〉

　　與例11很相近的例12，卻不能用「もっと」

12 Ⓐ × 二人は屋台で死ぬほど食べて、家へ帰ってからもっとチャーハンを食べた。
　　Ⓑ ○ 二人は屋台で死ぬほど食べて、家へ帰ってから更にチャーハンを食べた。

　　〈兩個人在路邊攤吃得快撐死了，回家後又吃了炒飯。〉

　　其實還有一個更明顯的情況也是可以用「更に」而不能用「もっと」和「もう少し」的。那就是有了數量詞時的情況。

這意味著「更に」的意涵中並不包括所增加的是〈很大〉或「少し」，而單純的只是〈再加上〉的意思而已，因此也才能夠任意填上數量詞以明訂它所加上的數量。

用同樣的觀點再來察看一下例12，名詞「チャーハン」的作用其實就是具體標示出所增加的項目，所以無法用「もっと」。而如例5「薬を増やした」原本就有「藥」這個項目，句中只是增加了〈藥的量〉而已，所以用「もっと」就沒有問題了。

至於例1～10沒有標明增加什麼，卻仍然可以使用「更に」，則是因為「更に」所修飾的述語或其他成份以內含有該項意義之故。

下面數列由於不含程度變化的意思，而只是動作者在一連串的動作之後再加上另一個動作之意，因此就不用「もっと」而只用「更に」。

13 **A** × もっと四人のメンバーが入って、団員は全部で20人になった。

B ○ 更に四人のメンバーが入って、団員は全部で20人になった。

〈再加入四名成員，團員全部共二十人。〉

14 **A** × 途中の小屋まで六時間、それから頂上まではもっと二時間かかった。

B ○ 途中の小屋まで六時間、それから頂上までは更に二時間かかった。

〈走到途中的山上小屋花了六小時，之後到山頂又花了兩小時。〉

15 Ａ × 彼女の背丈はちびの私よりもっと５センチは低かった。

Ｂ ○ 彼女の背丈はちびの私より更に５センチは低かった。

〈她的身高比矮小的我還要矮個五公分。〉

16 彼らの一日はこれでは終わらない。更に晩祷に列席し、聖歌を演奏する。

〈他們的一天並不是這樣就結束，還要列席晚禱演奏聖歌。〉

17 私は買った本を抱えて、中央線に乗り、更に山手線に乗り換え、高田馬場で降りた。

〈我抱著買來的書，搭上中央線再換乘山手線然後在高田馬場下車。〉

在前面兩個單元中我們曾經提過「もっと」只有起點的概念，旨在說明「程度加大」，至於大到何種程度——即終點在何處，並不加以限制或明訂。相對的「もう少し」則已訂出加大的限度，即終點是在「少し」處，因此也不再加上功能相等的數量詞來做限定，以免重覆，甚至引發矛盾，因實際數量與是否是「少し」判定會因人而異。可是「更に」句中可以數量詞加以限定。

18 お茶を二キロ買ったが、更に500グラム追加した。

〈買了兩公斤的茶，又追加了500公克。〉

相對的下面「もっと」的例子就不用「更に」。

19 この仕事をする度に、もっと簡単にできないのかしらと思っていた
のだ。

〈每次做這一個工作，我都在想，沒辦法處理得更簡單一點嗎？〉

....

20 一体何をそんなにびくついているのだ？なぜもっと落ち着いた
観察者の気持ちになれないのだ。

〈到底怕什麼怕得那麼膽小呢？為什麼不能保有更沉穩的觀察者的心
境呢？〉

....

　由於表示的是懊惱沒有做到某件事，所以當然就無法使用「更に」〈再
加上〉的意味了。又下例，由於表示的是〈不一樣的〉〈相對的〉等意思，
所以也不用「更に」。

21 日本の「罪の文化」はヨーロッパの「罪の文化」よりもっと偽善的
でない、もっと自然で、もっと人間的である。

〈日本的「罪惡文化」比歐洲的「罪惡文化」更不偽善，更自然，更
有人情味。〉

....

§60.「<ruby>更<rt>さら</rt></ruby>に」

<ruby>更<rt>さら</rt></ruby>に」用法廣泛，包括動作的反覆、時間、程度等等。而在上個單元「もっと」與「<ruby>更<rt>さら</rt></ruby>に」的比較中，我們僅提及了其中「程度」方面的用法。為避免對「<ruby>更<rt>さら</rt></ruby>に」的認識僅止於片段，本單元首先就是要記錄一下「<ruby>更<rt>さら</rt></ruby>に」的各種用法。

其實「<ruby>更<rt>さら</rt></ruby>に」原本並不是用在比較或程度的增加，而是在表示事情、動作再次反覆之意。（又由於「<ruby>更<rt>さら</rt></ruby>に」比起「もっと」是屬較文章體的語詞，因此所示例句也大都是比較硬的文章體）。

1　「<ruby>死<rt>し</rt></ruby><ruby>馬<rt>ば</rt></ruby>の<ruby>骨<rt>ほね</rt></ruby>を<ruby>買<rt>か</rt></ruby>う」という<ruby>成語<rt>せいご</rt></ruby>はつまらない<ruby>者<rt>もの</rt></ruby>を<ruby>優遇<rt>ゆうぐう</rt></ruby>すれば、<ruby>優<rt>すぐ</rt></ruby>れた<ruby>者<rt>もの</rt></ruby>がおのずから<ruby>集<rt>あつ</rt></ruby>まるという<ruby>意<rt>い</rt></ruby>だったが、<ruby>転<rt>てん</rt></ruby>じて<ruby>事<rt>こと</rt></ruby>を<ruby>始<rt>はじ</rt></ruby>めるには、まず<ruby>自分自身<rt>じぶんじしん</rt></ruby>から<ruby>着手<rt>ちゃくしゅ</rt></ruby>せよ、<ruby>更<rt>さら</rt></ruby>に<ruby>転<rt>てん</rt></ruby>じて<ruby>言<rt>い</rt></ruby>い<ruby>出<rt>だ</rt></ruby>した<ruby>者<rt>もの</rt></ruby>から<ruby>始<rt>はじ</rt></ruby>めよという<ruby>意<rt>い</rt></ruby>で<ruby>用<rt>もち</rt></ruby>いられる「まず<ruby>隗<rt>かい</rt></ruby>より<ruby>始<rt>はじ</rt></ruby>めよ」という<ruby>成語<rt>せいご</rt></ruby>が<ruby>起<rt>お</rt></ruby>こった。

〈「買死馬之骨」這句成語本是「我們若能優渥的待遇一個沒有什麼才能的人，那些有才能的人也就會自動的聚集過來了」的意思。後來轉為要做什麼事情應從自己開始，而後再轉為「請自隗起」這個成語，表示由提案者開始之意。〉

447

2 脳の病気は脳梗塞、脳溢血……などに分かれ、脳梗塞は更に脳の血管が狭くなって、そこの血栓ができる血栓症と心臓など脳以外でできた血栓や脂肪の塊が血液中に流れてきて血管が詰まる塞栓症に分けられる。

〈腦的毛病分成腦梗塞、腦溢血…等等，腦梗塞又分成由於腦血管變窄在那裏形成血栓的血栓病和在心臟等腦以外的地方所形成的血栓或脂肪塊流到血液中阻塞血管的塞栓症。〉

3 マンガを持って歩いていたら、上級生に「それ寄こせ」って取られてね。そいつは更に茂呂ハゲに取られちゃったの。

〈我拿著漫畫在走的時候，一個高年級的學生說「拿來」就被他搶走了，後來他又被禿頭茂呂搶走了。〉

例1是成語意義內涵隨時間的演變一轉再轉，例2是分類往下細分，例3是一本漫畫以同樣方式一再轉手。

4 東京を出発してから一週間後、京都の友人のところで体を休め、更に旅行を続けた。

〈從東京出發一個星期後在京都的朋友家稍作休息後再繼續我的旅行行程。〉

5 彼は学校から帰って二時間勉強して、食事の後更に三時間勉強した。

〈他從學校回來後唸書唸了兩個小時，吃完飯後又再唸了三個小時。〉

448

感覺上例1、2、3屬於動作的反覆，例4、5是屬於動作的延續。但是反覆和延續本就有它即相近之處。又下示例6雖然沒有實際出現動詞，但是可說也是屬於此類。

6 あの店は美和街を突き当たって右へ折れ、更に左、内外映画へ向かって曲がった場所にあった。

〈那家店在美和街走到底向右彎轉再向左，往內外電影院再轉個彎的地方。〉

另語言上雖是用不同的動詞，但實際行動一樣的也歸此類。

7 イギリスへ行き、更にフランスへも足を伸ばした。

〈去英國然後再到法國。〉

上示諸例的動作、行為或現象多是已成立的，但是當然「更に」也可以用在尚未成立，即將成立或打算要去進行的動作、行為等上。

8 この論文は更に言う。〈這一篇論文還這樣提到。〉

9 更に一例をあげれば、次のようなこともある。

〈再舉一個例子，也有如下的情形。〉

10 皆さまの貴重なご意見、ご忠告を参考にして、更に研究を進めていきたいと思います。

〈我會參考各位寶貴的建議和勸告再繼續進行研究。〉

11 更にお願いしてみよう。〈再拜託看看。〉

　　上示例1～11屬「更に」較中性的用法，單純的只在表示動作、事情的反覆或持續。我們再來看一些例句。

12 彼女はピアノとお花を習っていて、更に英会話も始めたそうだ。

　　〈她學鋼琴、學插花，聽說還開始學英語會話了。〉

13 太郎はさらさらと書いた。「大田区D町1ノ2ノ3　山本太郎」。これがお役所の用紙になると、更に「昭和30年1月23日生まれ」となるのである。123続きでうまくできすぎている。

　　〈太郎拿起筆很快的就寫了起來，「太田區D町1之2之3山本太郎」，這如果是填公家的資料就還要加上「昭和30年1月23日生」。太多123相連，太巧了簡直就像是捏造的。〉

14 駅の表示板は、平仮名で書かれ、その下に漢字で、更にローマ字でも表記されています。

　　〈車站的標示牌，先用平假名寫，下面再寫漢字，然後還用羅馬字再註明。〉

15 先週彼にお金を貸したばかりなのに、今日更に5万円借りたいと言ってきました。

　　〈上個星期才剛借給他錢，今天又來說要再借五萬。〉

16 兄は食事の後、ケーキを食べて更にチョコレートを食べた。

〈哥哥在吃飽飯後，吃了蛋糕又吃了巧克力。〉

17 金沢のタクシーは高い。冬期料金の割増の上に、更に深夜料金というやつまでつく。

〈金澤的計程車費很貴，在外加多季特別費又加了深夜特別費。〉

比起例1～11，上示的例12～17就稍稍帶有了一點愈演愈烈的傾向了。再舉兩個例子。

18 杉山氏が「ビールはケチしないでくれよな」などと言い、更に奥さんにも隠しておいたという「ロイヤル・サリュート」という高級なウイスキーを出してきたりした。

〈杉山氏說了一句「啤酒可不能給我少了喔！」之後，甚至還把他珍藏的，連太太都不知道的高級威士忌「皇家沙勞特」拿了出來。〉

19 彼女は神谷町の家で彼らをもてなし、更に自腹を切って築地あたりで賑やかに遊ばせたようである。

〈她在她神谷町的家裏招待他們，甚至自掏腰包讓他們在築地一帶大肆的遊樂。〉

當我們將「更に」譯成〈甚至〉，它程度加大，事情愈演愈烈的意思就很明顯了。

20 一日一回では効かないので、更に薬の量を増やした。

〈一天一次不夠（效力），所以再增加了藥量。〉

21 現代は昔より更に数字的な概念が進んでいる。

〈現代比以前數字觀念更強了。〉

到了例20、21這類「更に」的用法就與「もっと」「一層」「ますます」等產生交集了。

只是我們在一開始曾提到「更に」原本不在表示比較或程度的增加，而是在表示事情、動作的反覆，那麼如18、19、20、21在反覆的是什麼呢？

其實從例1～3到4～5到6～7到12～17，我們都把它歸到一類，但是我們可以發現其中所謂一類，它的意涵已漸漸有了變化，首先我們說「反覆」與「延續」類似。又說所使用的動詞看起來雖然不同，實際的動作是一樣的。再來例18、19，實際的動作雖然是「拿酒出來」和「自掏腰包」但是目的都是「招待客人」，又例20是「給藥」，21是「加強」。

我們先來解釋何以「反覆」和「延續」是難以嚴加區分的。因為兩者都是由「同一件事情」和「時間」的兩個要素所組成。「反覆」的重點在是否為同一件事情，是否有一個開始和結束，但是判斷是否為同一件事情的標準可以從細密到粗略。「延續」的重點也是是否為同一件事情和時間是否有延續，只是時間上即使有中斷只要再繼續則「延續」仍是可以成立，而時間若有中斷，從另一個角度看，就是開始和結束。因此「反覆」和「延續」確實是相近的，而朝向鄰近的概念擴展，本就是語義演變擴大的一個最自然的方向。至於動詞不同動作相同，動作不同目的相同，就是屬於是否是同一行為

的解釋問題，這也是語義拓展的一個常見的方式。像這樣「更に」由反覆衍生出了與「もっと」「一層」等表示程度加大的副詞用法產生了交集。

又其實「程度加大」指的就是某個特質往同一個方向（＝同一件事情）持續進行（＝時間）之意。所以可說就是「反覆」加上「延續」的意思了。只是「更に」與其它此類副詞不同的是它會給予人以有一個開始和結束（＝「反覆」的特質）即有一個階段性的感覺。有關程度加大的例句已於前個單元提過，不再重複。

瞭解了「更に」大致的語義擴展過程，下面我們再舉一些動作性較不明顯的例子。

22 文学の創造とは平凡な中にも美とか、真とか更に聖とかを見出し、表す働きなのである。

〈所謂文學創造就是要在平凡中尋找出美、真甚至神聖，然後將它表達出來的機制。〉

23 「きれい」と「うつくしい」とは同じ意味に使われますが、声を出して発音すると微妙なニュアンスの違いが感じられる。また「美麗」という漢語を用いると、更にまた違った響きがある。

〈「漂亮」和「美」被當成同義詞在用，但是發出聲音唸出來就可以感覺到它們微妙的不同，若再用漢語「美麗」那又會產生更不同的韻味。〉

24 こういうことをするとまじめな人間がため息をつくのを百も承知で、そうしているのである。更に心有る人間が「あなたなかなかやるね」と苦笑するであろうという計算も入っている。

〈他雖然充分瞭解到這麼做一般老實人一定會同聲嘆息，甚至還算計到有心的人會苦笑著說「真有你的！」但結果他還是這麼做了。〉

（注意到例24若代換成「もっと」它修飾的對象就變成「心有る」而不是「計算も入っている」了。）

最後再舉一個「更に～ない」的例句，它表示的是不會再反覆——不會再有——完全沒有之意。

25 あなたは毎日のように忘れ物をして注意を受けているのに、更に反省の色が見られない。

〈你幾乎是每天忘東忘西，已經警告你多次了，你卻毫無反省之意。〉

454

§61.「もう一度_{いちど}」VS「また」

我們在一開始學日文就會學到「もう一度_{いちど}言ってください」〈請再說一遍〉和「また遊_{あそ}びに来_きてください」〈再來玩〉。這兩個〈再〉是否相同，是否可以互換呢？

形態上「もう」是接在表示數量的「一度_{いちど}」前面，而「また」則是直接修飾動詞。字面上「もう一度_{いちど}」是〈再一次〉，「また」是〈再〉沒有限次數，那麼是否指的是「もう一度_{いちど}」語意範圍小於「また」？可是實際上上示「もう一度_{いちど}言ってください」代換成「また」時語意的差距頗大，反而「また遊_{あそ}びに来_きてください」代換成「もう一度_{いちど}」語意還比較容易想像。所以，事情應該不是那麼單純。

1　**A** はじめ小_{ちい}さな横揺_{よこゆ}れがあって、それから大_{おお}きく揺_ゆれて、ちょっと収_{おさ}まってからもう一度_{いちどおお}大きな上下動_{じょうげどう}が来_きた。

　　　〈先是小小的橫向搖晃，然後變大，之後稍微停了一下，再來一次劇烈的垂直地震。〉

　　B はじめ小_{ちい}さな横揺_{よこゆ}れがあって、それから大_{おお}きく揺_ゆれて、ちょっと収_{おさ}まってからまた大_{おお}きな上下動_{じょうげどう}が来_きて……。

　　　〈先是小小的橫向搖晃，然後變大，之後稍微停了一下，又來個劇烈的垂直地震，之後再……。〉

2 Ａ 来週もう一度テストがある。〈下個禮拜會再考一次。〉

   Ｂ 来週またテストがある。〈下個禮拜又有考試。〉

---

3 Ａ もう一度電話している。〈他正在打第二次電話。〉

   Ｂ また電話している。〈他又在打電話。〉

---

4 Ａ 彼のことだから、今回失敗してももう一度立ちなおるでしょう。

    〈依他的個性，即使這次失敗了，他也會再重新站起來。〉

   Ｂ 彼のことだから、今回失敗してもまた立ちなおるでしょう。

    〈依他的個性，即使這次失敗了，他也會再重新站起來。〉

---

5 Ａ この夏、もう一度台風が来るかも知れない。

    〈今年夏天搞不好會再有一次颱風。〉

   Ｂ この夏、また台風が来るかも知れない。

    〈今年夏天搞不好還會有颱風。〉

以上五個例子不論是用「もう一度」或「また」語意都很自然。例1是敘事型的句子，1A聽起來比較像地震或者敘述是在一次劇烈的上下垂直地震結束後的感覺。1B則比較傾向於地震或敘述還沒有完，還有下文的樣子。例2A指的是下星期還會再有一次與這一次相同內容的考試。例2B則是下星期又要考試，重覆的是考試行為，內容通常不會一樣。例3A表示第二次打給同一個人，或者因為同一個理由，如為了要問出某件事的答案，而打第二次電話之意。例3B則只是單純指他還在重覆打電話這個動作，至於對象或內容則不涉及。例4的A和B是意思最相近的兩例子。只是A的一次性稍強一點而已。5A

預測今年夏天可能還會再有一次颱風，5B則只預測今年還會再有，而不明說幾次。

　　像這樣「もう一度」的重覆程度比較高，重覆次數限定也較明顯，在說話的時候，基本上預定的次數是一次。相對的「また」則單純只指動作行為本身的重覆而已，並不涉及附屬於這個行為的其他要素是否重覆，重覆的次數也無所謂，重點在以前曾經發生過的事，再度持續發生之意。

　　下面的這幾個例子則是通常直覺的會使用「もう一度」，但用「また」也不見得不行的句子。

6　Ａ　もう一度言ってください。〈請再說一遍。〉
　　Ｂ　また言ってください。〈請你再跟我說。〉

7　Ａ　もう一度挑戦させてください。〈請讓我再試一次。〉
　　Ｂ　また挑戦させてください。〈有機會的話請再讓我試一試。〉

8　Ａ　もう一度チャンスを与える。〈再給你一次機會。〉
　　Ｂ　またチャンスを与える。〈下次有機會的話再給你。〉

9　Ａ　もう一度がんばってみます。〈我再拚一次看看。〉
　　Ｂ　またがんばってみます。〈有機會的會我再拚拚看。〉

10　Ａ　もう一度考えなおします。〈我再重新想一下。〉
　　Ｂ　また考えなおします。〈我再找時間重新想一下。〉

11　Ａ　答えを書き終わってから、もう一度チェックをした。
　　　〈寫完答案之後再檢查了一次。〉

B 答えを書き終わってから、またチェックをした。

〈寫完答案之後，又檢查了一下。〉

　　而之所以比較容易聯想到要用「もう一度」，主要當然是因為「もう一度」的情形比較常出現在我們的日常生活中之故。6A是當場要求對方馬上再講一次，6B的情形就比較複雜，會想像到的是可能有人對說話者提出某一個建議，說話者聽完，也表示了自己的意見之後，再向對方說〈以後若有什麼建議請記得再跟我提〉帶有評價、感謝對方提議的意味在。

　　7A和6A相同也是請對方當場答應讓你再試一次的意思，7B則是看是不是有機會，沒有一定要，也沒設定是什麼時候要試，迫切性不像「もう一度」那麼強。8A是確定給予機會，8B則是「看看，有機會再說」之意。9A和9B比起來也是9A比較積極，9B比較沒那麼積極，10A和10B也是一樣。

　　11A「再檢查一次」，表示的是很仔細的意思，屬於正面的評價，11B「又檢查了一下」就可能有兩種結果了。一個是比較正面的，在做完該做的事後，再多做了一點之意；另一個則可能是明明已經寫好了卻偏偏因為又檢查了一下才把正確的答案改錯了之意。當然11B並沒有顯示出是哪一種結果，但是重要的是兩種都有可能。

　　由於「もう一度」較「また」具有確切性和急迫性，因此下面這個句子若用「また」就很沒有誠意了。

12 A （別れた恋人に）もう一度やりなおさないか。

〈（對以前的情人說）我們重新再來一次好嗎？〉

B （別れた恋人に）またやりなおさないか。

〈（對以前的情人說）我們找機會看什麼時候重新再來一遍好

嗎？〉

下面的句子是一般直覺會用「また」，但是用「もう一度」也可以解釋得

通的例子，當然理由仍是因為日常生活中出現「また」的場合會比較多之故。

13 A もう一度遊びに来てください。〈請再來玩一次。〉
   B また遊びに来てください。〈再來玩。〉

14 A もう一度誘ってください。〈請再邀（我、他）一次。〉
   B また誘ってください。〈有機會的話請再邀我。〉

15 A もう一度会おう。〈我們再見一次面吧！〉
   B また会おう。〈那我們再見囉。〉

16 A さっき麺を食べたのにもう一度食べるの？

〈剛剛已經吃過麵了，還要再吃一次啊！〉

   B さっき麺を食べたのにまた食べるの？

〈剛剛才吃過麵，還要再吃啊？〉

17 A 彼は火曜日にもう一度遅刻しました。

〈他星期二又遲到了一次。〉

   B 彼は火曜日にまた遅刻しました。〈他星期二又遲到。〉

例13，一般邀請人來家裡玩通常不會限定時間或次數，表示隨時，幾次

都可以，因此用「また」會比較恰當。用「もう一度」的話可能需要一個前提，例如「在我出國之前」等才會比較自然。

　　例14要別人邀你通常也不應限定時間和次數，所以用「また」或用「もう一度」通常是指同一件邀約，第一次沒邀成，再邀第二次之意。15A的前提和13A相似；16A指第二次吃的仍是麵，16B指的只是還要再吃，吃的並不一定是麵。17A他遲到了第二次；17B他是遲到大王，星期二又遲到了之意。

　　由例6～17我們可以看出「もう一度」對動作、行為的次數、時間的限定都較確定、緊迫、重覆程度也較高。「また」則在各方面都比較沒有那麼強調，只把重點放在動作行為的重覆上。也由於「もう一度」的表達比較強烈，因此它用在表想望的「たい」的句型時使用範圍也比較廣。

18　Ⓐ ○ シルクロードの旅行は楽しかった。もう一度行きたい。

　　　　〈絲路之旅很棒，我想再去一次。〉

　　　Ⓑ ○ シルクロードの旅行は楽しかった。また行きたい。

　　　　〈絲路之旅很棒，我還要再去。〉

19　Ⓐ ○ もう一度小学生時代に戻りたい。

　　　　〈好想再回到我的小學時代。〉

　　　Ⓑ × また小学生時代に戻りたい。

　　有可能實現的想望（例18）兩者都可以使用，不可能實現的想望（例19）就只能用「もう一度」了。

　　除此之外，必須在限定時間或次數內完成的動作通常也不用「また」。

20 学期が始まるまでもう一度打ち合わせをしよう。

〈開學前再討論一次。〉

---

21 もう一度がんばって、だめなら諦めよう。

〈再拚一次，若不行的話就放棄。〉

相對的「また」由於限制少，所以使用範圍當然也就比「もう一度」廣很多，只是那又會牽扯到其它的語詞，有機會再做詳述。

§62.「ますます」VS「一層」(1)

「ますます」是重複動詞「増す」〈增加〉所構成的副詞。本來是指「一再增加」的意思。相對的「いっそう」是「一層」，源自東西或建築物的「單位」，用來修飾程度增高時，表示的就是比原來增多了一層的意思。

1 🅐 事態はますます悪化した。〈事態愈加惡化了。〉
   🅑 事態はいっそう悪化した。〈事態愈加惡化了。〉

2 🅐 話を聞いて行くのがますますいやになった。

   〈聽了這些話，我愈發不想去了。〉
   🅑話を聞いて行くのがいっそういやになった。

   〈聽了這些話，我愈發不想去了。〉

3 🅐 台風の接近に伴なって風はますます激しくなった。

   〈隨著颱風的接近，風勢愈來愈強勁了。〉
   🅑 台風の接近に伴なって風はいっそう激しくなった。

   〈隨著颱風的接近，風勢愈來愈強勁了。〉

4 🅐 このような情報処理のための大型機械は今後ますます発達するだろう。

   〈像這種處理資訊的大型機器，今後大概會愈加的發達吧。〉

B このような情報処理のための大型機械は今後いっそう発達するだろう。

〈像這種處理資訊的大型機器，今後大概會愈加的發達吧。〉

5 A あの女優は年を取ってからますます人気が出た。

〈那位女星上了年紀之後更紅了。〉

B あの女優は年を取ってからいっそう人気が出た。

〈那位女星上了年紀之後更紅了。〉

6 A 学問を積み、修養を重ねて、ますます立派な人間になるように自己改造をする。

〈累積學問，重複修身，將自己改造成更出色的人物。〉

B 学問を積み、修養を重ねて、いっそう立派な人間になるように自己改造をする。

〈累積學問，重複修身，將自己改造成更出色的人物。〉

7 A 本当はあの時、問題を解決しておけばよかったのに、先送りしたため、今事態はますます深刻になってしまった。

〈其實如果那時能夠先把問題解決就好了，但是就是因為拖著沒解決，所以現在情況就愈來愈嚴重了。〉

B 本当はあの時、問題を解決しておけばよかったのに、先送りしたため、今事態はいっそう深刻になってしまった。

〈其實如果那時能夠先把問題解決就好了，但是就是因為拖著沒解決，所以現在情況就愈來愈嚴重了。〉

8 🅐 法律に定められていないことが多いため、解釈に委ねられる場合が非常に多いから、原告側と被告側の対立がますます生じやすくなる。

〈法律上沒有明訂的事很多，需要依賴解釋的情況太常見，因此就愈容易產生原告與被告對立的情形。〉

🅑 法律に定められていないことが多いため、解釈に委ねられる場合が非常に多いから、原告側と被告側の対立がいっそう生じやすくなる。

〈法律上沒有明訂的事很多，需要依賴解釋的情況太常見，因此就愈容易產生原告與被告對立的情形。〉

9 🅐 「暑い」には「むし暑い」「暑苦しい」などの派生的な不快感が伴なって、温度形容詞をますます賑やかなものに彩っている。

〈「熱」還有「悶熱」「悶得發慌」等，伴隨因熱而產生出來的不愉快感，而更豐富，多彩了溫度形容詞的內涵。〉

🅑 「暑い」には「むし暑い」「暑苦しい」などの派生的な不快感が伴なって、温度形容詞をいっそう賑やかなものに彩っている。

〈「熱」還有「悶熱」「悶得發慌」等，伴隨因熱而產生出來的不愉快感，而更豐富，多彩了溫度形容詞的內涵。〉

10 🅐 これからますます社会の老齢化が進み、脳出血に倒れる老人が増えると、この問題はいっそう深刻化すると思われる。

〈今後愈來愈傾向高齡化社會，因腦溢血病倒的老人增多，這個問

題也會愈發嚴重。〉

B これからいっそう社会の老齢化が進み、脳出血に倒れる老人が増えると、この問題はますます深刻化すると思われる。

〈今後愈來愈傾向高齡化社會，因腦溢血病倒的老人增多，這個問題也會愈發嚴重。〉

「ますます」中文一般譯為〈愈發〉〈更加〉〈愈來愈～〉、「いっそう」譯為〈愈發〉〈更〉，兩者都使用在表示程度愈發增高的意思，而且如上示1～10所示實際使用時也確實常常可以代換，除了「ますます」較口語而「いっそう」較文章體外，兩者到底還有何種區別呢？

11 **A** × もしあなたたちが絞首刑よりも拘禁がますます苛酷であるというなら、進んで刑罰制度の改善に投じてください。

B ○ もしあなたたちが絞首刑よりも拘禁がいっそう苛酷であるというなら、進んで刑罰制度の改善に投じてください。

〈若你們認為拘禁比絞刑更加殘酷的話，就請積極致力改善刑罰制度。〉

---

12 **A** × 藍草から作られた青色が藍よりもますます青く、水からできた氷が、水よりも更に冷たい。

B ○ 藍草から作られた青色が藍よりもますます青く、水からできた氷が、水よりも更に冷たい。

〈由蓼藍草製出的青色更勝於藍，用水製程的冰更涼於水。〉

---

13 Ⓐ × あの絵よりこの絵の方がますますよい。

Ⓑ ○ あの絵よりこの絵の方がいっそうよい。

〈這幅畫比那一幅更好。〉

---

14 Ⓐ × 日本より伝統的農業収入の縮小に悩むアフリカの場合（この事情は）ますます顕著である。

Ⓑ ○ 日本より伝統的農業収入の縮小に悩むアフリカの場合（この事情は）いっそう顕著である。

〈比起日本，那些爲傳統型農業收入的減少而苦惱的非洲國家（這個情形）更是顯著。〉

絞刑和拘禁的比較，藍色和青色的比較，那幅畫和這幅畫的比較，日本與非洲的比較，「ますます」似乎無法用在這一類兩者相較的句型中，當然即使「〜より」的部分沒有出現，只有「〜方が」表示的仍是兩者的比較，所以仍然不能用「ますます」。

15 Ⓐ × この小説の方がますます面白い。

Ⓑ ○ この小説の方がよりいっそう面白い。〈這一部小說更有趣。〉

不只兩者，兩者以上的比較也仍是無法用「ますます」。

16 Ⓐ × 彼女は末っ子だから、ますます家族からかわいがられている。

Ⓑ ○ 彼女は末っ子だから、いっそう家族からかわいがられている。

〈她是老么，所以就更得家人疼愛了。〉

---

17 🅐 × （サラリーマンの転勤問題は一般的に深刻だ。）しかし、
定年直前の年代の人たちにとって、転勤の影響はますます
深刻だ。

🅑 ○ （サラリーマンの転勤問題は一般的に深刻だ。）しかし、
定年直前の年代の人たちにとって、転勤の影響はいっそう
深刻だ。

〈（薪水階級的工作地點調動問題整體來說都很有問題。）但
是對年屆退休的人們來說因工作地點調動所帶來的影響更顯
得嚴重。〉

18 🅐 × 私は生存競争という言葉をある生物が他の生物に依存するこ
とや個体が生きていくことだけでなく、子孫を残すのに成功
すること（これはますます重要なことである）を含ませ、広
義に用いている。

🅑 ○ 私は生存競争という言葉をある生物が他の生物に依存するこ
とや個体が生きていくことだけでなく、子孫を残すのに成功
すること（これはいっそう重要なことである）を含ませ、広
義に用いている。

〈我所謂的生存競争一詞，意涵廣泛，不僅是指某一種生物依
存於另一種生物或一個個體的生存，它還包含了成功的留下
子孫的意思。（這一點反而是更重要的）〉

例16「末っ子」〈老么〉表示她的兄弟姊妹應是兩人以上的多數之意。

「ますます」不用在不同主體程度差別的比較上。再看下示例句。

19 Ⓐ × 毎日練習したので前よりもますますテニスが上達した。

 Ⓑ ○ 毎日練習したので前よりもいっそうテニスが上達した。

〈每天練習，所以網球打得比以前更好了。〉

20 Ⓐ × この絵は悪くないけれど、背景を灰色に変えたらますますよ

 くなる。

 Ⓑ ○ この絵は悪くないけれど、背景を灰色に変えたらいっそうよ

 くなる。

〈這一幅畫不錯，可是若把背景改為灰色會更好。〉

21 Ⓐ ？ スイカは冷やすとますますおいしくなる。

 Ⓑ ○ スイカは冷やすといっそうおいしくなる。

〈西瓜冰涼了更好吃。〉

例19 → 同一個人，每天一再練習之後；例20 → 同一幅畫，換了背景顏色之後；例21 → 同一個西瓜，冰涼過之後。這種情形下的程度變化，用「ますます」似乎也是有些不自然。

但是將例19、20稍作修改之後，用「ますます」卻又頗自然了。

19 Ⓒ ○ 毎日練習しているので彼女はテニスがますます上達してきた。

〈因為每天練習，所以她網球打得愈來愈好。〉

20 Ⓒ ○ この絵は背景の色を重ね塗りしていくうちにますますきれい

 になった。

〈這一幅畫背景的顏色一再層層塗上，愈塗愈好。〉

例21要改成「ますます」可以適用，似乎比較困難。

21 Ⓒ？ スイカは冷やせば冷やすほどますますおいしくなる。

〈西瓜愈冰愈好吃。〉

而之所以困難的原因是這個句子所敘述的內容與我們實際的生活經驗不盡相符，語法上可能沒錯，但用法上可能有問題。

22 この料理は煮込めば煮込むほどますます味が中にしみ込んでおいしくなる。

〈這道菜愈煮愈入味愈好吃。〉

同樣是「～ば～ほど」的句型，例22用「ますます」就很自然。

例19A～21A和例19C、20C、22最大的不同就是前者是同一件東西在兩個情況、兩個時點下的比較，如例19A是「前より」「毎日練習」的那一段日子的之前和之後，例20A是換背景的之前和之後，例21A是西瓜冰涼之前和之後。但例19C、20C、22則是同一個主體在不斷的演變中，不斷的朝同一個方向產生變化。如例19C是每天不斷的練習每天一點一點的變好，例20C是一直不斷的為畫的背景添上顏色，每添一次顏色畫就愈變愈好，例22是一直用火煮，而隨著煮的時間拉長，料理就愈入味愈好吃。

§63.「ますます」VS「一層」(2)

綜合上個單元所述，我們發現「ますます」不用在不同主體間的比較，也不用在同一個主體在兩個不同時點或不同情況下的比較。「ますます」在表示的是同一個主體在一段時間內的演變或變化過程。而這也是為什麼我們可以發現「ますます」所修飾的動詞常常都是表示變化的動詞或是像「～ていく」「～てくる」「～になる」等表示變化的句尾形式。

相對的「いっそう」是屬於不同的兩點間的比較。可以用在兩個（如例11～14）或兩個以上（如例16～18）不同主體在同一性質方面之程度上的比較。也可以用在同一主體在兩個不同時點或不同情況（如例19～20）的比較。

可是如下示這種例子，就不適用「いっそう」了。

23 **A** ○ 水位はますます高まる一方だ。〈水位不斷持續高漲。〉
   B × 水位はいっそう高まる一方だ。

24 **A** ○ 多くの医者にかかったが、何の甲斐もないばかりか、ますます悪くなる一方だ。

   〈看過許多醫生不僅沒有效果，還一直的持續惡化。〉

470

Ｂ × 多くの医者にかかったが、何の甲斐もないばかりか、いっそう悪くなる一方だ。

---

25 Ａ ○ 人口はますます増大しつつあるが、資源はもはや無尽蔵とは言えなくなっている。

〈人口一點一點不斷的增加，但是資源已經無法說是無窮盡的了。〉

Ｂ × 人口はいっそう増大しつつあるが、資源はもはや無尽蔵とは言えなくなっている。

從句型上來說「～一方だ」表示的是一直不斷的朝某一個方向進行；「しつつある」表示的是不斷的變化。這一類明顯表示演變過程的句型，不適用「いっそう」。又雖然句型上沒有使用此類句型，但是內容敘述上已表示出是隨演變過程而程度持續提高的意義者，也不用「いっそう」。如例26。

26 Ａ ○ 連載も回を重ねて、ますます佳境に入る。

〈連載隨著刊登次數的增加，也漸入佳境。〉

Ｂ ？ 連載も回を重ねて、いっそう佳境に入る。

附帶一提的是，在前示例22中也提過的「～ば～ほど」句型，基本上應也是傾向於表示演變過程的句型，但是實際上它會因「（動詞）ば（動詞）ほど」中所使用的動詞之性質而受到影響。如下例。

27 **A** ？ 古典とは古典的に古ければよいというものではなく、真に現代的であればあるほどますます古典としての価値のあるものである。

B ○ 古典とは古典的に古ければよいというものではなく、真に現代的であればあるほどいっそう古典としての価値のあるものである。

〈所謂古典並不是在時代上愈古就算好，而是要在實質上愈接近現代才是愈有價值的古典。〉

　　這個例子由於「〜ば〜ほど」中是補助動詞「ある」，沒有帶入時間性，無法顯現某一個主體的程度隨時間的演變而變化的過程，而是不同主體之程度的不同，因此句型雖然用的是「〜ば〜ほど」但是反而不用「ますます」而用「いっそう」。又

28 **A** ○ 噛めば噛むほどますます味が出てくる。〈愈嚼愈有味道。〉

B △ 噛めば噛むほどいっそう味が出てくる。

〈經過不斷的咀嚼，就更有味道出來了。〉

　　例28，若要將它設成一再咀嚼的動作結束後更有味道出來，也就是更能感受到它的好味道的意思的話，要用「いっそう」也是未嘗不可。只是一般會想到的仍是「ますます」比較自然。下面再提一個同時出現「〜ば〜ほど」和「ますます」及「いっそう」的例子以供參考。

29 Ⓐ ○ 真知子と春樹の一対は、あたかも苦しめられること自体が生
き甲斐でもあるかのように、苦しめられれば苦しめられるほ
どますますいっそうしおらしく純情可憐になっていく。

〈眞知子和春樹這一對，簡直就像受苦本身就等於是他們生存
的意義一般，愈受苦就愈加溫順愈發純情而令人憐愛。〉

Ⓑ ？ 真知子と春樹の一対は、あたかも苦しめられること自体が生
き甲斐でもあるかのように、苦しめられれば苦しめられるほ
どいっそうしおらしく純情可憐になっていく。

Ⓒ ○ 真知子と春樹の一対は、あたかも苦しめられること自体が生
き甲斐でもあるかのように、苦しめられれば苦しめられるほ
どますますしおらしく純情可憐になっていく。

〈眞知子和春樹這一對，簡直就像受苦本身就等於是他們生存
的意義一般，愈受苦就愈加溫順，純情而令人憐愛。〉

下面兩例是由內容我們直覺到它是逐漸演變的，因此我們很自然的首先
會選用「ますます」，但是用「いっそう」似乎也未嘗不可。

30 Ⓐ ○ 今の私たちには便利さを求めるあまり自然からますます遠ざ
かろうとしている。

〈現代的我們由於太過於追求方便而與大自然漸行漸遠。〉

Ⓑ △ 今の私たちには便利さを求めるあまり自然からますます遠ざ
かろうとしている。

473

〈現代的我們由於太過於追求方便，與大自然的距離就愈加遙遠了。〉

31　Ⓐ ○ 僕は君という人がますますわからなくなってしまった。

〈我愈來愈不瞭解妳這個人了。〉

　　 Ⓑ △ 僕は君という人がいっそうわからなくなってしまった。

〈我更加不瞭解妳這個人了。〉

　「ますます」和「いっそう」基本上都用在表示程度的變化，一般不直接用來修飾命令形。

32　Ⓐ × ますます働け！

　　 Ⓑ × いっそう働け！

　但是「いっそう」可以用在積極促成某一件事情之程度的變化，即「（程度變化）＋意志性動詞」，而「ますます」一般都只用在實際狀況的描寫或預測。

33　Ⓐ × 彼は日本は市場開放をますます進めるべきだとの意見である。

　　 Ⓑ ○ 彼は日本は市場開放をいっそう進めるべきだとの意見である。

〈他的意見是日本應該要擴大市場的開放。〉

34 Ⓐ × 市場メカニズムの機能する範囲を拡大し、資源配分のますますの効率化を進めるために構造改革を行う。

Ⓑ ○ 市場メカニズムの機能する範囲を拡大し、資源配分のいっそうの効率化を進めるために構造改革を行う。

〈為擴大市場機制的作用範圍，使資源分配更有效率，進行結構上的改革。〉

35 Ⓐ × 日本銀行は対外不均衡是正に向けて、ますますの内需拡大を図る観点から金融緩和政策を継続した。

Ⓑ ○ 日本銀行は対外不均衡是正に向けて、いっそうの内需拡大を図る観点から金融緩和政策を継続した。

〈日本銀行為改善對外的不均衡，認為應再擴大國內需求，故而繼續進行放鬆銀根的政策。〉

「いっそう」可以用來修飾意志性的行為，但「ますます」則通常不這樣用，這個現象也顯現在書信或期勉時的慣用表現上。「ますます」用在描述，祈求別人或對方的發達等上，「いっそう」則用在要求，請求別人或對方的意志性行為時。

36 ますますのご活躍をお祈り申し上げます。

〈祈禱你會愈來愈成功、發展。〉

37 時下ますますご清勝の段、お喜び申し上げます。

〈非常高興您現在愈來愈見康泰（謹祝貴體康泰）〉

38 いっそうのご支援、ご協力をお願い申し上げます。

〈祈求您給予我更大力的支援與協助。〉

39 不況に当たり、各人のいっそうの努力を望む。

〈正值不景氣時期，期望每個人都能更加努力。〉

§64.「いよいよ」VS「ますます」

1 Ａ 稜線にかかると風がいよいよ強くになった。

〈一上了稜線，風勢就愈發強勁了。〉

Ｂ 稜線にかかると風がますます強くになった。

〈一上了稜線，風勢就愈發強勁了。〉

2 Ａ 八月に入り、暑さはいよいよ加わった。

〈到了八月，就愈發炎熱了。〉

Ｂ 八月に入り、暑さはますます加わった。

〈到了八月，就愈發炎熱了。〉

3 Ａ 蝉の声がいよいよはっきり聞こえてきた。 〈蟬聲愈發聽得清楚。〉

Ｂ 蝉の声がますますはっきり聞こえてきた。 〈蟬聲愈發聽得清楚。〉

4 Ａ 彼の魂の美しさがいよいよ光ってゆく。

〈他靈魂之美更加的發光發亮。〉

Ｂ 彼の魂の美しさがますます光ってゆく。

〈他靈魂之美更加的發光發亮。〉

5 Ａ 一族はいよいよ富み栄えた。 〈一族更加的富裕繁榮。〉

B 一族はますます富み栄えた。〈一族更加的富裕繁榮。〉

6 **A** 時局はいよいよ険しく、戦争勃発寸前だった。

〈時局愈加險惡，隨時都有可能爆發戰爭。〉

B 時局はますます険しく、戦争勃発寸前だった。

〈時局愈加險惡，隨時都有可能爆發戰爭。〉

7 **A** そう言われると、われわれはいよいよ気まずく、いづらくなって

しまった。

〈被這麼一說我們就愈發的尷尬，愈坐不住了。〉

B そう言われると、われわれはますます気まずく、いづらくなって

しまった。

〈被這麼一說我們就愈發的尷尬，愈坐不住了。〉

8 **A** 娯楽はいよいよ生活から離れてしまった。

〈娛樂與生活愈離愈遠。〉

B 娯楽はますます生活から離れてしまった。

〈娛樂與生活愈離愈遠。〉

9 **A** そういう態度は、君自身をいよいよ孤立していくことになるのだ。

〈你那種態度只會愈將你自己孤立起來而已。〉

B そういう態度は、君自身をますます孤立していくことになるのだ。

〈你那種態度只會愈將你自己孤立起來而已。〉

10 Ⓐ 不可能なことはいよいよ拡大するばかりである。

〈只是愈加不斷的擴大不可能做到的事而已。〉

Ⓑ 不可能なことはますます拡大するばかりである。

〈只是愈加不斷的擴大不可能做到的事而已。〉

11 Ⓐ そういう話を聞いていると、この小説の主題はいよいよ無意味な
ものに思われてきた。

〈聽了這些事以後，愈發覺得這本小說的主題沒有意義了。〉

Ⓑ そういう話を聞いていると、この小説の主題はますます無意味な
ものに思われてきた。

〈聽了這些事以後，愈發覺得這本小說的主題沒有意義了。〉

12 Ⓐ スピードを落とした船は岸に沿っていよいよ真珠湾奥深くはいっ
ていた。

〈船的速度慢了下來，沿著岸進入了珍珠港的更深處了。〉

Ⓑ スピードを落とした船は岸に沿ってますます真珠湾奥深くはいっ
ていた。

〈船的速度慢了下來，沿著岸進入了珍珠港的更深處了。〉

　　前兩個單元中，我們談到了「ますます」和「いっそう」的異同，本單
元要提的是「いよいよ」和「ますます」的異同。其實三者亦有其相似性，
如前兩單元中所舉「ますます」和「いっそう」皆可以代換的例1～10也大
致都可以代換成「いよいよ」，只是比起來「いよいよ」和「ますます」還

是比較相近一點，一些「ますます」無法使用，而「いっそう」可以用的句型，如不同主體之間的比較（例13），和同一主體在不同的兩個時段或狀況下的比較（例14）等，「いよいよ」也不能使用。

13 Ⓐ × 林君の成績は黄君の成績よりいよいよ悪い。

　 Ⓑ × 林君の成績は黄君の成績よりますます悪い。

　 Ⓒ ○ 林君の成績は黄君の成績よりいっそう悪い。

　　〈林同學的成績比黃同學的成績更糟糕。〉

14 Ⓐ × この絵は悪くないけれど、背景を灰色に変えたらいよいよよくなる。

　 Ⓑ × この絵は悪くないけれど、背景を灰色に変えたらますますよくなる。

　 Ⓒ ○ この絵は悪くないけれど、背景を灰色に変えたらいっそうよくなる。

　　〈這一幅畫不錯，但是若把背景換成灰色會更好。〉

又，三者都無法用在命令句型中。

15 Ⓐ × いよいよ働け！

　 Ⓑ × ますます働け！

　 Ⓒ × いっそう働け！

但是「いっそう」可以用在「（程度變化）＋意志動詞」表示積極促成某一件事之程度變化之意。而「いよいよ」和「ますます」一樣，則通常只

用在實際狀況的描寫或預測時。

16 **Ａ** ✕ 彼は日本は市場開放をいよいよ進めるべきだとの意見である。

Ｂ ✕ 彼は日本は市場開放をますます進めるべきだとの意見である。

Ｃ ○ 彼は日本は市場開放をいっそう進めるべきだとの意見である。

〈他的意見是日本應該要更擴大市場的開放。〉

那麼「いよいよ」和「ますます」就沒有區別了嗎？

「いよいよ」除了可以譯成中文〈愈加〉〈更〉等與「ますます」相似的用法之外，還有可以表示〈終於〉〈最後時刻〉〈緊要關頭〉的用法。而這，便是「ますます」所沒有的。

17 **Ａ** ○ 次はいよいよ私たちが歌う番になった。

〈下一個終於要輪到我們唱了。〉

Ｂ ✕ 次はますます私たちが歌う番になった。

18 **Ａ** ○ いよいよ台風が今朝上陸した。

〈颱風終於在今天早上登陸了。〉

Ｂ ✕ ますます台風が今朝上陸した。

19 **Ａ** ○ 2001年9月、いよいよ新学期が始まる。

〈2001年9月，終於新的學期要開始了。〉

Ｂ ✕ 2001年9月、ますます新学期が始まる。

「いよいよ」的語意中基本上含有的是「即將抵達一個預期中的轉折

點」之意。而這個「預期中的轉折點」可以是說話者所期待的，也可以是說話者所不願意面對的。

20 あしたから、いよいよ念願の工場が始まる。

〈明天終於期待已久的工廠要開始運作了。〉

21 （好きな人が）いよいよ佐倉さんと……結婚するのですか。

〈（自己喜歡的人）終於是要和佐倉先生……結婚了嗎？〉

當然也有可能只是單純的在表明到了一個轉折點之意。

22 いよいよ次の作業である。〈再來終於要進入下一步作業了。〉

23 この雨があがればいよいよ冬の季節にはいる。

〈這一陣雨過後，就要進入冬季了。〉

「轉折點」本身可以是一件事情的開始（如例17、18、19、20、24）也可以是結束。（如例25、26、27）

24 彼女の恋人は陸軍の将校でいよいよ戦地へ向うことになった。

〈她的情人是陸軍軍官，到了終於得要赴戰場的日子了。〉

25 いよいよ卒業ですね。〈終於要畢業囉！〉

26 いよいよ筆を擱くときが来た。〈終於到了要擱筆的時候了。〉

27 （飛行機から）この下は東京だ。いよいよ来たんだ。

〈（從飛機上）下面就是東京，我終於來了。〉

甚至可以是持續不變的。即一件懸而未決的事原本冀望有所改觀，可是結果終於還是沒變。

28 やっと見付けた父もすぐになくなって、いよいよ妹と二人生き続けなければならない。

〈好不容易才尋獲的父親也在不久就過世了，結果只好還是和妹妹兩個人繼續生活下去。〉

內容上來說，可以是自己的意志性行為（如例28、30、31），可以是他人的行為（如例21、31），作業的順序（如例22、32），自然的變化（如例23、33）。

29 いよいよ誰の力にも頼らない決心をしたその日のことだった。

〈這是終於下定決心不依靠任何人的那一天所發生的事。〉

30 宿題のところの説明や例題を研究して、そして、いよいよ運算に取りかかろうとした時、人の気配がした。

〈研究了一下作業的說明和例題，正打算要開始運算的時候，感覺到身後有人。〉

31 そうか。いよいよ出かけるか。

　　〈這樣啊？終於要出發了？──此句動作看是本人或他人皆可。〉

32 打ち込みが終り、今度はいよいよ印刷だ。

　　〈打完字，下面要印刷了。〉

33 いよいよ避けられない人生の区切点へ近づいていくような不安を感じた。

　　〈由於愈來愈接近到一個無法避免的人生的轉捩點而感到不安。〉

　　他還可以用在表示自己所做的一個預測性的判斷得到了證明，即將成真之意。

34 この手柄で次期の部長はいよいよ疑いないところだ。

　　〈這一次立下的這個大功勞，下次要昇經理更是無庸置疑的了。〉

　　當「いよいよ」所暗示的轉折點表示的是〈逼不得已〉〈最後關頭〉的這種重要性較強的「關鍵點」的意思時，就形成了下示例子的意思了。

35 いよいよと言うときは僕が力になろう。

　　〈到你真的是無法解決的時候，我就來幫你忙。〉

36 いよいよとなるまで彼は書かない。〈不到最後關頭他就是不寫。〉

37 談判はいよいよというところまでこぎつけた。

　　〈談判終於到了最後關頭。〉

這個用法的結果也是可以被期待的，也可以是不希望見到的。

像這樣「いよいよ」的基本含義是「即將抵達一個預期中的轉折點」，但是「ますます」是「同一個主體在某一段時間朝某一個方向持續演變或變化的過程」，因此適合「ますます」的，表示還會持續變化的句型「〜しつつある」或「〜一方だ」，就不適用於「いよいよ」了。

38　Ａ　×　世界の人口はいよいよ増大しつつある。
　　Ｂ　○　世界の人口はますます増大しつつある。

〈世界的人口愈來愈多。〉

39　Ａ　×　水位はいよいよ高まる一方だ。
　　Ｂ　○　水位はますます高まる一方だ。〈水位不斷持續高漲。〉

例38、39，只要去掉句尾的「〜つつある」「〜一方だ」就可以用「いよいよ」了。也因此，我們可以發現前示例1〜12，雖然「いよいよ」「ますます」兩者皆可代換，但「いよいよ」就顯得較有接近變化的最終點之意。下示例用「ますます」到「〜に従って」還不會奇怪，但是到句子的最後就有些怪異了。因為後半是〈非完全素食主義〉，即沒有持續變化的餘地，所以就不太適合用「ますます」。

40　Ａ　○　釈迦はその晩年、その思想いよいよ円熟するに従って全く菜食主義者ではなかった。

〈釋迦牟尼在他的晚年，當他思想越臻成熟，就成了一個非完全的素食主義者了。〉

B △ 釈迦はその晩年、その思想いよいよ円熟するに従って全く菜
食主義者ではなかった。

最後再舉一個會有三個表示程度漸近的副詞的例子，你判斷的出來它們
是否可以代換嗎？

41 だんだんその別荘が近づいてくるにつれ、私はますます心臓をしめ
つけられるような息苦しさを覚えたが、さていよいよその別荘の
真白な柵が私たちの前に現われた瞬間には……。

〈隨著距離那別墅愈來愈近，我愈感受到好像心臟被綁了起來一
般的窒息感，而當那別墅的白色柵欄出現在我們眼前的那一瞬
間……。〉

§65.「ますます」VS「だんだん」VS 「次第に」(1)

　　上幾單元我們討論過「いっそう」「ますます」「いよいよ」的用法。同樣表示程度之變化的，還有「だんだん」「次第に」等等。這幾個詞的詞義相近，在許多情況下都可以互換。

・台風の接近に伴って、風も〔いっそう／ますます／いよいよ／だんだん／次第に〕強くなった。

　　〈隨著颱風逐漸接近，風勢也〔更加增／愈來愈／愈加的／漸漸增／漸漸增〕強了。〉

・せみの声が〔いっそう／ますます／いよいよ／だんだん／次第に〕はっきり聞こえてきた。

　　〈蟬叫聲（聽得）〔更加／愈來愈／愈加的／漸漸的／漸漸的〕清楚（起來）了。〉

・あの女優は年を取ってから〔いっそう／ますます／いよいよ／だんだん／次第に〕人気が出た。

　　〈那位女明星，年老了之後〔反而更／反而愈／才更／才漸漸變／才漸漸變〕紅了。〉

　　其中「いっそう」和其他四者較不一樣的是，它用在表示兩個（以上）主體程度上的比較，或是同一主體在兩個時點之程度上的比較。「ますま

す」「いよいよ」「だんだん」「次第に」則不用在點的比較，而都是用來
表示同一主體之程度上的持續性變化。這四者中「ますます」和「いよい
よ」的用法我們在上一單元也已討論過，兩者最大的不同就是「いよいよ」
含有「即將抵達一個預期中的轉折點」之意，因此用在表示持續的變化時，
主要表示的也是持續變化中接近終點的部份，不像「ますます」暗示著還會
再持續變化下去的意思。

・○ この町の人口はますます多くなりつつある。

　　　〈這個城鎮的人口愈來愈多。〉

・× この町の人口はいよいよ多くなりつつある。

・× この町の人口はいっそう多くなりつつある。

　　　而我們這個單元要談的「だんだん」「次第に」在許多要素上都和「ま
すます」非常接近，「ますます」可以用的句子，絕大部分「だんだん」
「次第に」都可以用，「ますます」不能用的也大部分無法用「だんだん」
和「次第に」。——當然含義會有些不同，「ますます」表示的是〈愈來
愈……〉，「だんだん」「次第に」則是〈漸漸的〉的意思。——

・○ この町の人口はだんだん多くなりつつある。

　　　〈這個城鎮的人口漸漸的多了起來。〉

・○ この町の人口は次第に多くなりつつある。

　　　〈這個城鎮的人口漸漸多了起來。〉

　　　再舉一些「ますます」和「だんだん」「次第に」可以代換的例子。

1　🅐 午後になって雨が降り始め、ますます湿度が増え、じめじめした
　　　状態になった。

〈到了下午，開始下雨，濕度更是增高，天氣變得又熱又黏。〉

Ｂ 午後になって雨が降り始め、だんだん湿度が増え、じめじめした状態になった。

〈到了下午，開始下雨，濕度漸漸增加，天氣變得又熱又黏。〉

Ｃ 午後になって雨が降り始め、次第に湿度が増え、じめじめした状態になった。

〈到了下午，開始下雨，濕度漸漸增加，天氣變得又熱又黏。〉

2 Ａ 君の黒い姿は、白い地面に腰まで埋まって、或いは濃く、或いは薄く、縞になって横降りに降りしきる雪の中を、ただ一人ますます遠ざかって、とうとう霞んで見えなくなってしまった。

〈你黑色的孤單身影，被白色的地面淹沒至腰部，時濃時淡，在打成橫條狀，下個不停的風雪中，愈行愈遠，終於模糊看不見了。〉

Ｂ 君の黒い姿は、白い地面に腰まで埋まって、或いは濃く、或いは薄く、縞になって横降りに降りしきる雪の中を、ただ一人だんだん遠ざかって、とうとう霞んで見えなくなってしまった。

〈你黑色的孤單身影，被白色的地面淹沒至腰部，時濃時淡，在打成橫條狀，下個不停的風雪中，漸行漸遠，終於模糊看不見了。〉

Ｃ 君の黒い姿は、白い地面に腰まで埋まって、或いは濃く、或いは薄く、縞になって横降りに降りしきる雪の中を、ただ一人次第に遠ざかって、とうとう霞んで見えなくなってしまった。

〈你黑色的孤單身影，被白色的地面淹沒至腰部，時濃時淡，在打成

橫條狀，下個不停的風雪中，漸行漸遠，終於模糊看不見了。〉

3 A これまで種々の人の書いたものを見れば大抵老いが迫ってくるにつ

れて、死を考えるということがますます切実になると言っている。

〈看一下到目前為止，許多人寫過的文章，大致上都是說愈近老

年，就愈會切身的想到死亡。〉

B これまで種々の人の書いたものを見れば大抵老いが迫ってくるにつ

れて、死を考えるということがだんだん切実になると言っている。

〈看一下到目前為止，許多人寫過的文章，大致上都是說，近老

年就會漸漸切身的想到死亡。〉

C これまで種々の人の書いたものを見れば大抵老いが迫ってくるにつ

れて、死を考えるということが次第に切実になると言っている。

〈看一下到目前為止，許多人寫過的文章，大致上都是說近老年

就會漸漸切身的想到死亡。〉

4 A 彼はますます露骨に早川に一種の嫉妬を感じた。

〈他愈發露骨的對早川感覺到一股妒意。〉

B 彼はだんだん露骨に早川に一種の嫉妬を感じた。

〈他漸漸露骨的對早川感覺到一股妒意。〉

C 彼は次第に露骨に早川に一種の嫉妬を感じた。

〈他漸漸露骨的對早川感覺到一股妒意。〉

5 A 赤面を抑えようとするけれど、どうしようもない。赤くなっ
　　て、ますます頭がぼやっとして、目の前が暗くなる。

　　〈想要抑制漲紅的臉，但是沒辦法。臉變紅，頭腦就更加的模模
　　　糊糊，眼前發黑。〉

B 赤面を抑えようとするけれど、どうしようもない。赤くなっ
　　て、だんだん頭がぼやっとして、目の前が暗くなる。

　　〈想要抑制漲紅的臉，但是沒辦法。臉變紅，頭腦漸漸的變得模
　　　模糊糊，眼前發黑。〉

C 赤面を抑えようとするけれど、どうしようもない。赤くなっ
　　て、次第に頭がぼやっとして、目の前が暗くなる。

　　〈想要抑制漲紅的臉，但是沒辦法。臉變紅，頭腦漸漸的變得模
　　　模糊糊，眼前發黑。〉

6 A いろいろなことを考えているとますます彼らの方が正しくて自分
　　が間違っているのじゃないかという気になってきた。

　　〈想愈多愈覺得搞不好是他們對，我錯。〉

B いろいろなことを考えているとだんだん彼らの方が正しくて自分
　　が間違っているのじゃないかという気になってきた。

　　〈想一想漸漸覺得搞不好是他們對，我錯。〉

C いろいろなことを考えていると次第に彼らの方が正しくて自分が
　　間違っているのじゃないかという気になってきた。

　　〈想一想漸漸覺得搞不好是他們對，我錯。〉

可是當我們再仔細擴大觀察這些句子的時候，就會發覺其實它們的代換似乎並不是那麼單純。如例1，在前面再加一些文脈之後「ますます」似乎就不是很適用了。

1　Ａ'？　晴天が続き、その日も午前中にはからっと晴れていたが、午後になって、雨が降り始め、ますます湿度が増え、じめじめした状態になった。

　　Ｂ'○　晴天が続き、その日も午前中にはからっと晴れていたが、午後になって、雨が降り始め、だんだん湿度が増え、じめじめした状態になった。

　　〈每天都是大晴天，那一天也是早上晴朗乾爽，到了下午，下起雨來，漸漸的溼度增加，後來天氣就變得又熱又黏。〉

原因是「ますます」必須要用在「某一個情形先已經成立，之後它的程度愈來愈高」時，但是上示例句卻是「先前原本很乾爽，之後溼度才變高」，即溼度高的情況並不是在「ますます」之前已經形成的。這種時候用「ますます」就比較不恰當了。再看下例。

7　Ａ　×　店の前に「土曜・日曜以外のお客さまは一割引き」などと書かれた掛札をぶらさげていて、最初は迷惑そうにしていたが、こっちが熱心に説明を続けていたら、ますます興味を示し始め、それなら試してみようと言ってくれる人もいた。

492

B ○ 店の前に「土曜・日曜以外のお客さまは一割引き」などと書かれた掛札をぶらさげていて、最初は迷惑そうにしていたが、こっちが熱心に説明を続けていたら、だんだん興味を示し始め、それなら試してみようと言ってくれる人もいた。

〈在店前面掛上寫著「星期六・日以外的顧客打九折」的牌子，開始還一副很猶豫的樣子，經過我們不斷熱情的說明，漸漸的就會有人開始感興趣，然後就說「好吧，就試試看吧。」〉

例7也很明顯是原本沒興趣之後才產生興趣的所以也不適用「ますます」。在這裡，我們看到「だんだん」所修飾的動詞是「示し始め」，經過仔細觀察我們可以發現「ますます」和這類述語似乎並不太適合。例如：

8　**A** × ますます腹が立ちはじめた。

　　B ○ だんだん腹が立ちはじめた。〈漸漸的開始生起氣來。〉

9　**A** × ますます気になりはじめてきた。

　　B ○ だんだん気になりはじめてきた

　　〈漸漸開始覺得有點怪怪的。〉

這當然也是因為「～はじめ」表示的是事情剛開始發生，和「ますます」要求必須是某一個狀況已經成立的原則不合之故。

除了這一類，另外還有一種是「だんだん」「次第に」可以用，但「ますます」不能的，就是述語本身的語意內容不是屬於漸行高亢的意思時。

10 Ⓐ ？ ますます落ち着いてきた。

    Ⓑ ○ だんだん落ち着いてきた。〈漸漸的穩定了下來。〉

由此可見「ますます」基本上是立足在某一個已成立的狀況上，而後再往高亢的方向變化，相對的「だんだん」就沒有這樣的語意內涵了。

當然「ますます」的句子中也有不太適用「だんだん」的句型，待下個單元再做詳述。

§66.「ますます」VS「だんだん」VS「次第に」(2)

上一個單元提到「ますます」無法用在程度變化剛開始發生時,而必須是已在進行中的狀態時。也無法用在程度變化將近結束前,而必須是在預計變化將會持續進行的情況下。又,也不用來修飾表示事態漸趨沉穩的語詞,也就是說,「ますます」通常用在程度漸趨高昂的情形下之意。其中最後一個特色是較不易判定的一個要素,在前個單元我們所舉的例子是:

1 Ⓐ ? ますます落ちついてきた。

　 Ⓑ ○ だんだん落ちついてきた。〈漸漸穩定下來了。〉

　 Ⓒ ○ 次第に落ちついてきた。〈逐漸穩定下來了。〉

其實這與程度變化將近結束有異曲同工之妙,實際上是一體的兩面。例2亦屬此類。

2 Ⓐ × ますます消えていった。

　 Ⓑ ○ だんだん消えていった。〈漸漸消失不見了。〉

　 Ⓒ ○ 次第に消えていった。〈逐漸消失不見了。〉

有時也會有語詞本身看似變沉穩,但仍是勉強可以使用「ますます」的情況。

3 　Ａ △ ますます静まっていった。〈更加的鴉雀無聲了。〉

　　Ｂ ○ だんだん静まっていった。〈漸漸安靜了下來。〉

　　Ｃ ○ 次第に静まっていった。〈逐漸安靜了下來。〉

　　不同的是當我們用「ますます」時，表示的是如上課時呆呆靜靜坐在那兒的學生，在老師罵他們毫無反應後，就更加的噤若寒蟬了。像這類雖然一樣是變安靜，但是依情況，有的時候表示的是程度昇高，有的時候表示的是程度變化告一個段落，必須看實際使用的情形才能做出正確的判斷。

　　除了上述情形之外，另外還有一些不適合使用「ますます」的句子，促使它不適用的原因可以有多重的解釋角度，理由可以算是比較綜合性的。

4 　Ａ × 眠っている血がますます目を覚ましてきたような気持ちがした。

　　Ｂ ○ 眠っている血がだんだん目を覚ましてきたような気持ちがした。

　　〈感覺到似乎沉睡中的血正逐漸的甦醒過來。〉

　　Ｃ ○ 眠っている血が次第に目を覚ましてきたような気持ちがした。

　　〈感覺到似乎沉睡中的血正逐漸的甦醒過來。〉

5 　Ａ × 彼女の姿がますます見えなくなりかけたら、急に心の底の方から淋しさがこみあげてきた。

B ○ 彼女の姿がだんだん見えなくなりかけたら、急に心の底の方から淋しさがこみあげてきた。

〈她的身影漸漸即將消失不見時，我心底深處突然湧起一股孤寂的滋味。〉

C ○ 彼女の姿が次第に見えなくなりかけたら、急に心の底の方から淋しさがこみあげてきた。

〈她的身影逐漸即將消失不見時，我心底深處突然湧起一股孤寂的滋味。〉

6 A × 最初はこつこつ勉強したが、そのうちますます学校がつまらなくなってしまった。

B ○ 最初はこつこつ勉強したが、そのうちだんだん学校がつまらなくなってしまった。

〈剛開始還很腳踏實地的認眞唸書，但是漸漸的上課變得很無聊了。〉

C ○ 最初はこつこつ勉強したが、そのうち次第に学校がつまらなくなってしまった。

〈剛開始還很腳踏實地的認眞唸書，但是漸漸的上課變得很無聊了。〉

7 A × この欲望はますます私の潜在意識の奥底に隠れてしまおうとしていたやさきに、あの事件が発生した。

B ○ この欲望はだんだん私の潜在意識の奥底に隠れてしまおうとしていたやさきに、あの事件が発生した。

〈當這個欲望正要隱入我潛意識深處時，發生了那個事件。〉

C ○ この欲望は次第に私の潜在意識の奥底に隠れてしまおうとしていたやさきに、あの事件が発生した。

〈當這個欲望正要隱入我潛意識深處時，發生了那個事件。〉

8 **A** × 始めは思うように撮れなかったが、やっているうちにますます慣れてきた。

B ○ 始めは思うように撮れなかったが、やっているうちにだんだん慣れてきた。

〈剛開始還沒有辦法拍出如自己想要的，但做著做著就摸出訣竅了。〉

C ○ 始めは思うように撮れなかったが、やっているうちに次第に慣れてきた。

〈剛開始還沒有辦法拍出如自己想要的，但做著做著就摸出訣竅了。〉

9 **A** × つらいことを辛抱してますます一人前になってゆくんですよ。

B ○ つらいことを辛抱してだんだん一人前になってゆくんですよ。

〈要熬過這些辛勞才會漸漸的能夠獨當一面。〉

C ○ つらいことを辛抱して次第に一人前になってゆくんですよ。

〈要熬過這些辛勞才會漸漸的能夠獨當一面。〉

上示例4「覚ましてきた」〈醒過來〉可以認為是處在一個剛開始的階段，例5「見えなくなりかけた」〈將要消失〉可以解釋成是在剛開始或將結束的階段，例7「隠れてしまおうとしていた」〈即將要隱入〉也是可以是剛開始或將結束。例6「つまらなくなってしまった」〈變無聊〉可以是將結束。例8「慣れてきた」〈習慣了／找到竅門〉，例9「一人前になってゆく」〈變能獨當一面〉都可以是狀態變沉穩或程度變化即將結束之意。

綜而言之就是使用了「ますます」自動就會帶出「某一個已經開始的程度上的變化，正朝向程度趨漸高昂，且將會再持續變化一段時間」之意。因此只要句中含有阻礙這個意思的要素存在，就不適用「ますます」。

另一方面，「だんだん」的適用範圍廣，無法使用的情況比較少，主要就是內容上積極顯現「ますます」特色的情況時，通常就不用「だんだん」。句型上的特徵並不明顯。

10 A ○ ただでさえ暑いのに、蝉の声を聞くとますます暑くなってきた。

〈本來就熱了，聽到蟬鳴又更熱了起來。〉

B × ただでさえ暑いのに、蝉の声を聞くとだんだん暑くなってきた。

C ✕ ただでさえ暑いのに、蟬の声を聞くと次第に暑くなってきた。

---

11 A ○ 若者の就職に見られる3Kぎらいのように、ただでさえ構造的な労働力人口の減少の中で製造業離れはますます進むと見られる。

〈從年輕人求職活動中極力規避3K（危險、きつい、汚い）（危險、辛苦、骯髒）的情形可以看出，原本就屬於結構性勞動人口遞減中的製造業，它的就業人口將會更形減少。〉

B ✕ 若者の就職に見られる3Kぎらいのように、ただでさえ構造的な労働力人口の減少の中で製造業離れはだんだん進むと見られる。

C ✕ 若者の就職に見られる3Kぎらいのように、ただでさえ構造的な労働力人口の減少の中で製造業離れは次第に進むと見られる。

---

12 A ○ 食料の不足はすでに戦争の末期からひどくなっていたが、戦後ますます深刻となった。

〈糧食不足的情形從戰爭末期開始就已頗為嚴重，但戰後情況更形惡化。〉

B ✕ 食料の不足はすでに戦争の末期からひどくなっていたが、戦後だんだん深刻となった。

C ✕ 食料の不足はすでに戦争の末期からひどくなっていたが、戦後次第に深刻となった。

13 Ⓐ ○ 自分の影をおそれ、足あとをきらい、これを振り切ろうとして逃げだした男がいたが、足を速めて懸命に走れば走るほど足あとがますます多くなり、足を速めれば速めるほど、影はますます身にぴったりとつき従ってくる。そこで、その男はまだ遅いと思ってますますスピードをあげたが、ついに力つきて死んでしまった。

> 〈有一個男子，他害怕自己的影子，討厭自己的足跡，爲了逃離，他跑了起來，但是越是加快腳步拼命的跑，足跡就越多，越加快腳步，影子越是緊緊跟隨。男子以爲還太慢，就再更加速奔跑，結果終於力盡身亡了。〉

Ⓑ × 自分の影をおそれ、足あとをきらい、これを振り切ろうとして逃げだした男がいたが、足を速めて懸命に走れば走るほど足あとがだんだん多くなり、足を速めれば速めるほど、影はだんだん身にぴったりとつき従ってくる。そこで、その男はまだ遅いと思ってだんだんスピードをあげたが、ついに力つきて死んでしまった。

Ⓒ × 自分の影をおそれ、足あとをきらい、これを振り切ろうとして逃げだした男がいたが、足を速めて懸命に走れば走るほど足あとが次第に多くなり、足を速めれば速めるほど、影は次第に身にぴったりとつき従ってくる。そこで、その男はまだ遅いと思って次第にスピードをあげたが、ついに力つきて死んでしまった。

以上這些例10～13我們只要把句子的前半，表示某程度漸次昇高的情形已確立的部分去掉，就可以用「だんだん」和「次第に」。從這一點來看，我們就可以知道它們都是因為積極符合「ますます」的特性，所以才不適用「だんだん」的。而我們看到似乎有某些固定的句型與「だんだん」「次第に」較不好配合，如「ただでさえ…、…と…」或「…ば…ほど」但是其實並非沒有與這類句型共用的「だんだん」的句子，只是這類句型比較常用在原本已有相當程度，又再度昇高的情形時，因此才會有此種錯覺。

另外「だんだん」和「次第に」之間的差別，一般就只說「次第に」文言色彩較濃，但是應該有更多微妙差異才是，需要做更進一步的研究。

§67.「別^{べつ}に」VS「特^{とく}に」

1 Ⓐ この問題^{もんだい}が別^{べつ}に難^{むずか}しいことはない。〈這個問題並不難。〉

Ⓑ この問題^{もんだい}が特^{とく}に難^{むずか}しいことはない。〈這個問題並不特別難。〉

2 Ⓐ 明日^{あした}は別^{べつ}に予定^{よてい}はない。〈明天沒預定要做什麼。〉

Ⓑ 明日^{あした}は特^{とく}に予定^{よてい}はない。〈明天沒特別預定要做什麼。〉

3 Ⓐ 今度^{こんど}の学会^{がっかい}では見^みるべき発表^{はっぴょう}は別^{べつ}になかった。

〈這次的學會中沒有哪一個發表值得一看。〉

Ⓑ 今度^{こんど}の学会^{がっかい}では見^みるべき発表^{はっぴょう}は特^{とく}になかった。

〈這次的學會中沒特別有哪一個發表值得一看。〉

4 Ⓐ 別^{べつ}にどこが嫌^{きら}いだって言^いうんじゃないんだけど、何^{なん}となく気^きが進^{すす}

まないのよ。

〈並不是他哪裏討人厭啦，但是就是不來電嘛。〉

Ⓑ 特^{とく}にどこが嫌^{きら}いだって言^いうんじゃないんだけど、何^{なん}となく気^きが進^{すす}

まないのよ。

〈並不是特別討厭他什麼啦，但是就是不來電嘛。〉

5 Ⓐ 私は牛乳が別に好きではないけれど、健康のために毎日飲んでいます。

〈我並不是說喜歡牛奶啦，只是爲了健康每天喝而已。〉

Ⓑ 私は牛乳が特に好きではないけれど、健康のために毎日飲んでいます。

〈我並不是特別喜歡牛奶啦，只是爲了健康每天喝而已。〉

6 Ⓐ 彼は学生時代別にできたというわけではない。

〈他學生時代不算是優秀的。〉

Ⓑ 彼は学生時代特にできたというわけではない。

〈他學生時代並不是特別優秀的。〉

7 Ⓐ 今ここで別に名前を発表しないが、最近校内でタバコを吸ったものがいる。

〈今天我不在這裏公佈名字，但最近有人在校內抽煙。〉

Ⓑ 今ここで特に名前を発表しないが、最近校内でタバコを吸ったものがいる。

〈今天我不特別在這裏公佈名字，但最近有人在校內抽煙。〉

8 Ⓐ 今日は別にその点について話し合いたい。

〈此外今天也要針對這一點談一談。〉

Ⓑ 今日は特にその点について話し合いたい。

〈今天也要特別針對這一點談一談。〉

　　歸納上示各例A「別^{べつ}に」和B「特^{とく}に」的中譯，我們可以發現B的中譯裏有〈特別〉兩字，而A的中譯裏則沒有。如以例1　例A「別^{べつ}に難^{むずか}しいことはない」是〈並不難〉，B「特^{とく}に難^{むずか}しいことはない」則是〈並不特別難〉。那麼「別^{べつ}に難^{むずか}しいことはない」和沒有「別^{べつ}に」的「難^{むずか}しいことはない」〈並不難〉又有什麼不同？若沒有不同，那麼是否「別^{べつ}に」就失去它存在的意義了？

　　但是事實上我們比較的若是如下面的例句：

1　**A** この問題^{もんだい}が別^{べつ}に難^{むずか}しいことはない。〈這個問題沒有特別難。〉
　　C この問題^{もんだい}が難^{むずか}しいことはない。〈這個問題並不難。〉

　　這兩者，我們很可能就會在有「別^{べつ}に」的句子上加〈特別〉了。難道這表示的是「別^{べつ}に」介於「特^{とく}に」和沒有這兩個副詞的用法之間，表示最特別的是「特^{とく}に」，屬於中間的是「別^{べつ}に」，最不特別的是不加任何副詞的用法？

　　其實「別^{べつ}に」源自於「別^{べつ}」，「別^{べつ}」在語義，用法上原本與「特^{とく}に」是毫不相干的。只是當形態上採的是「別^{べつ}に」時，有某些用法會與「特^{とく}に」產生交集而已。

　　為了要真正瞭解「別^{べつ}に」的原義，我們有必要先瞭解一下「別^{べつ}」的多種變化型態和語義、用法。「別^{べつ}」基本上表示的是〈別的〉〈區別〉〈另外〉之意。首先它可以接在一個表示區分基準的名詞之下，表示依這個基準來區分的意思，有「名詞+別^{べつ}」和「名詞+の+別^{べつ}」兩種形態。

9　職業別電話帳^{しょくぎょうべつでんわちょう}を引^ひく。〈查職業別的電話號碼簿。〉

10 金メダルの数を国別に合計する。〈分國統計金牌的數量。〉

11 公私の別を明確する。〈明確區分公私之別。〉

12 二十歳以上の大人に男女の別なく選挙権が与えられたのは、戦後になってからのことである。

〈二十歲以上的大人不分男女皆有選舉權是戰後的事。〉

13 あの会社は男女で給料の別をつけている。

〈那一家公司男女給不同的薪水。〉

其次是「別の～」的用法，表示的是〈別的〉〈不同的〉〈另一個〉等意思。

14 卒業後はそれぞれ別の方面に進む。〈畢業後各自朝不同方向發展。〉

15 そのことは別の人からも聞いた。

〈這一件事我從別人那裏也聽到過。〉

16 別の観点から整理し直す。〈用另一個觀點重新整理。〉

17 別の機会に譲る。〈下一次有機會再說。〉

18 今日は忙しいので、また別の日にしてもらえませんか。

〈今天比較忙，可不可以請你改天？〉

同樣是修飾名詞的另外還有「別な」的用法，只是它的使用範圍比較有限，大多用來修飾「考え方」「見方」。

19 博士の見解に関しては別な見方も存在する。

〈有關博士的見解，另外還有其它不同的看法。〉

20 私はただいま発表されましたA氏とは、全く別な考えを持っております。

〈我和剛剛發表的A先生抱持著完全不同的看法。〉

「別」當述語時，常表示〈另當別論〉之意，但用在計算費用等時則譯成〈另計〉。

21 口で言うのと自分でやるのとはまったく別だ。

〈用嘴巴講和自己用手做是完全不同的兩回事。〉

22 女性は一般に嫉妬深いものだが、彼女は別だ。

〈女性一般都是很會嫉妒的，但是她不一樣。〉

23 病気のときは別だけど、中村君は冬の間もずっと薄着をしている。

〈除了生病的時候之外，中村君連冬天也都穿很少。〉

24 今回は見逃してやろう。知っててやったんなら別だが。

〈這一次就放過你！若是明知故犯的話那就不一樣囉！〉

25 当ホテルはシングルで一泊八千円、税金とサービス料は別でございます。

〈本飯店單人房一天八千日圓，稅金和服務費另計。〉

除了以上各種用法之外另外還有「別として」「別にして」之類的慣用

詞，表示的大致上也是〈另當別論〉之意。

26 君は顔は別として頭いいねえ。

　　〈你長相不怎麼樣（另當別論）頭腦還蠻不錯的嘛。〉

27 彼女は気が強いところを別にすれば、やさしくて魅力的な女性だ。

　　〈她除了個性強了一點之外，實在是個溫柔又有魅力的女性。〉

　　綜合以上我們可以知道「別」不論是以何種形態出現，它基本的意思就如它的漢字所示是〈別的〉之意。而「別に」事實上也並沒有偏離這個基本義。下面我們就來看一下「別に」和「特に」的比較。

28 Ⓐ ○ これはそれと別に論じなければならない。

　　　　〈這一點和那一點要分開討論。〉

　　Ⓑ × これはそれと特に論じなければならない。

29 Ⓐ ○ 昨日来たのとは別に、もうひとつ小包みが来ています。

　　　　〈除了昨天來的那一個，今天又寄來了一個包裹。〉

　　Ⓑ × 昨日来たのとは特に、もうひとつ小包みが来ています。

30 Ⓐ ○ みんなに配ったのとは別に、君には特別なプレゼントを用意しておいた。

　　　　〈我特別爲你準備了與發給大家的不一樣的禮物。〉

　　Ⓑ × みんなに配ったのとは特に、君には特別なプレゼントを用意しておいた。

這些不能與「特に」代換的「別に」的特徵是，都採「～とは別に～」的形態。

下面是「別に」和「特に」雖然都可以使用在同樣的文脈上，但是意義上卻有顯著不同的例子。

31　Ａ　○　その本を別にしまっておいた。〈那一本書另外收在別的地方。〉

　　Ｂ　○　その本を特にしまっておいた。

　　　　　〈特別把那一本書收了起來──其它書可能沒收。〉

32　Ａ　○　女性には別に部屋を取りました。〈爲女性另外訂了別的房間。〉

　　Ｂ　○　女性には特に部屋を取りました。

　　　　　〈特別爲女性訂了房間──男性可能沒有。〉

33　Ａ　○　お客様のために別にお選びした宝石です。

　　　　　〈爲顧客（您）另外挑選的寶石。〉

　　Ｂ　○　お客様のために特にお選びした宝石です。

　　　　　〈特別爲顧客（您）挑選的寶石。〉

34　Ａ　○　この本は別に若い女性のために書いたものです。

　　　　　〈這本書是另外爲年輕女性寫的書。〉

　　Ｂ　○　この本は特に若い女性のために書いたものです。

　　　　　〈這本書是特別爲年輕女性所寫的書。〉

當然「特に」也是有一些句子是無法代換成「別に」的，請看下列例句：

35 **Ａ** × 私は本が好きですが、別に推理小説が好きです。

    Ｂ ○ 私は本が好きですが、特に推理小説が好きです。

〈我喜歡書，尤其喜歡推理小說。〉

36 **Ａ** × 京都の冬は寒いと言われているが、今年は別に寒い。

    Ｂ ○ 京都の冬は寒いと言われているが、今年は特に寒い。

〈人家都說京都的冬天很冷，今年尤其冷。〉

37 **Ａ** × 豆腐は腐りやすいので夏場は別に気を使う。

    Ｂ ○ 豆腐は腐りやすいので夏場は特に気を使う。

〈豆腐很容易腐壞，夏天要特別注意。〉

38 **Ａ** × 日本はどこも景色がよいが、別に三陸海岸はすばらしい。

    Ｂ ○ 日本はどこも景色がよいが、特に三陸海岸はすばらしい。

〈日本不管哪兒風景都好，尤其三陸海岸最好。〉

39 **Ａ** × 食事の後に必ず歯を磨きなさい。別に奥歯は念入りに。

    Ｂ ○ 食事の後に必ず歯を磨きなさい。特に奥歯は念入りに。

〈飯後一定要刷牙，尤其是臼齒要仔細的刷。〉

    觀察一下「別に」和「特に」都可以使用但意義不同的例31～34。兩者修飾的對象都是動詞。「別に」句表示的基本上是同一個動作分別做了兩次，而句中提到了其中的第二次。「特に」句指的則是這個動作是專為句中的這個對象做的之意。

    其次再看可以用「特に」卻無法用「別に」的例35～39，它們修飾的對

象多是イ・ナ形容詞或副詞（如「念入りに」）或動作性較弱的動詞「気を使う」這類有程度之別的詞。採取的敘述方式也都是先對一個範圍較大的對象(A)下評語(X)，再自A中挑出一個對象(B)，並對(B)再下一個比X，在程度上更高的評語(Y)。即句型是「AはX、特にBはY」而其中範圍方面A＞B，強度方面Y＞X。

也就是說「特に」基本上是在同一類中選出一個程度較強的。而「別に」則是另外做了一件與前面不相干的一個動作之意。兩者會產生混淆是在當句尾是否定時（如例1～7）因為加了否定之後表示的就是〈不特別〉或〈不另外〉做什麼事，也就是〈一樣〉〈普通〉之意，所以在理解上才會有所混淆。只是由下示例，我們應該依然是能尋得兩者源自原義的不同吧。

40 🅰 × まあまあ面白くないこともないけど、別に面白くないです。

🅱 ○ まあまあ面白くないこともないけど、特に面白くないです。

〈還好啦，也不算不有趣啦，但是並沒有特別有趣。〉

§68.「確かだ」「たしかに」「たしか」

1　**A** このセーターはたしか3000円でした。

〈這件毛衣記得是3000日幣。〉

B このセーターはたしかに3000円でした。

〈這件毛衣確實是3000日幣沒錯。〉

2　**A** 彼が歌ったのはたしかシューベルトの歌だった。

〈他唱的記得應該是舒伯特的曲子。〉

B 彼が歌ったのはたしかにシューベルトの歌だった。

〈他唱的確實是舒伯特的曲子沒錯。〉

3　**A** 国を出たのはたしか一月十日だったと思います。

〈出國日期記得是在一月十號。〉

B 国を出たのはたしかに一月十日だったと思います。

〈我想出國日期確實是在一月十號沒錯。〉

4　**A** 田中さんはたしか京都の出身でしたよね。

〈我記得田中先生是京都人對不對？〉

B 田中さんはたしかに京都の出身でしたよね。

〈田中先生確實是京都人對不對？〉

5 Ⓐ たしか右の頬にほくろがあったよ。

〈我記得他右邊臉頰上有個痣喔！〉

Ⓑ たしかに右の頬にほくろがあったよ。

〈他右邊臉頰上確實是有個痣唷。〉

6 Ⓐ 彼女とはたしかクリスマスの前日に会ったのだ。

〈記得是在耶誕節的前一天和她見的面。〉

Ⓑ 彼女とはたしかにクリスマスの前日に会ったのだ。

〈和她確實是在耶誕節的前一天見的面沒錯。〉

7 Ⓐ お金はたしかこの引き出しにしまっておいた。

〈錢我記得是收在這個抽屜裏。〉

Ⓑ お金はたしかにこの引き出しにしまっておいた。

〈錢我確實是收在這個抽屜裏。〉

8 Ⓐ このことはたしか昨日の新聞に載っていた。

〈這件事記得是刊登在昨天報紙上。〉

Ⓑ このことはたしかに昨日の新聞に載っていた。

〈這件事確實是刊登在昨天報紙上。〉

9 Ⓐ 変だな。たしか車をここに止めたんだけど……。

〈奇怪。我記得明明是把車停在這兒的啊……。〉

Ⓑ 変だな。たしかに車をここに止めたんだけど……。

〈奇怪。我確實是把車停在這兒的啊……。〉

Ａ その時、たしか女の叫び声が聞こえた。

〈那時候記得是有聽到女人的叫聲。〉

Ｂ その時、たしかに女の叫び声が聞こえた。

〈那時候確實是有聽到女人的叫聲。〉

　　如以上各例所示，副詞「たしか」和「たしかに」兩個詞，就語義上來說，區分似乎頗為清楚，只是或許是由於兩個詞詞形相近，且都是源自於形容動詞（或稱ナ形容詞）「確かだ」之故，所以才會有混淆的情形產生。

　　形容動詞（ナ形容詞）「確かだ」依它在句中的功能不同，型態上有當述語時的「確かだ」和修飾名詞等體言，相當於形容詞作用的「確かな」，而「たしかに」便是它修飾動詞或句中其它成分時所採取之副詞的型態。

　　語義方面也有〈確定〉〈確實〉〈確鑿〉等意義。

11　彼女が僕を愛しているのは絶対確かだ。

〈她愛我這一點是絕對可以確定的。〉

12　あなたが騙されたことは確かだ。〈你被騙了這一點是可以確定的。〉

13　君がここに置いたというが、確かか。〈你說你放在這兒，確定嗎？〉

14　彼が現場にいたという確かな証拠がある。

〈有確實的證據證明他在現場。〉

15　彼女は確かに来ると言ったんだ。〈她確實有說她要來。〉

　　由〈確定〉〈確實〉〈確鑿〉可以歸納出來的一個基本意義就是：說話

者認定某件事是「沒有錯誤」的。

　　「沒有錯誤」依情況，可以轉成如〈正常〉（如例16）、〈準確〉（如例17）、〈穩定〉（例18，指腳步穩定是他酒醉之前原有的正常情況）、〈清楚〉（如例19，記憶事情確實無誤）、〈準〉（如例20，眼光精確無誤）。

16 そんな突拍子もないことを言い出すなんて……。気は確かだろうね。

　〈怎麼說出這種沒頭沒腦的話。他腦筋還正常吧？！〉

17 さっき合わせたから、この時計は確かだ。

　〈剛剛對過了，這個鐘是準確的。〉

18 彼はかなり酔っていたが、足元は確かだった。

　〈他頗有醉意，但是腳步還算穩定。〉

19 祖父は80歳を超えても、驚くほど記憶は確かです。

　〈祖父已經超過80歲了，但是記憶還是驚人的好（清楚）。〉

20 これでもまだ目は確かだ。馬鹿にするな。

　〈我眼光還是很準的，別瞧不起人。〉

　　當我們用它來說明人的技術、品格時，中文就需要更強調它的正面意義，由〈無誤〉轉譯成〈可靠〉〈紮實〉了。又，它也用來說明消息來源。

21 日本製品は品質管理がいいから確かだ。

　〈日本製品的品質管理做得好，可靠。〉

22 この職人は腕は確かだ。〈這個工匠手藝可靠。〉

23 あの人の英語は十年も猛勉強した確かなものだ。

〈他的英文是猛K了十年的很紮實的英文。〉

24 あの人なら確かな人物ですから、任せても安心できます。

〈他是個可靠的人，全交代給他是可以放心的。〉

25 これは確かな筋からの情報だ。〈這個消息來源可靠。〉

　　像這樣「確かだ」表示的都是說話者對某件事情表示肯定，認定它「沒有錯誤」之意。前面我們說明了說話者是以什麼態度來表示肯定，但是其實還有另一個焦點是它以什麼為依據來表示肯定。由於篇幅關係在此無法詳述，但是我們若仔細觀察說話者使用「確かだ」時之前後文關係，我們便可以發覺，雖然「確かだ」的判斷本身是很主觀的，但是判定為「確かだ」的依據基本上是透過自己所觀察到的現象或實際自己所做的或所知道的事實查証過後來做判斷的。所以可以說是一種頗有根據的判斷。

　　而當這個判斷的根據不是透過查証，而是憑自己的記憶所及時，由於記憶畢竟有時不如事實確定，就衍生出〈記得應該是〉的這種意思，也就是「たしか」所表達的意義。

26 Ⓐ この写真はたしか５年前田舎へ行った時撮ったものだ。

〈這張照片記得是五年前去鄉下時拍的。〉

Ⓑ この写真はたしかに５年前田舎へ行った時撮ったものだ。

〈這張照片確實是五年前去鄉下時拍的。〉

27 Ⓐ 『Papa told me』たしかそんな題のマンガがあったように思う。

〈記得有部叫『爸爸告訴我』的漫畫。〉

Ⓑ 『Papa told me』たしかにそんな題のマンガがあったように思う。

〈我想確實有部叫『爸爸告訴我』的漫畫。〉

又，前示例1～10亦皆屬此類。由這些例子我們可以看出「たしか」和「たしかに」最主要的不同就在說話者對自己所賴以判斷的根據的不同。判斷的根據若只是說話者自己的記憶，而且說話者要表示的是這個記憶並不是那麼明確肯定時，就用「たしか」。相對的，若根據是很肯定的話就用「たしかに」。因此一般來說許多用「たしか」的句子，只要想要表現得比較肯定一點就可以改用「たしかに」。唯有當句型很明顯顯示說話者不是很有自信或只是單純推論時才不可以用。

28 Ⓐ ○ 岡みどり？たしか純子さんが言っていたホステスの名がそんな名前のような気がする。

〈岡綠？記得純子提過的那個女公關的名字好像就是這樣的名字。〉

Ⓑ ？ 岡みどり？たしかに純子さんが言っていたホステスの名がそんな名前のような気がする。

29 Ⓐ ○ たしか試験は一週間先に延期されたはずだ。

〈考試記得應該是已經延後一個星期了。〉

Ⓑ ？ たしかに試験は一週間先に延期されたはずだ。

當然其實像例27「～ように思う」、例3「だったと思う」由於有「思う」，聽起來比較沒有那麼斷定，所以用「たしか」是會比「たしかに」適合，但也並非絕不可以用「たしかに」。

像這樣「たしか」的判斷根據，憑藉的是說話者的記憶，因此若根據明顯不是說話者的記憶，而是說話者的觀察、別人的意見、說話者自己的行為或所知道的事實等時就不能用「たしか」而只能用「たしかに」了。

30 Ⓐ × 彼女はたしかしっかりした娘さんだ。
   Ⓑ ○ 彼女はたしかにしっかりした娘さんだ。

   〈她的確是一個很堅強的女孩子。〉

31 Ⓐ × 彼はたしか頭がいいが、性格が冷たいね。
   Ⓑ ○ 彼はたしかに頭がいいが、性格が冷たいね。

   〈他的確是頭腦好，但是個性很冷漠。〉

32 Ⓐ × なるほど、よく見ればたしか尾島久子である。
   Ⓑ ○ なるほど、よく見ればたしかに尾島久子である。

   〈確實，仔細一看那的確是尾島久子。〉

33 Ⓐ × 考えてみれば、たしか昌也の言うとおり、これは絶好のPRになるかもしれない。
   Ⓑ ○ 考えてみれば、たしかに昌也の言うとおり、これは絶好のPRになるかもしれない。

   〈想想確實如昌也所說，這說不定是一個絕佳的廣告。〉

34 Ⓐ × 春さんが貰っても損はないと言ったように、清香はたしか
可愛いらしい邪気のない気立てのいい娘であった。

Ⓑ ○ 春さんが貰っても損はないと言ったように、清香はたしかに
可愛いらしい邪気のない気立てのいい娘であった。

〈清香的確是個可愛、純眞又有氣質的女孩，就如小春説的

「娶過來絕對不吃虧」。〉

35 Ⓐ × それじゃ、たしかお引渡ししました。

Ⓑ ○ それじゃ、たしかにお引渡ししました。

〈那麼，確實就交給您了。〉

36 Ⓐ × 明日、たしかお届けします。

Ⓑ ○ 明日、たしかにお届けします。〈明天肯定爲您送到。〉

最後値得一提的一點是「確かだ」雖然有衍生出一些其它的語義，但是
「たしかに」卻只出現其中的一種，亦即較基本的「沒有錯誤」之意。

§69.「なかなか」VS「けっこう」

1 Ⓐ あの人はなかなか話がうまい。〈那個人實在很會說話。〉

Ⓑ あの人はけっこう話がうまい。〈那個人相當會說話。〉

2 Ⓐ 今日なかなか面白い話を聞きました。

〈今天聽到一件相當有趣的事。〉

Ⓑ 今日けっこう面白い話を聞きました。

〈今天聽到一件相當有趣的事。〉

3 Ⓐ この仕事、簡単そうに見えるけど、なかなか大変だよ。

〈這個工作，看起來好像很容易，其實可是蠻辛苦的呢！〉

Ⓑ この仕事、簡単そうに見えるけど、けっこう大変だよ。

〈這個工作，看起來容易，其實可是蠻辛苦的呢！〉

4 Ⓐ 中国語の「暴發戶（成り金）」とはなかなか現実感のある比喩で

ある。

〈中文「暴發戶」這個比喻，可真是頗有現實感的。〉

Ⓑ 中国語の「暴發戶（成り金）」とはけっこう現実感のある比喩で

ある。

〈中文「暴發戶」這個比喻，可真是頗有現實感的。〉

5 🅐 若菜さんは黒髪をひっつめにしてなかなか個性的な表情をしている。

〈若菜小姐綁著髮髻一副很有個性的表情。〉

🅑 若菜さんは黒髪をひっつめにしてけっこう個性的な表情をしている。

〈若菜小姐綁著髮髻一副很有個性的表情。〉

6 🅐 燃える火の色の「緋色」、青の濃い「紺色」、少し鮮やかな「紺青」など、色の表現はなかなか多彩である。

〈有如燃燒著的火焰般的顏色「緋紅色」，深的青色「深藍」，稍微明亮一些的「藍綠」等，顏色的詞彙相當多采多姿。〉

🅑 燃える火の色の「緋色」、青の濃い「紺色」、少し鮮やかな「紺青」など、色の表現はけっこう多彩である。

〈有如燃燒著的火焰般的顏色「緋紅色」，深的青色「深藍」，稍微明亮一些的「藍綠」等，顏色的詞彙相當多采多姿。〉

7 🅐 その店の作りはなかなか風情があっていいものだ。

〈那家店的構造相當有味道，很不錯。〉

🅑 その店の作りはけっこう風情があっていいものだ。

〈那家店的構造相當有味道，很不錯。〉

8 🅐 こんな時に借金とはなかなか言いにくいのである。

〈這種時候要借錢，實在是蠻不好開口的。〉

🅑 こんな時に借金とはけっこう言いにくいのである。

〈這種時候要借錢，實在是蠻不好開口的。〉

9 🄰 この本もなかなか勉強になる。〈這本書還蠻能學到東西的。〉

　🄱 この本もけっこう勉強になる。〈這本書還蠻能學到東西的。〉

10 🄰 皆の服装も歩き方も純子の指導のためか、なかなか決まっている。

　　〈大家的服裝、走路的方式，或許是純子事前指導的關係吧，蠻

　　　像一回事的。〉

　🄱 皆の服装も歩き方も純子の指導のためか、けっこう決まっている。

　　〈大家的服裝、走路的方式，或許是純子事前指導的關係吧，蠻

　　　像一回事的。〉

　　像這樣的，「なかなか」和「けっこう」兩個副詞，用法相近，中文也都譯成〈相當〉〈蠻〉〈很〉等，是初學日語時，兩個不易釐清的單字。

　　當然兩者也有不能互相代換的時候，首先我們來看可以用「けっこう」但無法用「なかなか」的例子。

11 🄰 ✕ 最近の汽車はなかなかゆっくり走るね。

　🄱 ○ 最近の汽車はけっこうゆっくり走るね。

　　〈最近的火車開得很慢耶！〉

12 🄰 ✕ 泊まりに来てもいいけど、家なかなか狭いよ。

　🄱 ○ 泊まりに来てもいいけど、家けっこう狭いよ。

　　〈你要來我家住是可以啦，可是我家很小哦！〉

13 🄰 ✕ 昨日のパーティーはなかなかつまらなかった。

B ○ 昨日のパーティーはけっこうつまらなかった。

〈昨天的舞會，蠻無聊的。〉

14 A × 勉強していた時なかなかさぼっていた。

B ○ 勉強していた時けっこうさぼっていた。

〈我唸書的時候蠻常翹課的。〉

11～14例，所修飾的對象，基本上都是屬於負面的詞，而在許多資料中，我們常常可以看到它寫著「なかなか」和「けっこう」都不用來修飾負面的詞彙。可是實際上我們卻常常可以聽到「けっこう」被用在這一類文脈裏。這當然有可能是「けっこう」的用法已有了一些改變之故。

另一類不用「なかなか」的「けっこう」倒是句意中隱含〈足夠〉之意時。

15 A × 家は会社からそう遠くないので、8時20分に出てもなかなか間に合う。

B ○ 家は会社からそう遠くないので、8時20分に出てもけっこう間に合う。

〈我家離公司沒有很遠，8點20分出門也來得及。〉

16 A × そいつはなかなか何でもわかるよ。

B ○ そいつはけっこう何でもわかるよ。〈那傢伙懂蠻多的哦。〉

這比較容易理解，因為「けっこう」原本就是〈足夠〉〈滿足〉之意。

而另一方面可以用「なかなか」但不能用「けっこう」的是當被修飾帶

有否定的「ない」或「ません」時。

17 Ⓐ ○ 修学旅行の前の夜は嬉しくてなかなか眠れなかった。

〈班級旅行的前一夜，高興得都睡不著。〉

Ⓑ × 修学旅行の前の夜は嬉しくてけっこう眠れなかった。

18 Ⓐ ○ 自分の気持ちを相手に伝えたいと思っても、口ではなかなか
うまく言えないものです。

〈即使想把自己的心意傳達給對方，也是很難適切的啓齒表達
的。〉

Ⓑ × 自分の気持ちを相手に伝えたいと思っても、口ではけっこう
うまく言えないものです。

19 Ⓐ ○ いったん規範ができてしまうと、なかなかそれを突き崩せない。

〈規範一旦成立就很難被瓦解。〉

Ⓑ × いったん規範ができてしまうと、けっこうそれを突き崩せない。

20 Ⓐ ○ 私のようになかなか家にいられない者は家族と一緒に食事す
ることはとても貴重に思えてしまいます。

〈像我這種難得在家的人，特別珍惜與家人共同進餐的時間。〉

Ⓑ × 私のようにけっこう家にいられない者は家族と一緒に食事す
ることはとても貴重に思えてしまいます。

到底是什麼原因造成兩者用法上的不同呢？

「なかなか」基本上是在表示一件事情或現象難以成立之意。因此在

524

肯定時，表示的就是這麼難以成立的事竟然做到了。進而延伸出感佩之意。這裏當然還牽涉到這件事情對誰來說是難的，這種說話者評斷之意。也就是說，〈就你的能力來說要做到這一件事情是很難的，但是你做到了，值得感佩〉。因此，使用不恰當就會給人太過自大的不好感覺。例如：

21 Ⓐ ? 先生はなかなか料理上手ですね。

　　　　〈老師你料理做得蠻不錯的嘛。〉

　　Ⓑ ? 先生はけっこう料理上手ですね。

　　　　〈老師你料理做得蠻不錯的嘛。〉

- -

用在否定時則是在強調事情真的是難以成立，而人會強調事情難以成立，通常就是在我們希望那件事成立時，因此很容易就延伸出很焦急或不耐煩某件事情還不能夠成立的意思。如在等待朋友或車子還不來等等。

這裡還有一點非常有趣的是，「なかなか」也不太用在下示此類句子中。

22 Ⓐ ? この道はなかなか長いね。

　　Ⓑ ○ この道はけっこう長いね。〈這條路好長喔！〉

- -

23 Ⓐ ? あの人たちはなかなか楽しそうですね。

　　Ⓑ ○ あの人たちはけっこう楽しそうですね。

　　　　〈那些人看起來好像很快樂似的。〉

- -

24 Ⓐ ? 教室には椅子がなかなかある。

　　Ⓑ ○ 教室には椅子がけっこうある。〈教室裏椅子蠻多的。〉

- -

主要原因是這三個句子裏的被修飾語都是比較客觀的語詞。當然要感覺這條路長與否（例22），別人快樂與否（例23），椅子多寡（例25），甚至要感覺〈頗〉（けっこう）與否，都是主觀的。基本上「けっこう」的感覺就是很主觀的一種判斷，但是「なかなか」還需要另一個供評斷的對象。如果我們要表示的是，例22，對這條路來說這個長度蠻長的。例23，對這些人來說要快樂是很難的，但是他們很快樂，令人佩服。例24，對這間教室來說要有這麼多椅子是很難的，但是有這麼多令人感動。那麼或許「なかなか」就也可以成立了。

還有一類句子也是不太用「なかなか」，同時也不用「けっこう」的。

25 **Ⓐ** × これはなかなか最高（さいこう）だ。

　　Ⓑ × これはけっこう最高（さいこう）だ。

26 **Ⓐ** これはなかなかすごい。〈這相當厲害。〉

　　Ⓑ × これはけっこうすごい。

27 **Ⓐ** ? これはなかなかすばらしい。

　　Ⓑ ? これはけっこうすばらしい。

「最高（さいこう）」「すごい」「すばらしい」基本上都是屬於最頂級的形容語詞，要修飾這些語詞，通常也是要用最頂級的「とても」「極（きわ）めて」「非常（ひじょう）に」等等。也就是說「なかなか」「けっこう」並不屬於最頂級的程度修飾語。是相當不錯的，但並不是指最好的意思。只是並不是每個人表達方式都完全一樣，有的人或許會用「不錯」來表示「非常好」之意。所以例27仍是

可以聽到有人在使用。另「すばらしい」這個詞由於用得太氾濫，它原本表示最頂級的效果也有漸減的趨勢。

　　至於原本表示〈滿足〉〈足夠〉的「けっこう」何以可以用在如例11～14這種負面的句意中，則應是「けっこう」之語意用法擴大之故。

　　查看資料我們就可以發現「けっこう」在十餘年前還並不那麼常用在負面的句意中，但是常用在表示數量的句子中。「けっこう多い」〈蠻多的〉、「けっこう持っている」〈擁有蠻多的〉、「けっこうある」〈有蠻多的〉。而當語意焦點轉移到〈量多〉時，〈滿足〉〈足夠〉的意義就被忽視而出現如例14這類「けっこうさぼっていた」〈常常翹課〉的句子中了。

　　最後再補充的一點是「なかなか」雖然可以用在否定句中，但僅限於動詞的否定，尤其多是可能動詞等狀態性強的動詞，而不用在形容詞（包括イ形容詞和ナ形容詞或稱為形容動詞）的否定句中。

28 Ａ × なかなか熱くない。

　　 Ｂ × けっこう熱くない。

29 Ａ × なかなかきれいではない。

　　 Ｂ × けっこうきれいではない。

§70.「なかなか」VS「かなり」

1　Ａ 彼_{かれ}はなかなかの資産家_{しさんか}である。〈他是個相當有錢的資產家。〉

　　Ｂ 彼_{かれ}はかなりの資産家_{しさんか}である。〈他是個相當有錢的資產家。〉

2　Ａ 彼_{かれ}の油絵_{あぶらえ}はなかなかのものらしい。〈他的油畫似乎相當不錯。〉

　　Ｂ 彼_{かれ}の油絵_{あぶらえ}はかなりのものらしい。〈他的油畫似乎相當不錯。〉

3　Ａ さすが北海道_{ほっかいどう}の冬_{ふゆ}だけあってなかなかの冷_ひえ込_こみだね。

　　　〈北海道的冬天，眞是名不虛傳，好冷啊。〉

　　Ｂ さすが北海道_{ほっかいどう}の冬_{ふゆ}だけあってかなりの冷_ひえ込_こみだね。

　　　〈北海道的冬天，眞是名不虛傳，好冷啊。〉

4　Ａ 私_{わたし}は有島武郎_{ありしまたけお}をなかなか難解_{なんかい}な作家_{さっか}ではないかと思_{おも}っている。

　　　〈我想有島武郎應該是個相當難以理解的作家。〉

　　Ｂ 私_{わたし}は有島武郎_{ありしまたけお}をかなり難解_{なんかい}な作家_{さっか}ではないかと思_{おも}っている。

　　　〈我想有島武郎應該是個相當難以理解的作家。〉

5　Ａ その店_{みせ}の金_{かね}まわりはなかなかよさそうに見_みえる。

　　　〈那家店的資金周轉看起來相當不錯的樣子。〉

　　Ｂ その店_{みせ}の金_{かね}まわりはかなりよさそうに見_みえる。

　　　〈那家店的資金周轉看起來相當不錯的樣子。〉

6 Ａ 井上靖の幼年時代、少年時代はなかなか特殊で風変わりなもので
ある。

〈井上靖的幼年時代和少年時代是相當特殊且與眾不同的。〉

Ｂ 井上靖の幼年時代、少年時代はかなり特殊で風変わりなものであ
る。

〈井上靖的幼年時代和少年時代是相當特殊且與眾不同的。〉

7 Ａ この前の会議はなかなか大変だったらしい。

〈上次的會議好像說是很辛苦。〉

Ｂ この前の会議はかなり大変だったらしい。

〈上次的會議好像說是很辛苦。〉

8 Ａ 留学経験がないにしてはなかなか上手に喋る。

〈沒有留學經驗可以說得這麼好，實在很不容易。〉

Ｂ 留学経験がないにしてはかなり上手に喋る。

〈沒有留學經驗可以說得這麼好，實在很不容易。〉

9 Ａ この子はなかなかしっかりしている。〈這孩子相當懂事。〉

Ｂ この子はかなりしっかりしている。〈這孩子相當懂事。〉

10 Ａ 勉強しなかったわりにはなかなかいい点を取っているじゃないか。

〈看你沒怎麼在唸書，成績卻滿不錯的嘛！〉

Ｂ 勉強しなかったわりにはかなりいい点を取っているじゃないか。

〈看你沒怎麼在唸書，成績卻滿不錯的嘛！〉

上個單元我們談到「なかなか」與「けっこう」的異同，這個單元我們談的是「なかなか」與「かなり」的關係。由上示例我們可以發現「かなり」也是一個通常會被譯成〈相當〉〈很〉〈滿〉的副詞。它和「けっこう」一樣無法用在句尾是否定的句子中。

11 Ⓐ ○ 考えがまとまらなくて、なかなか書き出せない。

　　　　　〈想法理不出個頭緒，難以下筆。〉

　　 Ⓑ × 考えがまとまらなくて、かなり書き出せない。

12 Ⓐ ○ 一生懸命走っているときには、人生のすばらしさはなかなかわからないものだ。

　　　　　〈拼命往前衝的時候是很難理解人生的美好的。〉

　　 Ⓑ × 一生懸命走っているときには、人生のすばらしさはかなりわからないものだ。

13 Ⓐ ○ なかなか皆さん正直に話してくれないので困ってしまいます。

　　　　　〈大家都不老實跟我說，讓我不知道該怎麼辦才好。〉

　　 Ⓑ × かなり皆さん正直に話してくれないので困ってしまいます。

　　除此之外，可以適用「なかなか」的句子基本上都可以代換成「かなり」─雖然語意上偶爾也會有所變化（後述）。

　　相對的，「かなり」的句子裏就有許多是無法代換成「なかなか」的。如前期也曾提過的屬負面評價時。

14 Ⓐ × このような前提で結論を出すにはなかなかの無理がある。

Ⓑ ○ このような前提で結論を出すにはかなりの無理がある。

〈用這種前提要導出結論相當困難。〉

15 Ⓐ × アパートに一人暮らしのせいで、なかなかずぼらな生活が身についてしまっている。

Ⓑ ○ アパートに一人暮らしのせいで、かなりずぼらな生活が身についてしまっている。

〈由於過的是單身租屋生活，所以就習慣了相當懶散的生活方式。〉

16 Ⓐ × 彼女はなかなかいかがわしいコーヒー店の内側から不審そうに彼を見つめた。

Ⓑ ○ 彼女はかなりいかがわしいコーヒー店の内側から不審そうに彼を見つめた。

〈她從色情味濃厚的咖啡店中狐疑的注視著他。〉

因為「なかなか」用於肯定時表示的是一件難以成立的事竟能成立，故而衍申出感佩之意，帶有評價之意，而負面的內容就難有評價之意，因此就不用「なかなか」了。同樣的理由，對自己所做的事，通常也不用「なかなか」。

17 Ⓐ × 僕は午前に比べて、作業になかなか熟練していた。

Ⓑ ○ 僕は午前に比べて、作業にかなり熟練していた。

〈我比起早上，對作業的進行已熟練了許多。〉

又沒有什麼特別值得感佩的時候，也不太用「なかなか」。

18　Ａ？　あの二人はなかなか似ている。

　　Ｂ○　あの二人はかなり似ている。〈他們兩個人很像。〉

19　Ａ？　家の前になかなか急な斜面がある。

　　Ｂ○　家の前にかなり急な斜面がある。

　　　　　〈在家門口有一個相當陡的斜坡。〉

20　Ａ？　あわててダイヤルを回して、かけ間違えること二回。やはり

　　　　　なかなかあがっているようである。

　　Ｂ○　あわててダイヤルを回して、かけ間違えること二回。やはり

　　　　　かなりあがっているようである。

　　　　　〈慌忙開始撥號，打錯了兩次，看來他似乎是相當緊張。〉

當當然如果是在比賽哪兩個人特別相像（例18）、想要找到一個最陡的
斜坡（例20）、在做表現緊張的表演（例21），或許也可以用「なかなか」
也不一定。

其實「なかなか」很少用來修飾動詞。

例如：

21　Ａ×　なかなか来た。

　　Ｂ○　かなり来た。〈來了相當多人／走了相當長的距離。〉

22 Ⓐ × なかなか食べた。

　　Ⓑ ○ かなり食べた。〈吃了相當多。〉

23 Ⓐ × なかなか遊んだ。

　　Ⓑ ○ かなり遊んだ。〈玩得相當兇。〉

24 Ⓐ × 車輪はなかなか回転を続けていた。

　　Ⓑ ○ 車輪はかなり回転を続けていた。〈車輪持續旋轉了好一會兒。〉

　　「なかなか」原是修飾「程度」的概念，是對某一個程度予以評價之意，而「程度」通常是較狀態性的，所以少用來修飾帶動態性質的動作，也算是頗容易理解的。即便是狀態性強的動詞，若與「～かける」等複合，強調出它的動作性也會不適用「なかなか」。

25 Ⓐ ○ なかなか膨らんだ。〈膨脹得相當大。〉

　　Ⓑ ○ かなり膨らんだ。〈膨脹得相當大。〉

26 Ⓐ × なかなか膨らみかけた。

　　Ⓑ ○ かなり膨らみかけた。〈已經開始膨脹了不少了。〉

　　加強動作性的補助成分，除了「～かける」之外，另外還有「～始める」「～続ける」「～終わる」等等。

　　但是最具代表性的狀態性動詞「ある」「いる」卻仍是不與「なかなか」並用。

27 Ⓐ × なかなかお金がある。

Ⓑ ○ かなりお金がある。〈有很多錢。〉

28 Ⓐ × 知らない人はなかなかいる。

Ⓑ ○ 知らない人はかなりいる。〈有相當多人不知道。〉

我們可以發現例27Ｂ、28Ｂ「かなり」的例子都已不是單純表示程度而是在表示數量了，再舉一些例子。

29 Ⓐ × 運転を取りやめたため、なかなかの客が駅で一夜を明かす羽目となった。

Ⓑ ○ 運転を取りやめたため、かなりの客が駅で一夜を明かす羽目となった。

〈由於車子停開，使得相當多的乘客因而得在車站度過一宵。〉

30 Ⓐ × なかなか出血していた。

Ⓑ ○ かなり出血していた。〈出血量相當多。〉

31 Ⓐ × なかなか経ってから犯人の使用したと思われる凶器が発見された。

Ⓑ ○ かなり経ってから犯人の使用したと思われる凶器が発見された。

〈經過好一陣子才發現了被認爲是犯人所使用的凶器。〉

32 Ⓐ × さっきからなかなか待っているのに、裕子は来ない。

Ⓑ ○ さっきからかなり待っているのに、裕子は来ない。

〈我已經從剛剛就在這裡等很久了，裕子還是沒來。〉

33 Ⓐ × 駅までまだなかなかある。

Ⓑ ○ 駅までまだかなりある。〈到車站還有一段距離。〉

34 Ⓐ ？ あの本はなかなか上の方にある。

Ⓑ ○ あの本はかなり上の方にある。〈那本書在相當上面的地方。〉

像這一類表示「數」「量」「時間」「距離」「方位」的句子，都不用「なかなか」而用「かなり」。由此我們可以歸納出「なかなか」可以修飾的程度基本上都是不可以數字化的程度。

又例如像是下列句子：

35 Ⓐ ○ なかなかの数になりましたね。〈已經積成了相當的數量了。〉

Ⓑ ○ かなりの数になりましたね。〈已經積成了相當的數量了。〉

36 Ⓐ ○ なかなか距離がありますね。〈距離相當遠哪。〉

Ⓑ ○ かなり距離がありますね。〈距離相當遠哪。〉

這類句子，指的不是數字，而是「數量」「距離」本身的程度，所以就可以用「なかなか」修飾。另「なかなかの量」〈相當大的數量〉也可以用。又，不用「なかなか大量」而必須是「かなり大量」〈相當大量〉也是因為已經有「大」在修飾程度，就難再加上「なかなか」了。而且「なかな

か」的程度是從實際的現象觀察到的，所以下示例句中「じゃない」雖有「已實現」及「未實現」兩個意思，「なかなか」只取其中一個意思，「かなり」就兩種意思都有。

37 Ⓐ なかなかスピードが出るじゃない！〈速度變快的嘛！〉

Ⓑ かなりスピードが出るじゃない！

〈速度變快的嘛！（語尾音調下降）／速度應該會很快吧！（句尾音調上揚）〉

又當「かなり」出現在下類例句時，它通常先選擇表示數量的意思。

38 Ⓐ なかなかの意見が出た。〈出現了相當不錯的意見。〉

Ⓑ かなりの意見が出た。〈出現了相當多的意見。〉

像「意見」這類傾向不是很明顯的詞「かなり」會取它數量方向的要素來修飾，但是如例2「彼の油絵はかなりのもの」或「かなりの腕前」（技巧相當高超）等傾向明顯的，就會順著它表示程度的傾向而產生與「なかなか」相近的意思了。

總括來說不管是「なかなか」或「かなり」他們的適用與否或修飾要素為何都與被修飾語的性質有極密切且複雜的關係，限於篇幅無法詳述，待有機會再做解析。

最後再提出兩組微妙的例句。大家知道何以會如此嗎？

39 Ａ ○ 彼はなかなか期待されているよ。

〈他可是相當被寄予厚望的喔！〉

Ｂ ○ 彼はかなり期待されているよ。

〈他可是相當被寄予厚望的喔！〉

40 Ａ × 彼になかなか期待している。

Ｂ ○ 彼にかなり期待している。〈對他寄予厚望。〉

41 Ａ ○ なかなか腹が立った。〈相當憤怒。〉

Ｂ ○ かなり腹が立った。〈相當憤怒。〉

42 Ａ × なかなか腹を立てた。

Ｂ ○ かなり腹を立てた。〈相當憤怒。〉

這兩個詞與動作性／非動作性、意志／非意志、自動／他動，似乎還有另一層複雑的關係。

§71.「うれしい」VS「たのしい」

　　「うれしい」和「たのしい」原則上可以與中文〈高興〉──「うれしい」、〈快樂〉──「たのしい」相對應。問題是我們自己其實常常搞不清楚〈高興〉與〈快樂〉到底有何不同。例如：

1　大学に合格してうれしい。〈考上大學覺得很高興。〉

　　此時當然知道可以用〈高興〉也知道大部分會用〈高興〉，但是可能無法了解何以不能用〈快樂〉──〈考上大學覺得快樂〉──日文在此也不可以用「たのしい」。且有時「うれしい」譯成〈高興〉有可能會造成誤解。例如：

2　皆さんの親切がうれしい。

　　如果譯成〈大家都這麼親切，我覺得很高興。〉聽起來會覺得說話者好像自己站在上位者的立場，好像在對大家的親切行為表示欣慰似的。但其實這裡的「うれしい」非但沒有高高在上的感覺，反而是很有禮貌的在表示感謝之意，所以例2或許應該譯成〈很感謝大家這麼親切。〉才比較恰當。又，相對的〈高興〉也不見得都可以譯成「うれしい」。如〈我很高興我不是住在秘魯而是住在台灣。〉

3 ペルーではなく、台湾に住んでいてよかった。

有以上可見「うれしい」和〈高興〉其實仍有許多不相通的地方。

下面我們就來看看各個類義詞典是怎麼說明「うれしい」和「たのしい」的異同的，茲匯整如下。

うれしい：①期盼‧希望的事情實現時所產生之滿足‧歡喜的情緒。②較主觀。③較屬於個人的。④較屬於瞬間性的（如例4，但何以例5可以成立？）⑤是對特定事情的反應。⑥句中可以出現以被動或可能形式表現觸發其「うれしい」情緒的原因（如例6、7）。⑦原因必須與「うれしい」的人有關的事（例8的「戦争」因角度的不同，可以說有關也可以說無關）。⑧促發的原因須透過語言傳達給感覺的人。（如例10。例11不是語言。例12沒有傳達。但是前示例2並非語言，卻可成立。）

たのしい：①一種滿足，歡喜的情緒。大多產生於做某事時。②較客觀。③是一種整體場面的氣氛。④較屬於長時間性的。（如例13。但例14何以成立？）。⑤不一定是對某特定事情的反應。⑥不特別存在有引發產生「たのしい」情緒的原因。。

4 合格と聞いた瞬間、うれしくてはね上がった。

〈聽到考上了那瞬間，高興得跳了起來。〉

5 日本へ行けると知って、一日中浮き浮きしてうれしかった。

〈知道可以去日本，整天喜不自禁。〉

6 先生に褒められてうれしい。〈被老師稱讚很高興。〉

7 久しぶりに会えてうれしい。〈能久別重逢，真高興。〉

8 戦争が終わってとてもうれしかった。〈戰爭結束了，好高興。〉

9 恋人から手紙をもらってうれしかった。〈接到情人的來信，好高興。〉

10 うれしい知らせが届く。〈接到好消息。〉

11 Ⓐ × うれしい音楽。

　　Ⓑ ○ たのしい音楽。〈令人愉快的音樂。〉

12 Ⓐ × うれしい小説。

　　Ⓑ ○ たのしい小説。〈令人愉快的小說。〉

13 飲んだり食べたり、たのしい一日だった。

　　〈吃吃喝喝度過愉快的一天。〉

14 たのしい気持ちでいられるのも束の間。

　　〈愉快的心情也只保持了極短暫的時間。〉

15 明日はたのしい遠足の日。〈明天是快樂的遠足日。〉

　　上示例1、2及4至10皆無法使用「たのしい」，例13則不用「うれしい」。

　　由參照的例句我們也可以發現有的說法合理，有的卻似乎難以解釋。其中還有同一個人的說法中含有多重不同區分標準的情形。當然也有若干主張

與上示說法似有矛盾。如「うれしい」情緒可以對與自己直接的行為無關的通知等產生。（如例8）但是「たのしい」則表示必須直接透過自己的行為才能感受的情緒（如例15）等。

這一組在所有類義詞語中都會出現的類義詞，其區別竟是如此撲朔迷離，實在令人詫異。

下面我們就試著從一個角度來觀察看是否能較清楚的解析出「うれしい」與「たのしい」的不同。

うれしい：基本上是由某種契機促發出來的一種歡喜的情緒。

16 試合に勝ってうれしい。〈打贏了好高興。〉

17 私が病気の時、友だちが励ましてくれてとてもうれしかった。
〈我好高興（感謝）朋友在我生病的時候鼓勵我。〉

18 父の病気が治ってうれしい。〈好高興父親病好了。〉

19 ストライキが無事解決してうれしい。〈好高興罷工圓滿解決了。〉

以上4例促發「うれしい」反應的理由都以「～て」形式表達；但當然也可以有許多其它形式。

20 団体戦で敗れたので、個人戦で優勝しても、別にうれしくもなんともなかった。
〈因爲團體賽輸了，所以雖然個人賽贏了也毫不覺得高興。〉

21 そんな見え透いたお世辞、ちっともうれしくない。

〈這種言不由衷的明顯的恭維話聽了一點都不會高興。〉

22 時計を買ってもらったのがうれしい。

〈好高興（他）買了手錶給我。〉

23 アメリカ留学が許されたのは、とてもうれしかった。

〈爸媽准留學美國好高興。〉

24 台湾でオルセ美術館の印象派展が催されるなんてうれしいね。

〈在台灣開奧塞美術館的印象派畫展，眞令人高興啊！〉

還有如後揭之例24、25、26等。亦即「うれしい」的理由並不需以某一特定語法形式來表達，只要在意義上可以成為促發「うれしい」情緒的契機即可。

「うれしい」與單純名詞共用時採取兩種形式。即「Nが―」和「―N」。

25 お心遣いがうれしい。〈感謝（你）的關懷。〉

26 人の好意が痛いほどうれしい。〈他人的好意令人極端的感謝。〉

27 気の利いたプレゼントがうれしい。〈很喜歡他精選的別緻禮物。〉

28 うれしいニュース。〈令人高興的消息。〉

29 うれしいことを言ってくれるね。〈你這話眞中聽。〉

30 うれしい便り。〈令人高興的信。〉

　　例25～30中的名詞都是促使說話者「うれしい」的原因。都是内含動作的名詞，都是別人做的某件事情促使說話者高興。「Nが―」多半屬非經由語言傳達的名詞，「―N」多半屬於需經由語言傳達的。當然也有例外，例如：

31　うれしいことに今日もよいお天気です。〈很高興今天也是個好天氣。〉

　　不過或許可以視形式名詞「こと」為特例，這一點還待研究。

　　「―N」中的名詞另有一類是：

32　うれしい涙。〈高興得流眼淚。〉

33　うれしい悲鳴。〈高興得尖叫。〉

34　うれしい顔。〈高興的表情。〉

　　這些名詞並不是「うれしい」的原因，而是結果。像這樣，與「うれしい」併用的名詞通常都必需是「うれしい」的原因或結果。如「うれしい音楽」「うれしい小説」這類不含動作性質，不成「うれしい」誘因，又不是「うれしい」結果的名詞就不與「うれしい」共用。

　　另外「うれしい」的副詞用法可以修飾的動詞也是相當有限。

35　心のこもった贈り物、うれしく頂戴いたします。

　　〈非常高興的接受下您充滿誠心的禮物。〉

36　お手紙をうれしく拝見しました。〈很高興接到您的來信。〉

37 大変うれしく思う。〈感到非常高興。〉

38 × うれしく遊ぶ。

39 × うれしく歩く。

都是被動的接受別人的動作的動詞或單純表示感覺的動詞如「思う」等。

以上大家或許會覺得「うれしい」情緒除了少數例外，基本上似乎都還是只會對與自己相關的事物產生。這其實是理所當然的，「うれしい」本來就只能用來表現自己的情緒（若要表現別人的，必需用「うれしそうに」或其他方式。）而能夠誘發自己，使自己覺得高興的事物，當然必定會在某種意義上與自己相關。即使如前示例8之「戦争」也應是戰爭的平息使自己安心，使自己能自由無憂的活動之意。又例19的「ストライキ」假設是公車的罷駛，它的平息就使自己可以使用大眾交通工具移動等等。只是這一點「うれしい」和「たのしい」並無不同。「たのしい」也只能用來表示自己的感覺。另外，例3的〈高興〉因為並不是「うれしい」的高興，而是表示慶幸之意，故不用「うれしい」。

たのしい：是做某事時，歡喜、滿足的情緒。

40 旅行はたのしい。〈旅行很快樂。〉

41 音楽の授業はたのしい。〈音樂課很快樂。〉

42 昨日のパーティーはちっともたのしくなかった。

〈昨天的宴會一點都不好玩。〉

43 夏休みのキャンプは料理を作ったり、魚をつったりしてとてもたのしかった。

〈暑假的營會，做做飯啊釣釣魚的非常快樂。〉

其中「旅行はたのしい」「授業はたのしい」出現的雖然只是名詞，但是指的當然是做「旅行這件事」和「上課這件事」之意。在這裡採取的是「主─述語」的形態。也可以採取「修飾語＋被修飾語」的形態。例如：

44 家族揃ってたのしいお買い物。〈家人聚集，歡樂購物。〉

45 家族揃ってのたのしい夕食。〈家人聚集的愉快晚餐。〉

46 たのしい新婚生活。〈快樂的新婚生活。〉

和例15的「たのしい遠足」等。常見的「～時がたのしい」和「たのしいとき」的形式表示的是過了一段快樂的時光之意。這一段時間，可以在過去，可以在未來，也可以是一般狀況。

47 私は本を読んでいるときが一番たのしい。〈我在看書的時候最快樂。〉

48 たのしいお正月。〈快樂的過年假期。〉

49 久しぶりに学生時代の仲間が集まって、何時間もたのしいときを過した。

〈難得和學生時代的夥伴們聚會，一同數小時的歡樂時光。〉

50 青春は人間にとって一番たのしい時期ではないか。

　　〈青春不是一個人一生中最快樂的時光嗎？〉

　　若名詞指的是地點則表示的是「人待在那地方時很愉快」之意。

51 狭いながらもたのしい我が家。〈我家雖小但卻充滿歡樂。〉

52 行き帰りのバスがたのしかった。〈在來回的車子上非常歡樂。〉

　　上示各個名詞都是可能與之組合的動作、行為都非常清楚明瞭時的例
子；但是也有並不是那麼清楚的情形。

53 楽しい音楽。〈令人愉快的音樂。〉

54 たのしい踊り。〈令人愉快的舞蹈。〉

55 たのしい話。〈令人愉快的故事。〉

　　此時可以認為是在這些「音楽・踊り・話」出現時的情形、環境會讓人
覺得很愉快之意。又例如：

56 たのしい小説。〈令人愉快的小說。〉

　　則可以認定是接觸、閱讀該小說時的愉快心情之意。又例如：

57 たのしい雰囲気。〈愉快的氣氛。〉

　　則因「雰囲気」本就表示一種情況、環境之意，因此此時的「たのし

い」就單純在修飾這種氣氛而已。例42的「パーティー」、例43的「キャンプ」、例46的「生活」要認定是一種情況、環境也未嘗不可。

有關「たのしい」可以修飾的動作方面，由於「たのしい」表示的是做動作時的愉悅心情，所以可以修飾的動詞就比「うれしい」多很多了。

58 皆でたのしく遊ぶ。〈大家一起快樂的遊玩。〉

59 さあ、ひとつ今夜はたのしくやろうや。

〈那今晚我們就來玩得痛快吧。〉

60 貧しくてもいい、あなたと二人で、この小さな家で、静かにたのしく暮らしたい。

〈窮也沒關係，我想要跟你兩個人在這個小房子裡，安靜快樂的生活。〉

61 お話たのしく拝聴しました。〈聆聽您的演講非常愉快。〉

62 おかしいと思いながらたのしく見ていた。

〈覺得很好笑但看得很有趣。〉

63 我々が作ったテレビ番組を見て、遅くまでたのしく起きていればいい。

〈只要他們看我們製作的電視節目，可以很愉快的一直（醒著）到很晚就好了。〉

「たのしい」和「うれしい」基本上各有領域，少有兩者皆可以使用的情形。其中「うれしい」常見的以可能形式表示契機的形式，「たのしい」就無法用。如前示之例７或

64 大学に入れてうれしい。〈好高興能進入大學。〉

其主要原因也是因為動詞改成可能形以後已經不是一個動作性動詞，無法做動作，因此當然無法表示做該動作時的情緒—「たのしい」了。又在修飾「うれしい」程度時常用一些高興到極點之後才會出現的「うれしい」的結果。例如：

65 うれしくて思わず飛び上がった。〈高興得忍不住跳起來。〉

66 うれしくてものも言えない。〈高興得說不出話來。〉

67 涙が出るほどうれしい。〈高興得眼淚都掉出來了。〉

這一些時間上不和「うれしい」情緒完全重疊的句子就不用「たのしい」。

68 Ⓐ ○ うれしくてたまらないんだ。〈高興得不得了。〉

Ⓑ ○ たのしくてたまらないんだ。〈快樂得不得了。〉

經過以上的解析，不知是否可以稍稍釐清各位學習者對「うれしい」和「たのしい」的認識。最後請問你瞭解「うれしい手紙」和「たのしい手紙」的不同了嗎？還有例15若改成「明日はうれしい遠足の日」的話，該做何解釋呢？

1　Ⓐ あの人はフランス語が上手です。〈那個人法語很好。〉

　　Ⓑ あの人はフランス語が得意です。〈那個人擅長法語。〉

2　Ⓐ 彼女は平泳ぎが上手です。〈她蛙式游得很好。〉

　　Ⓑ 彼女は平泳ぎが得意です。〈她擅於游蛙式。〉

3　Ⓐ ダンスの上手な人はＡグループに入ってください。

　　　〈舞跳得好的人請加入A組。〉

　　Ⓑ ダンスの得意な人はＡグループに入ってください。

　　　〈擅於舞蹈的人請加入A組。〉

由上示之例1～3看來似乎是「得意」就譯為中國話的〈擅長〉〈拿手〉，而「上手」就譯為〈好〉。可是中國話的〈擅長〉〈拿手〉和〈好〉又有何異同？另外此二者與「得意」「上手」的異同也是一個值得探究的問題。

「上手」和「得意」首先是對象限制不同。

4 Ａ × 隣の子は国語が上手です。

    Ｂ ○ 隣の子は国語が得意です。〈隔壁的小孩國語很拿手。〉

「上手」用在較技巧性的對象上，除例4之「国語」外，其他的科目名稱諸如化學、物理、數學等也不用「上手」。

主語的限制也不一樣。

5 Ａ ？ 私は油絵が上手です。〈我油畫畫得很好。〉

    Ｂ ○ 私は油絵が得意です。〈我拿手的是油畫。〉

中譯文似乎不太能看出語氣的不同，但「上手」畢竟是個褒獎的用語，所以通常不會用在自己身上。當然啦，若是有人硬要稱讚自己，那或許也沒有人能說不行。

6 優勝して得意な顔になっている。〈打贏之後，一臉得意。〉

7 賞をもらって得意な気持ちになって帰ってきました。

    〈領獎後，得意洋洋的回來了。〉

「得意」大多用來表示人的心情、感覺，如例6、7即是在表示動作者成功的完成某件事後，沾沾自喜，很有自信的樣子。這種情況時也不用「上手」。因為「上手」修飾的重點不在人，而在動作的巧拙上，如：

8 象は鼻を手のように上手に使う。

    〈象巧妙的使用鼻子，像我們在用手一樣。〉

9 先生はいつも子供たちのもめ事を上手にまとめる。

〈老師總是很巧妙的擺平孩子們的爭端。〉

10 いくら練習しても、逆立ちが上手にできない。

〈怎麼練都練不好倒立。〉

因此，當「上手」修飾名詞時，便自然的會帶入一點動作的意思，如例 11、12。而相對的必需是極易與動作技巧等聯想在一起的，才會以「上手」修飾。如前示之例1A、2A、3A。

11 上手な絵ですね。〈這畫畫得眞好啊！〉

12 上手な字を書きますね。〈這字寫得眞漂亮。〉

還有一點，我們可以說「あの人は料理が上手です。」〈那個人做得一手好菜。〉「あの人はスポーツが上手です。」〈那個人擅於運動。〉但是卻不說「上手な料理ですね」或「上手なスポーツですね」。這一點也必須注意。

與以修飾動作之巧拙為重點的「上手」相對的，「得意」主要在說明人的樣態，故除如例13，這類不含動作性的動詞外，不見有連用修飾，即副詞形的用法。

13 木村さんはホームランを打って、得意になっている。

〈木村先生擊出全壘打，很得意。〉

§73.「残念だ」VS「おしい」

1　🇦 あんないい人が辞めるとは残念ね。〈那麼好的人，辭掉實在可惜。〉

　　🇧 あんないい人が辞めるとはおしいね。

　　〈那麼好的人，辭掉實在可惜。〉

2　🇦 この雑誌もついに今月で廃刊か。残念だな。

　　〈這個雜誌這個月終究還是要停刊哪！好可惜。〉

　　🇧 この雑誌もついに今月で廃刊か。おしいな。

　　〈這個雜誌這個月終究還是要停刊哪！好可惜。〉

3　🇦 たのしそうなパーティーなのに残念なことに用事で行けなくなった。

　　〈應該會是個很有趣的一個餐會，可惜有事不能去了。〉

　　🇧 たのしそうなパーティーなのにおしいことに用事で行けなくなった。

　　〈應該會是個很有趣的一個餐會，可惜有事不能去了。〉

4　🇦 住み慣れた家を手放さなければならないのは残念だ。

　　〈住慣了的房子卻必須得要脫手，實在遺憾。〉

B 住み慣れた家を手放さなければならないのはおしい。

〈住慣了的房子卻必須得要脫手，實在遺憾。〉

5 A 貴重なアイディアをフルに活用できなくて残念だ。

〈這麼寶貴的點子，不能充分活用實在可惜。〉

B 貴重なアイディアをフルに活用できなくておしい。

〈這麼寶貴的點子，不能充分活用實在可惜。〉

6 A あんな美しい人が結婚しないなんて残念ですね。

〈那麼漂亮的人居然不結婚實在很可惜。〉

B あんな美しい人が結婚しないなんておしいですね。

〈那麼漂亮的人居然不結婚實在很可惜。〉

7 A 考え方はいいんですけれど、残念なのは実用性が足りない。

〈想法是很好啦，可惜的是實用性不足。〉

B 考え方はいいんですけれど、おしいのは実用性が足りない。

〈想法是很好啦，可惜的是實用性不足。〉

8 A こんなご馳走なのに風邪で食べられないのは残念だけど、仕方が

ない。

〈這麼多好吃的卻因為感冒而沒辦法吃，很可惜但是沒辦法。〉

B こんなご馳走なのに風邪で食べられないのはおしいけど、仕方が

ない。

〈這麼多好吃的卻因為感冒而沒辦法吃，很可惜但是沒辦法。〉

9 Ⓐ 残念だ！くじははずれだ！〈可惜！沒抽中！〉

Ⓑ おしい！くじははずれだ！〈可惜！沒抽中！〉

10 Ⓐ 残念な成績だった。〈令人遺憾的成績。〉

Ⓑ おしい成績だった。〈好可惜的成績。〉

11 Ⓐ もう少しで勝てたのに本当に残念だった。

〈差一點就可以贏了，眞是可惜。〉

Ⓑ もう少しで勝てたのに本当におしかった。

〈差一點就可以贏了，眞是可惜。〉

12 Ⓐ 残念だったね。転ばなければ君が一着だったのに。

〈好可惜喲！沒有跌倒的話你就是第一名了。〉

Ⓑ おしかったね。転ばなければ君が一着だったのに。

〈好可惜喲！沒有跌倒的話你就是第一名。〉

　　像這樣「残念だ」和「おしい」這兩個我們日常常用的詞語，在許多例子中彼此都可以互換，中文也都譯成〈可惜〉〈遺憾〉之意。但是它們真的是那麼相似嗎？

　　其實有一些「おしい」的例子並無法以「残念だ」代替，例如：

13 Ⓐ × 誰だって自分の命は残念だ。

Ⓑ ○ 誰だって自分の命はおしい。〈不管是誰都很珍惜自己的生命。〉

14 Ⓐ × 帯一本のためにこんな大金は残念だ。

 Ⓑ ○ 帯一本のためにこんな大金はおしい。

 〈就為一條和服帶花那麼多錢，太可惜了。〉

---

15 Ⓐ × このワンピースは形は古いけど生地がいいから捨てるには残念だ。

 Ⓑ ○ このワンピースは形は古いけど生地がいいから捨てるにはおしい。

 〈這件洋裝的樣式雖然舊，但是質料很好，丟掉可惜。〉

---

16 Ⓐ × こんなくだらないことをやる時間が残念だ。

 Ⓑ ○ こんなくだらないことをやる時間がおしい。

 〈捨不得花時間做這種無聊事。〉

---

17 Ⓐ × 彼女は大好きな村上春樹の本を一時も残念だというように夢中で読んでいる。

 Ⓑ ○ 彼女は大好きな村上春樹の本を一時もおしいというように夢中で読んでいる。

 〈她熱中的讀著她最喜歡的村上春樹的書，捨不得浪費一分一秒。〉

那麼「残念だ」和「おしい」到底有什麼不同呢?

觀察例13〜17，我們可以發現這些句子裏可惜或捨不得的對象都是〈命〉〈錢〉〈物品〉〈時間〉等等「東西」。而例1〜12這些「残念だ」

和「おしい」可以共用的句子，它們捨不得或可惜的對象卻都是一些「事情」。也就是說「おしい」可以用在可惜「東西」的情況下，「残念だ」只能用在可惜「事情」方面。而這一點反映在兩者都可以使用的句子中，例如：

18 **A** ○ めったにないチャンスを逃がしてしまい、残念なことをしました。

〈錯失了難得的機會，眞是可惜。〉

B ○ めったにないチャンスを逃がしてしまい、おしいことをしました。

〈錯失了難得的機會，眞是可惜。〉

　　例18的A和B，雖然譯成中文完全一樣，但是其實「おしい」可惜的是「チャンス」〈機會〉，「残念だ」可惜的是「逃がした」〈錯失這件事情〉。

　　我們再來觀察一下前揭例1～12這些兩者都可以共用的句子，例1～8也都有同樣的現象。如例1，「おしい」可惜的是〈這個人才〉，「残念だ」遺憾的是〈他辭職〉。例2「おしい」可惜的是〈這一本好雜誌〉，「残念だ」遺憾的卻是〈它的停刊〉。例4「おしい」可惜的是〈住慣了的房子〉，「残念だ」遺憾的是〈必須賣掉脫手〉。例5「おしい」可惜的是〈好點子〉，「残念だ」遺憾的是〈沒能充分活用〉。例6「おしい」可惜的是〈這麼漂亮的人〉，「残念だ」遺憾的是〈不結婚〉。例7「おしい」可惜的是〈好想法〉，「残念だ」遺憾的是〈缺乏實用性〉。例8「おしい」可惜的是〈好吃的東西〉，「残念だ」遺憾的是〈沒辦法吃〉。也就是

說「おしい」可惜的是前面的名詞部分,「残念だ」遺憾的是後面動詞的部份。

當然我們也會覺得可惜「物」和可惜「事」,常常是無法明確區分的,如例1我們之所以會可惜這個人才的原因是因為這樣的一個人才卻沒有盡其才而要辭掉工作,而之所以會遺憾他辭掉工作,也是因為他是好人才的關係,兩者其實是一體兩面的。這也是為什麼「残念だ」和「おしい」會這麼難區別的原因。

到這裡我們是解決了例1~8的問題,但例9~12要以同樣的方法解決就有困難了。

例9~12是「おしい」的另一個用法,〈差一點點就要得到一個好結果了,可是最後卻沒有成功,功虧一簣〉的意思。在說明這個用法之前,我們先來看一些「残念だ」可以用而「おしい」無法用的例子。

19 **A** ○ 残念ながら、あれほどの選手は日本にはいないだろう。

〈遺憾的是,日本大概沒有那麼厲害的選手吧。〉

B × おしいが、あれほどの選手は日本にはいないだろう。

20 **A** ○ 若いときによく勉強しなかったのは残念だ。

〈很遺憾年輕的時候沒有好好用功。〉

B × 若いときによく勉強しなかったのはおしい。

上示兩例表示的是「可惜……不存在(沒有)某個事物」或「可惜沒有做某件事」之意。也就是說「おしい」沒有辦法用在原本「不存在」或「沒有」的事物上。

而例9～12表示的都是「差一點就可以得到好結果」，照理說基本上仍是屬於原本「不在」或「沒有」的，只是由於是「差一點得到」也就是「有」的可能性很大，但是結果卻失去了，這和例1～8，原本有的東西因失去而可惜有相通之處，所以才可以使用「おしい」。換句話說「おしい」若要使用在沒有實現的事物上時，就只能用在「差一點實現」的情形下，但是「残念だ」就沒有了這個限制。因此例9～12中，若句子裏沒有類似「差一點就能夠……」等的語句。「残念だ」和「おしい」的句義就會有所不同。如例9和10、9B「おしい」表示的是差一點就中獎了，9A「残念だ」就不見得有這個意思。10B「おしい成績」表示的可能是差一點就及格或滿分或勝利……等等的意思，如有可能是59分。但10A「残念な成績」可能根本就是30分之類的成績。

綜合「おしい」的兩個用法可以發現它們還有一個共通之處，就是會覺得「おしい」的對象都是說話者覺得珍貴、有價值，很想得到或保存的事物。

相對的，若是根本不可能失去的東西，卻失去了，這種情況由於說話者原本認定它根本不會失去，所以也就不那麼在乎或珍貴，因此也就不用「おしい」。

21 **A** ○ あんなやつに負けるとは残念だ。〈會敗給那種人真是遺憾。〉

B × あんなやつに負けるとはおしい。

注意到日語中「あんなやつ」常帶有蔑視的意思，表示〈那麼差的人〉，根本不可能會敗給他的，像這種情況也不用「おしい」。

　　另外還有一個情形是當某件事情沒有成功，功虧一簣的原因是在說話者本身的時候也不用「おしい」。

---

22 Ａ ○ 残念ですが、お引き受けできません。

　　〈很遺憾我沒有辦法答應。〉

　　Ｂ ? おしいですが、お引き受けできません。

---

23 Ａ ○ ご期待に添えなくて残念です。〈很遺憾不能達到您所期望的。〉

　　Ｂ × ご期待に添えなくておしいです。

---

24 Ａ ○ せっかく結婚式にご招待いただいたのに、伺えなくて残念です。

　　〈很遺憾我沒有辦法應您的邀請去參加婚禮。〉

　　Ｂ ? せっかく結婚式にご招待いただいたのに、伺えなくておしいです。

　　與「残念だ」「おしい」語義非常接近的另外還有「もったいない」，下次有機會我們再來詳談。

§74.「すみ（隅）」VS「かど（角）」

　　「すみ」和「かど」表示的都是一個角狀的地方。中文皆解釋為〈角〉〈角落〉。

1　A 傘はあのすみのところにありますよ。〈傘在那個角落那兒喔！〉
　　　B 傘はあのかどのところにありますよ。〈傘在那個角那兒喔！〉

2　A すみのところもきちんと磨かないといけないよ。

　　　〈角落處也要刷乾淨喔！〉

　　　B かどのところもきちんと磨かないといけないよ。

　　　〈角那兒也要刷乾淨喔！〉

3　A この板のすみに色を塗る。〈要在這塊板子的角上塗顏色。〉
　　　B この板のかどに色を塗る。〈要在這塊板子的角上塗顏色。〉

4　A ゴミは、あのむこうのすみに置いてください。

　　　〈垃圾請放到那邊那個角上。〉

　　　B ゴミは、あのむこうのかどに置いてください。

　　　〈垃圾請放到那邊那個角上。〉

5 Ａ 赤ちゃんは自力で家のすみまで歩いて行った。

〈小嬰孩自己走到房子的那個角落。〉

Ｂ 赤ちゃんは自力で家のかどまで歩いて行った。

〈小嬰孩自己走到房子的那個角落。〉

但兩者在視點方面卻有所不同。

6 Ａ × ここを通る度にこの机のすみに腰を打ちつける。

〈每次走過這裡就會被這個桌角撞到腰。〉

Ｂ ○ ここを通る度にこの机のかどに腰を打ちつける。

〈每次走過這裡就會被這個桌角撞到腰。〉

7 Ａ × このすみが尖りすぎですから、もうちょっと丸くしてください。

Ｂ ○ このかどが尖りすぎですから、もうちょっと丸くしてください。

〈這個角太尖，請再把它弄圓一點。〉

8 Ａ × 普通の鉛筆にはすみが六つある。

Ｂ ○ 普通の鉛筆にはかどが六つある。〈通常鉛筆有六個角。〉

9 Ａ × ページのすみを折り曲げて、しおりがわりにする。

Ｂ ○ ページのかどを折り曲げて、しおりがわりにする。

〈折下頁數上角以代替書籤。〉

「かど」指的是尖突出來的部分，是站在角度的外側來看角的尖端部分。
而相對的「すみ」則是站在角度的內側來看角度的尖端部分。

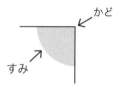

所以「四隅」指的是四方形的四個内角部分。而「四つ角」馬上就會聯
想到的則是十字路口的四個拐角。

10　ノートのすみにページを書く。〈在筆記的角上寫下頁數。〉

11　プログラムのすみに印刷してある入場券を切りとる。
　　〈剪下印在節目單角上的入場卷。〉

由上圖我們可以看出「すみ」是一個被圍住的角落。而包圍這個角落
的，除了上圖及例10、11所示之平面上的以外，也可以是立體的；如下示數
例。且實際上面狀的多等於線狀的。

12　さしこみは部屋のすみの方につけてある。
　　〈插頭安裝在房間的角落處。〉

13　屑籠を教室のすみに備える。〈備好垃圾桶在教室一角。〉

14　落ち葉を庭のすみに掃きよせる。〈把落葉掃到庭院的角落。〉

15　探しまわっていた預金通帳は引き出しのすみにあった。
　　〈到處找不著的存款簿結果在抽屜的角落。〉

房間的角落、教室的角落、庭院的角落、抽屜的角落。即並不是房間、教室、庭院、抽屜的顯而易見的地方，而是較不容易被發現的、較易被忽視的部分。「すみ」所指的角落含有不引人注意的、不重要的部分之意。

16　部屋のすみからすみまで調べた。〈找遍房中各個角落。〉

17　重箱のすみも楊枝でほじくる。

　　〈用牙籤去挖套盒－引申為追究不重要的地方，吹毛求疵之意。〉

18　目立たぬようすみの方で小さくなっている。

　　〈縮在一旁以免引起注意。〉

和中文〈角落〉相同的，「すみ」也可以用來表示抽象的不顯眼、不重要處之意。

19　社会のすみでひっそり暮らす。〈在社會的角落裡靜靜的過活。〉

20　弟が泣くのを聞きながらいつもと少し違うなと頭のすみでぼんやりと考えていた。

　　〈聽著弟弟的哭聲，邊茫茫然的想著這哭聲和平常的不太一樣。〉

而慣用語「すみに置けない」指的就是〈無法將它放置在無關緊要的地方〉，即不可忽視之意。

21　おや、きみはなかなかすみに置けないね。〈咦！你還真有兩下子耶！〉

「かど」如前所述，是站在角度的外側來看角突出之尖端部分的，而這

個角，可以由線組成，可以由兩個面組成，也可以由三個面組成。

22 千代紙の角を三角形に折る。〈將色紙的角折成三角形。〉

23 調理台の角で卵を割る。〈在流理台的緣上敲蛋。〉

24 ぶつけて弁当箱の角がへこんでしまった。

〈便當盒的角被撞得凹了進去。〉

當它指的是道路的「かど」時，中文譯為〈拐角〉。

25 角の雑貨店で買いました。〈在拐角的雜貨舖買的。〉

「かど」的角，原則上須具有某種程度的硬度。且並無不重要、不顯眼之意。

26 Ⓐ ○ 袋のすみに小さな穴が開いている。〈袋子邊上破了一個小洞。〉

Ⓑ × 袋のかどに小さな穴が開いている。〈袋子邊上破了一個小洞。〉

27 Ⓐ ？ すみの道路標識。

〈角落的道路標幟。－既是「標幟」就應明顯，不應放在「すみ」。〉

Ⓑ ○ かどの道路標識。〈拐角處的道路標幟。〉

這種突出並具硬度的角，常用來比喻人際關係不圓滑，不柔和。

28 角張った話はやめて、まあ一杯いこう。

〈別說這種硬梆梆的話，喝酒！喝酒！〉

29 人の心を傷つける角のある言い方ですね。

〈那說法有稜有角的真傷人。〉

30 人に何かを忠告するときも、言葉に注意しないと角が立つ。

〈即使是在勸人，若不留心用詞便會傷人。〉

31 あの頑固おやじも、最近は角が取れて、すっかり円満になったらしい。

〈那個老頑固，最近似也以沒那麼硬，變溫柔和藹多了。〉

32 眼に角を立てて怒る。〈氣得橫眉豎眼。〉

　　綜合以上可和本文最開始例示的五組例句，各組Ａ和Ｂ之間的意義其實差異頗大。現在你可以試著解釋看看嗎？

　　當然不要忘記即使同一個東西的同一個地點也有可能由於看的人的視點、角度的不同〈由外側看或由內側看〉而同時既是「すみ」又是「かど」。

§75.「となり」VS「横」VS「そば」(1)

1　Ⓐ 郵便局のとなりに交番がある。〈郵局隔壁有派出所。〉

　　Ⓑ 郵便局の横に交番がある。〈郵局旁邊有派出所。〉

　　Ⓒ 郵便局のそばに交番がある。〈郵局旁邊有派出所。〉

2　Ⓐ あの人は家のとなりの小さな家に住んでいる。

　　　〈他住在我家旁邊那一棟小房子裏。〉

　　Ⓑ あの人は家の横の小さな家に住んでいる。

　　　〈他住在我家旁邊那一棟小房子裏。〉

　　Ⓒ あの人は家のそばの小さな家に住んでいる。

　　　〈他住在我家旁邊那一棟小房子裏。〉

3　Ⓐ 机のとなりに本棚を置く。〈書桌旁放書架。〉

　　Ⓑ 机の横に本棚を置く。〈書桌旁放書架。〉

　　Ⓒ 机のそばに本棚を置く。〈書桌旁放書架。〉

4　Ⓐ 神戸は大阪のとなりにある。〈神戸在大阪旁邊。〉

　　Ⓑ 神戸は大阪の横にある。〈神戸在大阪旁邊。〉

　　Ⓒ 神戸は大阪のそばにある。〈神戸在大阪旁邊。〉

5 Ⓐ この写真のあなたのとなりの人は誰ですか。

〈這張照片裏，你旁邊那個人是誰？〉

Ⓑ この写真のあなたの横の人は誰ですか。

〈這張照片裏，你旁邊那個人是誰？〉

Ⓒ この写真のあなたのそばの人は誰ですか。

〈這張照片裏，你旁邊那個人是誰？〉

「となり」「横」「そば」中文都可以譯成〈旁邊〉，有它們共通的地方，但是另一方面卻又各有截然不同之處。

6 Ⓐ ○ ここは山の中なので、となりの家まで１キロもある。

〈這裏是山裏面，到隔壁家就有一公里左右。〉

Ⓑ × ここは山の中なので、横の家まで１キロもある。

Ⓒ × ここは山の中なので、そばの家まで１キロもある。

7 Ⓐ × 首をとなりに振る。

Ⓑ ○ 首を横に振る。〈搖頭。〉

Ⓒ × 首をそばに振る。

8 Ⓐ × 彼は12歳のとき父母のとなりを離れ、育ての親の今の父母のもとに養子に来た。

Ⓑ × 彼は12歳のとき父母の横を離れ、育ての親の今の父母のもとに養子に来た。

Ｃ ○ 彼は12歳のとき父母のそばを離れ、育ての親の今の父母のもとに養子に来た。

〈他十二歲的時候離開父母身旁，到現在的養父母這裏來當養子。〉

三者都可以表示物體的水平的位置關係，但又各有不同。下面我們就先來看看「となり」的基本特色。

9　叔父の家のとなりに有名な女流作家が住んでいる。

〈叔叔家隔壁住了一位有名的女作家。〉

10　お隣の家に鍵を預けた。〈把鑰匙放在鄰居家。〉

11　何でも人のものはよく見えるものさ。隣の花は赤いとか言ってね。

〈別人的東西看起來都比較好的啊。有句話說：鄰居的花比較紅哪。〉

12　隣近所とはあまり付き合いがない。〈和隔壁鄰居沒什麼往來。〉

當然也可以用在原本應該是鄰居的位置，實際都是一塊空地或其它組織時。

13　その建物の隣は空き地である。〈那棟建築物的隔壁是塊空地。〉

14　家の隣は幼稚園です。〈我家隔壁是幼稚園。〉

還可以是「隣の部屋」〈隔壁房間〉、「隣の車輌」〈隔壁車廂〉、「隣のテーブル」〈隔壁桌〉、「隣の席」〈隔壁的座位〉，甚至是「隣の村」〈隔壁村〉，甚或是「隣の国」〈鄰國〉。此外，鄰放著的書本、盒子

等也可以用。

15 その辞書のとなりにある歴史の本を持ってきてください。

〈請把那本字典旁邊的那一本歷史書拿過來。〉

16 その花瓶のとなりの箱の中に何が入っていますか。

〈那花瓶旁邊的盒子裏裝著什麼？〉

像這樣「となり」基本上指的是近距離的靜態的位置關係。但是它也有用在稍具距離的情況下，如前揭例6和下示例17。

17 東京のとなりの駅は神田です。〈東京的下一站是神田。〉

兩個主體的性質是否相仿也是是否可以使用「となり」的決定性要素之一。這個現象在後述「横」的用法中將會再做確認。在此先歸納「となり」的語義為：距離最近之性質相仿的兩個物體間的水平位置關係。

由例句中我們可以發現，「となり」中文可以譯成〈鄰居〉〈隔壁〉〈旁邊〉甚至〈下一個……〉等，您是否可以歸納出中文是從什麼角度來做這些區分的了呢？

下面我們再來看「横」的使用情形。

「横」基本上也是一種水平位置關係，它和〈縱〉〈直〉是相對立的觀念。

18 横一列に並んでください。〈請横排成一列。〉

19 英語は左から右へと横に書く。〈英語由左到右橫寫。〉

20 横に線を引く。〈畫橫線。〉

21 あれは横に長い建物です。〈那是一棟橫向長形的建築物。〉

原本應該是直立或豎立的東西若橫向倒下、躺下或橫擺，就以「横になる」「横にする」表示。

22 道しるべは古びて横になっていた。〈路標太舊倒了。〉

23 兄はひどく疲れているらしく、帰ってくるなり、ごろっと横になった。

〈哥哥好像非常累的樣子，一回到家馬上就躺了下來。〉

24 その瓶を横にすると零れるよ。

〈那個瓶子放倒了的話裏頭東西會流出來喲。〉

而當它用來表示兩個物體或兩個點的位置關係時，指的是這兩點相連時可以形成一條橫線的角度。例如：

25 彼は横から見たところは父親にそっくりだ。

〈他從側面看和父親一模一樣。〉

26 ハンドルを握る横顔を横でそっと見るのが好きです。

〈我喜歡坐在旁邊悄悄的看著他握著方向盤的側面。〉

例25，他看起來像父親的角度是從側面看，即視線的起點和臉的位置呈一橫線時的角度之意。「横顔」指的也是這個意思。

同樣的，下示例27～33也是兩個主體的位置是可連成一橫線的角度關係。

27 さっきあなたの横に座っていたのは高野さんですね。

〈剛剛坐在你旁邊的是高野小姐對不對？〉

28 机の横に書類棚を並べましょう。〈把資料架排在書桌旁好了。〉

29 スイッチは黒板の横にありますよ。〈開關在黑板旁邊。〉

30 ソファーの横に猫がいるでしょう。〈沙發旁不是有隻貓嗎？〉

31 李さんは玄関の横に立っている。〈李先生站在門邊。〉

32 読みかけの本を横に置く。〈把唸到一半的書放在旁邊。〉

33 家の横に勝手口を作る。〈在房子側邊做個出口。〉

和前示①例18～24，整體呈橫線狀，和②例25、26視線朝臉的橫向動態關係不同的，③例27～33，兩個主體是屬於靜態的水平位置關係，這一點和「となり」頗為類似，但是七例中卻只有例27和28可以代換成「となり」，原因是「横」只在意兩者的角度關係，「となり」卻需兼顧兩個主體之性質是否相仿，因此例29〈開關〉和〈黑板〉，例30〈沙發〉和〈貓〉，例31〈李先生〉和〈大門〉，例32〈我〉和〈書〉，例33〈房子〉和〈出入口〉間就無法使用「となり」了。相對的，前示「となり」的例句中，除例6與例17由於距離太遠無法看出兩者是否屬橫線關係，故無法使用「横」外，由

於「横」沒有要求兩個主體性質必須相近的要素，因此「隣」直接表示〈鄰居〉的意思的例子也都無法代換成「横」。

下面再回到「横」的横向角度方面。

「横」用在動態横向角度，除前揭25、26所示之「横顔」之外，還可以有如下的用法。

34 日ごろ仲のよくない二人は、顔を合わせると、お互いにさっと横を向いてしまった。

〈平常相處就不是很好的兩個人，一碰到面，馬上就兩個都別過臉去
——把臉朝橫的方向轉——。〉

35 人が話をしているのに、横を向いているのは失礼だ。

〈人家在說話，你看旁邊是很失禮的。〉

36 「いやだ」と言うかわりに首を横に振るように、動作で気持ちを表すことがよくある。

〈以搖頭代替說「不」，像這樣用動作來表達心意的情形很多。〉

「横」的這些用法也都各自可以用在表示抽象意義時。如和①整體呈橫線狀的相近的用法有下示例子。

37 横の人間関係を大事にする。〈重視人與人之間的橫向連繫。〉

38 今度の一年生の授業は横のつながりがよく、学年としてもよくまとまっている。

〈今年一年級的課，橫向連繫做得很好，整個年級也很有一體感。〉

和②橫向動態關係相近的有下示例子。

39 私が母と話していると妹はいつも横から口を出してくる。

〈我在跟媽媽講話的時候，妹妹總是要從旁插嘴。〉

40 この先生の授業は話が横にそれた時の方が面白い。

〈這個老師的課，話題扯離正題的時候比較有趣。〉

又和中文的〈橫行〉一樣，日文的「橫」也有霸道的意思。

41 年中偽りと横と欲とを元手にして世を渡る。

〈一年到頭以虛偽欺瞞、霸道橫行和貪得無厭為本混世度日。〉

這裡其實還有一個「橫」的重要概念我們還沒有提到，而也正因為「橫」的這個含意，才使得「すぐ横」→「もう少し横」→「もっと横」→「ずっと横」所顯示的距離是愈來愈遠，而相對的「もう少し側」→「もっと側」→「ずっと側」顯示的距離卻是愈來愈近。詳細內容會在下個單元中加以說明。

§76.「となり」VS「横」VS「そば」(2)

    上個單元中我們提到過「となり」指的是距離最近之性質相仿的兩個物體間的水平位置關係。而「横」則只指兩者之間的水平位置,不問性質是否相仿。因此,單以「となり」來表示〈鄰居〉〈鄰人〉,或是當「となり」的兩個性質相仿的物體間距離太過遙遠,無法一眼看出它們的位置關係時,就無法用「横」。相對的,兩者雖然是橫向距離相近的兩個物體,但若是彼此性質不同,就無法使用「となり」而只可以是「横」了。

    此外,「横」還可以用在如表示橫向搖動的〈搖頭〉〈別過頭去〉或一些較抽象的用法。如〈從旁插嘴〉〈叉開話題〉〈橫行霸道〉等等,都是「となり」所無法代換的。

    而在上一單元我們也曾提到「横」的這些用法,除了它原有的水平位置關係的意義之外,還關係到「横」的另一個基本意義——也是中文〈旁邊〉的另一層含義,即不是〈中心〉之意。

    「横」的這一個特色和「そば」比較起來會更明顯。下面我們就先來看看「そば」的一些用法。

1 **A** ○ 月が地球のそばを回っている。〈月亮繞著地球轉。〉
    B × 月が地球の横を回っている。
    C × 月が地球のとなりを回っている。

　月亮是以地球為中心，繞著地球轉的，所以「横」和「となり」都無法成立。但若是下示例的「横」就沒有問題了。

2　Ⓐ ○ 二つの衛星が地球のそばを／で回っている。

　　　〈兩顆衛星繞著／在地球的旁邊轉。〉

　　Ⓑ ○ 二つの衛星が地球の横で回っている。

　　　〈兩顆衛星在地球的旁邊轉。〉

　　Ⓒ ？ 二つの衛星が地球のとなりで回っている。

　　兩顆衛星繞著地球轉或自己在地球旁邊（沒繞著地球）打轉，都可以用「そば」表示。但是「横」卻只能是衛星自己在地球旁邊（沒有繞著地球之意）打轉之意。而例1就因為事實上月球並不是自己在地球旁邊打轉，所以就不能用「横」。而「となり」指的似乎應該是地球隔壁的行星之意，但卻沒有明示，所以「となり」的句子看起來就會有不明就裡的奇怪感覺。

　　像這樣，就位置上來說，基本上「そば」和「横」「となり」最大的不同在於「そば」只要是在同一個平面上就可以，方向包括360度，不像「横」或「となり」要保持橫向關係。如例3Ａ「そば」例句中〈雜貨舖〉的位置就不一定是隔壁或兩旁，也可以是〈對面〉等等。

3　Ⓐ ○ 家のそばの雑貨屋で水を買った。〈在家附近的雜貨舖買水。〉

　　Ⓑ ○ 家の横の雑貨屋で水を買った。

　　　〈在隔壁（旁邊）的雜貨舖買水。〉

　　Ⓒ ○ 家のとなりの雑貨屋で水を買った。〈在隔壁的雜貨舖買水。〉

4　🅐　○　ポストは交番のそばにある。〈郵筒在派出所旁邊。〉

　　🅑　○　ポストは交番の横にある。〈郵筒在派出所旁邊。〉

　　🅒　✕　ポストは交番のとなりにある。

5　🅐　○　教卓のそばに座る。〈坐在講桌的旁邊。〉

　　🅑　○　教卓の横に座る。〈坐在講桌的旁邊。〉

　　🅒　✕　教卓のとなりに座る。

6　🅐　○　耳のそばに小さなほくろがある。

　　　　　　〈在耳朵旁邊有顆小黑痣。〉

　　🅑　○　耳の横に小さなほくろがある。〈在耳朵旁邊有顆小黑痣。〉

　　🅒　✕　耳のとなりに小さなほくろがある。

7　🅐　○　あの子は池のそばの大きな木に登り、枝が折れて、池に落ち
　　　　　　てしまった。

　　　　　　〈那個孩子爬到池塘旁邊的大樹上，樹枝斷了，他就掉到池塘
　　　　　　裏了。〉

　　🅑　○　あの子は池の横の大きな木に登り、枝が折れて、池に落ちて
　　　　　　しまった。

　　　　　　〈那個孩子爬到池塘旁邊的大樹上，樹枝斷了，他就掉到池塘
　　　　　　裏了。〉

　　🅒　✕　あの子は池のとなりの大きな木に登り、枝が折れて、池に落
　　　　　　ちてしまった。

8　Ⓐ ○ たまたまそばに居合わせたので、事件の証人になることに
　　　　なった。

　　　　〈碰巧剛好在旁邊就變成事件的證人了。〉

　　Ⓑ ○ たまたま横に居合わせたので、事件の証人になることになった。

　　　　〈碰巧剛好在旁邊就變成事件的證人了。〉

　　Ⓒ ○ たまたまとなりに居合わせたので、事件の証人になることに
　　　　なった。

　　　　〈碰巧剛好坐在（他）旁邊就變成事件的證人了。〉

　　上示例3～8雖然「そば」「横」都可以使用，中譯看起來似乎也是一樣，但是位置上的不同仍是如前所述，像例8A「そば」感覺上就是碰巧在現場看到事件的發生而已，而8B「横」就比較像是有如和受害人走在一起之類的，位置關係比較明確的感覺。「となり」則是表示的就可能是坐在他隔壁或鄰桌等之意。

　　偶爾「横」的角度也有不是完全橫向的情形，但這一些就必須由例句的內容來判斷了。

9　映画は真正面から見るより、少し横からのほうが見やすい。

　　〈電影從稍爲側邊看比正面看好。〉

10　液晶タイプのコンピューターは、横からは何も見えない。

　　〈液晶畫面的電腦，從側面什麼都看不到。〉

　　如例10，照理說句中的「横」應該有可能是人的「横」，也有可能是電

腦的「横」。但是就内容上來說〈看不見〉的情形，應該是在電腦旁邊時才會發生。

11 Ⓑ ？ テレビをあんまり横で見るのは目に悪い。

　　　〈電視在太側面看對眼睛不太好。〉

　　　這個例子之所以奇怪的原因在於「あまり」。我們在講側面、正面時，並沒有所謂的〈太側面〉的講法。這個句子若要用，大多會用「そば」，且意思稍有變化。

11 Ⓐ ○ テレビをあんまりそばで見るのは目に悪い。

　　　〈電視太近看對眼睛不太好。〉

12 Ⓐ ○ 飛行機って、そばで見るとずいぶん大きいですね。

　　　〈飛機近看可還真大。〉

　　 Ⓑ ○ 飛行機って、横で見るとずいぶん大きいですね。

　　　〈飛機在旁邊看可還真大。〉

　　　例12也代換成「横」會有位置角度的關係，但是不特別表示〈近〉的意思。反過來說，即在顯示「そば」語義中有〈近〉的意思在内之意。下示例13、14也反應著同樣的事實。

13 Ⓐ ○ 家の猫は、私が帰ると待ち構えたようにそばへ擦り寄ってくる。

　　　〈我家的貓，只要我一回到家，牠就等不及的靠過來。〉

　　 Ⓑ × 家の猫は、私が帰ると待ち構えたように横へ擦り寄ってくる。

14 Ａ ○ 腕白小僧どもがお化け屋敷を探検しようと出かけたが、そば
　　　　へ近づくと足取りが鈍くなった。

　　　〈頑童們出發去鬼屋探險，但愈近腳步就愈緩慢。〉

　　Ｂ × 腕白小僧どもがお化け屋敷を探検しようと出かけたが、横へ
　　　　近づくと足取りが鈍くなった。

之所以無法使用「橫」的關鍵在於有表示接近之意的動詞「擦り寄って
くる」和「近づく」之故。

反觀「橫」的情形是：

15 Ａ × 邪魔ですから、これをそばに片付けてください。

　　Ｂ ○ 邪魔ですから、これを横に片付けてください。

　　　〈這放這兒很礙事，把它收拾到一邊去。〉

〈收拾到一邊〉指的就是要將它移離基準位置，即遠離中心之意。這
也是為什麼上一單元所提過的「話が横にそれた時」指的會是〈話偏離正題
時〉之意的原因了。

因此「すぐ橫」「もう少し横」「もっと横」「ずっと横」指的分別
是〈就在旁邊〉〈再旁邊一點〉〈更旁邊一點〉〈更遠一些〉。而「すぐそ
ば」「もう少しそば」「もっとそば」「ずっとそば」指的卻是〈就在旁
邊〉〈再靠近一點〉〈更靠近一點〉〈靠緊一點〉之意了。

16 人が話しているのに横から割り込むのは失礼だ。

〈人家在談話，你從旁插嘴是很失禮的。〉

指的是別人談話時，你卻把別人的話題叉開，轉到別的話題或插話之意，「そば」也有類似的用法。

17 友達同士の口論にそばから口を出して、かえって二人から集中攻撃を浴びた。

〈朋友在爭論，我插嘴說項，兩個人卻反過來一起攻擊我。〉

可以感覺出來16、17微妙的不同嗎？「そばから口を出す」是在勸兩人不要吵架，在勸和。但「横から口を出す」（如例16、18）則是傾向於壞事。

18 私は母と話していると、妹はいつも横から口を出してくる。

〈我和媽媽在講話時，妹妹總是要插嘴。〉

「横から口を出す」表示的基本上是不受歡迎的舉動，是負面的，因此當要表示的是自己出於一片好意而發言插嘴時，就不用「横」而用「そば」。這當然和「横」另有〈蠻橫〉之意的部份也有關連。

「そば」還可以用在表示心裡位置近的時候，這是「横」和「となり」都沒有的用法。

19 いつまでもそばにいてほしい。〈希望你永遠留在我身邊。〉

20 どんなに遠くても、いつもそばにいるわ。

〈不管我們離得多遠，我的心都會一直留在你身邊（歌詞）。〉

此外，「そば」還有一個表〈馬上〉的時間方面用法，也是「となり」和「横」所沒有的。

21 稼ぐそばから使ってしまう。〈賺了錢就花光。〉

22 覚えるそばから忘れる。〈隨說隨忘。〉

23 そこに石ころがあるから気をつけてと言われたそばから転んでしまった。

〈才聽到說「小心有石頭」就被絆倒了。〉

最後再附帶提一下「横」的另一個中譯，是「となり」和「そば」都沒有的。

24 チョコレートの箱の横にベルギー製と書いてあった。

〈巧克力盒的側面寫著比利時製造。〉

§77.「なか」VS「うち」

1 　🅐 屋敷のなかに一歩でも踏み込むと非常ベルがなる仕組みとなって
いる。

〈它的機關是只要有人踏進房子一步，警鈴就會響。〉

　　🅑 屋敷のうちに一歩でも踏み込むと非常ベルがなる仕組みとなって
いる。

〈它的機關是只要有人踏進房子一步，警鈴就會響。〉

2 　🅐 なかからかぎがかけてあるところを見ると、誰か人がいるのかも
しれない。

〈鑰匙是從裏面反鎖的，這樣看來，裏頭或許有人。〉

　　🅑 うちからかぎがかけてあるところを見ると、誰か人がいるのかも
しれない。

〈鑰匙是從裏面反鎖的，這樣看來，裏頭或許有人。〉

3 　🅐 トンネルのなかと外とではかなり温度差があるようだ。

〈隧道裏外的溫差相當大。〉

　　🅑 トンネルのうちと外とではかなり温度差があるようだ。

〈隧道裏外的溫差相當大。〉

4 Ⓐ 鉄条網のなかと外でにらみ合いが続く。

〈在鐵絲網的內外兩邊持續瞪視對方。〉

Ⓑ 鉄条網のうちと外でにらみ合いが続く。

〈在鐵絲網的內外兩邊持續瞪視對方。〉

5 Ⓐ 車を門のなかに止める。〈把車子停在門內。〉

Ⓑ 車を門のうちに止める。〈把車子停在門內。〉

6 Ⓐ 坐骨神経は人体のなかで最大の末梢神経である。

〈坐骨神經是人體中最大的末梢神經。〉

Ⓑ 坐骨神経は人体のうちで最大の末梢神経である。

〈坐骨神經是人體中最大的末梢神經。〉

7 Ⓐ 『万葉集』は現存するもののなかでは日本最古の歌集である。

〈『萬葉集』是日本現存書籍中最古老的和歌集。〉

Ⓑ 『万葉集』は現存するもののうちでは日本最古の歌集である。

〈『萬葉集』是日本現存書籍中最古老的和歌集。〉

8 Ⓐ 十個のなかに三つは腐っていた。〈十個中，有三個是腐爛掉的。〉

Ⓑ 十個のうちに三つは腐っていた。〈十個中，有三個是腐爛掉的。〉

9 Ⓐ 理事は評議員のなかから選ばれる。〈理事由評議員中選出。〉

Ⓑ 理事は評議員のうちから選ばれる。〈理事是由評議員中選出。〉

10 Ⓐ そのためにいろいろな方法が考案されている。そのなかで最もよ
く使われているものの一つに、「九の法則」がある。

〈為此想了許多方法，其中最常用的方法之一是「九的法則」。〉

Ｂ そのためにいろいろな方法が考案されている。そのうちで最もよく使われているものの一つに、「九の法則」がある。

　　〈為此想了許多方法，其中最常用的方法之一是「九的法則」。〉

. . . .

　「なか」和「うち」都是很常用的詞，譯成中文也都是〈…中〉〈…裏〉等等，意義上極為接近，實際語例中也常常可以代換。只是比起來「なか」比「うち」稍微口語一些，所以現在選用「なか」的情形會比較多。

　　只是仍是有一些「うち」是無法用「なか」替代的。

. . . .

11　Ａ × 骨盤のなか、尻のあたりに相当する部分が坐骨である。
　　Ｂ ○ 骨盤のうち、尻のあたりに相当する部分が坐骨である。

　　〈骨盆中差不多在屁股部分的叫坐骨。〉

. . . .

12　Ａ × 口から入った空気のなか、酸素と二酸化炭素はまもなく吸収され、血の中に入る。
　　Ｂ ○ 口から入った空気のうち、酸素と二酸化炭素はまもなく吸収され、血の中に入る。

　　〈在由口中吸入的空氣中，氧和二氧化碳馬上就會被吸收，進入血液之中。〉

. . . .

　這兩者到底有什麼差別呢？

13 Ⓐ ○ 林さんはかばんのなかから雑誌を出して読んでいた。

〈林先生從包包中拿出一本雜誌來讀。〉

Ⓑ × 林さんはかばんのうちから雑誌を出して読んでいた。

14 Ⓐ ○ 文房具は全部一番上の引き出しのなかにしまってある。

〈文具全部收在最上面的抽屜裏。〉

Ⓑ × 文房具は全部一番上の引き出しのうちにしまってある。

15 Ⓐ ○ 冷蔵庫のなかは空っぽだ。 〈冰箱裏什麼都沒有。〉

Ⓑ × 冷蔵庫のうちは空っぽだ。

例13〜15「かばん」「引き出し」「冷蔵庫」等裝放物品的東西，都只能用「なか」而不用「うち」。又例如：

16 Ⓐ ○ 芝生のなかに入らないでください。 〈請勿踐踏草坪。〉

Ⓑ × 芝生のうちに入らないでください。

17 Ⓐ ○ 試合はグランドのなかで行われる。 〈比賽將在操場中舉行。〉

Ⓑ × 試合はグランドのうちで行われる。

例16、17雖然是在平面空間中，也不用「うち」。當然也並非是所有的平面空間都可以用「なか」。「甲板」〈甲板〉、「ホーム」〈月台〉、「屋上」〈屋頂上〉、「ベランダ」〈陽台〉、「廊下」〈走廊〉等，它的平面空間具延續性或它的作用主要是在連接兩個空間時也不用「なか」。也就是說「なか」必須要有一個大致的範圍，在這個範圍之內叫「なか」。如

「塀のなか」〈圍牆裏面〉、「垣根のなか」〈圍籬裏面〉等等。但是問題是「うち」指的也是某一個範圍裏面之意，那麼何以例11～17無法用「うち」呢？

其實「塀のうち」「垣根のうち」是不太用，但並不是不能用。當敘事的焦點是在內外對比的時候，還是可以用的，如「塀のうちと外の対立」〈圍牆內外的對立〉等。只是例如：

18 **A** ○ なかからは見えないようだけれど、暗い外からはなかがよく見えるのだよ。

〈從裏面看會以爲是看不到啦，但是從漆黑的外頭往裏看，可清楚得很呢！〉

B ○ うちからは見えないようだけれど、暗い外からはなかがよく見えるのだよ。

〈從裏面看會以爲是看不到啦，但是從漆黑的外頭往裏看，可清楚得很呢！〉

C × うちからは見えないようだけれど、暗い外からはうちがよく見えるのだよ。

一樣是內外對比前面的「なか」「うち」都可以用，後面的基本上卻只用「なか」。亦即，雖然「なか」「うち」都是在區隔裏外，但是當敘事焦點是在內部的活動，而不是內外的區分時就只用「なか」而不用「うち」。如例18後半，〈裏面看得很清楚〉，主要說的並不是區隔，而是內部的活動擺設等可以看得一清二楚之意。用這個角度來理解例13～15，「かばんのな

か」等的例句就比較容易了。因為「かばん」「引き出し」「冷蔵庫」的功能主要不是在區隔內外，而是在放置物品，句中用到這幾個詞時，敘事的焦點通常在物品的出入或存在情形，因此就不用「うち」。

19 Ⓐ ○ もっとなかへつめてください。〈再往裡面挪一下。〉

Ⓑ × もっとうちへつめてください。

以上兩例句也是一樣的情形。

除了上述空間範圍的用法之外，「なか」和「うち」還有另一個共通的用法就是如例5～10所示的某項事物的範圍的用法。除了文體上「うち」比較文言，「なか」比較口語之外，基本上兩者都是可以代換的。但是還是各自有一點限制。

20 Ⓐ ○ 本のなかで一番広く読まれているのは聖書だと言われている。
〈據說聖經是所有的書中最廣受閱讀的。〉

Ⓑ ？ 本のうちで一番広く読まれているのは聖書だと言われている。

Ⓒ ○ これらの本のうち、一番広く読まれているのは聖書だと言われている。
〈據說這些書中最被廣受閱讀的就是聖經。〉

「うち」的範圍限制必須要比較清楚一些，這一點由「空間範圍」時「うち」主要在區隔內外也可以看出來，「うち」的焦點主要是在界線，因此事物範圍用法中的範圍界定也要清楚一點才比較恰當。下示例句亦同。裝放物品的東西，都只能用「なか」而不用「うち」。又例如：

21 Ⓐ ○ 彼は男のなかの男だ。〈他是男人中的男人。〉
  Ⓑ × 彼は男のうちの男だ。

相對的如例11、12「空気のうち」「骨盤のうち」之所以不能用「な
か」的原因，並不是因為「空氣」「骨盤」的關係，而是因為「空氣」與
「氧」「二氧化碳」和「骨盤」與「坐骨」之間的關係。在這兩個句子中空
氣和骨盤都被視為一個不太能夠分割的整體。而如「空間範圍」用法時所
述，「なか」主要在觀察內部的情形，因此重點不在範圍的整體性，而在內
部各自獨立之成份間的關係，因此例11、12就不適用「なか」了。

「なか」和「うち」的這兩個性質也反映在慣用句中。

22 Ⓐ ？ 彼女はおとなしいが、強さと情熱をなかに秘めた人だ。
  Ⓑ ○ 彼女はおとなしいが、強さと情熱をうちに秘めた人だ。
   〈她很平實，但是是個內心強韌熱情的人。〉

23 Ⓐ × 相手の手のなかを読む。
  Ⓑ ○ 相手の手のうちを読む。〈讀出對方暗藏的策略。〉

24 Ⓐ ○ 腹のなかの虫が治まらない。〈一肚子氣無處消。〉
  Ⓑ × 腹のうちの虫が治まらない。

焦點在區隔內外的「うち」用於旨在表示隱藏在內側，不顯現於外的句
子中（例22、23）。「なか」則用於旨在表示內面動態情況的句子裏。

同樣的解釋也適用於如「ジュースの中に毒が混じっている」〈果汁

中有毒〉、「ご飯の中に石が入っている」〈飯裏有小石子〉這類句子無法
使用「うち」的說明。另外「小説のなか」聯想到的是小說裏面或内容有趣
等，「小説のうち」聯想到的卻是在許多的小說之中。這也是源自「なか」
與「うち」的這種基本性質。

　　除此之外請看下列例句：

25 Ａ お忙しいなかご苦労様。〈在百忙之中眞是辛苦你了。〉
　　Ｂ お忙しいうちは華だ。〈忙才是福。〉

26 Ａ 雨の降っているなかを傘もささずに歩いている。
　　〈沒撐傘在雨中走著。〉
　　Ｂ 雨の降っているうちに観測を済ませましょう。
　　〈趕在雨中把觀測做完。〉

27 Ａ 暗いなかを一生懸命走った。〈在黑暗中拚命的跑。〉
　　Ｂ 明るいうちに帰りましょう。〈趁天未黑以前回家吧。〉

　　兩者看起來都似在表示在某一個時間帶中之意，可是仔細觀察即可發現
「なか」指的是在空間性的「～的狀況下」；「うち」指的則是在「～以前
之内」即時間的限制範圍之意。一樣可以看出兩者性質上的不同。

　　另外還有「うち」〈房子、我家〉，「なか」〈中間、位置〉等等各自
的用法也皆與此相關。

§78.「ために」VS「ように」

1　**Ａ** ○ 日本語を習うためにテープレコーダーを買った。

　　〈爲了學日語而買了錄音機。〉

　　Ｂ × 日本語を習うようにテープレコーダーを買った。

．．．

2　**Ａ** ○ 彼女が眠れるように皆静かにしていた。

　　〈爲了讓她睡覺，大家保持安靜。〉

　　Ｂ × 彼女が眠れるために皆静かにしていた。

．．．

何以例1只能用「ために」，例2只能用「ように」呢？

這個單元的主題是表示「目的」的「ために」和「ように」的異同。但是在進入主題之前，我們先要談談「ため」的意義與用法。

一般說來，「ため」主要可以表示下列三種意義。

㈠ 利益、好處（名詞）

3　ためになる本。〈有益的書。〉

．．．

4　君のためを思って言うのだ。〈爲你好才說的。〉

．．．

㈡ 理由、原因、緣故（形式名詞）

5 試合は雨のため順延する。〈比賽因雨而順延。〉

6 事故があったために遅刻した。〈因遇交通事故而遲到。〉

㈢ 目的（形式名詞）

7 勝つために戦う。〈爲勝利而戰。〉

8 カメラを買うためにアルバイトをした。〈爲要買相機而打工。〉

　　其中㈡「理由、原因」與㈢「目的」之別，其實僅只一線。即若是做某一件事的原因是一個在做該動作之前尚未實現的原因，則該「原因」即成「目的」。舉例來說，如上示之例7和例8「勝つために戦う」和「カメラを買うためにアルバイトをした」。要勝利是實行戰鬥的原因，也是目的；而「勝利（原因）」的實現是在「戰鬥（動作）」之後。又，買相機是打工的原因，也是目的；而「買相機（原因）」的實現，必定是在打工（動作）」之後。

　　相對的，表示「理由、原因」的例句，則通常是原因的實現先於結果動作。如例5和例6，「試合は雨のため順延する」下雨是比賽順延的原因，下雨的實現在順延動作之前；「事故があったために遅刻した」交通事故是遲到的原因，交通事故的發生在遲到之前。

　　清楚了「原因」與「目的」的微妙差異之後，下面我們換個角度回想一下中文通常是如何表示「原因」與「目的」的。

　　其實由上示的中譯，我們也可以很清楚發覺中文是用「因……而……」

的句型表示原因，用「為了……而……」表示目的。那麼結論是否就是當我們要表示「為了……而……」之意時，便可用「～ために～」呢？是的！確實是如此。然而同時我們卻又可以觀察到，日語也常用「ように」來表示目的。即日語表示目的的方法並非只有一種。如下示二例，譯成日語，依角度的不同，可以有兩種形式。

9　　　　〈為了趕上八點鐘的課，我七點鐘起床。〉

Ⓐ ○ 8時の授業を聞くために7時に起きた。
　　× 8時の授業を聞くように7時に起きた。

Ⓑ ○ 8時の授業に聞に合うように7時に起きた。
　　× 8時の授業に聞に合うために7時に起きた。

10　　　　〈為了通風而開窗。〉

Ⓐ ○ 風を入れるために窓を開けた。
　　× 風を入れるように窓を開けた。

Ⓑ × 風が入るために窓を開けた。
　　○ 風が入るように窓を開けた。

　　視情況，9B、10B形式出現的頻率都很可能高於9A、10A。這一點當然另一方面還牽涉到中、日語表達方式的不同。因為若忠實的將9B、10B譯成中文，則分別應該譯為9B（我七點鐘起床好趕上八點鐘的課。）10B（開窗好讓風進來。）才是。然而中文並不常採取這種敘述方式。即日語的9B、10B和中文的9B、10B的語用環境並不完全重疊，故而自然的中文要譯成自然的日語，有時候就必須採取9←→9B、10←→10B的方式。

　　仔細推敲一下9B和10B的中譯，我們也可以發覺「ように」基本上是「做某一件事以達到某一目標狀態」之意。即〈七點鐘起床〉是為了達到〈上八點鐘的課〉的目標。〈開窗〉是為了達到〈通風〉的目標。

　　而相對的「ために」基本上則是「為著某一理由而做某一件事」之意。即為了要〈上八點鐘的課〉而〈七點鐘起床〉。為了〈通風〉而〈開窗〉。亦即兩者方向相反。

ように：做某一動作而循序漸進的朝向目標狀態。

ために：先有目的，即原因，而後才引發動作。

　　這個基本的差異造成下面兩個結果，即當「ために」「ように」同表「目的」時

A：「意志表現＋ために＋意志表現」

　　原則上句子前半與後半的主語相同。

B：「非意志表現＋ように＋意志表現」

　　若前半句中出現意志動詞，則前半句和後半句的主語相異。

　　上示B中所謂「非意志表現」指的是不受後半句，即主要子句之動作者意志控制之意。這也是何以前半句若出現意志動詞，則主語即動作者必與主要子句的動作者相異，亦即不受主要子句動作者控制之故。例如：

11 **Ａ** (子供が) ニュースを見るように (私は) テレビを買った。

　　　　〈為了要孩子看新聞報導，我買了電視。／我買電視是為了要讓孩子看新聞報導。〉

　　很特別的一個句子。

「見る」是意志動詞，此時即使句中省略「子供が」和「私は」，我們也可以知道「買電視的人」和「看新聞報導的人」是不同的。相對的，

11 **B** ニュースを見るためにテレビを買った。

〈我為了看新聞報導而買電視。〉

「看新聞報導的人」和「買電視的人」是相同的。

§79.「ため」VS「せい」VS「おかげ」

　　表示原因、理由的形態非常的多。除了最常見的「から」「ので」等之外，還有許多含有另一層意思的詞，例如「〜ばかりに」「〜だけに」「せい」「おかげ」「ため」……等等，若能深入瞭解並活用這些語詞，日語的表達就用更富內涵和變化了。

　　本單元我們先來看看其中初學日語時就很常見的三個詞「ため」「せい」和「おかげ」。

　　基本上「せい」表示的是造成一個不好的結果的原因。「おかげ」是造成好結果的原因。「ため」則屬於中立，不管是造成好的或壞的結果都可以使用。所以通常講「せい」有怪罪別人之意，用「おかげ」有感謝的意味，用「ため」則是較客觀的在敘述一個因果的關係。例如：

1　🅐 ○ 今年は雨がよく降ったために、野菜の育ちがよい。

　　　〈今年因為常下雨，所以蔬菜長得很好。〉

　🅑 × 今年は雨がよく降ったせいで、野菜の育ちがよい。

　🅒 ○ 今年は雨がよく降ったおかげで、野菜の育ちがよい。

　　　〈今年還好常下雨，蔬菜都長得很好。〉

2 **A** ○ いろいろな人が手伝ってくれたため、予定よりずっと早く片付いた。

〈由於有許多人幫忙，所比預定提早很多完成。〉

B × いろいろな人が手伝ってくれたせいで、予定よりずっと早く片付いた。

C ○ いろいろな人が手伝ってくれたおかげで、予定よりずっと早く片付いた。

〈還好有許多人幫忙，我才能比預計的提早許多完成。〉

3 **A** ○ 父が死んだために、一家の生活が苦しくなった。

〈由於父親去世，一家生活陷入困境。〉

B ？ 父が死んだせいで、一家の生活が苦しくなった。

C × 父が死んだおかげで、一家の生活が苦しくなった。

4 **A** ○ コンピューターをつけたままにしていたために、オーバーヒートしてしまった。

〈電腦因爲沒關而過熱。〉

B ○ コンピューターをつけたままにしていたせいで、オーバーヒートしてしまった。

〈電腦因爲沒關而過熱。〉

C ？ コンピューターをつけたままにしていたおかげで、オーバーヒートしてしまった。

5　Ⓐ ○ 若い人たちの交通事故死が多いのは無茶なスピード運転をす

　　　　るためです。

　　　　〈年輕人因交通事故而死的原因多是由於胡亂超速。〉

　　Ⓑ ○ 若い人たちの交通事故死が多いのは無茶なスピード運転をす

　　　　るせいです。

　　　　〈年輕人因交通事故而死的原因多是由於胡亂超速。〉

　　Ⓒ × 若い人たちの交通事故死が多いのは無茶なスピード運転をす

　　　　るおかげです。

　　像這樣「ため」可以代替「おかげ」，也可以代替「せい」，但是「お
かげ」和「せい」彼此就很難互換。甚至還有如例3，一件不好的事情，不
應該用「おかげ」，可是又不應該怪罪於父親之死，所以也不適合用「せ
い」，只能用「ため」。

　　而當然同一件事情，依人從不同的角度，可以認定它是好，可以認定它
是壞，也可以不予置評。這個時候就三者都可以使用，至於選用何者，顯示
的就是說話者對這個因果關係的認定如何了。

6　Ⓐ ○ ここは都会から遠いためにあまり人が来ない。

　　　　〈這裏由於離都市遠，所以不太有人來。〉

　　Ⓑ ○ ここは都会から遠いせいであまり人が来ない。

　　　　〈都是因為這裏離都市遠，所以不太有人來。〉

　　Ⓒ ○ ここは都会から遠いおかげであまり人が来ない。

　　　　〈還好這裏離都市遠，所以不太有人來。〉

7　Ⓐ○ 大型台風接近のために学校は休校になりました。

〈由於強烈颱風來襲，全校停課。〉

　　Ⓑ○ 大型台風接近のせいで学校は休校になりました。

〈都是因爲強烈颱風來襲，全校才停課的。〉

　　Ⓒ○ 大型台風接近のおかげで学校は休校になりました。

〈托強烈颱風來襲之福，全校停課了。〉

以上看來似乎都很合理，只是有些疑問。首先是，是否所有帶來好的結果都可以用「おかげ」？

8　Ⓐ○ 毎日少しずつ練習したためかずいぶんとゴルフの腕が上がった。

〈不知是否是每天都做一點練習的緣故，打高爾夫球的技術進步了很多。〉

　　Ⓑ○ 毎日少しずつ練習したせいかずいぶんとゴルフの腕が上がった。

〈不知是否是每天都做一點練習的緣故，打高爾夫球的技術進步了很多。〉

　　Ⓒ× 毎日少しずつ練習したおかげでずいぶんとゴルフの腕が上がった。

9　Ⓐ○ 年頃になったためか、彼女は一段と綺麗になった。

〈不知是否正值妙齡時期，她又更漂亮了。〉

　　Ⓑ○ 年頃になったせいか、彼女は一段と綺麗になった。

〈不知是否正值妙齡時期，她又更漂亮了。〉

Ｃ × 年頃になったおかげで、彼女は一段と綺麗になった。

10 Ａ ○ 家族が見舞いに来たためか、おじいさんは食欲がでてきた。

〈不知道是不是因為家人來看他的關係，老爺爺有食慾了。〉

Ｂ ○ 家族が見舞いに来たせいか、おじいさんは食欲がでてきた。

〈不知道是不是因為家人來看他的關係，老爺爺有食慾了。〉

Ｃ × 家族が見舞いに来たおかげか、おじいさんは食欲がでてきた。

　這些句子的內容明顯是好的結果，但卻是可以用「せい」不能用「おかげ」。

　原因是「おかげ」基本是必須是有人(X)做一件事情，使得另一個人(Y)得到好處(X≠Y)，而且說話者必須是與得到好處的人有關係的，必須是站在得到好處的人(Y)的立場時才能使用。

　例8，練習的人和高爾夫球變好的是同一個，即X=Y，所以不能使用「おかげ」。例9，「年頃になった」的人和變漂亮的人也是同一個，亦即X=Y，所以仍是不能用「おかげ」。只是例10來探望的人是老爺爺的家人，而有食慾的是老爺爺，X≠Y。因此，這個句子的問題在說話者(S)和老人(Y)的關係，他們是否夠近？是否能夠在這個句子中站在老人的立場替老人說話？要站在老人的立場說話的條件必須是S和Y的關係要比X和Y的關係近才可以，在這個句子中說話者(S)和老人(Y)的關係當然不可能近於老人的家人(X)和老人(Y)的關係，所以這個句子也無法使用「おかげ」。

　另，有關說話者的立場問題，還牽涉到日語的敬語、授受表現等，限於篇幅無法在此一一說明，待有機會再做討論。

第二個疑問是，是否所有帶來壞的結果的原因都可以用「せい」呢？這一點由前示例3亦可見到，並不盡是如此，由於「所為」原本是指某人做了某件事，再由文脈產生某人做的這件事引發或產生一個壞的結果之意，所以怪罪於人的意思非常強烈，因此不應或不適合怪罪於前面的原因時，就不適合用「せい」。如前示例3〈生活困苦〉無法怪罪或責怪〈父親之死〉。下示兩例亦屬同理。但是，　若實際是真的要表示責怪那當然「せい」仍是可以成立的。

11　Ａ ○ 父のために大変な目になった。〈為了父親，我真是慘兮兮。〉

　　Ｂ ？ 父のせいで大変な目になった。〈都是父親，害得我慘兮兮的。〉

　　Ｃ ○ 父のおかげで大変な目になった。

　　　　〈都是父親，害得我慘兮兮的。——諷刺用法〉

12　Ａ ○ わがままな母親のために彼女は結婚が遅れた。

　　　　〈由於母親太任性，她至今未婚。／為了任性的母親，她至今未婚。〉

　　Ｂ ？ わがままな母親のせいで彼女は結婚が遅れた。

　　　　〈任性的母親害她結不了婚。〉

　　Ｃ ○ わがままな母親のおかげで彼女は結婚が遅れた。

　　　　〈都是母親任意妄為，害她結不了婚。——諷刺用法〉

　　第三個疑問是，既然「ため」意思中立，不論好壞結果都可以使用，那麼是否所有的「おかげ」和「せい」都可以用「ため」來代替？

　　「所為」原本指人所做的事，「御蔭」原指神明的庇祐，再引申出托某

人之福的意思，兩者都傾向於歸罪或歸功於人，所以前面常直接接「人」，如「あなたのせいで」〈都是你害的〉、「あなたのおかげで」〈托您的福〉。但是「為」原本是〈益處〉之意，然後引申成〈為了〉再引申出〈由於〉最後再產生出〈目的〉的意思。若前面接「人」，「あなたのため」〈（為了）你的利益。〉就比較會轉成〈為了〉的意思，但是和「おかげ」和「せい」相通的「ため」必須是〈由於〉，因此，「人＋おかげ／せい」若代換成「人＋ため」意思就會有所不同，即使如前示例11、12其實語意上也稍有不同。

此外如「気のせいです」〈錯覺〉、「年のせいです」〈年紀大了的關係〉、「体調のせいです」〈身體不適的關係〉這些一般認為是屬於「せい」的慣用句的，由於使用時通常是在積極表示壞的結果的意思時，所以通常也不用「ため」。「……せいにする」有①「ため」的意思會轉為〈為了〉②這個句型通常用在將責任推到別人或別的事情身上時。又「おかげさま」〈托您的福〉等則由於是用在直接向對方表示感謝時，所以當然就必須強調正面的部份而不用中立的「ため」了。

最後的疑問是，是否「おかげ」和「せい」真的不能代換？真的只能「せい」用在負面，「おかげ」用在正面嗎？

13 Ⓐ ○ 電気製品が発達したためか昔に比べると、家事はずいぶん楽になった。

〈或許是由於電氣製品發達的緣故吧，現在做家事比以前輕鬆多了。〉

B ○ 電気製品が発達したせいか昔に比べると、家事はずいぶん楽になった。

　〈或許是由於電氣製品發達的緣故吧，現在做家事比以前輕鬆多了。〉

C ○ 電気製品が発達したおかげか昔に比べると、家事はずいぶん楽になった。

　〈或許是托電氣製品發達的之福吧，現在做家事比以前輕鬆多了。〉

---

14 **A** ○ この髪型のためか、最近若いと言われる。

　〈或許是這個髮型的緣故，最近人家老說我年輕。〉

B ○ この髪型のせいか、最近若いと言われる。

　〈或許是這個髮型的緣故，最近人家老說我年輕。〉

C ○ この髪型のおかげで、最近若いと言われる。

　〈托這個髮型的福，最近人家老說我年輕。〉

---

15 **A** ○ 石油ショックのために物価が二倍に跳ね上がってしまった。

　〈由於石油危機的緣故，最近物價跳漲了一倍。〉

B ○ 石油ショックのせいで物価が二倍に跳ね上がってしまった。

　〈就是因爲石油危機的，物價才會跳漲了一倍。〉

C ○ 石油ショックのおかげで物価が二倍に跳ね上がってしまった。

　〈就是托石油危機的福！物價才會一下子跳漲了一倍。〉

---

16 **A** ○ 二週間寝込んだために、すっかり仕事が遅れてしまった。

〈由於生病躺了兩個星期，延誤了許多工作。〉

B ○ 二週間寝込んだせいで、すっかり仕事が遅れてしまった。

〈生病躺了兩個星期，害我延遲了許多工作。〉

C ○ 二週間寝込んだおかげで、すっかり仕事が遅れてしまった。

〈全是托生病躺了兩個星期的福！害得我延誤了許多工作。〉

例13、14是好的結果，15、16是壞的結果，可是三者都可以使用。

其實「せい」通常只有「せいか」這個形態會使用在好的結果的情形下。如前示例8、9、10，和這裏的13、14。而之所以必須採「せいか」這個表示不確定的理由的形態，可能是因為說話者對這個結果判斷沒有什麼把握，覺得可能是一個錯誤的判斷，而之所以會有這種錯誤的判斷就是因為有「せい」前面的這個原因之故。若這個解釋成立，則「せい」就仍是負面的了。

另「おかげ」用在負面的情形時諷刺的意思明顯，而且情況愈是令人覺得沮喪，用「おかげ」就會愈顯得諷刺和無奈。例如：

17 **C** ○ 急いでいるのに台風のおかげで、この道が通行止めになっているなんて、まったくついていない。

〈正在趕路，偏偏由於颱風這一條路禁止通行！哇！眞是倒楣到家了。〉

又，下示例句若用「おかげ」則這個「親」顯然就會是說話者本人。

18 A ○ 子供の出来が悪いために親は本当に苦労する。

〈孩子不成材，做父母的眞的會很辛苦。〉

B ○ 子供の出来が悪いせいで親は本当に苦労する。

〈孩子不成材，做父母的眞是會很辛苦。〉

C ○ 子供の出来が悪いおかげで、親は本当に苦労する。

〈孩子不成材，做父母的眞的是會很辛苦。〉

這類「おかげ」通常也是要用在與說話者相關的事情上，若用在與說話者沒什麼關係的事，如例12就會顯得太過諷刺。

各單元書寫過程中，除了一般字‧辭典以外，還參考了以下書籍，從中受益良多，在此一併致謝。

- 1972年『類義語辞典』徳川宗賢‧宮島達夫　東京堂出版
- 1976年『ことばの意味1』柴田武‧国広哲彌‧長嶋善郎‧山田進著　平凡社選書
- 1977年『基礎日本語――意味と使い方』森田良行　角川書店
- 1979年『ことばの意味2』柴田武‧国広哲彌‧長嶋善郎‧山田進‧浅野百合子　平凡社選書
- 1982年『ことばの意味3』柴田武‧国広哲彌‧長嶋善郎‧山田進‧浅野百合子　平凡社選書
- 1982年『基礎日本語2――意味と使い方』森田良行　角川書店
- 1984年『基礎日本語3――意味と使い方』森田良行　角川書店
- 1989年『日本語基本動詞用法辞典』仁田義雄ほか　大修館書店
- 1989年『基礎日本語小辞典』森田良行　角川書店
- 1991年『現代形容詞用法辞典』飛田良文‧浅田秀子　東京堂出版
- 1993年『角川類語新辞典』大野晋‧浜西正人　角川書店
- 1994年『現代副詞用法辞典』飛田良文‧浅田秀子　東京堂出版
- 1994年『日本語学習使い分け辞典』広瀬正宜‧庄司香久子　講談社
- 1996年『使い方の分かる　類語例解辞典』小学館編集部　小学館
- 1998年『類義語　使い分け辞典』田忠魁‧泉原省二‧金相順　研究社出版

國家圖書館出版品預行編目資料

日語類義表現/黃淑燕著. -- 修訂一版. -- 臺
北市：鴻儒堂出版社, 民111.09
面； 公分. -- (日語語法系列)

ISBN 978-986-6230-69-1(平裝)

1.CST: 日語 2.CST: 語法

803.16　　　　　　　　111012206

日語類義表現　改訂版

定　　價：500元

2022年（民111）9月修訂一版

著　　　者：黃　淑　　燕
發　行　所：鴻 儒 堂 出 版 社
發　行　人：黃　成　　業
地　　　址：台北市博愛路九號五樓之一
電　　　話：０２-２３１１-３８２３
傳　　　真：０２-２３６１-２３３４
郵 政 劃 撥：０１５５３００１
E - m a i l：hjt903@ms25.hinet.net

※ 版權所有・翻印必究 ※
法律顧問：蕭雄淋律師

本書凡有缺頁、倒裝者，請逕向本社調換

鴻儒堂出版社設有網頁，歡迎多加利用
網址：https://www.hjtbook.com.tw